谋局高手

交手

CROSS SWORD

何常在 著

2

北京联合出版公司
Beijing United Publishing Co.,Ltd.

目录 CONTENTS

/ 第一章 /

中国散伙人

盛夏的下江，炎热而潮湿。夜晚的街头，灯红酒绿。刚刚从电影院出来，看完电影《中国合伙人》的何方远站在人群之中，忽然有一种分不清电影和现实、虚幻和真实的迷离感。

穿了一身蓝色长裙的蓝妹，手拿一根哈根达斯，边吃边皱着眉头小心躲闪身边如潮的人流，唯恐被人撞到。简单束了马尾辫的她，没有化妆，素面朝天，一手拉着何方远的胳膊，哪里还是什么高高在上的富家千金，分明是一个小鸟依人的平常女孩。只不过与生俱来的气质，再加上清纯而迷人的脸庞，让她犹如一朵高洁的蓝莲花，在人群之中有鹤立鸡群的优雅。

在美女如云的下江，蓝妹依然算得上第一眼就让人惊艳的绝色，确实难得。不少人从她身边路过，走不几步，就要回头张望，想再多看一眼她绝美的容颜。

蓝妹的洁癖想要改掉，也没那么容易。她本身很不喜欢看电影，人太多而且杂乱，难免会有身体上的接触，让她很不适应。只是今天本来约好何方远谈事，不知怎么就路过了电影院，何方远非要看《中国合伙人》，说这是一部商战电影，不但取得了不俗的票房成绩，而且是近年来罕见的成功励志电影，非常值得一看，尤其对于他目前的处境来说，也许会有激励或是点醒的作用。

见何方远说得煞有介事，蓝妹妥协了，克服了心理障碍，陪何方远看了她平生的第一场电影——确切地讲，是她在电影院中的第一场电影。

不过也别说，《中国合伙人》确实不错，不管是镜头切换还是叙事手法，以及几个个性鲜明的主人公，都让蓝妹心有触动。

“别总在门口站着行不行？太傻了。”见何方远在电影院门口站了半天还没有迈开脚步的迹象，蓝妹没耐心了，轻轻一摇何方远的胳膊，“何方远，醒醒。”

"蓝妹，你有没有想到一个很有意思的对比……"何方远从沉思中回到现实，"《中国合伙人》讲的是合作、双赢的故事，而'三剑客集体辞职事件'，再加上乔董多年来走马灯一样换掉的高管，是不是也可以拍一部电影，名字我都想好了——《中国散伙人》，讲的分则两伤的道理。"

"扑哧……"蓝妹一时失笑，她本以为何方远愣神半天在想什么重大而深刻的问题，没想到，开口却是一句玩笑话，不由嗔怪地说道，"傻站了半天，还以为你想出了解决难题的办法，没想到，只是在胡思乱想。"

不错，何方远现在确实遇上难题了，而且还是天大的难题！

本来何方远已经决定要和蓝妹合作事业，和梅荏苒雕刻爱情，不料正当他准备付诸行动，想要事业和爱情双丰收时，突生变故！

立化突如其来的一场危机打乱了何方远的部署，让他想要跳出立化和蓝妹联手创业的计划被迫推迟。于是，何方远经过慎重考虑，决定暂时留在立化，等立化的危机解除之后，他再谋出路。还好，他的想法得到了蓝妹的支持，蓝妹也认为此时离开立化，不管是从职业道德上讲还是从做人准则上讲，都有损何方远的形象，也不利于他的长远发展。

如果再从何方远以后有望担任新公司的CEO出发点考虑，处理好立化危机，也是对他个人能力和控局能力的一次实战考验。任何纸上谈兵的理论都不如一次真正的短兵相接更能突显一个人的真才实学。

只不过何方远暂时留在立化的决定却没有赢得梅荏苒的理解和支持，她不听何方远解释，一心认定何方远出尔反尔，是后悔对她的承诺了。她固执地认为，何方远不从立化辞职，是想放弃和她的爱情，又想和蓝妹谈情说爱了，是想将爱情和事业，全部寄托于蓝妹一人身上。

何方远不想梅荏苒误会，奈何梅荏苒不回他的短信、不接他的电话，他又实在抽不出时间去北京和她面谈，他和梅荏苒就此陷入了冷战。

工作遇到了难题，爱情遭遇了冷战，何方远才坐上立化总经理的位置不久，就感受到了四面楚歌的压力。还好他是一个懂得调节的人，周六，蓝妹约他出来谈事情，正好路过电影院，他心血来潮要看《中国合伙人》，一是想放松一下心情，二是想放空一下大脑。

放松心情，有利于身心健康；放空大脑，有助于排遣郁闷、缓解压力，并且可以帮助他从局外人的角度思索目前的困局。还别说，虽说一场电影下来，他还没有完全找到从困境中走出来的捷径，但至少他的思路打开了许多，并且设想了数种化解危机的可能。

“走，吃饭去。”何方远伸手一推蓝妹的后背，热情而又不过于亲热，“想吃什么？”

“我都没胃口了。”蓝妹和何方远一起从人流中穿过，来到一处僻静的咖啡厅，“都怪你，知道我有洁癖，还非要让我陪你看电影。你是称心如意了，我却难受了。要不，你陪我喝咖啡好了。”

“虽说‘早饭要吃饱，晚饭要吃少’，但晚饭喝咖啡，不怕晚上睡不着？”何方远嘴上不说，其实心里很感动蓝妹为他做出的牺牲，以蓝妹的身份，能如此迁就他，确实不易，“行吧，咖啡就咖啡，反正我最近也总是失眠，失眠之上再失眠，大不了一夜不睡。”

“还是算了，去喝粥吧。万一你因为咖啡一晚上睡不着，指不定背后怎么骂我呢。”蓝妹吐了吐舌头，拿出手机滑了几下，“有了，附近有一家素菜馆。”

生活在满足了基本的生理需要之后，再提高层次的话，就上升到了少吃或者吃素的境界。何方远并不反对吃素，也很佩服素食主义者。每个人的人生追求不尽相同，理解并尊重别人的生活方式，也是社会的进步和人性的提升。

两人来到功德林素食餐厅，找了一个角落的僻静位置，坐下之后，何方远将点菜全权交与蓝妹，他只管吃就行了。等蓝妹点菜完毕，他喝了一口冰糖菊花茶，摇头说道：“不是我在背后说顾南的坏话，也不是不顾及你的面子，蓝妹，顾南代表资方担任兴众文学的董事，平常开开会举举手就行了，真没必要介入到立化的管理之中，更不用外行指挥内行，非要替陈果出什么主意。”

蓝妹一手托腮，一手把玩手机：“说实话，顾南对文化产业的了解，仅限于好莱坞大片的商业模式，对于兴众文学的互联网版权产业模式，更是门外汉。他插手立化的管理，并非出于兴趣，而是出于对你的报复和一心想表现一番。我太了解他了，他这个人，心眼儿小，喜欢斤斤计较，而且一向眼高过顶，何况他对你成见又很深。”

蓝妹说的是实话，别看顾南是她表哥，但她没有因人废事，让人敬佩。也正是她身上坚持原则和尊重事实的优点，让何方远认定蓝妹是一个值得信任的合作者。

立化现在没有了黄是道和楚一亭，没有了马大勉，基本上可以说，现在的立化，何方远是最资深的从业者，就连陈果，别看他是兴众文学的CEO，是立化和何方远的直接领导者，但实事求是地讲，对互联网版权产业，陈果也是彻头彻尾的外行。

只可惜，外行的陈果，却是立化乃至兴众文学的直接决策者。何方远许多立足实际、展望未来的创意或说提议，往往得不到陈果的认可。而陈果的决策，每每却又顾此失彼，甚至还有严重的隐患和漏洞。

换了以前，有隐患和漏洞的决策，大不了过段时间重新改过，反正立化是一家独大。但时过境迁，创始团队和企鹅的强强联合、开天中文网的上线，以及千方和芝麻开门对互联网版权产业的虎视眈眈，几乎对立化形成了围剿之势，立化已经承受不起任何决策上的失误，一着不慎，就会满盘皆输。

不多时，菜上来了，精美的素菜芳香四溢，让何方远胃口大开。民以食为天，先吃饱再说，他顾不上优雅的白富美蓝妹在场，完全没当自己是外人："不说了，不说了，先吃饭。"

说吃饭，他还真就埋头大吃。十分钟后，结束战斗，何方远抽出纸巾抹嘴的时候，忽然意识到哪里不对，抬头一看，蓝妹连筷子都没动，正双手托腮，睁大一双美目，如看外星人一样正对他行注目礼。

"怎么了？"何方远吓了一跳，"是不是看我吃饭也是一种享受？"

"嗯。"蓝妹甜甜地一笑，"我从来没有见过一个人吃饭能吃得这么香、这么投入，记忆中，我小时候每次吃饭都是一种折磨。"

何方远哈哈一笑："没有经历过饥饿的人，永远体会不到狼吞虎咽的快感。就如陈果，先不说他根本就不是互联网版权方出身，我甚至都怀疑他是不是看都没看过互联网版权作品。顾南更是，他说不定从来都不读书。"

互联网版权产业，从根本上讲，还是属于文学的范畴。一个不读书、不看报、不懂文学的人担任兴众文学的CEO，一个从来没有看过一篇互联网版权作品、对互联网版权产业一窍不通的人担任兴众文学的董事，这本身就是畸形的管理层。从某种意义上讲，陈果还不如马大勉，虽说马大勉的精英气息与互联网版权产业的草根文化格格不入，但至少马大勉是一个文学爱好者，也曾经是个文学青年，而且到现在他还一直保持着文青的气质。

创始团队的几位老大，都曾经创作过互联网版权作品，虽然现在他们不再创作作品，却还是每天书不离手，以一个纯读者身份时刻关注互联网版权作品的创作风向。敬业难，从真正爱好者的角度以一心一意的喜爱为敬业的动力，更难。正因如此，创始团队的战斗力才非同一般地强大，对市场的把握，也远非立化现在一帮纯粹的职业经理人所能比。

"从出了校门之后，顾南好像真的没有再读过一本书。他的书柜倒是摆满了书，不过只是充门面的假象，大部分书从买回来后，他都没有翻开过。"蓝妹明白何方远的言外之意，也理解何方远的处境，她也清楚，从本质上讲，她也是互联网版权产业的门外汉。倒不是自诩高人一等，不屑于阅读互联网版权作品，而是她不喜欢互联网版权作品中充斥的暴力和血腥的内容，她还是欣赏优美而飞扬的文字。

说话间，目光不经意一瞥，一个熟悉的身影映入眼帘，蓝妹差点儿惊叫出声，一下捂住了嘴巴，双眼流露出惊讶和疑惑。

“怎么了？”何方远注意到了蓝妹的异常，顺着她的目光望去，也惊呆了——不远处，有一男一女在共进晚餐，男人不到30岁的年纪，油头粉面，女人则有50岁开外，虽然保养得还不错，却还是微显憔悴之色。

如果仅仅是一男一女共进晚餐，倒也不会引起蓝妹的震惊，即使对方年龄差距再大，也许是母子或亲戚关系也未可知。不过不远处的一男一女并非母子，严格来说，到目前为止，也不是亲戚。

不是别人，正是顾南和刘薇薇。

梅荏苒人在北京，回下江的时候不多，再加上最近和何方远冷战，估计短期内更不会回来了。刘薇薇查出癌症之后，做了手术，术后恢复得还不错，医生说，心态积极再乐观向上的话，活上三五年也许问题不大。

何方远惊讶之余，见顾南在刘薇薇面前，态度谦恭，俨然是以晚辈自居，不但为刘薇薇夹菜倒水，还不时地小声向刘薇薇说些什么，逗得刘薇薇不时发笑。只看场景，不知道的人都会以为是一对关系密切的母子。

顾南身上固然有许多富二代的骄纵和傲慢，甚至是飞扬跋扈，但也不得不说，他在刘薇薇面前的表现，不管是真心还是假意，至少让人看了心里温暖。何方远心中一阵感慨，甚至一瞬间产生了一个荒唐的念头，也许对梅荏苒而言，还是顾南更适合她。

人生在世，无非追求快乐和幸福。快乐容易得到，也许物质的满足就可以带来快乐；相对而言，幸福要难一些，物质和精神上的双重满足，才是幸福。梅荏苒嫁给顾南，也许不会幸福，却很容易得到物质上的快乐，只不过，她并非一个物质女孩。

而且，从现在顾南对刘薇薇无微不至的关怀中可以看出，婚后，他对刘薇薇也不会差到哪里去。何方远自认并不是不如顾南孝敬长辈，只是刘薇薇对他的成见，怕是根深蒂固，再难改变。就算梅荏苒嫁给他，即便再幸福，但如果他和刘薇薇关系一直紧张，也难免会影响他和梅荏苒的感情。

想远了，想多了……何方远摇了摇头，驱散脑中的胡思乱想，一抬头，见蓝妹咬着嘴唇窃笑，他自嘲地说道：“是不是顾南越得刘薇薇欢心，你越开心？”

“也不是。其实我也希望你和梅荏苒可以成就好事，这样，我也安全了，可以只和你谈合作而避免了感情纠葛。你也知道，一对适龄男女经常在一起，哪怕只谈工作上的事情，也难免日久生情。”蓝妹吃吃地坏笑，狡黠中透露出几分得意，“我现在都不敢多见你了，因为我发现自己越来越迁就你了。迁就，不是一个好兆头。”

先不说以后和蓝妹合作的事情，单是眼下的局面，他俩就避免不了经常接触，他现在是立化的总经理，而蓝妹是副总，虽说中间还隔了一个常务副总樊铮，但由于何方远和蓝妹比较合拍，又公私兼顾，所以每天都要碰面无数次。

日久确实可以生情，但也有共事一辈子也没有点燃爱情火花的男女，不能一概而论。当然，蓝妹越来越迁就他，他也心知肚明。只是如果非要说蓝妹对他的迁就是基于好感或是感情因素，似乎也不全对。何方远越想越觉得头大，还是不要再想了，工作上的事情已经够折腾了，感情上的事情，不如先放一放。

“走吧。”何方远没接蓝妹的话，转移了话题，不但转移话题，还准备转移地点，“别让顾南和刘薇薇看到我们，免得尴尬。”

“不走。”蓝妹坐着不动，不知是故意置气，还是故意使坏，“刚说了迁就你，你以为我还真得事事都听你的呀？想得美。你是吃饱了，我还一口没吃呢，为什么要走？偏不走。再说顾南和刘薇薇看到我们又怎么了？许他们吃饭，就不许我们吃饭？餐厅又不是顾南开的。”

得，何方远站了起来，本来就惹人注目了，蓝妹又大声一说，在素食餐厅就餐的本来都是有品味、有追求的客人，很安静，没有嘈杂的吵闹声，二人的举动，顿时吸引了无数人的目光。

其中就包括顾南和刘薇薇。

顾南只朝何方远望了一眼，就站了起来，又俯身朝刘薇薇说了几句什么，二人起身，一起朝何方远和蓝妹走来。

一瞬间，何方远心中猛然闪出一个不可遏制的念头，难道说，他和梅茬苒真的情深缘浅，要散伙了？

/ 第二章 /

危机再起

是福不是祸，是祸躲不过。既然遇上了，逃避也不是办法，况且他又不是遇事退缩的人，何方远也不走了，静等顾南和刘薇薇的到来。

之前他想避开，是不想和刘薇薇见面，毕竟刘薇薇是病人，他怕刘薇薇见到他而动怒，从而影响了术后恢复，那就是他的罪过了。

蓝妹端坐不动，假装没看到顾南和刘薇薇走近，她文静而优雅地吃饭，专注而认真，似乎真的饿了一样。只不过她微微期待的神情和跳跃的眼神瞒不过何方远的眼睛，何方远心中暗笑，蓝妹是成心让他难堪。又一想，蓝妹的小女人心思，无非想借刘薇薇之手，彻底断了他和梅茬苒之间的可能。归根结底，蓝妹对他还是情愫暗生，尽管之前他明确告诉过她，他要和梅茬苒在一起，她却还是不肯放手。

不肯放手也许有感情的因素在内，也许有蓝妹争强好胜的意气用事，这也可以理解，别说是蓝妹，换了谁也不会肯轻易认输，不管是相貌还是出身，自己都要比对方高上一筹，为什么不能赢？

正寻思时，顾南和刘薇薇已经到了近前，和设想中的场景不同的是，不是顾南先开口冷嘲热讽一番，而是刘薇薇先说话了。

“方远，最近有没有茬苒的消息？”刘薇薇不再有何方远第一次见她时的趾高气扬，整个人萎靡了许多，精神也不太好。显然，癌症对她的打击很大。

“伯母好。”何方远先恭敬地问了好，才说，“有几天没联系了，不过请伯母放心，她应该是工作忙，一时顾不上打来电话。”

“她不是工作忙，她是生气了。”刘薇薇无奈地摇了摇头，“我的女儿，我还不了解她？她喜欢你，想和你在一起，可你对她又不好，她一气之下就断绝了和外界的联系——她向公司请了三天假，现在手机也关机，谁也不知道她去了哪里。”

啊，梅茬苒太任性了，怎么能这么胡闹？何方远一时震惊，他这才知道原来梅茬苒不仅仅是不接他的电话、不回他的短信，甚至连工作也不管了，还断绝了和刘薇薇的联系，再怎么着刘薇薇也是她的母亲，而且还是一个病人。

不过……他自认并没有对梅茬苒多不好，只是一时的理念不合罢了："我和茬苒没有吵架，就是在一件事情上的看法达不到一致。生活中，在许多事情上有不同的看法很正常，要么好好谈谈，要么求同存异，冷战是最不可取的做法。"

"何方远，你别唱高调了……"顾南本来不想开口，有刘薇薇出面，足够对何方远施压了，但他实在忍不住了，"你一边口口声声说爱茬苒，还说要娶她，一边又和蓝妹约会，我就没见过你这么厚颜无耻的男人。你爱茬苒，你拿什么爱她？要行动没行动，要实力没实力，难道就凭你的甜言蜜语就可以让茬苒过上无忧无虑的生活？她一个人离开下江到北京打拼，她受的苦遭的罪，你又替她分担了几分？"

也得承认，顾南的这番指责，虽有强词夺理之嫌，却也有合情合理之处。确实，梅茬苒一个人在北京，肯定承担了很多的压力。她虽不是千金小姐，但从小没有离开过下江，而且以梅长河的实力，为她安排一个收入丰厚、不用奔波的工作，也不在话下。

归根结底，梅茬苒离开下江、远赴北京，有和他赌气的成分在内。说来说去，他负有不可推卸的责任。再进一步讲，梅茬苒的失踪，也是因他而起。

平常何方远在梅茬苒的问题上，轻易不会让步，尤其是面对顾南的指责，更是寸步不让，但今天，他却是心情沉重，无言以对。

见何方远第一次被他说得哑口无言，顾南得寸进尺，想在何方远面前一扫前几次交手失利的晦气，乘胜追击，准备一举将何方远打击得体无完肤，这时刘薇薇却轻轻摆了摆手，制止了他。

尽管不明白刘薇薇有何用意，但本着尊老爱幼的传统，顾南还是乖乖地闭上了嘴，不过还是意难平，轻蔑地送给了何方远一个鄙视的眼神。

忽然觉得胳膊一紧一疼，顾南低头一看，见蓝妹乘他不备用力拧了他一下。夏天衣着单薄，蓝妹又舍得用力，疼得他差点儿痛呼出声。虽说女生外向，不过现在别说嫁给何方远了，他俩连恋爱关系都还没有确立，蓝妹也太偏向何方远了。

顾南顿时怒了，冲蓝妹示威般地伸了伸拳头，小声说道："等着，回头我告诉姨妈，她一直反对你和何方远来往……看姨妈怎么收拾你！"

蓝妹不出声，只是用口型朝顾南悄无声息地说了一句话："随便你，我不怕！"

"方远，伯母求你一件事儿……"刘薇薇眼睛一红，眼泪簌簌地流了下来，她不再像以前一样居高临下地对何方远连敲带打，而是打起了悲情牌，“我是快要死的人了，你能不能让我走得安心？方远，我唯一放不下的就是荏苒，你放手吧，好不好？你有蓝妹，或是别的女孩都可以，但请你不要再纠缠荏苒了，她从小娇生惯养，吃不了苦受不了罪，而且她年纪也不小了，时光荏苒，她的青春也耗不起。我求你了，方远，你离开她，好不好？你要是不答应，我就跪下了……”

说话间，刘薇薇双腿一弯，就要下跪。

何方远岂能让刘薇薇跪他，忙上前一步，双手扶起刘薇薇正要下跪的身子，一旁的顾南也及时出手相扶，刘薇薇才没有真的当众跪倒在何方远面前。

否则一旦跪倒，何方远既承受不了一个长辈的当众一跪，如果再传了出去，说不定又是一个新闻事件。

要说何方远和梅荏苒的感情，三年多的同事，由好感到喜欢，再由喜欢转化为爱，点点滴滴，如涓涓细流汇聚成河，既是水到渠成的日久生情，又有稳扎稳打的步步推进，可以说，表面上他俩才确定恋爱关系不久，但和别人的恋爱不同的是，他们二人不需要初期的磨合和试探，关系一确立，就如相恋已久的恋人一样，心心相印了。

就算中间有蓝妹的插曲，何方远也大方地承认他曾对蓝妹有过幻想——哪个正常的男人对白富美没有过幻想？好吧，剔除出身的因素，只说蓝妹的“白”和“美”，也足以让大部分男人心向往之——但不得不说，蓝妹的出现，反倒促进了他和梅荏苒感情的升温。

如果今天刘薇薇冲他凶，仗势欺人，以长辈的身份压他，以他没房没车没户口的“三无理由”刁难他，让他离开梅荏苒，他绝对会和她顶上，说什么也不会退让。但刘薇薇的聪明之处就在于不再盛气凌人，而是改打悲情牌，而且她的悲情牌打得让人无话可说，身患绝症确实是无可辩驳的事实。谁能拒绝一个将死之人的哀求，以及她充满绝望和悲壮的一跪？！

何方远心乱了，犹豫了，动摇了。有心不答应，却不知道该怎么回绝刘薇薇的哀求；有心答应，又无法面对自己真实的内心。要么违心答应了刘薇薇，从此远离梅荏苒的世界，和她一刀两断；要么就狠心拒绝刘薇微的无理要求，只在意自己的感受而不顾别人的死活。

在面对竞争对手时，何方远或许可以做到快刀斩乱麻，但一旦涉及了感情问题，他就举棋不定了。每个人都有弱点，都有过不了的关卡，感情关，就是何方远的软肋。

正当何方远犹豫不定、不知所措时，刘薇薇一把推开扶着她的顾南，“扑通”一声跪倒在地——不过不是跪倒在何方远面前，而是出人意料地跪倒在了蓝妹面前。

“蓝妹，我求你了！求你从荏苒身边带走何方远吧。我知道你喜欢何方远，何方远对你也有好感，只要你让他爱上你，他就不会再纠缠荏苒了！”刘薇薇声泪俱下，让人目不忍视。

啊……谁也没有想到刘薇薇竟然跪了，还跪向了蓝妹！何方远惊呆了，蓝妹惊呆了，顾南也惊呆了！

无数人的目光投了过来，不知道发生了什么，众人议论纷纷，指指点点。

蓝妹急忙站了起来，慌乱中伸手去扶刘薇薇，即便她平常高高在上惯了，却也没有经历被人当面一跪的礼遇，一时手足无措。手足无措的另一个原因是刘薇薇的要求不但无理，而且还让她不知该怎么回答。

是，她是有几分喜欢何方远，也曾开玩笑说要嫁给何方远，但那只是话赶话的挤对，而不是一诺千金的承诺。喜欢不等于爱，甚至进一步讲，在她的世界里，或者说在她接触的上层圈子里，爱也不等于婚姻。

蓝妹扶住了刘薇薇，刘薇薇却不肯起来。大庭广众之下，蓝妹又不好意思和刘薇薇拉扯，她又气又急，眼泪都快要流出来了。

“伯母，请起来，我答应你。”何方远见此情此景，知道无路可退了，只好挺身而出，伸手扶起刘薇薇，“从现在起，我会和荏苒断绝一切往来。从此，她是她，我是我，互不相干！”

刘薇薇站了起来，紧紧抓住何方远的手：“方远，你不会骗一个快死的人吧？”

顾南在一旁一言不发，目光中有懊恼、有不安，还有一丝说不清道不明的情绪。其实他并不爱梅荏苒，梅荏苒的清纯和清新，不是他喜欢的类型，但也不知道为什么，他还是很想娶了梅荏苒。是为了和梅长河的合作更密切，还是为了战胜何方远，将何方远狠狠地踩在脚下？又或者是他认定梅荏苒虽然不是他最爱的一朵花，却会是一个从一而终的女人，是最让人安心的家花，只要嫁给他，她就会熄灭了全部心思，一心守在家中相夫教子？

不管是哪一个出发点，在经历过许多女人之后，顾南相信他的眼光不会错，哪怕梅荏苒永远不会爱上他，但只要嫁入顾家，她就会是一个恪守妇道的贤妻良母。

现在的女人大多不可靠，与其娶一个虚荣的拜金女回家，不如娶一个好女人进门。况且在顾南的眼中，梅荏苒基因又好，可以为顾家生育和培养优秀的后代。

基于以上认识，再加上从何方远身边抢走梅荏苒可以极大地满足他的报复心理，他就不遗余力地照顾刘薇薇，要从刘薇薇身上打开突破口。

谁知眼见胜利在望之际，刘薇薇却节外生枝，又将蓝妹拉下了水，一时让他懊恼无比。如果说何方远和梅荏苒分手是他的一次重大胜利，那么何方远从梅荏苒身边走开，转身又将蓝妹抱入怀中，于他而言，等于是捡了芝麻丢了西瓜。

顾南的脸色，阴沉如水，很不好看。

今天的事情，不管真的只是一次偶遇和意外，还是顾南的精心安排，何方远心里清楚，刚才在刘薇薇奋力一跪之下，他和梅荏苒之间纵使原本亲密无间，从此却隔了千山万水，甚至隔了一生的时间……他重重地点头："不会，我说话算话，不会出尔反尔。"

夜色依然迷离而沉醉，夏夜的街头，人流如织。微风吹拂，带来黄浦江水的气息。何方远和蓝妹漫无目的地沿外滩散步，此时他的心境，比起刚才平和了许多。

"怎么了，还不开心？"蓝妹本想饭后就回家，但发生了刘薇薇的意外后，她不想何方远一个人生闷气，就主动提出让他陪她散步。说是她想散步，其实她是想让他散心。

"没有，已经过去了。"何方远伸了伸腰，笑了笑，"忽然感觉好像又回到了起点，在集体辞职事件之前，我和梅荏苒是再普通不过的同事关系，当时我还只是一个总监，前途未卜，人生茫然。现在我和她又回到了从前，不，隔了千山万水，甚至还不如从前；现在的我，虽然已经是立化的总经理，却还是感觉前路遥遥，一片茫然。"

刚才的一幕带给蓝妹的震撼早已烟消云散，她毕竟是局外人，而且她心思浅，藏不住太多生活的沉重和忧伤。听了何方远的自嘲，她掩嘴一笑："怎么这么老气横秋？你还年轻，别一脸的沧桑、满嘴的苍茫，感情上遇到一些挫折没什么，天涯何处无芳草。工作上遇到一些困难也没什么，办法总比困难多，再者，你又不是没有退路。"

摇了摇头，何方远将不开心的事情抛到脑后，和梅荏苒的感情，不管是暂时告一段落，还是真的从此互不相干，都不要再想了，多想无用，他的思路又回到了立化目前的困境上："不解决立化目前的困境，就算我有路可退，这也永远会是我职业生涯的一个污点。蓝妹，你希望你未来的合伙人是一个知难而上的强者，还是一个遇到困难就退缩的弱者？"

如果说刘薇薇为他所出的感情上的难题，要用时间和人情世故解决，付出的是耐心和情感，那么陈果和顾南为他制造的工作上的难题，需要的则是高超的眼光和先人一步的商业手段，付出的是智慧和精力。

几天前，一起突如其来的事件打乱了何方远的部署，不但让他一飞冲天的计划暂时搁浅，也让他再次陷入风起云涌的旋涡之中——之前由他提议而付诸实施的全额返还政策，在具体落实的过程中出现了偏差——陈果急于在马大勉离职之后做出成绩，以提升士气，彰显个人能力，急于求成之下，采用了顾南的提议，推出了全新的版权合同，相比以前的合同，新合同的条款更苛刻、更霸道，引发了无数版权方的反对和抵制！

而与此同时，创始团队的开天中文网继续推出高福利、高回报的政策，除了再次从立化挖走了几十名中高层版权方之外，又进一步加大了对底层版权方的吸引力，立化在中层版权方几乎被挖空而底层的新鲜血液得不到补充的内忧外患之下，形势再次告急。

作为立化的总经理，何方远在立化生死存亡之际，别说抽身而出自主创业了，就是以身体不适为由请假病休都没有可能！

何方远的步步推进的计划，被彻底打乱了。

倒不是何方远惧怕乔国界的威胁，尽管他也知道，乔国界是一个说到做到的人，而是他想做到善始善终。

之前乔国界曾经当着何方远的面说过，如果何方远离开立化，不管是去千方还是芝麻开门，或是别家，他都会对他发出必杀令，要不惜一切代价毁了他的职业生涯。实际上，不用乔国界当面说狠话，何方远也很清楚乔国界的为人以及他过去的辉煌战绩。

不过何方远还是坚信如果他真的坚持要离开立化，也没人可以拦住他。

离开后，即便乔国界说要不惜一切代价毁了他，但除非犯法，除非涉黑，否则乔国界还真拿他没有办法。

何方远最大的优点就是手脚干净，从来不贪不拿，他自认在立化期间，不管是任职副总监时的人微言轻，还是当选总经理时的位高权重，凡是他经手的账目，绝对经得起调查。

正是由于他身正不怕影子斜，所以才没有将乔国界的威胁放在心上。

/ 第三章 /

许之以小利还之以大坑

作为总经理，在立化面临重大危机时，不承担相应的责任而甩手离去，这不是何方远的行事风格，也不符合他做人的原则。凡事都要善始善终，在他的任上，除非是能力问题导致无法胜任总经理一职，否则，他绝不能扔下一个烂摊子就转身走人，不管身后是怎样的一地鸡毛。

而且从另一个角度来说，如果他此时离开，也会让外界质疑他的能力，认为他没有足够的掌控力带领立化渡过难关。

对一名职业经理人的最大考验不是业绩的增长，而是处理危机时的掌控、公关和善后的全面能力。

听了何方远的话，蓝妹更加笃定她没有看错何方远，如果此时何方远选择离开立化以推卸本应该承担的责任，她才看不起他。就如之前她在感情问题上对他的考验，如果他因为她的出现而毫不犹豫地离开梅荏苒，也会让她不齿他的人品。

可以这么说，从对梅荏苒感情问题的处理上看，何方远是一个重情重义的男人；从对立化出现危机时的不离不弃上看，何方远是一个可靠而有人格保证的合作伙伴。蓝妹心中对何方远打了一个高分，两个问题的考验，何方远全部过关。

寻找一个各方面都优秀的合作伙伴并不容易，很多时候，一些人的能力和人品并不成正比，甚至是脱节的。能力决定一时，人品决定长远。蓝妹的投资，是最需要时间的项目。如果说以前她对和何方远的合作，在期待之余还心存些许的怀疑和不安，那么现在她一颗心完全落到了实处，有理由相信，等何方远从立化脱困而出之日，就是她和何方远联手展翅高飞之时。

联手？不知何故，蓝妹又想到了何方远在刘薇薇的逼迫下，终于答应了和梅荏苒分手，而以她所了解的何方远的性格，说出的话必然一言九鼎，那么岂不是说，何方远现在又成了单身？这么一想，她忽然心跳莫名加快，险些脸上飞红。

何方远却没有注意到蓝妹的善变和多思，他走累了，见旁边有一条长椅，便坐了下来："蓝妹，你好歹也是立化的副总，说说看，下一步怎么走出困境？"

以2008年为界，之前立化的合同有一个五年期限，五年后如果不续约，版权方发布在立化中文网的作品版权，将重回到版权方手中；但2008年时，立化出现过一次人事动荡，有数名高管从立化出走，并且带走了十几个顶尖的版权方。此事对立化的打击虽不如"三剑客集体辞职事件"巨大，却也让立化伤筋动骨。

事后，立化的高层意识到版权方对立化并没有什么归属感，版权方可以流动，但版权方发布在立化的作品，不可流动，应该永久归立化所有。

于是，2008年后，立化的版权合同就成了永久版权，除了简体出版的版权之外，电子版权、影视改编权以及游戏版权，永久归立化中文网所有。尽管立化的合同和《著作权法》不符——任何授权都会有期限，不存在永久转让版权一说，但立化倚仗一家独大的优势，强行让版权方签订了不平等条约，试图用霸王条约将版权方死死约束在立化的一亩三分地之上。

本来立化的合同就一直被版权方和业内诟病，后来也发生过官司事件，立化以败诉收场。在开天中文网上线之后，三剑客深知立化合同的不足和违法条款，改进了合同，约定了期限，并且将第三方渠道的收入也写进了合同，不再以福利的形式发放。等于说，不管是通过什么渠道的销售收入，都是版权方应得的，网站必须和版权方分享。

在开天重视版权方的利益，并且开放分享的前提下，陈果居然听从了顾南的建议，在何方远所提的全额返还的基础上，进一步修改了合同条款，比起以前的永久转让版权更苛刻、更无耻——虽说何方远身为立化人，不应该用无耻形容立化的新合同，但站在公正的立场和法律的前提之下，立化的新合同用无耻形容还算留了情面——这导致的直接后果就是，部分观望的版权方在接到立化新合同的一刻起，立刻转身投向了开天的怀抱。

何方远痛心之余，大感无奈。不求神一样的队友，只求猪一样的对手——开天方面，在嘲笑立化的闭关锁国之余，更感谢立化昏招不断，源源不断地将众多版权方推向了开天。

本来全额返还政策是何方远提议，由乔国界亲自点头，并交由财务部门核算，再由法务部门审核，在公布之后，就引起了业内的轰动。但就在即将付诸实施时，陈果以个别细则表述不清为由，暂时压了下来。当时何方远还以为是财务或是法务哪个环节出了纰漏，也没放在心上，耐心等待了几天。他也知道，任何新政策的出台，总会牵涉到方方面面的利益，需要时间。

没想到，背后却是顾南插手了新合同！

按理说，顾南只是兴众文学的董事，不是兴众文学的管理层，也不担任立化任何职务，不具备直接插手兴众文学或立化具体事务的权力，但也不知是陈果信任顾南，还是和顾南私交很好，反正顾南的提议，赢得了他的认可。

新合同制定的细节以及幕后，何方远就不得而知了，他只是立化的总经理，而财务部和法务部，是兴众文学的部门，也就是说，他无权过问财务部和法务部的事务，所以直到新合同出台之后，他才见到合同样本。一看之下，大吃一惊。

新合同不但再次强调了永久版权，而且还要求版权方将简体和繁体出版的实体版权也无条件转让归立化所有，不仅如此，合同条款还进一步约束了版权方的正常流动，特别指出，在合同期内，版权方名下的所有作品（包括但不限于版权方身份证名下的全部笔名），立化拥有独家优先权。除非立化以书面形式明确表明不签约版权方身份证名下全部笔名的作品，否则在合同期间，版权方无权在任何网站发布任何作品！

本来全额返还，是何方远为版权方着想替版权方谋取的福利，没想到，被陈果和顾南附加了更苛刻、更无耻的条款，等于是完全将版权方绑架在了立化的船上，不管立化是扬帆启程还是沉没海底，只要上船的版权方，都只能同生共死，无路可退。

新合同一出台，果如何方远预料的一样，顿时引发了业内的轰动和一片骂声。骂声倒没什么，本来资本追求的就是利润最大化，只要赚了钱，只要得了利益，就算别人骂破了天、骂八辈祖宗，也只当没有听见。但由此引发的严重后果和连锁反应，却是让何方远最担心之处——在开天中文和立化的第一波版权方争夺战后，立化的中高端版权方，基本上被挖走了三分之一。海山被抓之后，开天中文在盛怒之下，加大了挖墙脚的力度，又挖了数十个版权方。基本上可以说，立化十年心血培育的中高端版权方，已经被挖得所剩无几。

何方远无意去指责三剑客的挖人之举，毕竟立化旗下的所有版权方，都是三剑客和整个创始团队十年的心血，是他们培育的人才，和他们有着深厚的感情基础，而且对他们的信任度也远超对他和陈果的信任。而且他也相信，当初海山对他说，创始团队不是要和立化争夺有限的市场，而是想将市场做大，只有池子大了，才能容纳几条大鱼。但在海山被抓之后，创始团队一改之前和风细雨的挖人举动，而是大张旗鼓大挥锄头，誓要挖空立化所有有实力的版权方。

开天中文背靠企鹅好乘凉，处于创业初期的烧钱阶段，以企鹅雄厚的实力，不惜砸下几亿资金来挖人，再加上三剑客和众多版权方又有感情基础，相信不用多久，立化所剩无几的几十个中高端版权方，会被全部挖空。

一旦版权方被挖空，立化就成了无本之木、无源之水，不用别人围剿，自己就会因干涸和缺血而走向死亡。

在这样的情形下，立化采取手段反击，也属正常，但采取什么样的手段反击，就要考验智慧和手段了。如果何方远的全额返还政策，能不附加任何条件实行，而且将门槛降低，那必将会吸引无数中低端的版权方蜂拥而来，纷纷加入立化。中低端版权方，虽然为网站创造不了多少利润，但可以带来流量，带来向心力，而且所有的中高端版权，都是从无数中低端版权方中选拔出来的。失去了中低端版权方的人心，等于是失去了造血能力。

而立化现在最缺的就是造血能力。

何方远大感无奈，他的提议出发点就是为立化建立一个良性循环的造血机制，结果倒好，被陈果和顾南横插一脚，附加了绑架版权方的合同条款，明显是许之以小利还之以大坑，不是聪明是精明，并且有失道义，也太小家子气。

“新合同，想必乔董也点头了。”坐下之后，何方远舒展了一下胳膊，懒洋洋地说道，“陈果是乔董的亲信，是乔董眼中的好人，现在立化的一举一动，乔董时刻关注，所以新合同出台之前，陈果必然会面呈乔董，请乔董亲自过目。”

“想都不用想，新合同表面上是陈果的杰作，实际上，还是乔董的手笔。这也说明了一点，乔董永远是兴众文学以及整个兴众集团的天花板。江山易改，本性难移，乔董曾经打败了无数对手，但他永远战胜不了自己。”蓝妹坐在何方远身边，距离何方远有半米的距离，保持了友谊的安全距离，她双腿向前伸展，在夜色之中，青春美好的小腿展现出亮丽的光泽，“你现在能做的事情只有一件，在新合同既成事实的框架下，做好本职工作，当好一个绝对服从命令的管理者。”

让何方远只充当一个执行者的角色，他心有不甘，虽然立化总经理的职务，本身就是一个无条件服从兴众文学CEO指令的执行官，并没有多少决策权。

“那么你说说看，下一步我该怎么办？现在立化是用合同签死了几个顶尖的版权方，又用长约约束了百十名中层版权方，但底层版权方人心浮动，如果最后都倒向了开天中文，立化也会根基不稳，后续无力。”何方远明是问蓝妹，其实并没有指望蓝妹可以给出他想要的答案。

“很简单，静观其变。”蓝妹一开始并没有想到她对立化的介入会这么深，本以为她在总监的位置上干上一段时间就会走人，不想现在却当上了副总，在其位谋其政，况且她又有意投资互联网版权产业，也就暂时沉下心来，以局内人的身份履行副总的职责，希望在任上锻炼自己，以便打好基础。

“静观其变？”何方远含蓄地笑了，“你还不如说尸位素餐，随便他们怎么折腾，反正我随时可以跳出立化，是不是这个意思？”

“当然不是了，你也太小瞧我了。如果我是这种想法，我会建议你现在辞职，和我一起创业。但既然我支持你留在立化，而且还陪你留下，就已经表明了我的态度。”蓝妹抬手看了看表，见时候不早了，站了起来，“静观其变是什么意思，你回去好好想想，如果想不明白，明天上班，我再提醒你。不过你最好自己想通，不要让我失望哟。”

蓝妹也学会虚晃一枪了？何方远被她逗笑了，因为刘薇薇一跪而郁闷的心情也大为缓解：“好吧，明天见，现在送你回家。”

“不用送我了，我自己开车回家就行，你坐地铁好了。”蓝妹冲何方远扬了扬手，五根手指跳动，犹如在弹奏一首优美的钢琴曲。

等蓝妹走出很远，何方远忽然想起了一件事情，冲她的背影喊了一声：“当时刘薇薇求你的时候，如果不是我出面接下，你会怎么回答她？”

蓝妹没有回头，扬了扬手：“等明天你想通了我的问题，我再回答你的问题。”

其实不用明天，何方远现在就想通了蓝妹所谓的静观其变的含义，是让他认真而一丝不苟地执行陈果制定的政策，等新合同政策酝酿发酵到失控的边缘时，他再挺身而出，力挽狂澜，那才能彰显他的重要性。

何方远站立原地未动，望着蓝妹渐行渐远的背影逐渐模糊在人群之中，他摇头笑了。

次日一早，何方远刚进办公室，范记安敲门进来了。

“何哥……”作为何方远的嫡系，不管何方远是常务副总还是老总，范记安一直习惯称呼何方远为何哥，如果让他改口的话，一时还真改不过来，“我关系比较密切的几个版权方，向我抱怨，说是新合同一签，等于永远被拴死在立化了，同等条件下，甚至哪怕条件稍差一些，他们也愿意签给开天，毕竟谁都希望是自由身……现在不好办呀，政策层面的决策，我们说了不算；论私交，又比不了版权方和创始团队十年的感情，不管从哪个角度出发，都留不住版权方。”

何方远不动声色，沉吟了片刻：“顶尖的几个版权方，都签了三年以上的长约，三年之内，动不了，他们是立化的门面，有他们在，乔董心里不慌。”

“可是只有门面不行，还要有根基才能走得稳。何况顶尖的几个版权方，都是溢价几倍买断，说白了，面子是有了，却是靠大把大把地赔钱支撑了门面，哧……”范记安又忍不住冷嘲热讽了，“立化一年的销售额才多少？才一个多亿。利润还不到3000万。3000万，连一个顶尖版权方的买断费用都不够，说到底，现在立化是打肿脸充胖子，可是肿脸总有消肿的时候，就和退潮的时候才知道谁是裸泳一样。肿脸消肿，比裸泳退潮要快多了。”

何方远见房门紧关，多少放心了，不过还是不忘敲打范记安：“小心隔墙有耳，好歹你也是总监了，别再说话口无遮拦了。”

“要不是陈果和顾南一拍脑袋的垃圾决策，立化也不至于步步败退。外行指挥内行，向来没有好下场。依我看，何哥，索性现在跳出立化算了，何必再待下去两头受气？”以前范记安无比向往总监职位，觉得当上总监之后，肯定风光无限，现在身居其位才知道其中的艰辛，尤其是立化的现状，上有乔国界坐镇指挥，中有陈果和顾南指手画脚，下有版权方坐地起价，以倒向开天中文相要挟，要求溢价三五倍买断。他既满足不了版权方的要求，又得尽职劝版权方留下，只是红口白牙哪里有真金白银实惠。

留不住版权方，明明是新合同的原因，是政策层面的问题，却还是会被上面认为是他无能。

太受窝囊气了，范记安才当上总监不久，就萌生了退意。

“说什么呢你？”何方远没好气地瞪了范记安一眼，“少犯贱，多实干，一方面尽职尽责，另一方面静观其变。”

/ 第四章 /

静观其变

范记安嘴角一斜，正想讥笑几句，在没有政策支持的前提下，空口许诺能留下版权方才怪，就算谈恋爱都要拿出诚意，还要送花以及大献殷勤呢，何况立化和版权方的合作，是生意。不过范记安脑中灵光一闪，忽然又想通了什么，嘿嘿一笑："何哥英明。"

"想通了？"何方远深知范记安的优缺点，缺点是嘴巴刁钻刻薄，优点是心眼儿并不坏，脑子灵活，触类旁通，看事情往往可以看到本质，一点就透。

"切，不看我是谁？跟着何哥的人，如果不能及时领会何哥的意图，怎么能成为何哥的左膀右臂？我又不像徐子棋，笨得要死，除了长得胖之外，实在找不出什么优点了。"范记安时刻犯贱的本色不改，自夸之余，不忘贬低徐子棋一番。

"就知道你来何哥的办公室，肯定会说我坏话。"范记安话音刚落，徐子棋推门进来了，和前段时间相比，他又胖了几分，白净的脸庞快成了正圆，心宽体胖是一方面，另一方面，也是爱情的滋润，"反正我也习惯了刻薄，就当你的冷嘲热讽是对我的磨炼。一个人想要成就一番事业，必须要有足够的心理承受能力，谢谢你犯贱，你是我成就大事的道路上，必不可少的磨脚石。"

范记安被徐子棋的一番高论惊呆了，愣了片刻，嗤笑一声，正要开口好好反驳徐子棋几句，何方远摆了摆手："停，现在不是斗嘴时间。子棋，我交给你的任务，进行得怎么样了？"

徐子棋得意地回敬了范记安一个你奈我何的眼神，又冲何方远嘿嘿一笑，递上了一沓材料："立化中文网的部分程序代码以及安全漏洞，全部查到，顺利而圆满地完成任务。"

啊？范记安吓了一跳，将和徐子棋的斗嘴放到一边，惊奇而不解地问道："何哥，这唱的是哪一出？要黑立化？”

“黑你个头，会不会说话？不会说话就闭嘴。”何方远意味深长地笑了，“有备无患嘛……想当年，立化刚起步时，曾经和一家老牌中文网站竞争，在竞争白热化时，对方的网站突然上不去了，接下来的几个月内，对方网站经常性抽风，要么登录不上，要么慢得要死……最后的结果就不用我说了吧？”

结果当然是立化大获全胜，而对方最终一蹶不振，从此退出了历史舞台。背后到底发生了什么，业内众说纷纭，有人说是立化背后下的黑手，也有人说是对方自乱阵脚，服务器出了问题。但真相究竟如何，就连在立化工作了数年之久的何方远，也没有一个确切的答案。

没有确切的答案就是答案，何方远心里有数，商业手段，有阴有阳，他不会主动抹黑别人，也不会暗下黑手，但不敢保证别人对他不会无所不用其极，万一他和蓝妹合作的网站上线后，天天被人攻击怎么办？至少他也要有还手之力才行。

“明白了，完全明白了。”至此，范记安心中豁然开朗，算是完全领悟了何方远的棋局。如果说徐子棋背后所做的事情是为了未来打算，防止跳出立化后，万一乔国界撕破脸皮，拿出对付海山的方法来对付他们，那么对不起，徐子棋手中的材料就是以牙还牙的有力武器。而现在何方远提出的尽职尽责、静观其变的策略，是拿立化目前的危机当成实战练手的宝贵机会，现在练手，总比以后创业时拿自己的公司再练手好上许多，不但可以节省大量的时间和金钱，最主要的是，不管成败，都会大有收获。

成功了，积累了经验，赢得了名声；失败了，吸取了教训，增长了见识，同时还可以避免以后创业时再犯同样的错误。高，真是高！范记安顿时对何方远又高看了一眼，崇拜之心，比以前又多了几分。

何方远见范记安总算完全领悟了他的布局，也不说破，呵呵一笑：“明白了就好。不过你肯定还有一件事情不明白……”

“什么事情？”范记安颇不服气，“整个立化，不，放眼整个兴众文学，还有我不明白的事情吗？”

“如果吹牛也上税的话，相信全国的税收可以立马儿增收百分之三十以上。”徐子棋也学会了范记安的嘲讽，冷不防插嘴一句，对范记安的自吹自擂进行了毫不留情的贬低。

范记安不干了，立刻对徐子棋还以颜色：“小眼儿棋，不就是你追求付瓜瓜的时候，败在了我的手下吗？男子汉大丈夫，愿赌服输，别输不起……”

“我现在只爱常辛儿一个人，什么付瓜瓜，早成过去式了。当时是荷尔蒙分泌过剩，冲动之下犯了一个错误，换了现在，就算付瓜瓜倒追我，我也未必理她，哼，哼……”徐子棋现在和常辛儿如胶似漆，已经到了谈婚论嫁的阶段，所谓情人眼里出西施，何况常辛儿确实也很漂亮，而且还温柔贤惠，他对常辛儿百分百地满意。

“你再说一遍……”范记安收起了一脸的冷嘲热讽，怒容满面，“敢说我女人，信不信我和你绝交？”

男人之间的友情通常会因为两件事情而终止，一是金钱，二是女人。

何方远一拍桌子：“闹够了没有？没闹够，出去闹。”

一句话震慑了范记安和徐子棋，二人都讪讪地一笑：“不闹了，不闹了，请何总指示。”

见二人老实了，何方远又轻松地笑了：“聪明的人，懂得适可而止。智慧的人，知道见好就收。如果说乔董从向海山出手之时就暴露了他的愤怒的话，让人清楚地看到他不是一个适可而止的人，那么在新合同的制订上，再一次让人看穿了他性格中的缺陷，就是不知道见好就收。如果我没有猜错的话，乔董明知道新合同必然会引发版权方的反对，并且可能会有一系列的连锁反应，但他还执意要出手，显然，他是想提前闭环了。”

“闭环？”范记安十分不解，“开天中文走的是一条开放、共赢的全渠道大道，立化本来在渠道上就不占优势，为什么不想方设法拓展渠道，反而要早早闭环？立化的背后虽然有兴众文学和兴众帝国，但兴众毕竟不是企鹅，没有一个完整的生态圈，闭环，等于是闭关锁国，除了关死自己之外，对开天中文不但没有冲击，反而会为开天中文的崛起创造机会。以乔董的智慧，不应该会为对手制造机会……难道说，乔董不想玩了？”

企鹅有企鹅币、企鹅游戏、企鹅文学、井大中文网以及企鹅视频，完成了从源头的版权作品的生产，再到版权作品衍生的游戏以及视频的闭环，甚至还有企鹅币的支付系统，据传，企鹅还有意申请成立民营银行，一旦获得银监会批准的话，企鹅的银行再和企鹅币打通支付环节，等于是企鹅拥有了一个完整而健康的生态系统。

而兴众文学只有源头的版权作品，却没有相应的游戏和视频渠道的延伸，是一个不完善的系统。用一个不恰当的比喻就是，企鹅是一家有阳光有雨水又有空气的温室大棚，即使外面冰天雪地，温室大棚也可以自成一体，出产瓜果蔬菜，自给自足。兴众则不行，阳光有，空气有，但缺少必不可少的雨水。

“是呀，一系列的举措说明，乔董萌生了退意。”见范记安说到了点子上，何方远也没再隐瞒他的想法，也到了和范记安、徐子棋交底的时候了，因为接下来的布局，开始着眼于未来了，不能再局限于立化的一亩三分地了。是呀，连乔国界都不想玩了，别人还怎么玩下去？更何况，他原本也没想陪乔国界一直玩下去。

“乔董不玩了，会怎么处置立化？”范记安以为何方远所说的乔国界不玩了，是指乔国界想放弃立化，却没想到，乔国界想要放弃的，可能不仅仅是一个立化。

“现在还不好说，暂时还没有看出乔董的下一步。不过根据立化的过早闭环可以看出，乔董不再是以前那个意气风发、指点江山的乔董了，现在他只想守住立化的一亩三分地，然后转手卖一个好价钱。”昨夜何方远几乎一夜未睡，除了刘薇薇带给他的压力之外，他思索了一晚上立化目前的局势。一系列政策出台的背后，绝对是乔国界的默许，如果乔国界想继续和开天中文较量，不会出台新合同让中低层的版权方望而却步。

表面上看，新合同的出台是昏招，但如果仔细分析的话，其中暗含了乔国界下一步的长远布局，也无意中透露了他的心迹。当然，以上只是何方远的初步猜测，乔国界到底怎么布局下一步，或者说，他的长远计划是什么，别说何方远不知道，恐怕就连陈果也是不得而知。

乔国界一直是一个孤独的帝王，他的内心世界，没有几人可以一窥究竟。

“不管乔董是什么想法，也不管乔董还想不想再玩下去，我只有一个想法……”徐子棋推了推眼镜，眼睛眯成了一道缝，“紧紧跟随何哥的脚步，何哥向东，我绝不向西。”

徐子棋不是拍马屁，而是现在的形势十分复杂，他看不清方向，紧跟何方远的步伐，他省心省力，还可以不迷失，也不会犯错。

范记安也及时表态：“就按何哥的指示精神办，尽职尽责、静观其变。不过何哥，梅荏苒和你，是不是没戏了？”

何方远揉了揉太阳穴：“时光荏苒，岁月匆匆，谁的青春都耗不起。有句话说得好，人生所有的相遇，都是久别重逢。而所有的重逢，都是为了更长久的分离。”

“太哲理了，理解不了。”徐子棋再一次推了推眼镜，转身走了。

“太形而上了，伤脑筋。”范记安也很无奈地转身就走，没有安慰何方远受伤的心灵，“何哥，你和梅荏苒分手也没什么，我不发表意见。但如果你是因为蓝妹而抛弃了梅荏苒，虽然你是老大，但是我还是会在内心深处鄙视你。”

若是平常，何方远少不得笑骂范记安一番，说不定还会扬手扔一件东西敲打他，但今天，他只是无谓地笑了笑，没理会范记安。

一上午，蓝妹都没有出现，何方远还以为她会来和他碰面，就昨天的问题交流一下看法，也不知道她是太有耐心，还是没来上班，反正她的办公室大门一直紧闭。

下午一上班，何方远正要去蓝妹的办公室，还没出门，樊铮就推门进来了。

“何总，陈总让我们去他的办公室一趟。”

比何方远大上几岁的樊铮白净而瘦弱，戴一副金丝近视眼镜，一副白面书生的形象，平时不苟言笑，说话办事一板一眼，极有分寸。作为陈果的亲信，在立化开除黄是道和楚一亭的人事动荡中，他在陈果的力荐下脱颖而出，一举跃居立化的常务副总之位，位居蓝妹之上。

樊铮担任常务副总之后，和何方远的接触不多，除了工作上必要的对接之外，工作之外的时间，两人形同陌路。或者说，他和何方远完全没有私交。

何方远也摸不清樊铮的为人，好在工作上樊铮虽然事事唯陈果马首是瞻，但也没有越位之处，总之，印象中樊铮还算是一个事事方正、恪守原则的人。

陈果在提拔了樊铮之后，几次表现出有意让何方远和樊铮走近的意图，但何方远并不领情，他对樊铮不太感冒，再则他也没必要和樊铮计较太多，别看樊铮是常务副总，但他从事互联网版权产业的时间太短，可以说，是半个门外汉；而且他在立化的资历也浅，甚至还不如蓝妹，基本上可以说，樊铮在立化的存在感并不强。

何方远明白陈果是想让樊铮迅速和他走近，以尽快在立化打开局面，树立权威，以便在合适的时机取代他的位置。陈果是乔国界眼中的好人，跟随乔国界多年，必然或多或少被乔国界影响，也会将他身边的人划分为三种——好人、明白人和能人，显然，他在陈果眼中，也许是能力出众、执行到位、如马和炮一般的明白人；也许是既可以冲锋陷阵又可以一往无前、如车一般的能人；但绝对不是无条件忠诚于他、如士和象一般的好人。

只可惜，陈果只学到了乔国界用人的皮毛，没学到精髓，毕竟他本人就是一个只能守成的士或象，不是具有开拓精神的车、马、炮，更没有敏锐的眼光和识人之明。

和樊铮一起上楼，正好电梯中无人，何方远没话找话：“樊铮，立化的新合同有部分条款引起了版权方的反感和指责，你怎么看？”

问题看似简单，却是一道不好回答的测试题——测试樊铮对陈果是无条件追随，还是有条件服从，同时，何方远更想知道，樊铮担任立化的常务副总也有一段时间了，他到底有没有进入状态，有没有一心扑在互联网版权产业上。

当然，如果从更长远、更隐晦的角度考虑，何方远在犹豫等他跳出立化的时候，能不能拉上樊铮一起，让樊铮为他所用。樊铮的能力有，事事认真负责，最主要的是，他行事时的方寸感把握得很到位，而且原则性强，很适合担任副总以及常务副总的职务。

是时候为将来的班底考虑了，徐子棋太宅，人际交往能力欠缺，但他的技术和认真精神，负责技术部门肯定可以人尽其才。范记安头脑灵活，聪明多变，只是小聪明难成大智慧，他充其量到副总为止，或是总办主任，起承上启下的桥梁作用。

蓝妹是董事长，不会参与管理，何方远肯定要亲自担任CEO，负责全面工作，并组建管理层。同时，也许梅茌苒真的从此和他千山万水了，况且她现在在千方工作，也不可能回来加入到他的团队之中，那么他现在最欠缺的一个重要副手就是可以替他分担大部分日常工作的常务副总。

常务副总必须踏实能干，还必须原则性强，为人方正。是不是有开拓精神和冲锋陷阵的能力并不重要，重要的是，可以将他的理念执行到位并且毫无保留地落实。

樊铮是何方远现阶段目光所及的范围之内，最合适的常务副总人选——没有之一。

想想也觉得好笑，三剑客的集体辞职，依靠江湖义气和草根文化，以及深厚的人脉，带走了整个团队和大部分版权方；而他选择留下，一步步取得了乔国界的信任，最终坐上了立化总经理的位置，却也是身在曹营心在汉，一心所想的还是要从立化挖人。如果乔国界知道了他的真正用心，不知会是怎样暴怒？也不知会高举什么样的屠刀，一刀朝他的头上斩落？

相比三剑客集体辞职时光明正大地挖人，他现在的所作所为可谓是真的在背后撬了乔国界的墙脚，相信乔国界得知真相之后，绝对不会轻饶他。何方远一时想远了，想起乔国界对海山所下的狠手，他不无担忧地想，真到了和乔国界摊牌的一天，会是怎样刀光剑影的局面？

乔国界可是从来不肯吃亏的性格，何方远既没有三剑客深广的人脉，也没有开天中文背靠企鹅的深厚背景，到时万一乔国界对他发出必杀令，他再落一个李一男一样的下场，岂非一失足成千古恨？

/ 第五章 /

绵里藏针

“新合同条款的问题……”樊铮的话打断了何方远的思绪，他目光坚定，语气也十分坚定，“短期是会引发阵痛和动荡，但从长期来看，有利于立化的稳定和长远发展。所以，必要的牺牲是值得的。”

和何方远预料的几乎一样，樊铮事事站在大局上考虑，目光未必有多长远，也不一定可以看出乔国界的长远布局，但他却是一个合格的执行者和坚定的追随者。

何方远笑着点了点头：“有些事情，对大局有利，未必对个人有利；对公司有利，未必对别人有利。樊铮，如果为了公司利益让你牺牲个人利益，你能做出多大的牺牲？”

樊铮目光跳跃几下，微一思索：“我的原则是，如果是公司带给我的个人利益，在公司利益的大前提下，可以全部牺牲。但如果是我个人的个人利益，我不会无条件奉献。”

何方远没再说话，他明白了樊铮的意思，如果是公司的奖金、福利或是职务，可以为公司利益而牺牲，但除此之外，他个人的声誉、财产，不会为了公司利益而让步。

真是一个公私分明的人，何方远心中更肯定了自己的判断，樊铮此人，可用，是一个优秀的将才。而他现在最缺的就是将才，至于帅才嘛，嘿嘿，自然当仁不让就是他自己了。

只是如何将樊铮拉拢到自己的阵营之中，需要从长计议，而且还必须要有一定的商业策略。

陈果的办公室在十八楼。

升任了兴众文学的CEO之后，陈果既没有在十楼的立化办公，也没有在十五楼原先的马大勉办公室办公，而是又回了十八楼。十八楼是兴众总部所在地，在十八楼办公，方便随时和乔国界沟通。以前马大勉担任兴众文学的CEO时，就享受不了在十八楼办公的待遇。不过由此也说明，现在的兴众文学在乔国界的心目中，上升到了无可替代的高度。

也是，现在的实际情况就是，兴众文学不管是上市还是出售，都是乔国界兴众集团旗下最后一项优质资产了。

“方远、樊铮，来，坐。”何方远和樊铮一进办公室，陈果就热情地招呼二人，“喝点什么？”

“不用了。”何方远摇了摇头，陈果担任总编办主任多年，养成了热情待人的习惯，比起马大勉的精英气质，他算是平易近人多了。

和何方远摇头回绝陈果的热情不同的是，樊铮二话不说，伸手拿过一个一次性纸杯，自顾自接了一杯白开水：“还真是渴了，借陈总的水一用。”

陈果笑了笑，目光又落在何方远身上：“方远，听说新合同引起了不少争议，导致许多版权方不敢再和立化签订合同，是不是有这回事儿？”

陈果身为兴众文学的CEO，不直接接触版权方，对版权方的动向不了解也在情理之中，不过他在立化亲信不少，既有常务副总樊铮，又有版权部经理史尚飞——上次人事动荡之中，史尚飞也是既得利益者之一，由副总监升任版权部经理，替代了楚一亭——他对立化的一举一动不能说是完全一手掌控，至少也可以说了如指掌了。

再加上梅茌苒辞职之后，他又安排了亲信付锐担任了副总监，另外还有范记安和徐子棋升任之后遗留的小组组长的空缺，也都由陈果一言而定。现在的立化，表面上是何系一家独大，实际上，在许多关键位置上陈果都安插了自己人，毫不夸张地说，现在的立化已是陈果的天下了。

不要忘了，陈果的背后，还站着乔国界。立化的任何风吹草动，都逃不过乔国界的火眼金睛。之前乔国界常年定居在国外，自从集体辞职事件之后，他不但回国居住，而且一周至少会来兴众总部三次。

何方远知道陈果明知故问，是想试探他对此事的看法。如果说集体辞职事件之后，他面对马大勉的打压和黄是道的排挤，以及楚一亭的阴谋，需要阳谋和阴谋并重，并且借助陈果和马大勉的不和以及乔国界对马大勉的不信任，才最终得以大获全胜的话，那么在马大勉离职之后，现在他已经没有力量可以借用，必须正面面对陈果日益增加的不信任，以及乔国界对他根深蒂固的成见。

毕竟，他曾经是三剑客的亲信。

没错，陈果对他的信任度，现在已经降低到了最低点。陈果没有明说，顾南也没有挑明，但何方远是何许人也？他心明眼亮，对形势看得清清楚楚，从陈果和顾南的迅速走近以及陈果并未征求他的意见，直接修改了合同条款这两件事就可以得出结论，自从马大勉离职之后，陈果对他的信任，每况愈下，时至今日，他差不多算是陈果的眼中钉和绊脚石了吧？

另外还有一个原因，何方远不敢肯定，只是猜测——说不定顾南为了满足打击报复的阴暗心理，已经暗中告诉了陈果他和蓝妹的大计！

如果真是如此的话，陈果知道了他随时可能跳出立化，和蓝妹重起炉灶，不但要挖立化的墙脚，而且还要成为立化的直接竞争对手，别说对他怀疑外加防范了，说不定会谋划一个将他拴死在立化的计划，让他逃不出立化的地盘和乔国界的手心，别说跳出立化到外面海阔天空一飞冲天了，就老老实实待在立化，上不去下不来，待在半空十年八年，耗也能耗死他！

当然，何方远只是无根据猜测，估计顾南也不会这么没有节操，破坏蓝妹的大计。而且再深入一想，如果顾南真的透露了他和蓝妹的计划，以乔国界的性格，估计早就对他出手了。不只是他，连蓝妹也会被乔国界拿下。哪怕蓝妹的父亲蓝成器和乔国界素有交情，乔国界也不会对敢挖他的墙脚的人手软。

就算以上的推测不成立，但陈果对他态度的转变，何方远早就敏锐地有所察觉了。想想也可以理解，他并非陈果的亲信，当初和陈果走近是因为共同的对手马大勉，所谓敌人的敌人就是朋友，但现在共同的敌人不复存在，他和陈果之间的利益共同点消失，对于想一统立化的陈果来说，只有何方远让位了，樊铮才有可能上位。

也只有樊铮上位了，担任了总经理，陈果才算真正完成对立化的全面掌控。

不管怎样，和之前形势大不相同的是，他现在虽然明面上是立化第一人，和之前的副总监以及常务副总之时，不可同日而语。但实际情况却是，以前他面对马大勉和黄是道、楚一亭时，因为有乔国界的势和陈果的力可以借助，心中笃定，充满了必胜的信心。现在没有了马大勉和黄是道作为缓冲地带，他将直面乔国界的威势和陈果绵里藏针的打压。

是的，陈果对何方远的打压，不是雷厉风行，也不是连敲带打，而是和风细雨式的绵里藏针，就如新合同事件一样，事先并不告诉何方远他修改了合同条款，只让何方远无条件执行。执行之后，版权方有了反对的声音、何方远的工作遭遇了阻力，他再若无其事地征求何方远的意见。似乎是很关心何方远的工作，其实是想知道何方远心里有没有怨气，还想借此机会，让何方远清醒地认识到自己目前的处境。

何方远对自己目前的处境早已清清楚楚，对于陈果笑里藏刀的手法也算心里有数了，他点头说道："是有这么回事儿，新合同的部分条款，太苛刻霸道，许多版权方提出了反对意见。主要也是现在形势和以前大不相同了，互联网版权网站越来越多了，虽然立化目前还是一家独大，但独虎难敌群狼，不提开天中文，就是北京的二八中文网和驰骋中文网，也趁立化动荡分裂之际，挖走了一小部分版权方。新合同……后患无穷。"

陈果再是外行，也知道二八中文和驰骋中文与立化的渊源以及纠葛。二八中文的创始人当年正是立化的资深人士，虽然不是如三剑客一般的创始人身份，却也算是立化的元老之一。后来因为理念不合，愤然从立化出走，到了北京联合一家互联网公司创办了二八中文网，时至今日，二八中文在国内的互联网版权产业市场，位居前三，拥有举足轻重的影响力。

而驰骋中文的资方，是一家互联网游戏公司。驰骋中文网成立后，大举锄头，在2008年时，一举从立化挖走了十几个顶级版权方，导致立化伤筋动骨。也正是驰骋中文的挖墙脚之举，才让立化将五年的合同期限修改成为永久转让的合同条款。

现今，驰骋中文虽然既不如二八中文生态环境良好——已经建立了良性的造血机制，又不如开天中文实力雄厚、团队战斗力强，更不如立化十年积累的根基深厚，但它勉强算是国内四大互联网版权网站之一，也算打出了名气，在各大巨头纷纷看好互联网版权产业的今天，日后说不定也有大好前景。

而创始团队的出走，不但让立化元气大伤，十年之功险些毁于一旦，更让立化加快了闭环的速度，在永久转让的基础上，更进一步签死版权方的笔名甚至包含了身份证真名名下的全部笔名！

可以说，立化十年间，对互联网版权产业市场的推动，功不可没，不但培育了一个潜力无限的互联网版权产业，而且三次分裂，造就了二八中文、驰骋中文以及开天中文国内三大顶级互联网版权网站！实事求是地讲，基本上国内整个互联网版权产业，都是由立化培育造就的。

每一次分裂，乔国界都要关闭开放共享的渠道，到今天，终于完成了最终的闭环。也是，任谁见到自己辛苦打下的江山被后来者逐步蚕食，都会赶紧关上大门，不让外面的人进来，也不让里面的人出去。

陈果见何方远如实回答，态度中肯，语气平和，心里跳动几下，心想何方远是不是察觉到了什么，想了一想，又说："事实我也了解了，你有什么看法？或者说，有没有什么补救的方法？"

"没有，政策问题涉及了福利和以后的长远发展，只凭人情和交情，拉不回版权方的心。政策层面的问题，作为执行者，没有办法补救。”何方远再清楚不过，陈果有此一问，不是真想听他的补救之法，而是想听到他的牢骚和埋怨。而一旦他牢骚和埋怨，说不定立刻就会传到乔国界的耳中。

现在想要动他，得乔国界点头才行，陈果无权决定他的去留。陈果的用意很明显，是想让他在乔国界的心目中逐渐失势。不过何方远虽然没有满腹牢骚，话里话外却还是流露出了些许不满。

“方远，你是不是对我没有和你商量就修改了部分合同条款有意见？”陈果见何方远不跳坑，未免微有焦急。

何方远见陈果步步紧逼，知道他在陈果的心目中已无大用。也是，立化的闭环之举，意味着立化正在收缩战线，不再向外扩张，也不再和开天中文、二八中文以及驰骋中文打擂台，明显是想闭关锁国、故步自封了，这样的话，只需要一个好人坚定地执行乔国界的最高指示精神就可以了，不再需要如他一样的能人冲锋陷阵了。

虽说何方远知道他早晚要离开立化，就如之前无数和乔国界共事过的高管一样，避免不了被扫地出门的命运，但他不是任人摆布的性格，他自认是对乔国界的为人研究得最为透彻的第一人，又亲身经历了立化的最大一次分裂事件。如果他再不长记性，还认为乔国界可以一直对他提拔重用，他就太天真太幼稚了。而且他也早有打算，不会让乔国界随意摆布他的命运。

陈果的逼迫，即使不是受乔国界指使，也是得到了乔国界的默许。身为乔国界的亲信，陈果的一举一动，必然会事先征求乔国界的意见。

比起之前面对马大勉的压迫和黄是道的排挤，现在的何方远面对的是陈果的逼迫和乔国界的森然杀意，他想要从容过关并且突出重围，难如登天。而且他也清楚得很，乔国界对他失去兴趣，陈果对他失去耐心，想让他让位，并不是说想将他从立化一脚踢开，过河拆桥，而是想让他在立化闲置。

乔国界也怕他跳出立化之后，不管是投奔创始团队的开天中文还是为千方所用，对立化来说既是损失，也有损颜面。

“意见倒是有一点儿……”何方远没让陈果失望，说出了陈果期望的回答，不过他随即话题一转，“就是合同的条款，还是太宽松了。作为业内的开拓者和领先者，立化一直被模仿从未被超越，整个互联网版权市场都是立化一手培育而成，凭什么市场培育了，果实成熟了，就有人横空杀出厚颜无耻地抢夺胜利果实？部分版权方也是，见利忘义，他们有今天的身价，还不是在立化的平台上实现了价值？不能纵容他们坐地起价的无耻行为，我个人认为，合同条款应该限定只要在立化签约，不但版权作品永久归立化所有，在立化注册的笔名，也永久独家归立化所有。”

陈果愣住了，没想到一向为版权方着想的何方远，会说出这么一番义愤填膺的话，而且何方远一向平和，很少偏激，今天这是怎么了？难道是受刺激了？愣过之后，他云淡风轻地笑了笑：“话是这么说，但人都是为自己着想，版权方有想法也正常，没想法才不正常。方远，你和樊铮要多和版权方沟通，做好版权方的安抚工作。另外，立化下一步的宣传攻势，你有没有具体方案？”

宣传工作很重要，尤其是互联网版权产业市场，需要源源不断的生力军的补充，才能保证更多优秀版权作品的涌现。互联网版权作品，进入门槛低，只要有一台电脑、有表达的欲望，就可以创作作品上传，开始作家梦。

庞大而免费的生力军，是保证立化造血机制良性循环的基础，但庞大而免费的生力军从哪里来？从无数学生、待业青年和有空闲时间的文学爱好者中来。为了吸引更多的生力军加入立化，立化每年都会花费不菲的广告费用宣传立化的造神机制，让无数梦想可以一举成名并且年薪百万的新人作者以飞蛾投火一般的热情加入立化的版权方大军之中。

/ 第六章 /

你来我往地交手

互联网版权作品，虽然进入门槛低，但淘汰率非常高，真正能从中脱颖而出者，寥寥无几，不夸张地说，不足万分之一。立化一直对外宣传旗下有签约作家上百万人，如果只按作品数量计算，确实有上百万之多。但实际上，立化看似庞大，占据了国内互联网版权产业市场百分之七十的份额，现实却是，由于盗版太多，立化每天的销售额才二三十万。数年来，不管怎么努力，都没有突破三十万的大关。

立化顶级的版权方有十几人，中层的版权方有二百多人，剩下的底层和不入流的版权方，大概一千人，也就是说，一千二百多人从每天二三十万的销售中分成，平均每人能有多少？何况大部分销售收入都来自十几个顶级版权方的作品，许多中低层版权方的作品，销售额极小，月收入不足一千元的版权方也大有人在。

尽管如此，立化每年都会大肆宣传几个顶级版权方的高额收入，希望可以吸引更多向往成名、向往大赚其钱的免费生力军的加入。反正签约一名新入行的版权方，只需要一纸合同即可，立化不用花费一分钱。一万个新入行的版权方之中，只要有一个人成功、只要有一个人为立化赚钱，就算赚到了。

去年立化重点宣传的顶级版权方是百砂出品。百砂出品在立化的第一部作品，并不出名，到第二部作品时，人气大旺，日收入达到了3000元，一举跻身到顶尖的五个版权方之列，成为立化的标杆人物之一。

除了在立化的电子销售以外，百砂出品的作品在手机移动阅读基地的销售，曾经一度名列第一，最多一月单是手机移动阅读基地的分成就高达50万元，要知道，手机移动阅读基地的分成情况是，基地拿六成，剩下的四成，由立化和版权方平分。换句话说，他的作品在手机移动阅读基地的月销售额，高达250万元。

除了电子版权大卖之外，百砂出品的实体书销量也算不错，在立化几个顶尖的版权方之中名列第一，单本最高销量达到了5万本。由于是系列书，总系列十本以上，总销量就在50万本以上。立化在宣传时夸大了十倍，就成了销量高达500万册的超级畅销书。

一系列的宣传和包装，是立化造神计划的措施之一，为的就是诱惑成千上万的青少年投身到互联网版权产业中，也是为了将更多的版权方签死到立化的旗下。基数越大，从中选拔出来优秀的版权方的机会和可能性就越大。

“具体方案，由樊铮负责。”明明是樊铮负责宣传方面的工作，陈果非要问他，何方远心里越来越烦躁，绵里藏针的手法比起马大勉的高高在上更让人疲于应付，但话又说回来，再难，他也得挺过去，如果应付不了陈果、对付不了乔国界，那么他就算和蓝妹联手创业，面对众多对手的包抄或围攻，说不定早早就一败涂地了。

“你总得有个想法才行，虽说具体工作由樊铮负责，但他毕竟入行时间短，不如你专业。”陈果半是埋怨半是关心，“怎么了？最近见你状态不对，是不是太累了？实在扛不住的话，可以休假一段时间，别硬撑着。樊铮虽然入行时间短，不过他学习快，能力强，短时间内独当一面也没有问题了。”

陈果的话，看似前后矛盾，其实正是他的高明之处，一方面敲打何方远，让他不要人浮于事；另一方面又暗示樊铮可以独当一面，言外之意再明显不过，是含蓄地警告何方远，他可以随时被束之高阁，接替他的人选，已经准备就绪。

何方远岂能不明白陈果的意思，他呵呵一笑：“最近确实有点累，不过工作也没落下。说到休假，我还真有一个度假计划。只是一直有一个想法，想向乔董当面汇报一下。不向乔董汇报了我的想法，休假也休不踏实。”

当着陈果的面儿提出越级向乔国界汇报想法，何方远的话一出口，樊铮脸色顿时一变。刚才陈果和何方远你来我往的交手，他在一旁摆出置身事外的态度，只听不说，而且还是事不关己高高挂起的洒脱，仿佛陈果力推他上位，他受之无愧一样。但现在，他再难保持一脸镇静，惊讶的目光立刻落在了何方远身上。

何方远是职场老人，也经历过大风大浪，怎么会说出这样没有水准的话？越级向乔国界汇报，摆明了是对陈果的不信任。不对，何方远分明是在向陈果提交换条件，如果陈果帮他向乔国界传话，他就会如陈果所愿休假。

休假，是陈果闲置何方远的第一步棋，也是关键的一步。一旦何方远休假期间，樊铮暂时全面接管立化，并且做出了不错的成绩，那么樊铮就为正式接替何方远打通了第一道关卡，也埋下了伏笔。

陈果微一沉吟，何方远的交换条件不算太难办，若是平常，他肯定想都不想一口拒绝，但联想到如果真能以此换取何方远的休假，也算值了。又一想，何方远还真天真地以为乔董对他还有爱才惜才之心？以为和乔董见上一面，就可以让他的处境有所改变？到底还是年轻，还以为他在乔董眼中多有分量一样。

这么一想，陈果自认胜券在握，点头应下了："好，我会找机会和乔董提一提。"

下楼的时候，何方远和樊铮同行。上了电梯，樊铮按下了十楼的按钮，说道："何总，陈总一向对事不对人，你别多想。"

"怎么会？陈总对我有知遇之恩，我一向非常尊重他。"何方远看了出来，樊铮是有感而发，而不是以胜利者的姿态向他炫耀。再说，樊铮最终能不能坐上总经理的宝座还是未知数。就算陈果力挺他，但让乔国界点头，也不是一件容易的事情。

樊铮谦虚地一笑："我很佩服何总在创始团队辞职事件时作出的英明决定……"

"此一时彼一时，彼时是聪明，此时再看，就未必了。"何方远先是承受了刘薇薇让他离开梅茌苒的打击，现在又面临被陈果边缘化的危险，在爱情和事业双重打击之下，却丝毫没有沮丧之意，相反，一副云淡风轻的样子，仿佛一切都无所谓，"樊铮，有个问题不知道你想过没有，不久前乔董还信心十足，一副指点江山、还我河山、收复失地的豪壮，怎么没过多久，忽然间偃旗息鼓了？现在开天中文还没有完全崛起，立化还有大把的机会可以打败开天中文，为什么闭关锁国、急急闭环了？"

樊铮扶了扶眼镜，身子靠在电梯内的扶手上，微一思忖："我也想过这个问题，乔董应该是为了避免再被竞争对手挖墙脚，所以以退为进，先闭环，练好内功，健全造血机制，然后再和开天中文一决胜负。"

何方远意味深长地笑了，樊铮的话，是他的真实想法，不是故意有所隐瞒，由此也说明，樊铮是守成的将才，不是开辟疆土、高瞻远瞩的帅才，眼见电梯到了十楼，他向前一步迈出电梯，扔下一句话转身离去："樊铮，你难道就没有想到另一种可能是——乔董不想玩了，想卖掉立化，不，甚至是整个兴众文学。"

话一说完，何方远不理会樊铮的惊愕，大步流星回到了自己的办公室。

一进房间才发现，原来办公室里有人在等他。

"副总坐老总的位子，蓝副总，你越位了。"何方远见蓝妹坐在他的办公椅上转来转去，悠闲而好玩，不由气笑了，"你倒是幸福了，我却惨了。"

"怎么惨了？不就是被下江丈母娘羞辱了一次？不对，不是羞辱，是哀求。在无数青年才俊被下江丈母娘打击得无地自容时，你还可以让下江丈母娘跪倒在你的面前，你面子天大了。"蓝妹心情不错，上来就调侃何方远，"和你相比，我才是真惨了。"

今天怎么了这是，非要比谁更惨？何方远气不打一处来，上前将蓝妹一把拉起，他一屁股坐在椅子上，摇头叹了一口气："先说我的惨，还是先说你的惨？"

蓝妹被何方远粗暴地拉起，也不生气，嘻嘻一笑："先说你的，也许你不开心的事情说出来后，我就开心了。"

何方远很是无奈地翻了翻白眼儿，将他和樊铮在陈果办公室遭遇到的冷暴力说了一遍，然后很西化地一耸肩："看来，我们的计划被打乱了，原本还想帮立化渡过难关，以显示我们不离不弃的职业道德，没想到，陈果为了推樊铮上位，要将我束之高阁了。过河拆桥也没什么，但才过河就迫不及待地要拆桥，一、没职业道德，二、吃相太难看了。"

"啊？"蓝妹这才知道事情的变化之快远远超出预料，她伸出右手在何方远的肩膀上拍了拍，假装关切地安慰，"何方远，节哀顺变。不要紧，失之东隅，收之桑榆，你还年轻，机会还有的是。"

何方远被蓝妹的调皮逗乐了，推开她的手："行了，别虚情假意了。我和梅荏苒分手，你高兴；我被陈果束之高阁，被乔国界冷落，你开心。总之，我越倒霉、越惨，你就越是既得利益者。说吧，你都这么幸福了，还哪里惨了？"

"你和梅荏苒分手，真不是因为我，我也没有幸灾乐祸。至于你在立化的处境不妙，倒是多少令我开心几分，不过一想起我被我爸逼着，非要带你回家，我就觉得天都塌了。"蓝妹夸张的声调，和韩剧中的女主有一比。估计最近韩剧看多了，就差说话嗲声嗲气了。

"不是吧？你带我回家？"何方远最近感觉生活和工作一团乱麻，几乎都理不清头绪了，蓝妹却还节外生枝，让他上门，等等，听上去不是什么好事，"你爸？蓝成器？"

"是呀，你忘了，上次在梅长河的婚礼上，他和你见过一面，他对你印象很好，还说以后要找机会和你好好聊聊，现在机会来了，你可不能逃避呀。"蓝妹嘻嘻一笑，"我可是一口答应我爸，说一定带你回家，保证你会出现。"

蓝成器找他何事，何方远大概也能猜个八九，应该还是为了他和蓝妹联手创业的事情。蓝成器虽然相信蓝妹的眼光，但创业毕竟不是小事，不提投资额巨大，单是此举会彻底得罪乔国界，甚至会和乔国界反目成仇，也让蓝成器不得不慎重。

这么说，蓝妹的家门，还非登不可了？何方远也没矫情，一口答应了："没问题，去就去，谁怕谁？蓝妹妹金口一开，何哥哥敢不来？"

蓝妹喜笑颜开："表现不错，值得夸奖。对了，昨天我说的问题，你想通没有？"

昨天蓝妹让何方远静观其变，何方远当然想通了。不过想通了也没用，计划赶不上变化，本来静观其变是想等立化因新合同问题乱成一团时，他挺身而出力挽狂澜，不想，乔国界此举，压根儿就不在意几个无足轻重的版权方的反对，和乔国界的闭环大计相比，几个版权方的出走不影响大局。

既然乔国界改变了策略，由以前的豪情万丈变为现在的兴趣索然，他也得顺应潮流，改变静观其变的战术，重新制定应对之策。

“想通了，但静观其变的策略用不上了，下一步怎么走，有待协商。”何方远将难题又踢回到了蓝妹脚下，“昨天我的问题，你想通了没有？”

昨天刘薇薇的惊人一跪，不是跪在何方远面前，而是跪倒在了蓝妹脚下，让蓝妹答应她从梅荏苒身边拉走何方远，言外之意自然是牺牲蓝妹成全梅荏苒了。如果非要深究刘薇薇并不光彩的真实想法的话，就是希望蓝妹嫁给何方远，何方远有了蓝妹，肯定不会再纠缠梅荏苒了。

何方远的问题是，如果当时他不接下刘薇薇的话，蓝妹会怎么回答……蓝妹眨了眨眼睛，含蓄地笑了：“想是想通了，不过睡了一觉之后，又忘了。”

耍赖……何方远摇了摇头：“算了，不和你计较了，随便你怎么回答好了，现在我不再关心乔国界之外的问题。如何从乔国界的手下全身而退，是比猜测一个白富美对我有没有意思重大一百倍的命题。”

“切，早晚你会发现，我对你的重要性，比乔国界对你，重要一千倍。”蓝妹颇不服气地回敬了何方远一个不以为然的眼神。

下班后，何方远约上范记安、徐子棋一起吃饭，蓝妹有事没有参加聚会，结果倒好，就何方远是孤家寡人，范记安有付瓜瓜，徐子棋有常辛儿，以前左有梅荏苒、右有蓝妹的他，现在形影相吊，好不可怜。

聚会地点在正大广场七楼，临窗的座位，正好可以看到滚滚的黄浦江水。炎热的夏夜，人流如潮，无数红男绿女在江边散步，沉浸在醉人的夏风和如水的恋爱之中。

常辛儿见何方远孤身一人，目光又有少许落寞地望向窗外，以为他顾影自怜或是睹物思人，心下不忍，开口劝道：“方远，荏苒只是一时想不开，以她开朗的性子，过几天就好了，肯定会主动打电话给你。”

见常辛儿还以为他和梅荏苒之间的问题是常见的热恋中的男女闹别扭的普通问题，何方远喝了一口果汁，摇头一笑：“我和荏苒……估计不能在一起了。”

“啊？”徐子棋大惊，下意识地一把抓住常辛儿的手，“好马不吃回头草，何哥，我和辛儿已经心心相印海誓山盟了，你没有了梅荏苒，也不能再回来和我抢辛儿！”

“哧……”范记安惯常的讥笑声再次响起，“情人眼里出西施，一点儿不假，胖棋，辛儿长得漂亮，又温柔贤惠，是贤妻良母的最佳人选之一，但不要忘了另外一点，世界上也许只有一个常辛儿，但孔辛儿、柳辛儿或者是付辛儿多的是，别觉得全世界就你一人捡了宝。你也别闲操心了，何哥如果和辛儿有缘，上大学的时候就成了好事了，还轮得上你？而且你也不想想，没了梅荏苒，何哥还有蓝妹。话说和蓝妹相比，辛儿在长相上是不差几分，但身世上嘛，嘿嘿，嘿嘿……”

平常范记安一冷嘲热讽，徐子棋总是不甘示弱地反驳，今天却一反常态连连点头：“记安说得对，何哥不走寻常路，也不走回头路。不过何哥，你和梅荏苒到底怎么了？”

何方远坐在付瓜瓜的对面，见付瓜瓜用一根吸管一边吸冷饮，一边含蓄地冲他笑，他一时兴起，直盯着付瓜瓜的双眼问道：“瓜瓜，在我回答徐子棋的问题之前，我想问你一个尖锐的问题。”

/ 第七章 /

人性即商性

“问吧，随便问，瓜瓜心胸开阔，有一说一，北京胡同妞儿，大气。”范记安猛一顿自夸，自夸之余，还不忘自嘲，“她这辈子做过的最后悔的事情就是认识了顾南，她说她长这么大，看人看事情从来没有走过眼，顾南是她栽得最大的一个跟头。”

付瓜瓜瓜子脸，樱桃小口，长相很甜美，浑然没有北京女孩常见的大脸，脸型微瘦，乍一看，像是江南女子，她哧溜一声大大地吸了一口冷饮，笑了：“何哥问吧，我听着呢。”

“你和顾南在一起的时候，图他什么？”何方远的问题确实很尖锐，好在他也知道范记安喜欢嘲讽别人，其实心眼儿不小，也清楚别看付瓜瓜长得不是很北方，却是地道的北京胡同妞儿的性格。

“说实话？”付瓜瓜眨眨眼睛，嘻嘻地笑了，目光看向了范记安。

范记安假装大度，故意摆出一副天高云淡的高远，不过他跳跃的眼神出卖了他真实的内心，他其实很怕听到付瓜瓜说出伤他男人自尊心的话。

“你说呢？”何方远以肯定的语气反问。

“好吧，我就实话实说了。”付瓜瓜伸手一绾脑后的马尾辫，目光却望向窗外的江水，愣了片刻，她忽然又笑了，“其实说了你们也许不会相信，顾南有时是狂了点儿，身上多少有点儿富二代们都有的肤浅和不可一世，不过处久了你会发现，他细心体贴，挺会照顾人，也懂得照顾别人的情绪，优点也不少。和他在一起的时候，我不图他的钱，图的就是他给人的安全感。”

“好，我再问你……”何方远点了点头，付瓜瓜说的是实话，北京妞儿不矫揉造作，向来直爽，他就继续问了下去，“在范记安和徐子棋都追你的时候，你最后为什么选择了范记安？”

此话一出，徐子棋和范记安都紧张了，尤其是范记安，差点儿流汗。常辛儿也不笑了，睁大眼睛看看何方远，又看看徐子棋，最后还是落在了付瓜瓜的脸上。

付瓜瓜一点儿也不紧张，相反，咯咯地乐了："何哥今天很有八卦娱乐精神，好吧，为了满足你的好奇心，我就说说我为什么最后选择了范记安……原因很简单，别看范记安油嘴滑舌又说话刻薄，但他心肠不坏，而且最最重要的一点是，他让人感觉很踏实很可靠。而徐子棋嘛……"

徐子棋夸张地捂住了耳朵，又低下了头，似乎不忍听到付瓜瓜对他的贬低一样。

付瓜瓜大笑，拿起筷子，扬手打了徐子棋的脑袋一下，忽然又意识到不对，冲常辛儿一吐舌头："不好意思辛儿，打了你的男人，你也可以打范记安一下。"

常辛儿微笑着摇了摇头，并不说话，和付瓜瓜的大大咧咧相比，她婉约温柔多了。

"其实徐子棋也算是一个好男人，顾家、稳重、细心，但不知道怎么回事儿，和他在一起，总是不够尽兴，或者说，不够默契，我想什么，他猜不到。我不高兴的事情，他偏偏去做。最后经过一番比较，我还是选择了范记安，因为范记安风趣幽默，偶尔还会小小地犯贱。有时候，男人犯贱也是一种可爱。"付瓜瓜说到兴头上，扬手打了范记安一下，"犯贱，你可记住了，以后如果敢做出对不起我的事情，我让你一辈子都活在犯贱之中。"

范记安吓得一哆嗦，缩着脖子挨了付瓜瓜一记，不敢还手，只是嘿嘿傻笑："怎么可能？我范记安是什么人？玉树临风小郎君，一诺千金真君子，这辈子绝对不负付瓜瓜。"

"好了何哥，你的问题问完了，现在应该说说你和梅茌苒到底怎么了……"付瓜瓜和梅茌苒不熟，不过经常听范记安说梅茌苒长梅茌苒短，她不熟也熟了，况且梅茌苒又是何方远和顾南竞相争夺的女人，她对梅茌苒的兴趣一直十分浓厚。

何方远愣了愣神，一瞬间仿佛回到了从前，天高云淡，梅茌苒的一颦一笑，以及她的清新和可爱，再次浮现在眼前，只是往事不再，如过眼云烟，人生如江水滚滚向前，再也回不到过去了。算了，不想了，他摇了摇头，驱散了梅茌苒的形象，叹了一口气，将他和蓝妹在餐厅与刘薇薇的偶遇和盘托出。

"这一手……毒！"范记安沉重地摇了摇头，又拍了拍何方远的肩膀，"何哥，你很男人！从此以后，不管你是和蓝妹在一起，还是另有新欢，我都不会说你对梅茌苒始乱终弃了。"

何方远笑骂："滚蛋，什么始乱终弃，只是一场正常的恋爱好不好？哪里乱了？不要胡说八道，茌苒是好女孩。"

“不是吧？这么久了，你都没有把梅茌苒拿下？亏了，太亏了。”范记安痛心疾首地摇头，“何哥，善良不是软弱，你只是答应刘薇薇不和梅茌苒在一起了，却没有答应她不怎么了梅茌苒，对不对？你们相爱一场，就算分手，也要留下永久的纪念，对不对？退一万步讲，就算梅茌苒最终嫁给了顾南，你也要当仁不让勇拔头筹，当梅茌苒的第一个男人，对不对？”

“对，范记安说得对，何哥，不能便宜了顾南。”徐子棋也愤愤不平，替何方远和梅茌苒惋惜，“我是多么希望你和茌苒能走到一起，可惜呀，真是太可惜了。”

“不行，我咽不下这口气。”范记安伸手拿过何方远放在桌子上的手机，迅速翻到梅茌苒的号码，以迅雷不及掩耳之势发出了一个短信，“何哥，我替你约了梅茌苒在北京见面，如果她答应见面，记住了，别犹豫，别客气，勇敢向前冲，拿出你面对陈果和乔国界时的勇气，直接推倒，然后一往无前……”

范记安动作很快，何方远想要制止，却晚了一步，又一想，也好，就算分手，也要和梅茌苒再见一面，毕竟相爱一场，不能不明不白就悄无声息地结束。

“其实换个角度想，也是好事，和梅茌苒分手了，何哥就可以名正言顺地拿下蓝妹而不用担一个脚踏两只船的恶名了。”以前徐子棋对何方远在蓝妹和梅茌苒之间摇摆不定，一直大有意见，总觉得何方远见异思迁，之所以爱上蓝妹是因为蓝妹出身高贵，现在也想通了，不管何方远最终和谁在一起，只要二人情投意合，而且没有那么多外界因素的干扰，就是莫大的好事。

谁说草根男和白富美就没有爱情了？唐朝贞观年间，有四种最荣耀的事情——年轻有为，进士出身，编修国史，娶四姓女——四姓是指崔、卢、李、郑四大士族，作为当时的名门望族，四姓女也就是今天的白富美，不，比一般的白富美还要高贵，毕竟现在的白富美富则富矣，但算不上名门望族。远在唐朝，有出身差距的平民百姓想要荣耀加身，也以娶名门望族之女为荣，时代发展到今天，草根想娶白富美，只要有本事，尽管去娶，谁爱嫉妒谁嫉妒去。

有本事就去娶白富美，没本事就别羡慕嫉妒恨了。何况话又说回来，何方远和蓝妹之间也算是日久生情，有感情基础。

“不说了，不说了，感情上的事情先放到一边，怎么应对目前立化的难题，才是重中之重的大事。”何方远摆了摆手，将话题从私事引到了公事上，“现在的难题是，一方面陈果用绵里藏针的手法，软刀子杀人，一步步扶樊铮上位，先是架空我，然后再闲置我，最终达到让我让位但又不放我离开立化的目的。如果我没猜错的话，现在乔国界萌生了退意，不想再玩互联网版权产业了。之前他曾经向企鹅开价8

亿美元出售兴众文学，因要价过高，企鹅没有接受，最后才引爆了集体辞职事件。现在时过境迁，虽然兴众文学引进了空行的注资，但估值缩水了至少一亿美元。而且现在立化的版权方资源，比起当时，减少了至少二分之一，现在再出售，价格肯定不会让乔国界满意。”

“兴众文学不上市了？乔国界真的舍得在这个时候卖掉兴众文学？”范记安相信何方远的推测，却理解不了乔国界的做法，“现在正是兴众文学估价最低的时候，完全可以再硬撑一段时间，炒作也好，宣传也好，总之提升了兴众文学的形象之后再卖的话，应该可以提提价。”

“上市的可能性，已经无限接近零了。”虽然何方远离乔国界的距离还是很远，和乔国界的直接接触不多，但他曾经系统地研究过乔国界的为人，非常清楚乔国界的性格和行事方式，所谓人性即商性，乔国界作出的所有决定，都离不开他身上强烈的个性烙印，“现在卖，虽然价格不高，但也是没有办法的办法。面对开天的进攻，面对企鹅强大的实力，面对千方和芝麻开门随时有可能全力杀入互联网版权产业的现状，乔国界清楚，以兴众的实力和影响，兴众文学保不住了，也玩不下去了。资本市场，说到底，还是实力为尊。在强大的资本力量面前，乔国界除了退让，别无他法。”

“也是，现在不卖，再硬撑一段时间的话，被挖走的版权方越多，立化的价值就越低。所以乔国界才迫不及待地闭环，捡到筐里都是菜，签死的版权方，都是他的筹码。”徐子棋也比以前成熟了不少，主要是有何方远的点拨以及范记安的诲人不倦，他想不成熟也不行，“所以说，花3000万元买断一个顶尖版权方，转手卖出的时候，也许可以多卖5000万元。22世纪最贵的是人才，是内容提供商！每一个版权方都是不可复制、无可替代的内容提供商。”

是的，不管是顶级版权方还是中层版权方，都具有独一无二的特性，就和电影演员一样，每个演员都是不可替代的存在。

“现在的情况是，乔国界的闭环，不但对外关闭了大门，封锁了渠道；对内，也反锁了大门。现在想要跳出立化，比起之前三剑客辞职时，难一百倍。”何方远揉了揉太阳穴，“你们说说看，下一步该怎么办？是安心地被关死在立化，还是想一个破门而出的办法？”

范记安微微皱眉：“确实难办了，上一次集体辞职事件，对乔国界的触动太大，所以他才紧紧关上了大门。关门也就算了，还非要把何哥架空拴死，这就不地道了。他不仁，别怪我们不义，何哥，找个机会反了吧，逼上梁山。”

徐子棋摆了摆手："什么逼上梁山？用词不当，应该叫揭竿而起。"

"切，还不是一个意思？"范记安正要对徐子棋冷嘲热讽一番，见何方远神色不对，忙闭了嘴，也是，现在不是耍嘴皮子的时候，问题的严重性，已经到了刻不容缓的地步。如果想不到一个脱困而出的方法，何方远的雄心壮志以及创业之路，会被乔国界完全封死，从此在立化闲置到老。

"怎么办，何哥？在大事上，我和子棋向来都唯你马首是瞻。"范记安的脸色说变就变，刚才还嬉皮笑脸，现在却一本正经、一脸严肃。

何方远不说话，心里却浮沉不定。他一时想了很多，当初没有跟三剑客一起跳出立化，固然是他想借势而起，成就一番事业。事实也证明了他选择的正确性，只是形势瞬息万变，或者说，也不知道乔国界出于什么考虑，突然间就偃旗息鼓不想玩了，乔国界的突然刹车，险些让何方远闪了腰。

虽说目前的困境来得突然而且出人意料，但也不能说当初选择留下就是错误的决定。至少他结识了蓝妹，谋划了联合创业的未来，而且还坐上了立化老总的宝座，算是完成了第一步的布局。只是第二步正准备迈出时，事情出现了不可预料的偏差。

之前何方远提出以休假作为交换条件，要和乔国界见上一面，因为他怎么也想不通以乔国界的狼性，怎么会突然收手了。根据以往乔国界的所作所为分析，他至少要不遗余力地打压开天中文一到两年的时间才会甘心，而现在才几个月，他意外闭环并且突然收手，是不是发生了什么不为人知的大事？

何方远很想知道真相，所以他想和乔国界见上一面，也许可以从乔国界的只言片语中，察觉到什么蛛丝马迹。只有查清乔国界是出于什么顾虑突然收手，才能从中找到突破口，杀出重围，一飞冲天。否则，不管是硬闯还是采取别的什么办法，都很难从立化脱困。

想起昨天他还和蓝妹商议，要对立化不离不弃，要遵循职业道德，要力挽狂澜，现在想想都觉得好笑，不过倒也不是他和蓝妹天真，而是他和蓝妹落后一步，没跟上乔国界的思路。

乔国界到底意欲何为？如果能摸到乔国界的思路，他也不至于如此被动。何方远越想越头疼，转身望向了窗外，见夜色之下的江水奔流不息，在灯光下呈现五颜六色的波浪。虽然黄浦江不是长江，何方远却忽然间想起了一句诗——滚滚长江东逝水，浪花淘尽英雄——心胸顿时开阔了许多，事缓则圆，他是被一连串的事情搅乱了心绪，打乱了节奏。乔国界究竟想要做什么，相信不用多久，就可以看出端倪，现在才只是一个新合同条款事件，冰山才仅仅露出一角，他就想一窥冰山的全貌，太操之过急了。

急什么？不急，慢慢来，不管乔国界想怎么处置立化或是兴众文学，只要他再有所动作，总会在一举一动中暴露出他的真正意图。

一经想通，何方远心情大好，举起酒杯，哈哈一笑："来，以果汁代酒，庆祝范记安和徐子棋都抱得了美人归。"

范记安和徐子棋面面相觑，不明白何方远怎么才谈了几句正事，就又回到了感情上，二人不明就里，却还是举起了酒杯。

"也祝何哥早日找到如花美眷。"范记安嘿嘿一笑。

"希望何哥和梅茬苒有机会破镜重圆。"徐子棋呵呵一笑。

常辛儿和付瓜瓜对视一眼，二人心领神会，同时举杯，异口同声："何哥加油！"

聚会结束后，范记安和付瓜瓜先走了，徐子棋和常辛儿与何方远同路，三人正朝地铁口走去的时候，常辛儿想起了什么，悄悄一拉何方远的胳膊，小声说道："方远，我还是觉得你和蓝妹更合适，蓝妹大方端庄，身世又好，梅茬苒……就随风而去好了。"

/ 第八章 /

人生总有意外

何方远笑了笑，没说话，感情上的情投意合有时敌不过现实的残酷，他和梅荏苒因刘薇薇的反对隔了千山万水的距离，他和蓝妹之间，即使无人反对，也是山高水长的遥远，更何况如果蓝成器和陈容有一人反对，他和蓝妹最终肯定会各奔东西。

还是不要再想了，何方远心中蓦然有了决定，只和蓝妹合作事业，不和她雕刻爱情，至于他的爱情在何方，只看机缘了。也许在远方，也许在眼前。

回到家中，何方远打开电脑上网，登录QQ后，见梅荏苒的头像依然暗淡，也不知道她是离线还是隐身，想想范记安用他的手机给梅荏苒发了一条短信，只要开机她就能收到，还是等她的回信好了。

正要关掉QQ时，忽然，有添加好友的通知跳动。通常情况下，何方远不添加陌生人为好友，他的私人QQ上面的好友不多，只有关系密切的朋友和同事。随手点开，扫了一眼就要忽略，却忽然愣住了，添加他为好友的人竟然是孔祥云。

怎么会是她？她怎么找到了他的QQ？何方远的眼前浮现出一个束了一对辫子的大眼睛女孩形象，她鼻子高挺、嘴巴娇小、双耳圆润、双肩饱满，一双腿修长、笔直，近乎完美的鹅蛋形脸庞，既有古典的典雅之美，又有现代的新潮之美。

孔祥云是何方远的高中同学，同时又是邻居，是他正宗的邻家小妹。高中时，他和孔祥云一起上学放学，形影不离，久而久之，点燃了初恋的火花。只可惜，初恋的火花还没有燃烧成爱情的火焰，孔祥云却搬家了，举家迁往了北京。

一开始，何方远和孔祥云还联系不断，后来没过多久，孔祥云又随父母移民到了国外，从此，她和何方远真正天各一方，并且也失去了联系。

作为最纯真的初恋，何方远对孔祥云的记忆一直停留在高中时代。作为他青春期也是生命中喜欢过的第一个女孩，朦胧的情感最真挚也最难忘怀，多少年来，偶尔午夜梦回时，他还是会梦到和孔祥云第一次牵手时的情景。

何方远急忙通过了验证。

“真的是你，方远？”一通过验证，孔祥云就迫不及待地打出了一段话，“真的是当年长青路上的何方远？”

当年何方远和孔祥云在北方的小城上高中，每天必经的一条长满梧桐树的小路正是长青路。长青路四季长青，不知留下了他和她多少的脚印和笑声，还有再也无法追回的青春。

“是我，祥云，你是青春中学操场上的那一朵七彩祥云吗？”何方远的记忆全面复苏，往事历历在目，仿佛一瞬间昔日重现，在青春中学的操场上，孔祥云站在看台之上，对着台下面的何方远说道：如果有一天，我踏着七彩祥云来找你，你会不会收留我一生的爱情？

当时何方远郑重地点头回答：你是我的天空之中永远的七彩祥云！

在孔祥云搬家之后，何方远还梦想有朝一日考上北京的大学，和孔祥云再续前缘，而且二人也约定，要在北京重逢。只是少年的承诺抵挡不了岁月的变迁和生活的多变，在孔祥云出国前夕，何方远还和她再次约定，等他考上北京的大学，毕业后出国留学，再和孔祥云重逢。年轻时的承诺轻飘飘没有分量，风一吹，就消散在了时间的长河里，再也找不到一丝一毫的痕迹。

等到渐渐失去了联系之后，孔祥云在何方远的记忆中渐行渐远，最后只变成了一个小小的符号，用来纪念青春期的萌动和少年情怀。

原以为他和孔祥云从此世事两茫茫，再无对方的消息，人海茫茫，人世沧桑，谁还能记得对方年少时的模样？不想在一个不经意的日子，突然天边就飘来一朵七彩祥云，瞬间弥漫了何方远的天空。

“是我，方远，是我，我就是青春中学操场上的七彩祥云！”孔祥云打字的速度极快，飞快地回复了何方远，还打出了数个激动的表情，“这些年来，我一直打听你的消息，却一直不知道你的下落，当年的高中同学，联系上的几个人，都不知道你的联系方式。我几乎都要绝望了，忽然有一天突发奇想，你肯定会用QQ，以你的性格，QQ的昵称说不定是真名，我就试着搜索了一下，没想到，真的就找到你了！天啊，我太开心了，方远，你在哪里？我想马上见到你！”

真的是孔祥云，真的是青春中学操场上的七彩祥云，何方远也惊呆了，谁能想到事隔多年，在他几乎遗忘了青春、遗忘了最美好的初恋之时，初恋又以一种让人意想不到的方式，突然出现在了眼前。

“我在下江，你在哪里？”足足愣了几分钟之久，何方远才压抑住心中的狂喜，打出了一行字。

“下江？我在北京。你等着，明天最早的一班航班，记得到机场接我。浦东，最早的一班航班，回见。”孔祥云打完最后一行字后，立刻就下线了，不给何方远回复的机会。

何方远无奈地笑了，多年未见，孔祥云还是风风火火的性格，丝毫未变。记得当年她搬家到北京之前，约他到城外林中的小屋见面。当时她哭得如雨打芭蕉，一边撕扯他的衣服，一边下定了莫大的决心一般，斩钉截铁地说道：“我给了你算了，也算爱你一场。何方远，要了我，以后不管天南地北天涯海角，你必须非我莫娶，听到没有？”

“听到了，你是我的女人，一辈子都是。”在青春期荷尔蒙的刺激下，何方远激情高涨，热血澎湃，什么誓言什么一辈子的承诺，张口就来，哪里会真想天长地久，当然，他也确实是真心喜欢孔祥云，说句大实话，喜欢得不得了。

就他当时年少而无知的想法是：除了孔祥云，世界上再无美女；除了孔祥云，他谁也不娶。

眼见一对激情少男少女就要在城外荒僻的林中小屋成就好事时，就在何方远身上的衣服被扯得只剩下内衣时，忽然，一声惊雷从天而降，由远及近，轰隆隆的雷声震得小屋摇晃几下，险些倒塌。雷声刚过，一阵狂风刮来，年久失修的窗户终于经不住狂风的摧残，“哗啦”一声破裂了。

破裂了还好，随后又晃荡几下，“轰隆”一声，整个窗户居然全部掉了下来。窗户一掉，狂风吹进木屋，夹杂着雨水和肆虐的闪电，在空无一人的野外，有惊心动魄之势。

“啊……”素有假小子之称的孔祥云顿时吓得一激灵，激情迅速退却，一头扎进何方远的怀中，捂住了耳朵，“方远，我怕打雷。”

何方远高涨的激情，也在电闪雷鸣之中，如潮水一般退去。

与此同时，他紧紧抱住孔祥云瘦弱而单薄的肩膀，何方远心中豪情陡生：“不怕，祥云，有我在，再大的狂风暴雨也没事，我替你遮风避雨！”

誓言犹在耳中，伊人已经远去。如今誓言已远，伊人却再次出现，何方远一夜辗转难眠，脑海中翻来覆去的全是他和孔祥云的往事。

到后来，孔祥云的身影一分为三，一个是孔祥云，一个是梅荏苒，一个是……蓝妹。

迷迷糊糊中，不知何时，何方远总算睡着了。

天一亮，何方远打电话给蓝妹，告诉她他会晚一些到公司，临时有点事情，如果有人问起，就替他掩护一下。虽说何方远已是立化第一人，但他也不能随便不上班，总要有人知道他的动向才行。

蓝妹嘻嘻一笑："一大早这是要去哪里呀？是不是桃花开了，要和梅荏苒私奔？"

何方远吓了一跳，蓝妹的直觉真是准得吓人，虽然他不是和梅荏苒私奔，但确实和桃花有关，而且还是人生之中的第一朵桃花，不过他才不会承认："嘿嘿，什么私奔？我是会私奔的人吗？我肯定会光明正大地结婚……有一个很久没有联系、在北京的同学突然要来下江，我去机场接她。"

"哦，好吧，你去吧。"蓝妹要挂电话的时候，忽然心头一跳，又问，"什么同学？男女？他还是她？"

女人呀，你的名字叫八卦，即使是白富美的富家千金，也是天生八卦细胞活跃，何方远顿了顿，没好意思欺骗蓝妹："是高中同学，咳咳，女同学。"

"初恋情人？"蓝妹一听何方远的语气不对，顿时八卦火焰熊熊燃烧，她不问个究竟难解心头之痒，"高中女同学到现在还联系，除了天长地久的友谊之外，我实在想不出来你为什么一大早要去机场接她。何方远，老实交代，她是不是比常辛儿还要早的初恋情人？"

说实话，常辛儿真不能算是何方远的初恋情人，他对常辛儿只有过喜欢，二人却没有过恋情，也就是说，没有开始就已经结束。而和孔祥云则不同，完完全全是一场轰轰烈烈的恋爱，尽管是初恋，尽管初恋时，他和她都还不懂爱情，但有时爱情不需要理智地理解，只需要热情地投入。

"……"何方远不知道该怎么回答蓝妹，说真话，怕蓝妹多想；不说真话，反倒显得他心虚。思忖片刻，他呵呵一笑："常辛儿不算初恋情人，她才是。"

"我就说嘛，失之东隅收之桑榆，走了梅荏苒，还有初恋人，何方远，好样儿的，祝你旧梦重温。"蓝妹本来只想和何方远开一个玩笑，不料真的听到何方远和初恋情人再会的消息后，心中却莫名一阵烦躁，再也不想和何方远多说一句话，随手就挂断了电话。

何方远真行，梅荏苒的事情还没有扯清，又来了一个高中的初恋情人，原以为他是一个可靠的男人，在工作上认真负责，有事业心；在感情上从不花心，坚持原则。谁知道，他身边的女人一个接一个，居然还有什么高中的初恋情人，恋爱经历也太丰富了！

蓝妹也说不清是怎么回事儿，反正她就是气愤难平，总觉得何方远欺骗了她、对不起她，更觉得何方远不该这么博爱，他和梅荏苒还没有彻底分手，怎么就又突然冒出来一个初恋情人？好吧，有初恋情人没什么了不起，虽然她没有，但他也不应该去吃回头草，天涯何处无芳草，对不对？难道说在他眼里，她从来就不是芳草？

越想越生气，蓝妹完全没有意识到她对何方远的不满完全是站在何方远和梅荏苒分手之后，就应该向她求爱的出发点，而何方远对她视若无睹，让她一颗从小被众星捧月的白富美之心，感到了深深的失落。

臭何方远，等着，以后别想让我再维护你……蓝妹一边上楼，一边腹诽何方远，没注意到电梯里的人群之中，有一个人在紧盯着她的背影。

到了楼上，电梯中的人都陆续离开，只剩下了蓝妹和另外一人，蓝妹还沉浸在对何方远的愤慨之中，浑然没有察觉电梯中的另一人正在悄悄向她逼近，突然，他伸出一只手一把抓住了她的胳膊。

“啊……”蓝妹猝不及防，顿时吓了一跳，惊叫出声，“流氓！”

“什么流氓，是我！”顾南责怪地瞪了蓝妹一眼，“瞧你失魂落魄的样子，是不是在想何方远？昨天我告诉姨妈了，姨妈说，她坚决反对你和何方远来往。如果你控制不住自己的感情，和何方远公私不分，她会收回对你的注资，让你的创业大计落空。”

蓝妹正没好气，被顾南一威胁，更是气极：“顾南，你再敢在我妈面前搬弄是非，别怪我对你不客气。”

“哟，怎么了这是，被我说中心事了？蓝妹，别忘了你的身份！何方远配不上你，你和他谈恋爱，有损身份，也让蓝家颜面无光。”顾南冷冷一笑，见电梯到站，电梯门打开，他一拉蓝妹的胳膊，“走，去我办公室，我还要有话要对你说。”

蓝妹不甘示弱：“去就去，谁怕你？”

顾南平常不怎么来兴众文学的办公室，一周来一次就不错了，他身份多，事务重，除非兴众文学召开董事会，他才会大驾光临兴众总部。今天来，却不是召开董事会，而是和陈果有约，要商议一件大事。

正好在电梯中见到蓝妹心神不安，他就怒了，肯定是因为何方远，想想以前蓝妹是多么高贵多么无忧无虑的小妹，自从遇到何方远后，一切都变了，再也不是以前和他从小一起长大的、乖巧活泼的表妹了。出于对蓝妹的疼爱和怜惜，他决定好好和蓝妹谈一谈。

“坐下。”办公室内没有别人，顾南将蓝妹按在座椅上，摆出一副语重心长的姿态，“蓝妹，我不能眼睁睁看着你越陷越深，你以前答应过姨父和姨妈，只和何方远谈合作，不谈感情，现在呢？你看你成了什么样子？丢了魂一样。再这样下去，你非毁在何方远手中不可。”

若是平常，蓝妹会虚与委蛇几句，应付过去，但今天她心烦意乱，哪里还有心思敷衍顾南，当即不客气地顶了一句：“要你管，多管闲事多吃屁！我爱喜欢谁就喜欢谁，别说你，就是我爸我妈也不能左右我的人生。”

顾南也被蓝妹毫不妥协的态度激怒了：“你信不信我告诉乔国界，你和何方远身在曹营心在汉，准备挖立化的墙脚？你说，如果乔国界知道了何方远在背后的所作所为，他会不会盛怒之下出手毁了何方远？”

“你敢！”蓝妹怒不可遏的样子，像一头暴怒的小猫，她“呼”地从椅子上站了起来，用手指着顾南的鼻子，“你敢毁了何方远，我一辈子都不会原谅你！”

顾南也火了，扬手推开蓝妹的手：“蓝妹，你还不承认你爱上何方远了？你这么护着他，是不是真的对他动了感情？”

“我说过了，不、要、你、管！”蓝妹一字一句地说完，转身就走，“顾南，你是我表哥，不是我亲哥，就算是我亲哥，你也无权干涉我的个人私事。再见！”

“站住！”顾南从小和蓝妹一起长大，经常吵架，但从来没有如今天这样吵得这么厉害，只差一点儿就要翻脸了，他既恨蓝妹对他的不尊重，更恨造成这一切的罪魁祸首何方远，他快步向前，挡在了门前，“你敢迈出这个门，我立马儿告诉乔国界你和何方远的计划。”

“随便。”蓝妹冷笑一声，寸步不让，“你敢透露半点我的计划，我也会把你和梅长河在兴众文学埋下伏笔的事告诉乔国界，看看到时候，是我和何方远死得惨，还是你死得更惨！”

“你……”顾南气得暴跳如雷，“蓝妹，你为了一个外人和我翻脸，你真行。”

/ 第九章 /

谁也不敢保证永远

“外人？”蓝妹反倒平静了，自得地一笑，“说不定有一天我真嫁给了何方远，他可就不是什么外人了，是我最亲的亲人。而你是我的表哥，知道表哥的表字是什么意思吗？表就是外的意思，对我来说，你才是外人。”

顾南彻底被蓝妹打败了，后退几步，一屁股坐在了沙发上，再也没有力气阻拦蓝妹的离去。蓝妹拉开门，回身冷冷地看了顾南一眼，轻描淡写地一笑：“表哥，虽然同在兴众文学，但请你记住，你和我一样身在曹营心在汉，谁也别揭谁的短！”

“哐”的一声，蓝妹摔门而去，顾南呆坐在沙发上，一动不动，也不知是被蓝妹的话吓着了，还是被气得说不出话了。

蓝妹气呼呼地回到办公室，拿起电话要拨打何方远的手机，按了几个号码后，又扔了电话，自言自语道：“才不给你打电话，你愿意接谁接谁去，就算是你初中、小学甚至是幼儿园的初恋情人，我也不在乎。有什么了不起，我从小到大，初恋情人多了去了，如果算上从幼儿园时期就开始喜欢我的小朋友的话，一直到大学毕业，少说一个连也有了，你还差远了……”

说了一通，或许还觉得不够解气，拿起电话又拨通了梅荏苒的号码，一边拨号一边又说：“哼，我告诉梅荏苒你是一个花心大萝卜，还没有和她分手，就已经找好下家了，真是天上难找地下难寻的好男人，亏你还口口声声说只爱她一个……咦，不对，梅荏苒好像断绝了和外界的联系，别关机了才好……呀，开机了，居然打通了。”

上次和刘薇薇在餐厅的一面，蓝妹清清楚楚记得刘薇薇说过，谁也联系不上梅荏苒，不想她今天无意中一拨，居然通了，不等她多想，话筒中已经传来了梅荏苒熟悉的声音：“喂，蓝妹……”

“荏苒，你……”蓝妹冲动之下拨打了梅荏苒的电话，接通之后瞬间冷静了下来，忽然觉得不知道该说些什么，想了一想，说了一句很没营养的话，“你……还好吗？”

“还好……蓝妹，有事吗？”梅荏苒的声音听上去有几分低落，情绪不高。

“没事，就是问候一声。”蓝妹对何方远气归气，冷静下来之后，又觉得向梅荏苒告状不符合她的身份，正要客气几句挂断电话时，忽然想起了什么，又多问了一句，“你现在在哪里呢？你妈妈找不到你，很着急。”

“我在浦东机场，刚落地，谢谢你的关心，再见。”梅荏苒听出来蓝妹打来电话无事可谈无话可说，既然没有什么共同语言，不如收线，省得各自尴尬。

“不是吧，你也在浦东机场，是不是坐最早的从北京飞来的航班？”蓝妹急急问道，不好，要和何方远撞车了，不料没等她的话说完，梅荏苒已经挂断了电话。

哼，有什么了不起，敢挂我电话……蓝妹生气了，冲我凶什么凶，又不是我抢了何方远，抢何方远的另有其人，她一边腹诽梅荏苒拒人于千里之外的冰冷，一边又想，虽然何方远很讨厌很花心，但他接初恋情人也算是一件美好的事情，证明何方远重情重义，有念旧和长性的优点，好吧，先原谅他一下下，以后再和他算总账。

既然蓝妹暂时原谅了何方远的所谓花心，不免又为他担心起来，不出意外的话，他的初恋情人正好和梅荏苒是同一航班，他去接机，万一被梅荏苒撞见了，再误会了，梅荏苒大闹机场的话，会让何方远多难堪多丢人？

这么一想，本着善良以及为何方远人品考虑的出发点，蓝妹又忙拨打了何方远的电话，想提醒他注意一下避开梅荏苒，不料电话通了半天却无人接听，不由气恼，又扔了电话：“肯定正忙着卿卿我我呢，连电话都听不到了，哼，你既然办了坏事，我为什么还要帮你掩护？随便你，被梅荏苒抓个正着才好！”

蓝妹当然不会想到，她真的一语成谶！

梅荏苒脸色微显憔悴，眼神散乱而一脸疲惫，她正在行李提取处等候行李时，眼神不经意一扫，一个熟悉的身影跃入眼帘，顿时让她又惊又喜——怎么是他？他怎么知道她今天回来？这一次决定回下江一趟，完全是一时的心血来潮，谁也没有通知，就连妈妈也不知道，他怎么会知道？难道说，真是心有灵犀一点通？

梅荏苒数日来的疲惫和心力交瘁，在见到何方远的一瞬间，顿时烟消云散，她见他还在四下张望，没有发现她，心中蓦然升腾起浓浓的暖意。也许之前真是误会他了，他不肯现在跳出立化，是有难言的苦衷，也是，以乔国界的为人，肯放他走才怪。

越想越觉得自己任性，梅荏苒瞬间又下定了决心，不管了，不管来自妈妈的阻力有多大，不管未来的道路是怎样艰难而漫长，就凭他心有灵犀来机场接她，他就是她的真命天子，她跟定他了。

一经想通，梅荏苒顿时精神大为好转，想起几日来在北京西郊荒山之中的冒险和攀岩，她在身体的极度疲劳中，忘记了痛苦和烦恼，忘记了何方远和妈妈，忘记了一切，忘情在大自然的怀抱之中。

她以为这样就可以暂时忘了何方远，忘了和他纠缠不清又困难重重的爱情，却没想到，身心疲惫之余，历历在目的还是和何方远的种种往事。以前天天在一起，离得近，还不觉得什么，现在离得远了才发现，原来何方远已经深深地融入了她的生命，成为她生命中密不可分的一部分。

正好行李到了，梅荏苒拉过行李，正要一路小跑扑向何方远时，才迈开脚步，却蓦然惊呆了——只见一个一身七彩长裙的女孩，如一只欢快的蝴蝶，穿过人群，仿佛转眼间越过了千山万水的距离，一下子扑进了何方远的怀抱。

梅荏苒收住了脚步，一瞬间涌出了泪水，她的辛苦和努力、她的挂念和伤感，原来全是无用功，何方远已经另有所爱，而且，不是蓝妹，是一个她从未见过的陌生人！好一个何方远，真行，无情无义、见异思迁、花心大萝卜、坏蛋、臭男人……

梅荏苒看不下去了，转身从另一侧离去，一颗泪珠从脸颊滑落，跌落在地上，碎了一地，如同她已经伤透的玻璃心。

何方远压根儿没有注意到梅荏苒如昙花一般在机场的一现，在孔祥云出现的一刻，他的世界中，一切隐没不见，眼前如七彩祥云般扑来的孔祥云，占据了他全部的视线。

多年未见，孔祥云依然是当年的清纯模样，除了一身七彩长裙鲜艳夺目为她平添了几分高贵气息之外，不管是高挺的鼻子还是小巧的嘴巴，抑或挺拔的身姿，以及秀美而圆润的脸庞，仿佛昔日重现，穿过了几年的时光，当年的高中女生从时空中步迈出，再次和他久别重逢。

何方远还以为再次相会，二人会有些许的尴尬和陌生，不料不等他有所表示，孔祥云却直扑入怀，没有前奏，没有寒暄，一如当年风风火火的她，时光流逝，岁月变迁，不变的依然是她炙热的情怀。

不管何方远承不承认，他最熟悉的女人的躯体，不是梅荏苒，更不是蓝妹，而是孔祥云。年少时的激情最难忘怀，青春的疼痛最是刻骨。本来他还以为他和孔祥云时隔多年的再见会有生疏感，却没想到，孔祥云一个热情的拥抱，让她和他之间原本隔了山水隔了时间的距离，瞬间被打破，他和她之间，再无隔阂。

“方远，太好了，终于又见到你了。我还以为世界之大，这辈子都和你见不上一面了。”孔祥云喜极而泣，泪水打湿了何方远的肩膀，“还记得我第一次借你的肩膀哭吗？当时你还傻乎乎地说，你的衬衣是新买的，如果弄脏，回家会挨骂的。我气坏了，傻瓜，真不解风情，于是就故意将你的衬衣弄得特别脏……”

“记得，当然记得。”记忆全面复苏了，何方远清清楚楚记得他和孔祥云的点点滴滴，他还记得，回家后，果然被妈妈骂了一顿。他更记得，第二天，孔祥云送了一件全新的衬衣给他，他不要，她生气了，扔下就跑。

“你的电话、QQ、电子邮箱、单位电话、单位地址还有住址，通通告诉我，让我不管什么时候想要见你，都能第一时间联系上你。”孔祥云又笑了，脸上泪痕未干，她推开何方远，拿出纸巾擦了擦脸，“我有好多话要和你说，走，带我离开机场。”

天气晴好，碧空如洗，上了机场高速，汽车一路疾驶，直奔兴众而去。何方远本想带孔祥云先安排住宿，不料她临时改变了主意，非要先到他的公司看看，他理解她的想法，她是想亲眼见到他的办公地点才心安。

年少时的一次初恋，对许多人来说，也许只是青春期的一个插曲，但对于孔祥云来说，却是生命中最重要也是唯一的一次恋爱。

“方远，你知道这些年为了找你，我用了多少方法吗？从高中时的老师到同学，再到当年小城的邻居，甚至我还联系上了初中同学，结果一无所获，没有人知道你的下落，好像你凭空从世界上消失了一样。我曾经一度认为你不在人世了，还哭了好几天。”穿了一身七彩长裙的孔祥云，此时正如一片七彩祥云，不但容光焕发，而且神采飞扬，眉宇间喜色洋溢，整个人如同沐浴在喜悦的光辉之中。

何方远心中暗叹一声，和孔祥云相比，他无情多了。和孔祥云失去联系后，他再也没有托人打听过她的消息，只当她在国外生活得富足而幸福，也许最后嫁一个外国人，从此客居他乡，天各一方，再无相见的可能。不是他容易忘情，也不是他初恋不刻骨铭心，而是他比孔祥云活得更现实、更沉重。人不能总生活在过去和回忆之中，他从来不会为无望的结果而等候。

也许男人和女人的不同就在于，男人比女人更容易适应环境，或者说，迁就生活。

何方远和孔祥云不仅仅是初恋，还青梅竹马，从小一起长大，从幼儿园到小学再到初、高中，二人从来没有分开过，甚至一直在同一个班级。二人从相识到相知再到相恋，一路走来，如涓涓细流最终汇聚成江河，既自然而然又水到渠成。二人的初恋虽然看似短暂但花开一瞬的背后，却蕴藏着无限的力量，仿如一粒种子从开始时的发芽，逐渐长成一株郁郁葱葱的鲜花。

换言之，何方远和孔祥云，其实是有十几年的感情基础。

在孔祥云的叙述中，何方远总算知道了她这些年的经历。

跟随父母出国后，孔祥云在加州理工学院完成了大学学业，后来又考取了MBA，强烈的思乡之情，让她无法在美国安心工作和生活，主要是她一直忘不了何方远，忘不了曾经纯真而美好的初恋。虽然父母都适应了国外生活，她却毅然告别了父母，放弃了在美国谷歌优渥的工作，一个人回国了。

由于在美国一直从事互联网工作，回国后，孔祥云应聘到了国内一家顶级互联网公司担任了总监，负责外联工作。

不管是在国外还是在国内，孔祥云始终没有放弃寻找何方远，不管何方远身在何方，于她而言，他始终在她内心深处，片刻未曾远离。不管岁月如何流逝、人世怎样变迁，何方远青春年少的形象，在她的回忆中已经定格成永恒不变的少年。

“少年？”何方远无谓地笑了，“岁月如飞刀，刀刀催人老，我早就不是以前的青葱少年了。倒是你，容颜未改，青春依旧。”

“青春？”孔祥云笑容如花，细长的眉毛微微一挑，依稀还是当年敢爱敢恨的少女，修长的脖颈不见一丝皱纹，明净的额头亮如满月，“现在只剩下青春的尾巴了，女人三十岁是一个槛儿，一过三十，就韶华不再。不过还好，我在还有青春韶华的时候，再次和你相遇，也不枉我费心费力找了你好几年。”

何方远忽然意识到孔祥云的经历中，似乎疏漏了非常重要的一环，他眯起眼睛坏笑，目光落在孔祥云曲线玲珑的身体上，问道：“你好像少说了一件事情……”

“什么？”孔祥云注意到了何方远的目光，坐直了身子，又有意挺了挺，朝何方远飞了一个意味深长的眼神，“看什么看？是不是比以前有资本多了？我知道你想说什么，是想问我的感情经历，不过在我回答你的问题之前，你得先告诉我你的经历。”

好吧，何方远也没隐瞒，将他几年来的经历如实说了出来，当然，只拣重要的部分，省略了无关紧要的细节。不过，他也算是诚实小郎君了，连他和常辛儿还没有开始就已经结束的单相思，以及和梅荏苒好感三年却最终没有修成正果的恋爱一并说出。倒不是他有意透露他现在正处在感情空白期，而是他在孔祥云面前，十分放得开，虽说多年未见，却依然当她是从来不需要隐瞒什么的亲人。

“有缘千里来相会，这么说，我来得正是时候了？”孔祥云开心地一笑，伸手一打何方远，“男人就是男人，靠不住，才离开我没几年，身边就经历过常辛儿和梅荏苒两个女人了，哪像我，从离开你以后，再也没有谈过一次恋爱，一直为你守身如玉。”

何方远乐了：“真的假的？我算算啊，分开也有四五年了，四五年的青春年华，以你貌美如花的资本，身边会没有男人？”

“没有，当然没有。”孔祥云无比坚决地回答，她双手抱肩，目光微斜，傲慢而高高在上的样子，很有眼高过顶的风范，“你以为在姐眼里，什么阿猫阿狗都可以投入到姐的怀中？切，姐眼光高得很，要么是心思纯净的纯情少年，要么是用情专一的三好青年，什么玩世不恭的富家公子哥儿以及猎艳的官二代们，想打开姐的心扉，做梦！”

何方远虽然和孔祥云久别重逢，却没有丝毫的隔阂感，孔祥云依然是当年的孔祥云，大方自然坦率，有一说一，但他还是不认为几年来孔祥云身边会没有一个男人。不是他不相信孔祥云为他守身如玉的玩笑话，而是在现实的生活中，很多人来了又去去了又来，谁也不知道谁是谁的唯一，谁也不敢保证永远。就如他，他是不时会想起和孔祥云在一起的日子，但后来喜欢上常辛儿时，一切都那么顺其自然地发生了，他难道会为了等待孔祥云的归来而将自己感情的大门关闭？

如果她永远也不和他重逢呢？

/第十章/

人生难题，偶然中的必然

“对了……”何方远正值感情的空白期，其实说是空白期也不准确，应该叫空档期才对，不过他还是不想和孔祥云过多地讨论感情上的事情，忙岔开了话题，“还没问你，你在哪家互联网公司工作？”

“我没说吗？千方呀。”孔祥云用手遮挡阳光，初升的太阳光芒万丈，正好照射在她的脸上，让她如花的面容更显娇美无瑕，白里透红的皮肤闪耀透明的光泽。

千方？何方远心中大跳：“你在千方工作？哪个部门？”

“李颜红有海归背景，我也有过谷歌的工作经历，所以一应聘就直接当上了市场部总监，下一步有希望担任北京分公司的副总。”孔祥云不无挑衅地看了何方远一眼，“虽说和你相比还差了点儿，不过你是赶上好机遇了，如果不是立化分裂，你现在估计还是一个副总监。”

何方远才懒得和孔祥云比较高低，他关心的是千方的下一步动作，虽说涉及商业机密，他也不好向孔祥云开口相问，但眼下是非常时期，知道千方对互联网版权产业的关注度和最新动向，有利于提高他在乔国界心目中的分量。

不管乔国界是闭环还是要出售立化甚至是兴众文学，他肯定会想卖一个高价，而千方对互联网版权产业的重视程度，直接关系到立化最终出售的价格高低。可以说，千方对互联网版权产业越重视，立化的出售价格就越高，反之亦然。

一经想通此节，何方远心中蓦然闪过一个强烈的念头，仿佛一道曙光闪现，他隐隐约约抓住了可以让乔国界放他跳出立化的交换条件。

“你既然在千方北京分公司市场部当总监……”何方远微一沉吟，还是直接问出了心中所想，“祥云，前段时间立化的分裂事件，你难道没有听说？怎么就没有关注一个小人物何方远的崛起呢？”

孔祥云笑了笑："当时我正好在国外出差，错过了战火纷飞最精彩的时刻，回国后，尘埃落定，再加上兴众文学刻意低调处理立化新任管理层的组成，我又不负责千方的互联网版权产业大项目部，对互联网版权产业并不关心，所以就没有注意到你……"

千方居然有互联网版权产业大项目部？何方远敏锐地抓住了孔祥云无意中透露出来的商业机密，心中的猜测更加落实了几分，千方在和企鹅竞争创始团队时，功亏一篑，最终被企鹅抢占了先机。虽然棋输一着，但千方对互联网版权产业的野心不死、雄心仍在，作为最大的搜索引擎入口，千方在引导用户阅读方向上，有得天独厚的优势。

何况互联网版权产业经过十余年的培育，市场和消费群体日益成熟，在国家大力推动文化产业的大前提下，千方怎么会坐失互联网版权产业即将井喷的良机？成立互联网版权产业大项目部，证明千方在互联网版权产业上的布局，一直没有停止，相反，在企鹅抢占先机之后，千方还会加大对互联网版权产业的重视力度，重视之后，重金投资，几乎是不用怀疑的事实。

"千方对互联网版权产业，虎视眈眈，肯定野心不小。自从市值被企鹅超过之后，千方一直在加大布局，试图重回国内互联网市值第一的宝座，可惜，李颜红技术出身的背景局限了他的想象力和大局观，到现在为止，千方和企鹅市值的差距不是在缩小，而是在扩大。"何方远有意提了提千方在互联网版权产业上面的布局。

"你说得对，三巨头中，目前企鹅市值最高，芝麻开门最有活力和潜力，千方近年来发展的步伐放缓，自身局限性的问题越来越突出……我和李颜红倒是接触过几次，他的优点很明显，比如严谨、理智，缺点也很明显，保守、过分依赖技术并且相信统计的数据可以胜过高屋建瓴的分析。而且……"话说一半，孔祥云忽然意识到了什么，急忙闭了嘴，"不对，你是在探我口风，是不是想知道千方的商业机密？"

何方远很无赖、很老实地点头承认："是。"

"休想！"孔祥云狡猾地一笑，又伸手一拧何方远的胳膊，"最基本的职业操守我还有，必须遵守的职业道德，我不会违反。对不起，何方远，你色诱失败。"

孔祥云一如当年，拧人的手法十分到位，疼，但不是很疼，却又是可以让人记住的疼。何方远一咧嘴，嘿嘿一笑："好，好，我不问了还不成吗？现在千方有可能成了兴众的竞争对手，确实，最基本的职业操守必须要有，但有时适当透露一点儿消息，又不会死人……"

话未说完，手机突然响了。

一看来电是公司的号码，何方远以为是蓝妹有事找他，示意孔祥云安静，他随即接听了电话。

“何总，是我，付锐。”话筒中传来了付锐特有的天津味儿的普通话。

付锐其实是土生土长的下江人，在下江出生，10岁时，举家搬迁到了天津。在天津生活了十几年后，又回到了下江。十几年的天津生活，不但让他养成了爱吃面食的习惯，还说得一口的天津腔。

本来付锐并不在立化任职，梅荏苒辞职后，他从兴众文学调任立化的副总监。由于是陈果的力荐，人人都认为付锐是陈果的亲信。就连何方远最开始时，也固执地认为付锐必定是陈果的亲信，否则，陈果怎么不提拔别人偏偏提拔他？

事实上，付锐也真是陈果的亲信。只不过他和樊铮不同的是，樊铮的忠心，是死忠，而他的忠心，在某种意义上说，是有利益前提的忠心。付锐担任副总监还不到三天，何方远就敏锐地察觉了付锐有向他靠拢的迹象。

只不过本着防范付锐是陈果有意试探他的棋子的出发点，何方远对付锐的靠拢不置可否，若即若离的态度，拿捏得恰到好处，既不是拒人于千里之外的冷漠，也不是来者不拒的浅薄，他的态度一时让付锐摸不着头脑。

“付锐，什么事情？”何方远一副公事公办的口气。工作上，付锐的顶头上司是总监范记安，再上一级是副总蓝妹和常务副总樊铮，除非重大问题，通常情况下，副总监不够资格直接向老总汇报问题或是请示工作，否则，要总监和副总何用？

“何总，是这样的……”付锐的口气很谦逊，谦逊之中又有沉稳有度的从容，“有一个小道消息说，乔董有意投资旧城百货。”

什么？何方远吃了一惊：“消息来源可靠不？有几分真？”

“来源绝对可靠。八分真，不，十分真。实际上，前期的股权交接已经完成，只差对外公布了。”付锐的声调很平缓，语气很平静，似乎乔国界由IT业转身投资到实体业是一件无足轻重的事情一样。

“我知道了。”最初的震惊过后，何方远强行压下心中的波涛起伏，努力让语气平淡下来，“有心了，付锐，我心里有数了。”

付锐之前的靠拢，只是态度上的积极，并没有实际行动，而今天的消息，虽说不是多么重大的商业机密，但哪怕只提前一天得知，也比别人多了先见之明。何方远心中闪过一丝疑惑，付锐电话的内容，很是透露了一些消息，而他打电话的举动，更是意味深长，标志着付锐从以前态度上的积极，正式转变到了行动上的积极。

付锐一心向他靠拢，到底是何居心？何方远不是阴谋论者，却也清楚世界上没有无缘无故的爱和恨，也没有没有目的的靠拢。作为陈果一手提拔的副总监，不一心倒向身为兴众文学CEO的陈果，却偏偏对他热情过度，如果说付锐没有某种诉求，谁也不会相信。

难道付锐看不出来他正在失势？当然不会，以付锐的眼光，很清楚现在整个兴众文学的大局走向，也肯定可以看清他现在正吊在半空，一步步被陈果剥夺权力，既然如此，付锐还不改初衷，向他靠拢，就说明了一个问题——付锐要么对他信心十足，知道他有朝一日还会被乔国界重用；要么对他寄予厚望，相信他以后可以和三剑客一样，跳出立化，打下一片江山。

不管出于什么目的，既然付锐拿出了诚意，何方远就不能再没有丝毫表示，刚才他最后一句话，就是对付锐的暗示和肯定。如果付锐可用，以后跳出立化之时，让付锐加入到班底的队伍之中，也未尝不可。虽说付锐不如樊铮工作一板一眼执行到位而且是一个不可多得的将才，但他也有沉稳、冷静的优点，是一个可堪大用的先锋。

旧城百货是一家有着九十多年老字号的传统零售商场，虽说年代久远，但实力一般，而且只局限在下江人民广场区域一家门店，和众多实力雄厚的连锁百货巨头相比，差距很大。乔国界投资旧城百货，到底是基于什么出发点？是想转移资金降低风险，还是真心不想再玩互联网产业，转而投身实业了？

“怎么了？”孔祥云不知道何方远电话的内容，见何方远接了电话后，一直沉思不语，她就开口问道，“是不是遇到什么难题了？”

何方远当然是遇到了难题，而且难题还很多，感情上的，工作上的，事业上的，等等，一团乱麻。不夸张地说，现在的他，深陷十面埋伏的困境之中。

“人生遇到难题，就和吃饭吃出沙子一样，偶然之中又有必然。”何方远没正面回答孔祥云的话，他呵呵一笑，“和别的难题相比，如何处理好和你的关系的难题，才是最大的难题。”

现在不是流行开同学会吗？同学会由以前的叙旧变质变味儿，成了炫富装样的聚会，同时，除了炫耀财富和自吹自擂之外，还有人乘机寻找心动的感觉，希望从以往喜欢过的同学身上，重温初恋的美好——换句通俗的话说就是，能拆一对是一对。

孔祥云不只是何方远的同学，还是他青梅竹马的恋人，况且现在他未婚她未嫁，他单身她一人，要说穿越了千山万水的距离和茫茫人海再度相遇，二人之间不发生一些什么，谁也不会相信，就连何方远也隐隐担心他和孔祥云一旦旧情复燃，就会一发不可收拾。

况且，孔祥云对他一往情深，几年的等待和寻找，几年的努力和付出，她所希望的无非是和他在一起。可问题是，他真的可以完全放下梅茬苒，然后义无反顾地转身，马上和孔祥云开始另一场轰轰烈烈的恋爱吗？

他做不到。

而且他也知道，就算他和梅茌苒真的分手了，也还有一人对他有感情上的期待——蓝妹。

不想还好，越想越觉得麻烦，古人讲，成家立业，成家在前立业在后，看来确实是经验之谈。男人不成家，就不定性不安稳，就容易被感情上的事情影响心绪，左右判断力。

“别逗了，和我的关系怎么会是难题？太简单了……”孔祥云轻描淡写地摆了摆手，不以为然地笑道，“说是破镜重圆不恰当，说是旧梦重温太沧桑，我们之间的关系，用一句最简单的话概括就是——你若一直在，我便一直爱。”

何方远揉了揉鼻子：“先不说以后，先说现在，晚上住哪里？”

“当然是……”孔祥云眨了眨眼睛，狡黠地笑了，“住酒店了。你以为我会主动投怀送抱？想得美。在国外这么多年，见多了国外的开放和所谓的自由，我反倒学会了矜持。女人矜持是对自己的爱惜，是对自己负责任的表现。”

何方远心中一块石头落地了：“这样，先到酒店住下，然后再说去公司的事情，怎么样？”

“不行，我要先确定了你的公司再说，万一一个转身的距离，我又失去了你，那么再一次幸运地找到你的可能性，不会有了。”孔祥云不肯让步，“不过你放心，到了公司，我不会打扰你的工作，会安静地跟在你的身后，当你的跟班。别人问起，你就说我是你的同学。”

好吧，何方远很不想让孔祥云出现在公司，怕引起不必要的猜测和误会，别人误会倒没什么，就怕蓝妹会多想。一直很注重个人形象的他，不想让蓝妹将他当成一个刚和梅茌苒分手转身就又有了新欢的薄情寡义之人。

车行一个多小时，到了公司楼下。刚停好车，还没上楼，范记安不知道从哪里悄然冒了出来。

“何哥，等你半天了。”范记安只顾急急和何方远说话了，没注意到何方远身后的孔祥云，他还以为孔祥云跟在何方远身后，只是偶然路过的路人甲，“出事了，大事！”

“什么大事？”何方远心头一跳，最近确实平静了许多，似乎是乔国界偃旗息鼓了，而且闭环的举措也进一步透露出乔国界收手的迹象，但不知何故，他总觉得哪里不对，现在脑中一个念头蓦然闪出——对了，海山还在羁绊之中，等于是说，乔国界和三剑客之间的较量，还没有正式告一段落。在海山的问题水落石出之前，乔国界和三剑客的胜负未分，交手，从明面转移到了幕后。

怪不得看似风平浪静了，原来战场由明转暗了，何方远这才恍然大悟，不由暗道惭愧，他到底经验不足，以为商战都是光明正大的正面对决，却原来还有掩藏在阳光背后的幕后交手。

"湖北警方跨省来下江，对下江王之世网络科技有限公司实施了司法强制措施，吴波、杨浩等三位创始人被拘留，被直接从下江带回了湖北……"范记安脸上微有惶恐之色，还四下张望几下，仿佛唯恐被人监视一样，"这还不是重点，湖北警方跨省来下江抓人不算什么，问题在于，被抓走的吴波和杨浩，都是原兴众的员工，比三剑客辞职的时间，还要早一些。事情的起因在于，王之世刚刚上线了一款游戏，被兴众指控抄袭兴众旗下的一款游戏，以侵犯商业秘密罪被起诉了。"

相比以前华为对李一男以封堵和包抄形式的封杀，兴众对老员工的下手则是手起刀落式的残忍。一想也是，被兴众送进监狱的又不止海山和吴波、杨浩等人，之前还有许多前员工也曾经被兴众以各种名义请进了牢房。只不过要么事情不大，被兴众掩盖了；要么动静不大，无人注意罢了。

现在则不同了，三剑客集体辞职引发的轰动，让兴众成为众矢之的，数月来一直处在风口浪尖之上。现在又出了跨省抓人的事情，引起各方的关注和反响，进而将事情放大并且热议，也是顺理成章的事情。

/ 第十一章 /

外行指挥内行

“抄袭？哧……”说完突发事件，范记安惯常的讥笑声一响，就意味着他开始刁钻刻薄的评论了，“如果说吴波等人有罪，被指控抄袭的话，那么原罪也在兴众。当年兴众不也是靠一款抄袭的游戏起家？老大别说老二黑，现在洗白了上岸了，又站在道德的制高点当公知了？丫的，都扒一扒过去的黑历史，看看谁不是泥腿子出身。不要以为现在的成功可以洗脱以前的原罪，以前兴众的网游，祸害得多少青少年沉迷在游戏之中，荒废了学业，荒废了青春。记得在一次互联网会议上，一个老教授指着乔董的鼻子说，他希望在杭州秦桧跪像旁边再立一个乔董的铜像，和秦桧并排跪在一起，承受千古骂名……”

不得不说，范记安的义愤填膺过火了，何方远摇头说道：“扯远了，不从道德的高度批判兴众的所作所为，只说事情对眼下局势的影响。”

范记安此时才发现孔祥云紧跟在何方远身后，没有离开，他吓了一跳，忙问：“何……哥，她是谁？刚才的话都被她听到了，她不会传到乔董的耳中吧？”

“怎么了，难道你要杀人灭口？”范记安的滑稽和刁钻，只一个照面就给孔祥云留下了深刻的印象，她嘻嘻一笑，主动伸手和范记安握手，“自我介绍一下，本人孔祥云，是何方远青梅竹马的……女同学，请注意，是高中女同学。”

青梅竹马的高中女同学？范记安的大脑瞬间转了三百六十度的一个圆，从信息量巨大的一番话中领悟到了应该领悟的部分，嘿嘿一笑，伸手接住了孔祥云温婉的小手：“原来是何哥的初恋情人，不，高中女同学呀，欢迎，欢迎。失敬，失敬。本人范记安，是何哥坚定的追随者、同行者以及朋友。”

范记安的话逗得孔祥云咯咯直笑：“方远好眼光，有你追随，他做什么事情都可以事半功倍。”

“过奖，过奖，我只是起到微不足道的推动作用，掌舵兼起主导作用的领导者，还是何哥。”范记安刻薄时刻薄得刁钻，拍马时又拍得露骨，还真是一个让人无语的家伙。

“行了，不说了，先上楼。”何方远一推范记安，省得他胡闹个没完，主要是抓人的消息太震撼了，肯定会引发新一轮的议论热潮，不用想，又有的忙了。

上楼的时候，正好电梯中没人，范记安又想起了一件事情：“何哥，海山被抓进去的时间也不短了，到现在既没有被放出来，又没有提起公诉，到底是怎么一回事儿？”一边说，他还下意识看了孔祥云一眼，小声说了一句，“也别说，青梅竹马的高中女同学，比梅荏苒还要有味道，何哥，你的品味太高雅了。我以前一直纳闷为什么你身边总是美女如云，而我总是孤家寡人，现在终于明白了，是你启蒙太早了，身边一直有这么一个大美女陪伴，熏陶也能熏陶出来一个泡妞高手……”

何方远奉送了范记安一个恶狠狠的眼神：“都什么时候了，也不多想想局势怎么发展，还琢磨乱七八糟的事情，范记安，人不犯贱不会死，人不自律不会成功。”

范记安翻了翻白眼儿：“好吧，何哥透露一下分析一下判断一下，海山的事情，到底会怎么解决？”

“快了，应该离揭晓答案的时候不远了。”何方远见电梯马上到站了，不便再多说什么，只是点了点头，“这次的抓人事件，与其说是乔董杀鸡儆猴，让外界再次看到他的铁腕，还不如说乔董想在海山的事情上，提前铺垫一下，好找回面子。”

“什么意思，难道说，海山快要被放出来了？”范记安愣住了，十分不解加佩服，“何哥，你的思路也太跳跃了，怎么就由抓人事件联想到了海山的释放？”

不等何方远回话，电梯门开了，门口站着一人，正是付锐。

付锐一见何方远，立刻向前一步，俯身到何方远耳边，以极低的声音说道：“何总，有突发情况，方便的话，借一步说话。”

出什么事情了，这么神秘这么小心翼翼？难道除了吴波等人被抓之外，另外还有事情？何方远回身看了范记安一眼，范记安跟随何方远多年，立刻心领神会，伸手一请孔祥云：“祥云，跟我来，何总有点事情要谈。”

孔祥云点点头，又看了何方远一眼，想说什么，最终还是收了回去：“希望我的出现，没有打乱你的工作和事业。当然，如果打乱了你的生活，当我没说。”

好嘛，何方远听出孔祥云话里话外的暗示，心想难道说打乱了生活就不是打乱了工作？生活和工作，谁又能区分得清清楚楚？生活中的麻烦，肯定会影响到工作时的情绪；而工作中的负面情绪，也会不可避免地带到生活中。

何方远穿过办公区，跟随付锐前往楼道的一角说话，正好路过樊铮的办公室。无巧不巧，樊铮的办公室大门敞开，一眼可以看清他正在里面打电话。正在打电话的樊铮偶一抬头，见付锐和何方远一前一后朝楼道的尽头走去，他蓦然一愣，片刻之后，又悄悄地笑了，自言自语说了一句："形势一变，人心也变，看来，又有好戏看了。"

楼道的尽头是朝南的窗户，此时日近正午，阳光明亮而耀眼。何方远在窗前站定，淡淡一笑："还好是南窗，不是东窗。"

若是樊铮，或许想上一想才会明白何方远的言外之意，付锐却比樊铮思路活跃多了，他伸手推开窗户，让夏天的清风吹了进来："打开窗户说亮话，十楼的窗户外面，不会有人偷听。东窗会事发，南窗不会。"

何方远意味深长地笑了，和聪明人打交道就是省心，他朝远处樊铮的办公室望了一眼，确信樊铮不会听到他和付锐的对话，才说："刚才记安已经告诉了我王之世事件，吴波、杨浩等人被抓了……"

何方远一开口，付锐就明白了一个事实，如果他也是要告诉何方远王之世的抓人事件，那么对不起，晚了一步，消息已经没有价值了。

"何总……"付锐虽然比何方远大了几岁，但也不知是何方远身为总经理的缘故，还是何方远沉稳之中总是透露出一股一切尽在掌握的自信，总之，他在何方远面前，总有束手束脚的感觉，深吸了一口气，他蓦然下定了决心，既然决定要赌上一把，就要有破釜沉舟的勇气，人生的机遇可遇而不可求，遇不上，是天意，遇上了如果再错过了，就是自己蠢了，"据内部消息，海山要出来了。"

虽说何方远由王之世的抓人事件推测出乔国界可能以此为台阶，为掩盖海山即将被释放而转移视线，但推测毕竟是推测，是不是一语中的，还有待验证。猛然从付锐口中听到海山即将被释放的消息，何方远不由得一惊。

如果说之前付锐提前透露乔国界投资旧城百货的商业机密，或许是从哪里旁敲侧击打探的消息，那么他再一次先人一步得知海山即将被释放的消息，就不是旁敲侧击可以打探出来的消息了，而是说明他有特有的消息渠道。

何方远顿时对付锐高看了一眼，在瞬息万变的商战之中，有先人一步的消息渠道，绝对是制胜的秘密武器。提前一步布局，哪怕只比对手快上一天，也有可能会收到出其不意的效果，增加三成以上的胜算。

"付锐，你的消息很灵通嘛。"何方远才不会惊问付锐是从哪里得到的消息，一问，就露怯了，就算付锐有消息渠道，也是他主动向自己靠拢，自己必须时刻掌握主动权才行，"不过捕风捉影的消息是消息，十拿九稳的消息也是消息，但两者的差距，可就太大了。”

付锐既不解释也不争辩，继续说道：“三天内，乔董投资的消息会正式对外公布，而海山被释放的消息，会在小范围的圈子内流传。海山的事情，牵涉到了兴众和企鹅两大互联网公司，背后还有不为人所知的高端较量，所以不会正式对外公开，只会低调地处理。至于消息的真假，相信蓝妹蓝副总很快也会听到相关传闻。”

何方远并没有怀疑付锐的消息，而是在判断付锐以实际行动积极向他靠拢的真正用心，说实话，他倒不是不相信付锐的为人，也不是否定付锐的能力，而是在想在付锐如此积极主动的背后，到底想从他身上得到怎样的回报？

将与取之，必先予之。如果到时他满足不了付锐过大的胃口，那么付锐今天的投入，就会成为他将来准备跳出立化时的绊脚石。

付锐或许是意识到了何方远的担心，又或许是他早就想到了他的过于积极主动的行动会让何方远误判，他呵呵一笑，见好就收：“何总是不是觉得我越位了？说实话，我一直很敬佩何总的眼光，而且我相信何总不会止步于立化总经理的位置。立化的形势，目前看似平静，其实危机四伏，我总感觉，立化的大厦要么倒塌，要么易主，提前想好退路，才不至于在大变来临之时，手足无措……”

这么说，付锐是向他交心了？何方远听明白了，付锐是想加入他的班底，以便在他跳出立化重起炉灶时，可以成为团队中的核心力量之一。

付锐作为陈果曾经的亲信，也对立化信心不足了？当初意气风发指点江山的乔国界哪里去了？一想也是，现在的立化，在经过了最初的动荡和整合之后，似乎人心回归，前景大好，但实际上几乎所有的资深从业者，都被清洗一空，就连他和范记安、徐子棋等人，也在被慢慢剥夺权力，立化由以前高涨的千秋万代、一统江湖的雄心，变成了现在外行指挥内行、钩心斗角、人浮于事的机心。

任何一家公司，如果精力都耗在内斗上，不用对手多强大，自己就会垮掉。相信付锐也是清醒地认识到了这一点，照此下去，立化没有明天。而且从另一个角度分析，付锐沉稳有度，且有才干，就算他是陈果的亲信，也不会是陈果眼中最忠诚的士象，而是可以冲锋陷阵的车、马、炮。问题在于，现在的立化，不再需要开拓疆土的车、马、炮，只需要无限忠诚的士、象。

只是有些人性格使然，偏偏就不喜欢充当守成的士、象，愿意冲锋陷阵攻城略地，愿意投身到波澜壮阔的商潮之中一展身手。

不过……何方远心中蓦然一惊，难道付锐看出了他有意跳出立化自己创业的意图？怎么可能？他和蓝妹的设想虽然知道的人不少，不过保密工作也一直做得很到位，不敢有丝毫疏漏，唯恐传了出去惹了大事，那么付锐又是从何得知？

又一想，既然付锐有渠道得知乔国界的一举一动，那么他知道自己和蓝妹的创业大计，也就不足为奇了。算了，不想那么多了，反正何方远相信，他和蓝妹的大计到目前为止，并没有走漏风声。

“何总，有时间吗？”樊铮的一声招呼打断了何方远的思路，他站在门口，淡然自若地冲何方远挥了挥手，“有份文件需要您签字。”

何方远冲付锐微一点头，并未说话，只是意味深长地微微一笑，扔下付锐一人，转身来到了樊铮的办公室。

樊铮想要何方远签名的文件，是立化今年的宣传工作方向的定稿。何方远拿过一看，定稿在他上次审议的初稿的基础上，添加了许多细节，比如说要重点宣传几位新人版权方，完善造血机制，力争在年内塑造几位新人大神，等等。

在互联网版权产业内，有一定影响力并且有固定读者群的版权方会被称为大神。一般来说，中层以上的版权方就可以称为大神了。据不完全统计，开天从立化挖走的大神级版权方，至少也有一百人。而放眼整个立化可以称得上大神的版权方，也不过一百多人。也就是说，现在的立化，大神神位空缺，急需新鲜血液补充。

但问题是，大神不是可以创造出来的资源，推广的力度再大，再精心包装夸大宣传，版权方的作品不出彩、不符合市场，也是白费心血。立化十年的努力，才积累了几百名可以拿得出手的版权方，现在急于补充新鲜血液，想启动造神计划来造神，多少有些病急乱投医的错乱。

何方远也明白陈果的出发点和良苦用心，力推新人版权方是想向开天以及外界表明，立化虽然被挖走了不少版权方，但立化的造血机制还在，在短时间内，立化可以迅速造就一批新神，开天对立化的挖墙脚之举，对立化造成不了多大的伤害。

到底还是外行幼稚的想法，何方远心中无奈地暗叹一声，立化现在由陈果掌舵，早晚会驶向未知的深渊。如果大神能够这么容易被制造出来，作家学院岂不是可以批量培养作家了？有美术学院，有音乐学院，还有电影学院，都直接面向应届高中生招生，但还真没有一家可以直接出产作家的作家学院。鲁迅文学院也是从有一定成就的作家中选拔招生，而不是面向应届学生招生。

才这么一想，何方远的目光又落到了宣传方案的最后，只看了一眼就差点儿失笑出声——在方案的背后，樊铮提议由兴众文学和下江艺术大学联合成立互联网文学系，面向应届高中生招生，系统而全面地培养学院派的互联网版权方，希望可以从中选拔一批优秀的互联网版权方加盟到立化，从而在立化的平台上成长为一名超级大神。

纵观世界范围内的作家，几乎很少有出身于学院派者，甚至连中文专业出身者都寥寥无几。再具体到国内的传统作家以及所有的互联网版权方，差不多都是以爱好写作和有表达的欲望为出发点，最终闯出了名气。

也不得不说，联合创办互联网文学系，是一项前所未有的创举，可惜的是，何方远摇了摇头，还是彻头彻尾的想当然的做法，是一拍脑子的产物，先不说生源问题，只说报考了互联网文学系的学生四年大学毕业后，是直接签约到立化旗下成为版权方，还是到立化从事编辑工作？

先不说立化版权方的签约完全就是画饼充饥，只是用一纸合同签死了版权方的作品，版权方是不是有收入能不能成名，对不起，立化不会作出任何承诺，只说立化的工作岗位有限得很，而且还需要有经验的成熟员工，上一次的分裂已经让立化意识到了员工的重要性，培养一名有工作经验的老员工需要两到三年时间，应届大学毕业生来立化工作，立化会收吗？

/ 第十二章 /

以人为镜，可以明得失

万一应届大学生在立化历练两年之后，成功进入互联网版权产业，成为一名合格的人才，然后跳槽到了另外一家互联网版权产业公司，比如说开天或者驰骋，岂不是说，兴众文学联合下江艺术大学创办互联网文学系之举，是又一次为他人做嫁衣裳的雷锋之举？

想笑，还好何方远最终忍住了，他理解陈果提议创办互联网文学系的出发点——显然，樊铮并非真正的提议人，他只是受命于陈果，充当了先锋的角色。提议获得了乔国界的认可，是陈果的功劳；被乔国界否决了，是他的失败，无损陈果的形象——急于做出成绩获得乔国界的认可，但在立化内部在许多方面一时无法超越创始团队的成就，只能另辟蹊径，从外围寻找突破口，希望可以实现对立化乃至兴众文学整体形象的提升。

不得不说，陈果的做法看似荒唐，实则正合乔国界之意。现在兴众文学从新合同的闭环，到提议创办互联网文学系，等于是一边关紧大门，防止里面的人才流失，一边又卖力地装修外墙，营造花团锦簇的盛况，目的只有一个——继续打包出售兴众文学。

也是，难道让乔国界承认当初企鹅开价四到五亿美元时，他太贪心，非八亿美元不卖是错误的决定？不可能，乔国界从来不会犯错误。尽管当时坚持的高价导致了创始团队的出走，也导致了兴众文学上市脚步第三次受阻，并且让兴众文学的估值下降了2亿美元，更让立化元气大伤，并且陷入了四面楚歌的境地。再加上后来悍然出手抓捕了海山，彻底激怒了创始团队，导致创始团队加大了对立化版权方的挖人力度，才有了今天立化造血功能不足的悲惨下场，但是这些都不要紧，以上都不是乔董的错，都是别人的错，不管别人是创始团队还是马大勉，以后有可能会是何方远，反正总会有替罪羊来背黑锅。

总之一句话，乔董还在正确而有条不紊地继续推动出售兴众文学的步伐。

而且还想盛装打扮一番，包装、宣传、粉饰，最后卖一个高价。说来说去，以上，都是再正常不过的商业策略罢了。

“樊铮，提议联合下江艺术大学成立互联网文学系，真是你的想法？”何方远翻看了方案之后，并没有立刻签字，陈果和樊铮，一个点火一个放炮，完全当他不存在一样将他架空，他可以听之任之，不和陈果计较，不过在关键时刻适当策反一下樊铮，还是很有必要的，“不简单呀，这个想法真的不错，有创意。”

樊铮嘿嘿一笑，不好意思地挠了挠头：“还不成熟，请何总多指正。”

何方远欣慰地笑了，樊铮为人，原则中透露出一丝可爱，在原则性的问题上，即使撒谎，也很拙劣，让人可以一眼看出。好，这样最好，以后如果樊铮为他所用，他可以放心让樊铮掌控局面。

“成熟，怎么会不成熟呢？简直太成熟了。”何方远拿起方案，抖动几下，又扔到了桌子上，“不过正是因为太成熟了，所以我才觉得奇怪。”

樊铮被何方远的话绕了进去，不解地问：“怎么就太成熟了？奇怪什么？”

“你想呀，登高才能望远，兴众文学联合下江艺术大学成立互联网文学系，最少也得是陈总的位置才能考虑的问题，身为立化的管理者，目光越过了立化落到了兴众文学的层面，乔董见了，肯定会对你的提议大加赞赏，夸奖你可堪大用，在立化担任一个常务副总，屈才了，最少也要是兴众文学副总裁的位置才符合你的才能。”何方远可不是嘲讽樊铮，而是点醒他，同时，也为樊铮和陈果亲密无间的合作埋下一枚钉子，他不能任由陈果次次绕过他直接和樊铮决定立化的所有事情，该还击的时候，必须出手还击。

樊铮是不如范记安头脑灵活，不过不灵活不代表他不聪明，他立刻就明白了何方远话里话外的暗示，顿时惊出了一头冷汗，忙起身关上了房门，紧张地说道：“何总，你这话是什么意思？是不是指责我不该越过你直接向陈总汇报工作？”

才被他敲打一下就露怯了，何方远不知是该庆幸自己的稳重成熟，还是该惋惜樊铮遇到事情时不够淡定从容，不过这样也好，樊铮越可控，越有利于他现在的计划和以后的大计。

“从职责上讲，你应该越过我直接向陈总汇报工作吗？”何方远本来坐着和樊铮说话，忽然一下站了起来，从身高上他并不比樊铮高上多少，但气势大涨之间，似乎一下力压了樊铮整整一头一样，“不管在哪一家公司，最基本的职场规矩得懂，如果常务副总直接向CEO汇报工作，总经理还有什么用？樊铮，你说，我是该指责你的越位，还是该容忍你的无知？”

何方远在担任总经理之后，一直以和风细雨的形象示人，从来没有冷言冷语批评过任何一人，时间一长，就让所有员工都认为何总是一个面善心软的好人。

面善者，未必心软。好人，也未必没有三分脾气。何方远说话时的口气，并不是居高临下的口吻，声调平静没有起伏，却如一道寒光，一闪，就击中了樊铮的要害。

樊铮被何方远的气势逼迫，张了张嘴，一句话也说不出来，后退一步，一屁股坐在了椅子上，低头不语。

不错，主动权完全掌握在手中了，何方远乘胜追击，决定让樊铮不但敬畏他的权威，还信任他的为人：“樊铮，职场上的规矩你不懂不要紧，我不说你什么，但有些事情你必须明白，越位是一件很危险的事情，一着不慎，会让你摔得粉身碎骨。你有没有想过一个问题，为什么明明是陈总的提议，他不亲自向乔董去提，却偏偏要让你冲到最前面？”

“我……”樊铮不知所措了，他支吾了半天才冒出一句，“是陈总对我的信任和器重。”

此话一出，等于樊铮默认了兴众文学联合下江艺术大学成立互联网文学系的提议，是他在陈果的授意之下所为。

“哼哼……”何方远冷笑了，“你有没有想过，如果提议得到了乔董的认可，会是什么结果？如果提议触发了乔董的怒火，又会是什么结果？当初陈总刚接手立化时，对我的器重和信任，比起现在对你，可是有过之而无不及，但是现在呢？”

何方远有意留白，是想让樊铮自己有思索的空间。

果然，樊铮微一深思，立刻想通了其中的问题所在，如果提议得到乔国界的认可，功劳自然全归陈果。但如果提议触怒了乔国界，那么乔国界的怒火不会落到陈果身上，更不会落到何方远身上，而他则是首当其冲地承受乔国界怒火的唯一一人。

而提议是不是入得了乔国界之眼，他心里完全没底，也就是说，他有一半的可能被乔国界一刀斩落，以马前卒的身份充当了陈果的炮灰。再联想到当初陈果对何方远的倚重，犹如何方远是他的左膀右臂一般，可是现在呢？现在陈果恨不得让何方远立刻让位才好。

此一时彼一时，从何方远的身上，他还不能照见自己的未来吗？以史为镜，可以知兴衰；以人为镜，可以明得失。

想通此节，樊铮心乱了：“何总，可是……可是方案已经成形了，并且也通过了陈总的审核，去掉提议，也不可能了。”

见樊铮差不多乱了方寸，何方远知道火候已到，当下淡定地一笑：“谁说要去掉了？”

“不去掉？那怎么办？帮我出出主意，何总。”樊铮此时将何方远当成了救命稻草，顾不上深思何方远为什么要帮助他。

“不去掉，可以改一改呀。樊铮，你好歹也是下江大学中文系的高材生，怎么样变动一下，让原本表达清楚的意思变得含糊不清，应该不是什么难事吧？”话一说完，何方远转身就走，恰到好处的点拨，见好就收的结束，是考验一个职场中人是否收放自如的标准。

至于樊铮会不会改，或是改成什么样，何方远才不会坐等结果，反正樊铮改好之后，还得送他过目请他签名。

连日来的忙乱，今日总算收获不小，先不说孔祥云的意外出现，单是付锐积极主动地靠拢以及成功在陈果和樊铮之间埋下一枚钉子，就让何方远雀跃。不能总在陈果绵里藏针的打压下被动应战，应该还之以化骨绵掌。

回到办公室，见范记安不在，只有孔祥云一人坐在他的椅子上，饶有兴趣地在看书，何方远心情忽然舒畅了许多，笑问：“怎么样，办公条件还可以吧？”

孔祥云放下书，不回答何方远的问题，反而盯着何方远看了半天，才俏皮地笑道：“方远，听说你上大学时立了一个志向，不对，是四个志向，分别是年轻有为、大学毕业、年薪千万、娶白富美……是不是？”

何方远一听，转身就走：“范记安又犯贱了，我非得收拾他不可。”

“站住！”孔祥云笑呵呵地拦住了何方远的去路，“心虚什么？”

何方远不是心虚，是逃避，现在他不想和孔祥云讨论安身立命之后的感情问题，事业未成何以家为？不用想，范记安除了向孔祥云透露他在大学时期的志向之外，肯定还一五一十地将他的感情经历和盘托出……

“一个是邻家小妹梅茬苒，一个是富家千金蓝妹，何方远，你不但艳福不浅，还情债不断，说吧，年薪千万和娶白富美两个梦想，如果只能实现一个，你选哪一个？”孔祥云伸开双臂，严严实实挡住了何方远的去路，“还有，在你的心目中，我肯定不是白富美，是不是和梅茬苒一样，是你曾经的邻家小妹？”

孔祥云大鹏展翅一样的姿势，尽现身材曲线的曼妙，比起青葱的高中时期，她确实成熟了许多。如果说以前她是一个青莹莹水灵灵的青苹果，那么现在的她则是一个鲜艳欲滴的红苹果，女人风情结合职业丽人的气息扑面而来，犹如一股夏日清风，令人心旷神怡。

平心而论，在何方远的心目中，孔祥云确实是如邻家小妹一般的女孩，清新如荷纯真如莲，不过在他的内心深处，孔祥云又是比邻家小妹更亲近的小妹，毕竟曾经的年少冲动、曾经的初恋情怀，都是刻骨铭心的记忆。不管是后来的梅荏苒还是再后来的蓝妹，都无法替代孔祥云在何方远心目中的位置。

爱情可以再来，而最纯真的初恋只有一次。

诚然，孔祥云虽然随父母出国，但她的父母并非大富大贵之人，只是比一般人家的家境稍好一些而已，所以孔祥云也算不上白富美。以孔祥云目前的收入推算，她勉强可以迈进白富美的门槛，但和出身豪富之家的蓝妹相比，还是相去甚远。

何方远捏了捏鼻子——遇到难题时捏鼻子是他的习惯性动作——想笑，没笑出来："当然是选年薪千万了，男人还是要自己有本事才叫真本事，虽说娶一个白富美也算是人生的一种成功，却还是没有自己成为富一代更有成功的味道。"

"还有呢？"孔祥云不依不饶。

"还有什么？"何方远想装傻，不过注意到孔祥云的眼神不对，怕她在办公室闹腾，以前她可是从来不怕他，敢骑在他身上撒野，忙补充说道，"你不是邻家小妹，你是我心中永不凋谢的玫瑰。"

一句话说得孔祥云心花怒放，她豪放地一拍何方远的肩膀："算你过关了。还行，这些年过去了，你没变多少，还是当年的何小坏。不过也变了不少，变得更油腔滑调了。行了，快中午了，我饿了，带我吃饭去。"

何方远一看时间才十一点，本想再处理些事情，但又怕孔祥云捣乱，毕竟是在公司，以她从小就天不怕地不怕的性格，他还真得让着她点儿，只好从她，刚打开门，范记安一闪身进来了。

"何总，这不到饭点儿了，我寻思着祥云姐远来是客，我做东，请她吃饭。"范记安一脸贱笑、挤眉弄眼的样子，让他显得既猥琐又好笑，哪里还有半点总监的形象。

"一边儿去，没你什么事情，别瞎掺和。"何方远正对范记安没好气，伸手一推他，"赶紧走你。"

范记安却赖着不走，嬉皮笑脸："何总，不，何哥，我确实诚心请祥云姐吃饭，你别不识好人心，实话告诉你，我可是作好了牺牲的心理准备，要替你当挡箭牌。"

正推搡时，何方远抬头一看，见又有两人朝他的办公室走来，一人是樊铮，另一人是蓝妹。樊铮还好，找他肯定是公事，蓝妹就不好说了，她见到了孔祥云，少不得又是一番大费周章的解释。

“看，何哥，我就说嘛，你肯定能用得上我。打仗亲兄弟，来，我替你为蓝妹引荐一下孔祥云，你来应付樊铮。”范记安朝何方远得意地挤了挤眼睛，“今天中午的饭局，何哥，说不定得由你做东了。”

“滚你的。”何方远对范记安的无耻深感无奈，笑骂他一句，摆了摆手，还是默认了他的安排。

“祥云妹子，不，祥云姐，来，我为你引荐一个美女——大美女，白富美，千金小姐……”范记安将一脸疑惑不解的孔祥云引出何方远的办公室，迎着蓝妹走了过去。

大感头大的何方远，此时才得以静心，也不再去想孔祥云和蓝妹见面会是怎样的场景，正襟危坐等候樊铮的到来。

樊铮敲门进来，刚才和范记安、孔祥云擦肩而过时，他压根儿就没有注意到二人的存在，一心都扑在了宣传方案上。刚才何方远的话给他带来了莫大的震撼，他左思右想了半天，越想越觉得他不过是马大勉和何方远的翻版而已。现在他是深受陈果的器重，不一定什么时候形势一变，他又会被束之高阁，甚至是弃之如敝屣。

人无远虑必有近忧，怎么办？樊铮思忖良久，又想到陈果的另一个亲信付锐也和何方远走动频繁关系密切，他就下定了决心，不如先向何方远问计，如果何方远真心帮他，他以后就跟随何方远的脚步；如果何方远不为他指点迷津，那么对不起，他宁愿当陈果的马前卒，也许过不了河成为炮灰，但也有过河之后冲锋陷阵辉煌一时的可能。

“何总……”樊铮一边递上宣传方案，一边试探着问道，“上次在电梯里，你说乔董可能不想玩了，有可能出售立化甚至是兴众文学，是什么意思？”

上次何方远和樊铮一起从陈果办公室出来，在电梯里，何方远有意点醒樊铮，特意透露了一些风声，还好，樊铮听了进去，再加上他在宣传方案上再一次点拨了樊铮，两次点化，相信樊铮总会有所领悟。

/ 第十三章 /

假如生活捉弄了你

“没什么意思了，就是随口一说，你也别太当真。”樊铮一迫切，何方远反倒用了缓兵之计，不过他也并不是故作高深，而是以退为进，为樊铮留一些主动思索的空间，“其实平常多注意一些消息，多留意财经报道中有关乔董的一举一动，再结合目前立化以及兴众文学的内部动向，大致就可以得出结论了。”

樊铮若有所思地沉默了一会儿，忽然说出了一句让何方远大吃一惊的话：“前几天，我无意中听陈总说起，乔董投资了旧城百货，当时我没往心里去，今天一想觉得哪里不对，是不是说，乔董不想玩互联网，想投资实业了？”

樊铮总算开窍了，不容易。何方远吃惊过后，心中更加笃定付锐此人可用，付锐是不是从陈果口中听到乔国界投资旧城百货的消息并不重要，重要的是，他比樊铮更有眼光也更有大局观。同样的一个消息，听在不同人的耳中，经过不同大脑的分析，最终经过过滤和筛选，总结出来的有用的信息也大不相同。

所以说，在职场或是商场中，为什么总有人快人一步，提前作好迎接巨变或是挑战的准备，就在于有人活在浑浑噩噩之中，不观察不思索，只是如木偶一样按照上司的指令工作，从来不去想改变什么；而有些人则善于观察善于思索，总能从身边的小事或是对外公布的新闻事件中，敏锐地嗅到山雨欲来的气息，并根据自身情况，提前调整状态，以便更好地迎接全新的一页。

何方远有三条人生信条，一是不要仇富，仇恨只能让自己更加无能，学习富人的长处，总结富人成功的经验，才能成为富人。仇富，只能让你离富人越来越远。

二是不要怨天尤人。与其抱怨生活不公，不如先从自身的缺点找起，改掉缺点，认识到自己的不足，才能进步。不要抱怨生活欠了你什么，其实生活根本不知道你是谁。

三是不要懈怠。成功最大的敌人就是懈怠，人一懈怠，就会失败。无论做什么事业，不要懈怠，都应该是最基本也必须永久保持的态度。

“也许乔董只是不想将鸡蛋都放在一个篮子里，也许和你的猜测不谋而合，谁知道呢……”何方远不好正面回答樊铮的问题，说实话，他也真不知道乔国界的所思所想。最少有一个月时间了，他没有见过乔国界，更不用说坐在一起谈话了，乔国界又恢复了以前如深宫帝王一般地深居简出，陈果以上级别的高管，才能直接面见。

樊铮点了点头，似乎是想通了，又似乎还是一知半解。何方远也没进一步解释说明，樊铮需要时间消化，必须让他自己意识到他在立化的处境并非表面上那么风光那么美好，而立化乃至兴众文学这艘大船虽不至于沉没，却有随时被卖掉的可能，一旦卖掉，到时陈果是否还是兴众文学的CEO就不好说了，那么他现在紧跟陈果的脚步，到时很有可能会一脚踩空。

“方案改好了？”何方远点到为止，反正相信不用几天，相关消息就会公布出来，樊铮也会从中再发现有用的信息，他回到了正题上，翻开了方案。

“大概改了一改，不成熟的地方，请何总指正。”樊铮的态度端正了许多，不再是只当何方远是签字工具，而是摆出了虚心请教的谦逊。

不虚心也不行，事关自己的切身利益，任谁都会慎重从事。而且还有一点，在樊铮的心目中，何方远由之前的被排挤、被冷落的总经理转变为了可以指点迷津的职场高手。

前面的部分可以直接忽略，何方远的目光直接落到了联合下江艺术大学成立互联网文学系的提议上，提议的内容没有改动，却在前面添加了一句话——经兴众文学CEO陈果提议——虽然只是多了十几个字，却意义大变，由以前樊铮越位提议变成了陈果直接提议，等于说，樊铮退居到了第二线，将陈果直接推到了前台。

何方远无奈地笑了，樊铮还真是直来直去得可爱，简单得好像是不谙世事的学生，这样一改，虽然不管成败，都是陈果首当其冲承受乔国界的赞赏或是怒火，却一是得罪了陈果，让陈果不喜；二是也不合乔国界的心意。谁不知道在兴众，不管谁想出什么好点子，归根结底都要落到是受乔国界的启发才闪现的闪光点，是借助了乔董智慧的光芒。

算了，帮人帮到底，好人做到底，何方远拿起笔，又在上面添加了一句话——在“你的房子首先要足够坚固，然后才可以装修”的名言的启发下，在目前兴众文学已经足够坚固可以装修的前提下，在陈总的开导下，我个人有一个不成熟的提议……

“你的房子首先要足够坚固，然后才可以装修……这是谁说的话？这话算哪门子名言？”樊铮疑惑不解，他是陈果的亲信不假，但他对乔国界的了解远不如何方远，连这句“名言”出于乔国界之口都不知道。如果他这句话传到乔国界的耳中，他再得陈果器重，也升迁无望了。

在兴众文学乃至整个兴众，不懂业务可以，没能力也可以，但不懂乔董，绝对不会有大好前景。

何方远也不过多解释，笑道：“相信我，就这么写。不相信我，就按你自己的思路来。反正不管你最后提交哪个方案，我都会签字。”

樊铮又拿过方案，琢磨了一小会儿，似乎是在斟酌字眼权衡得失，过了片刻，他蓦然下定了决心：“不改了，就这样了，请何总签字吧。”

何方远一签字，就意味着方案最终成形，然后会上报陈果，陈果签字后，才会出现在乔国界的案头。至于陈果是不是会发现他的改动，那就不好说了。也许陈果基于对樊铮的信任以及事务缠身，不及细看就直接签字了。

不管了，何方远唰唰几笔签上了自己的大名。有时候做事情不能太瞻前顾后了，当断不断，必受其乱，既然他要反制陈果联合樊铮对他的架空，那么他就要充分利用樊铮原则性强和自保的心理，再把樊铮对乔国界的全无了解当成支点，借以撬动陈果和樊铮之间的关系。

现在的何方远，越来越有底气和乔国界面对面了。而且他还有理由相信，只要和乔国界见面，他有七成的把握说动乔国界，让乔国界对他重新建立信任。当然，何方远想让乔国界对他重建信任，并不是想再次赢得乔国界的重用，而是另有谋算。

送走樊铮，何方远起身来到了蓝妹的办公室。

还没进门，就听到里面传来了欢声笑语，推门进去一看，好嘛，除了蓝妹、孔祥云和范记安之外，徐子棋也在，蓝妹的副总办公室由以前的肃静和清冷，一下变得热闹非凡了。

一直以为，蓝妹不是一个好客的副总，很少有人可以在她的办公室待上半个小时以上，即使是汇报工作的总监，十几分钟后，不管工作是不是汇报完毕，蓝妹都会下逐客令。现在倒好，一大群人聚集在她的办公室里有说有笑，她不嫌闹腾不怕弄脏了她的地毯？

何方远一进门，就被范记安抓住了胳膊，范记安人来疯一样将何方远的军：“何总，何哥，说吧，今天中午去哪里吃饭？刚才蓝总说了，要好好宰你一顿，让你大出血。和高中女同学重逢可是人生的大喜事，必须好好庆祝一下。祥云姐也说了，宰你没商量。”

徐子棋也跟着起哄：“就是，就是，何哥，虽然你平时经常请我们吃饭，不过都是工作餐，不够高端大气上档次，今天说什么也得沾沾祥云姐的光，吃一顿大餐。”

不是，等等，什么时候孔祥云成了范记安和徐子棋的姐了？算算年龄，孔祥云比范记安和徐子棋还小一两岁……又一想，或许祥云姐的称呼意味着范记安和徐子棋对孔祥云职业丽人形象的折服。

“我就不说什么了，何方远，你自己看着办吧。祥云姐远道而来不说，而且她一直找了你这么多年，这么有情有义的姑娘，你要是辜负了，就太没人性了。”蓝妹也附和范记安和徐子棋，眼神跳跃中，流露出戏谑的神色。

这么说，蓝妹对孔祥云没有敌意，反倒是一见如故了？怪事，真是咄咄怪事。是孔祥云太有魅力太有感染力了，还是蓝妹欲擒故纵，想要让他难堪？

在梅荏苒的事情上，蓝妹可一直奉行的是不主动、不拒绝、不负责、不承诺的“四不”政策，孔祥云一出现，她怎么就一改以前的淡泊，突然积极主动了？何方远猜不透蓝妹的心思，当下呵呵一笑：“祥云来了，我当然要好好请她。不过请她和你们没什么关系，你们别跟着起哄了，该干什么干什么去。”

范记安和徐子棋不说话了，只在一旁偷笑，范记安笑得猥琐，徐子棋笑得滑稽，二人笑中的共同点是——不怀好意。

蓝妹也在笑，笑得含蓄笑而意味深长：“何方远……本来呢，我们是不该打扰你和老同学的久别重逢，可是呢，为了表示对祥云姐到来的热烈欢迎，我、范记安和徐子棋决定牺牲午睡时间，说什么也要陪好祥云姐……”

等等，何方远越听越不对味儿，他几乎已经嗅到了阴谋的气息：“蓝妹，丑话先说在前头，你到底想怎么捉弄我，明说吧。”

见何方远一本正经、煞有介事的样子，蓝妹实在忍不住咯咯笑了，笑过之后，她将何方远拉到一边，小声说道：“什么叫怎么捉弄你，是在帮你……刚才我接到梅荏苒的电话了。”

“啊？真的？她在哪里？”何方远不知是该庆幸梅荏苒的出现，还是该无奈她出现得真是及时。事情都赶到一块儿了，简直让人无语。

让他更想不到的是，蓝妹的回答让他差点儿有了撞墙的冲动：“你到机场接孔祥云的一幕，正好被她撞见了。她让我转告你一句话……”

不是吧，世界上还真有这么巧的事情？何方远张大嘴巴，却一句话也说不出来。

“她说她祝你早生贵子，梅开二度！”蓝妹抿着嘴坏笑，丝毫不同情何方远的遭遇，反倒幸灾乐祸，“你到底是活该呢还是被冤枉了，我反正没兴趣知道。为了防止你和孔祥云吃饭的时候，被梅荏苒突然出现泼一头洗脚水，所以我和范记安、徐子棋一致决定，陪你们共进午餐。”

梅荏苒的祝福有创意，直接祝早生贵子也就算了，还祝梅开二度，盼他离婚再婚不是？这得多恨他才能说出这样诛心的话呀，可他确实是被冤枉的……又一想，蓝妹等人哪里有这么好心，如果梅荏苒真的出现在他和孔祥云面前并且泼他一头洗脚水的话——先不管从哪里来的洗脚水了——蓝妹几人，肯定都是围观叫好唯恐泼得不够多的主儿。

正当何方远心乱如麻、理不清头绪时，蓝妹明显是嫌还不够麻烦，又故意添乱：“对了，我和我爸说好了，周六上午，你到我家做客。记住了，不能迟到更不能爽约，我爸最不喜欢言而无信的人了。好了，走了，吃饭去了。”

何方远一句话也说不出来了，他还从来没有被生活捉弄得如此糟糕的时候，等他木然而机械地跟随蓝妹、孔祥云、范记安和徐子棋等人一起走出兴众大厦的时候，并不知道此时顾南正在和樊铮攀谈。

樊铮办公室内，顾南坐在沙发上，悠闲自得地跷起了二郎腿，之前和蓝妹吵架时的气急败坏已经消失不见，取而代之的是淡淡的傲然和高高在上的优越感。

“樊铮，我和陈总聊天的时候经常说起你，我和陈总的看法一致，以后立化总经理的位子，非你莫属。”顾南微眯双眼，虽是赏识的语气，却是恩赐的态度。

樊铮不卑不亢地说道：“谢谢顾董事的赏识，在互联网版权产业，我是新手，还需要时间学习，和何总相比，确实还有不小的差距。何总是目前立化最资深的从业者，他担任立化老总，有助于立化的平稳过渡和长远发展。”

见樊铮不对他感恩戴德也就算了，还说了一番不咸不淡的套话应付他，顾南脸色就有几分难堪，语气中也透露出了不满之意：“樊铮，听你的口气，似乎是不想再前进一步了？”

樊铮笑了笑，干脆就没接顾南的话。

顾南心中火气上升：“你真觉得自己不如何方远？你以为何方远会在立化干多久？告诉你，樊铮，何方远的心思早就不在立化了。”

樊铮吃惊不小：“什么意思？”

顾南自知失言，想起蓝妹对他的告诫，不由讪讪一笑：“没什么，没什么，我的意思是说，何方远的名字寓意远方才有远大的志向，所以我就说他志向不会仅局限在立化……”

樊铮没去深思顾南牵强附会的解释，不想再和顾南闲聊下去：“顾董事还有什么事情吗？”

顾南差点儿没气得跳起来，他好心好意来开导樊铮，让樊铮睁大眼睛看清何方远的为人，随时作好接替何方远的准备，没想到，好心当成驴肝肺不说，樊铮居然还对他下了逐客令。樊铮真以为他有了陈果的器重，就一定可以坐上立化总经理的宝座？不要忘了，他顾南在董事会有五分之一的表决权！

不过一想到还有事情要交代樊铮，顾南只好压下心头怒火，深吸一口气，平静了心情，微微一笑说道：“还真有一件事情和你商量。樊铮，你名下的兴众文学的期权，想要转让的时候，告诉我一声，我高价收购。”

从三剑客时代起，立化副总以上级别的管理层，人人都有兴众文学的期权激励，数量不等。实际上，兴众文学的老人都知道，多少年来，兴众内部认购的期权，多数是一张废纸，从来没有兑现过。

樊铮本以为顾南找他，只是为了在背后说说何方远的坏话，没想到，还有后手，不由一愣：“兴众文学上市遥遥无期，期权到时兑现不了，不过是废纸一张。”

“上市不上市，你不用管，只要你想卖，欢迎随时和我面谈。价格，绝对让你满意。”顾南终于又找到了自信和优越感，起身便走，“不过要注意保密，如果消息传了出去，对不起，你会被拉进我的黑名单。”

顾南走后许久，樊铮也没有想通顾南到底想干什么。现在形势已经很明朗了，基本上人人都清楚兴众文学上市没戏了，顾南为什么还要高价收购他名下的期权？顾南是空行的资方代表，他的话，肯定不是代表资方，难道说，顾南本人对兴众文学也感兴趣？或者说，他一心认定兴众文学还有上市的可能，现在收购期权，是为了上市之后大赚一笔？

若是平常，他遇到想不通的事情，会直接向陈果请教。今天却不知何故，第一时间想到的却是何方远。

拿起电话，才拨了几个号码，樊铮又放下了电话，还是不要麻烦何方远了，他又拨通了付锐的电话，决定就此事和付锐私下交流一下。

/ 第十四章 /

敬未来

樊铮和顾南的见面，何方远不得而知，樊铮和付锐的交流，他更是不可能知道，他现在知道的是，坐在下江有名的高端会所——桂林公馆的包间里，他麻烦大了！

麻烦不是因为范记安和徐子棋各自叫上了女朋友，结果付瓜瓜和常辛儿的到来，让本来就十分热闹的聚会更加人气爆涨，而是他在入座的时候，被蓝妹特意安排在了中间，左有孔祥云，右有蓝妹，对面是常辛儿，等于是他青梅竹马的高中女孩和大学时期的暗恋女孩，以及现在纠缠不清的暧昧女孩全部会聚一堂，如果再加上一个梅荏苒，好嘛，可以直接凑一桌麻将了。

不过话又说回来，何方远虽然身在曹营心在汉，在事业上有跳槽的想法，但在感情上，却没有脚踏两只船的恶行。常辛儿就不说了，是曾经美好的暗恋，现在和徐子棋即将成家。蓝妹也只是好感多过喜欢，而且有时虽然开一些男女关系的玩笑，但实话实说，他和蓝妹还真没有擦出爱情火花，至少到目前为止，只是纯洁的同事友谊。

和孔祥云的关系就比较复杂了，当年的青春年少和冲动，他和孔祥云有过身体上的接触，但也是发乎情止乎礼，仅有的一次偷吃禁果的冲动，还因天不作美而没有成功。截至目前，他和孔祥云的最亲密接触，还停留在多年前的一场雷雨之时。

实际上，何方远真正深爱过的人是梅荏苒，曾经一度还动过要娶她为妻的想法，只可惜，和孔祥云没有成就好事是因天不作美，和梅荏苒劳燕分飞是人不作美。

只不过孔祥云出现的时机比较敏感，好像他前脚和梅荏苒分手，后脚就和孔祥云重温旧梦一样，人生呀，总是一个误会接一个误会地折腾人。何方远深深地摇了摇头，想起梅荏苒在机场看到孔祥云投入到他怀中的一幕，不知道该是怎么样地伤心欲绝。

“来，不要胡思乱想了，化悲伤为食量，何哥，放开了吃，反正以你现在的收入，花个万儿八千的请客吃饭，也不会肉疼，是不？”范记安贼眉鼠眼地贱笑，一边

笑，一边朝徐子棋使了个眼色。

徐子棋心领神会，举起了酒杯："我代表下江人民，欢迎祥云姐莅临下江。再代表辛儿、记安、瓜瓜以及蓝美女，预祝祥云姐重温旧梦……"

何方远算是听出味道了，今天的饭局，范记安和徐子棋没安好心，想挤对他，而且显而易见，蓝妹不但默认了范记安和徐子棋的所作所为，甚至还暗中煽风点火，纵容和鼓动二人胡闹。否则换了平常之时，二人也不至于胆大到敢和他没大没小的地步。

"行了，别阴阳怪气了，还有什么节目和安排，现在都先交个底，省得演来演去，不但麻烦，而且还累。"何方远索性扔了筷子，左手一抱孔祥云，右手一抱蓝妹，"范记安、徐子棋，你们是不是想说，前几天我还形影相吊孤身一人，现在又成了左拥右抱美女如云了？想说什么就明说，别闷在心里羡慕嫉妒恨，万一闷出心病，就成我的罪过了。"

孔祥云伸手推开何方远的胳膊："干什么呀，拿开！在你和梅荏苒没有彻底分手之前，记住了，你是有女朋友的人，要保持节操。"

相比之下，蓝妹却大方地承受了何方远的胳膊，既不推开也不说话，只是俏皮地笑。

何方远反倒不好意思了，嘿嘿一笑收回了手："难得凑得这么齐，既然都很关心我的感情问题，就当着你们的面儿，一次说个清楚。"

范记安和徐子棋对视一眼，二人同时嘿嘿一笑，十分默契又无比得意。

蓝妹轻轻地瞄了孔祥云一眼，孔祥云却是一副事不关己高高挂起的洒脱。而常辛儿咬着筷子，侧耳倾听。付瓜瓜埋头吃饭，她不是假装不关心，是真不在乎。

一眼将几人的表情尽收眼底，何方远心中有了计较，沉吟片刻，拿足了气势吊足了胃口，却开口说出一句让众人大跌眼镜的话："事业未成，何以家为？本人在此郑重宣布，在达到年薪千万的目标之前，暂不考虑感情问题！"

"噗……"范记安又喷饭了，正好喷了徐子棋一身，在徐子棋新买的、最爱的衬衣上，留下一幅色彩斑斓的印象画。

徐子棋气极，扬手要打范记安，范记安早有预防，闪身躲到一边，大笑不止。

常辛儿莞尔一笑，又无奈地摇了摇头。付瓜瓜干脆连头也没抬，在努力对付一块豆腐，也不知道她有没有听到何方远的话。

孔祥云愣了愣，转身看了何方远一眼，似乎不相信刚才的话是从何方远的嘴中说出一样。过了片刻，她豪爽地拍了拍何方远的肩膀："方远，你的志向很远大……祝你一辈子单身！”

蓝妹嘻嘻地笑了，也装模作样拍了拍何方远的肩膀：“方远，你的理想很丰满，不过你面对的现实很骨感，我有一个秘密要告诉你，想不想听？不对，是两个秘密，你想先听哪一个？”

“好日子先过，先听好事。”何方远当众表达了心声，不管别人怎么理解，反正他暂时解脱了。随便下面还有什么节目，他兵来将挡就是。

“不好意思，两个秘密，似乎对你来说，都不算是什么好事。”蓝妹一副爱莫能助的表情，明显有故意调侃之意，“好吧，先说大秘密，已经确认乔国界收购了旧城百货的股份，成为旧城百货的第二大股东，所持股份占公司总股本的4%以上，具体多少还有待查清，不过已经逼近了5%的举牌红线，而旧城百货的第一大股东，是国资委。乔国界的收购是通过兴众投资公司进行的，而兴众投资公司是他的独资公司。”

蓝妹的消息，坐实了付锐消息的真实性。当然，何方远也没有怀疑过付锐消息不实，只不过蓝妹的消息比起付锐的更翔实、更多内幕。果然，乔国界有向实业转移的迹象，通过他个人独资的公司收购旧城百货的股份，是将名下个人资产进行合理分配、规避投资风险的一种分散的投资方式，也间接说明了一点，乔国界对兴众文学的前景不再如以前一样乐观了。

何方远更加坚定了他的看法，乔国界的心路历程，在辞职事件后，经历了一个由怒火冲天引发的雄心万丈到环顾四周发现群雄四起、争相蚕食互联网版权产业市场时他无力反抗从而灰心丧气的起伏。

“第二个秘密呢？”何方远追问。

“第二个秘密嘛……”蓝妹沉吟片刻，看了看手表，又抬头向前方张望几眼，忽然站了起来，挥了挥手，“荏苒，在这里呢。”

什么，梅荏苒来了？何方远又惊又喜，转身一看，果不其然，梅荏苒微显瘦削的身影现身在包间的门口！

风尘仆仆、憔悴而疲惫，当梅荏苒熟悉的面容再次映入何方远的眼帘时，他的心蓦然一阵收缩——心疼了。是的，想起以前梅荏苒是多么无忧无虑的一个女孩，热情开朗大方，自从和他确定了恋爱关系之后，一切都变了，她犹如折翼的天使，再也回不到快乐的过去了。爱情带来甜蜜和希望的同时，也带来了思念和痛苦。

何方远不顾众人在场，飞身向前，双手抓住了梅荏苒的胳膊：“荏苒，你去了哪里？”

梅荏苒任由何方远抓住，不躲不闪，也不回答他的问题，目光从他的肩膀越过，落在了孔祥云身上。

孔祥云也站了起来，和梅荏苒四目相对。二人的目光中，有猜疑、有探究、有敌意，还有一丝说不清道不明的复杂情绪。

一时之间，房间内鸦雀无声，所有人都沉默不语，气氛凝重而沉闷。

“来，荏苒，坐我旁边。”过了半天，范记安忍不住了，他开口打破了沉默，起身来到梅荏苒身前，朝何方远使了一个眼色，伸手拉走了梅荏苒。

何方远无奈地叹息一声，见梅荏苒落寞的背影不再是从前的欢快活泼，他心中五味杂陈。怪他还是怪刘薇薇？也许都怪，只不过生活既不能假设，也不能退回到从前，人生其实就是一道有无数种答案的方程式，不管是哪一种答案，不管是对是错，只要事情发生了，就是唯一的答案。

如果刘薇薇不势利，如果刘薇薇没有得癌症，如果顾南不对刘薇薇照顾得体贴入微……可惜，在已经发生的事情中，没有如果。

何方远坐回座位，他和梅荏苒不再如以前一样并排而坐，隔了两个人的距离，却如同隔了千山万水。自始至终，梅荏苒神情低落，低垂双眼，没有和何方远有过眼神上的片刻交流。

“对不起，不是我故意安排的，是她打来电话，非要过来，说要和你当面告别，我不忍心拒绝她……”蓝妹轻轻拉了拉何方远的衣服，俯身在他耳边小声道歉。梅荏苒的样子让她于心不忍，心里很是难受，早知道这样，她宁肯不告诉梅荏苒聚会地点了。

何方远没说话，只是轻轻摇了摇头，他知道蓝妹没有恶意，不过是想捉弄他而已，却没想到，他和梅荏苒的再次相见，却形同陌路。

以梅荏苒的性格，不应该如此消沉，况且他答应刘薇薇离开她，也是迫不得已的权宜之计。就算机场的一幕被她撞见，以她的性格，也应该当面问个清楚才是，她这是怎么了？

“荏苒，我是孔祥云，是方远的高中同学，很高兴认识你。”孔祥云出人意料地最先站了起来，主动向梅荏苒伸出了友好之手，“听说你也在千方北京分公司工作？我也在千方工作，真有缘。”

梅荏苒既不起身，也不和孔祥云握手，只是淡淡地看了孔祥云一眼：“不好意思，我从千方辞职了，不再是千方的员工，孔总监，就算你以后当上了千方北京分公司的副总，对不起，我不是你的员工。”

语气冰冷，敌意十足，梅荏苒对孔祥云不但误会很深，而且心结已结。

孔祥云也不尴尬，自顾自地坐下：“荏苒，要说先来后到，我认识方远十几年了，你才认识他几年？要说缘深缘浅，我从记事时起就和方远在一起，一直到高中才分开，青梅竹马两小无猜……再进一步说，就连辛儿认识他的时间也比你早，你才是最后出现的一个，所以，你不要敌视我，在时间面前，谁都是被动者。而我好不容易在茫茫人海之中再次找到方远，急急从北京赶来下江和他相会，并不知道他和你的感情波折，更不知道你们正在冷战，好吧，不管怎样，如果我的出现为你带来了困扰和麻烦，也让你对方远产生了误会，那么我向你道歉。”

孔祥云的一番话，进退有度，不卑不亢，让包括蓝妹在内的一众人等无不暗暗点头，赞许孔祥云落落大方、举止得体的态度。

梅荏苒愣住了，也不知是孔祥云的话触动了她的内心，还是她再也坚持不下去了，忽然一头扑到桌子上，嘤嘤地哭了起来。哭得伤心欲绝，哭得痛快淋漓，仿佛要将心中的委屈和不甘一股脑儿发泄而出，又或许是以一场痛哭来祭奠曾经的爱情，并和过去诀别。

何方远想过去安慰梅荏苒，又怕被她拒绝，正左右为难时，蓝妹和常辛儿一左一右坐在了梅荏苒的身边，二人扶住梅荏苒的肩膀，默然无语，以无声的关怀来安慰她受伤的心灵。

范记安和徐子棋对视一眼，都摇头叹息一声。付瓜瓜一手托腮，一手抹泪，她也被梅荏苒的哭声感染了。

过了也不知多久，梅荏苒停止了哭泣，起身到洗手间洗漱了一番，出来后，她脚步轻松，神采奕奕，仿佛转眼间恢复了以前的天真烂漫。

来到桌前，梅荏苒端起一杯酒：“感谢何方远、范记安和徐子棋几年来在立化对我的照顾和关怀，感谢蓝妹和辛儿的友谊，这杯酒，代表我全心全意的祝福，祝你们一切美好！另外，我还有一个消息要宣布，国庆节我和顾南举行婚礼，欢迎你们光临！再见！”

话一说完，梅荏苒一口饮尽杯中酒，转身就走。

“荏苒！”此时何方远再无动于衷就不是男人了，他飞身向前，一把抓住梅荏苒的胳膊，“分手可以，嫁给顾南也是你的自由，但你欠我一个解释。”

“还有什么好解释的？”梅荏苒想要挣脱何方远的掌握，却被何方远抓得更紧，她恼了，抬腿踢了何方远一脚，“你放手，你是我什么人，可以随便碰我？你放手！”

何方远就不放手，他直视梅荏苒的双眼，一字一句地说道：“放手可以，但你欠我一个解释！”

梅荏苒也不知是赌气还是想通了，索性又不走了："好吧，你放手，我不走了，好说好散，和你们吃一个散伙饭。"

重新落座之后，梅荏苒大方地坐在了何方远的右边——本来是蓝妹的位置——蓝妹主动让位，坐到了常辛儿的旁边，和梅荏苒正好面对面。

"记得以前我、何哥还有记安、子棋，经常聚餐，每次我都坐在何哥的身边，只不过时光荏苒，在岁月的流逝中，许多人加入，许多人离去……"梅荏苒微有感伤，却在感伤之中，强自欢笑，"最先是多了蓝妹，后来多了辛儿，再后来又多了瓜瓜，到今天，又多了祥云。人越来越多，聚会越来越热闹，前景越来越好，本来是好事，却没想到，我却是最早退出的一个。"

"相识一场，谢谢你们对我的照顾。"梅荏苒看向了何方远，目光中流露出些许留恋，"方远，谢谢你曾经爱过我。"

何方远不知道该怎么回答梅荏苒，不等他说话，梅荏苒又依次对范记安和徐子棋表示了感谢。感谢之后，她又站了起来，双手郑重地举起酒杯："最后一杯，敬未来。"

未来？谁的未来？何方远默然地举起了酒杯，见梅荏苒青春而美好的脸庞依然艳若桃花，只不过，即将人面不知何处去了，他心中蓦然悲伤难抑："荏苒，你真的非要嫁给顾南不可吗？嫁给他，你会幸福吗？"

"幸福？"梅荏苒眼神茫然，凄惨地一笑，"从小父母离异，我在单亲家庭长大，我的童年不幸福。长大后，妈妈对我管教严格，考什么学校交什么样的男朋友，都由她说了算，我的人生只是她一笔笔画出的图案，我的少年和青春期都不幸福。而现在，当我遇到我想爱的人，想和他在一起时，妈妈又患了绝症，她用绝症来逼我嫁给我不爱的人，我的爱情不幸福……从小到大，我都没有体会过什么叫幸福。当一个人不幸福惯了，就不再追求幸福了，她可以无知无觉地活着。对我来说，幸福一直都是很遥远很虚无缥缈的字眼……"

/ 第十五章 /

总有取舍

蓝妹流泪了，此刻她才真正体会到了梅荏苒哀莫大于心死的悲凉："荏苒，你别勉强自己好不好？我会劝劝顾南，让他不再逼你嫁给他。"

孔祥云也哭了，泪流不止："荏苒，我真的不知道你的人生这么不幸，如果我和方远的重逢给你带来了伤害，对不起，我真的不是有意的。"

范记安也很没出息地一抹脸，发现脸上全是泪，他猛然喝了一大杯酒，呛得连连咳嗽。

徐子棋黯然无语，低下头，内心一片悲伤。

"谢谢了蓝妹，也谢谢你祥云，我想通了，不怪方远，不怪蓝妹，更不怪祥云，怪只怪我自己。人生之中不能选择的事情有很多，特别是生你养你的父母，你即使再怎么责怪他们，也永远改变不了他们生你养你的事实。要怪，只怪我无力反抗命运吧。"梅荏苒一边说一边哭，到了最后，她猛然一把擦干脸上的泪水，"好了，该说的话也说完了，该流的泪也流干了，方远，我以后不能和你一起创业了，最后我再送你一个礼物吧……"

说完，梅荏苒踮起脚尖，在何方远的脸上轻轻一吻，随后她从包中抽出一份资料，放到何方远手中："这是千方收购驰骋中文网的初步意向书，相信会对你的布局有一定的帮助，另外，我听说刚刚千方还和兴众文学的高层有过接触，就千方全权收购兴众文学一事秘密磋商，不过应该是没有谈妥，否则千方也不会确定收购驰骋中文网……"

话一说完，梅荏苒就如一朵洁白的小花，飘然而去，只留下一个窈窕的背影和一缕若有若无的清香。

是梅荏苒特有的清淡如菊的香气。

荏苒冬春谢，寒暑忽流易……何方远呆呆地望着梅荏苒离去的身影一点点模糊在视线之内，竟是半点迈不动脚步去追赶，只觉恍惚间，天高云淡，仿佛瞬间回到了从前。

只是往事不可追，时光不倒流，一切的一切都将远去，唯有空气中若隐若现的淡香提醒何方远梅荏苒曾经来过的事实。

谁也没有想到，梅荏苒和何方远会这样告别，蓝妹非常后悔告诉了梅荏苒聚会地点，有些事情，也许他们二人私下解决会更好一些，现在当众分手，或许真是不可挽回的结局。难道说，在她的内心深处，她也隐隐期待梅荏苒和何方远分手？

就算她真的喜欢何方远又能如何？走了梅荏苒，来了孔祥云，何方远和她之间，还是隔了遥远的距离，才几个月的相识，怎么比得过他和孔祥云十几年的厮守时光？蓝妹一时心潮起伏，心中悲伤不已，不知是为梅荏苒而惋惜，还是为自己而心伤。

“何哥……”

范记安和徐子棋一前一后来到何方远身边，将他拉回了座位，范记安揉了揉鼻子，劝道：“何哥，事情不怪你，也不怪荏苒，别伤心了，生活还得继续，人生总有取舍……”

不得不说，范记安安慰人的水平比他嘲讽人的水平差太多了，差到连他自己也觉得没意思了，干脆闭嘴不说了。

要说安慰人，还是女人比男人心细，孔祥云抓住了何方远的左手——她的动作自然而随意，既不矫揉造作，也不刻意，由此也说明虽然时光荏苒，她和何方远分开多年，但在她的内心深处，何方远从未离开片刻，依然是记忆中的少年——放在她的手中，轻声说道：“方远，当年我和你分开时，我觉得整个世界都塌了，曾经有很长一段时间很不开心，拒绝交新朋友，拒绝融入新生活和新环境，直到有一天，我忽然想通了一点，如果你知道我生活得不快乐不开心，你一定会担心，所以为了不让你担心，为了以后可以以乐观向上的姿态和你重逢，我努力适应了一切……喜欢一个人，是为了让她开心。就算你和荏苒分手了，她也希望你快乐，你如果不快乐，她也会不开心，如果这样，你们还是在相互折磨。”

蓝妹本也想劝慰何方远几句，却被孔祥云抢了先，而且她见到孔祥云握住何方远的手，柔声细语的样子，就如相知多年的妻子在安慰丈夫，她蓦然心中一酸，险些又掉下眼泪。不过随即一想，她忽然又坚强了，伸手拿过梅荏苒留下的资料递给何方远：“方远，别辜负了荏苒的一片苦心。”

是呀，从千方辞职，梅荏苒仍然不忘帮他拿到了千方的收购意向书，对他确实用心了。何方远眼睛蓦然一亮，蓝妹说得是，不能辜负茌苒对他的期望，他从孔祥云的手中抽出手，伸手接过了资料。

蓝妹的眼睛也随即亮了一亮，对一个女人来说，治疗失恋最好的方法是再开始另一场恋爱，但对于一个男人来说，投身到一场波澜壮阔的事业之中，是忘掉失恋的最佳方法。何方远事业心重，现在又急于从立化脱身，让他的注意力从梅茌苒身上转移到眼下的局势上，绝对是一步妙棋。

见计策奏效，蓝妹悄然一笑，又见何方远从孔祥云的双手中抽出左手，不知何故，心中更是大感轻松。

何方远自然不知道蓝妹的小女人心思，他拿过资料翻开一看，顿时愣住了。也不顾饭局，扔下众人不管，全身心地投入其中，从头到尾一字不落地看完了意向书。

虽然只是千方收购驰骋中文网的一个意向书，却透露出了许多业内不为人所知的重大动态！从中分析出的有用信息，对何方远下一步如何重新获得乔国界的信任，并且充分利用乔国界的信任，最终达到从立化全身而退的目标，有不可低估的推动作用。

果然呀果然，乔国界不想玩了，再一次动了要卖掉兴众文学的心思。

如果说之前第二次冲击纳斯达克未果之后，在第三次赴美上市之前，也就是在三剑客集体辞职前夕，乔国界已经对上市不抱太大希望，确实有心卖掉兴众文学，以完成资本优化和资产重组的宏伟目标，只不过当时他胃口太大，张口开出了8亿美元的高价，结果就导致了企鹅退而求其次和创始团队联手开创开天中文网之举。

那么时过境迁，到今天，创始团队的集体辞职以及带走了大部分版权方，再到海山被抓为分界线，意味着创始团队和乔国界势不两立，不但要挖空立化的版权方，还要一步步蚕食立化的市场，将立化逼上绝路，等于是逼着乔国界只有奋起迎敌，义无反顾地打响反击战，否则，立化不要说还能不能保住业内第一的宝座，连最后是不是还可以生存下去都成问题。

毕竟，以企鹅庞大的实力和创始团队对市场的精确把握，两年之内，开天中文取代立化成为业界第一，几乎是业内的共识。不但业内一致认为兴众无法和企鹅比实力，立化无法和开天比士气和人脉，就连外界也不看好立化的前景。最主要的是，立化自身的渠道不够完善，差距之大，完全不是一个等级的对手。

而以后的发展趋势是渠道为王，或者说，手机端为王。随着智能手机的发展，手机阅读逐渐成为一种趋势。而据何方远了解到的内幕，开天以后会打通手机企鹅和微信的渠道，在时机成熟时，会通过手机企鹅和微信推广旗下版权方的作品。试想，几亿装机量的手机企鹅和微信的渠道一旦打通，会是怎样广阔的前景。

可以试着想象一下，打开微信不但可以联系朋友，还可以阅读最新的连载小说，还可以网上购物，会是怎样一个庞大而便利的消费市场。

或许是意识到了自身的局限，又或许是面对三巨头的虎视眈眈——企鹅已经杀入，千方磨刀霍霍，而芝麻开门表面上按兵不动，暗中谁又知道在谋划什么大手笔，总之，乔国界感到了力不从心，不管是实力还是影响力，面对三巨头争相杀入互联网版权产业市场的现状，兴众怕是保不住兴众文学了。既然经过辞职和分裂事件之后，兴众文学上市无望，而他又无心再和立化一分高下，那么卖掉兴众文学，是眼下最好的选择。

只是此一时彼一时——当时卖，乔国界豪情万丈，敢开出8亿美元的高价；现在卖，分裂之后的立化元气大伤，版权方流失严重，别说8亿美元，怕是6亿美元，也无人接手了。

至于背后乔国界怎么和千方方面接触，又开出了什么样的价格，何方远就不得而知了，只是从梅花苒带来的千方收购驰骋中文网的意向书可以得出结论，乔国界和千方的谈判，以失败而告终。同时，由千方收购驰骋中文网的价格也大概可以推算出，千方开出的收购兴众文学的价格，绝对远远低于乔国界的心理预期，所以双方才没有谈妥。

千方收购驰骋中文网，意向价格是2亿……人民币！

2亿人民币和6亿美元，相差太大，相信不管双方怎么谈判，不管乔国界多想卖掉兴众文学，也绝对不可能接受2亿人民币的价格。同时，以2亿人民币的价格布局互联网版权产业市场，倒不是千方实力不济，以千方的雄厚实力，拿出20亿人民币也不在话下，之所以小心翼翼地试水，符合李颜红技术出身、谨小慎微的性格。

驰骋中文网虽然在国内四大互联网版权产业网站之中，具有一定的影响力，但由于经营思路问题和管理层自身的局限性，网站一直亏损严重。几年来，除了当年从立化挖走了几个顶级版权方之外，驰骋中文网自身缺少造血能力，至今没有培养出来一名本土大神。千方以2亿人民币收购，不但是百分之百全股权收购，还要接手驰骋中文网近年来的全部债务。

之前，千方旗下已经拥有了一家互联网版权产业网站和一款手机客户端的App业务，现在有意收购驰骋中文网，等于是在互联网版权产业上的布局初现端倪。三巨头中，企鹅接手了创始团队，成立了开天中文网，千方有意收购驰骋中文网，完成两大网站和一款应有软件的布局，等于是说，已有两大巨头全面进军了互联网版权产业！

何方远沉思良久，心情更沉重了几分。千方布局互联网版权产业，在意料之中，没有和乔国界达成共识收购兴众文学，也符合李颜红不收购则已，一收购必定百分之百控股的性格，而且李颜红持重和谨慎的性格和乔国界敢于冒险和奋进的性格截然相反。以乔国界的胃口，如果百分之百地转让兴众文学的股份，怕是少了6亿美元他不会同意。而李颜红断然不会豪赌6亿美元大举杀入互联网版权产业市场，因为到目前为止，互联网版权产业市场虽然前景大好，但离可以直接变现还有很长的一段路要走，李颜红更喜欢可以直接摘取果实的市场。

但他在互联网版权产业市场即将井喷之时，又怕错过了最佳入门时机，所以牛刀小试，拿出2亿来试水，先入水，哪怕只是站在浅水处，一旦看到涨潮来临，也可以先人一步跳入深水之中遨游。如此做法，纵观以往千方的收购，完全符合李颜红的风格。

只是就目前的形势来看，三巨头之中，已经先后有企鹅和千方出牌，只剩下芝麻开门一家还稳坐钓鱼台。从某种意义上讲，乔国界想要出售兴众文学，选择的余地已经不大了。或者说，除了芝麻开门之外，已经没的选择了。

不过……也不排除某种可能，企鹅会再次提出收购，当然，价格和创始团队出走之前相比，会低上许多。在芝麻开门没有意向而千方已经完成了布局的前提下，急于出手兴众文学的乔国界会不会好马也吃回头草，将兴众文学转身卖给曾经摆了他一道的企鹅？而且还是以远低于当初8亿美元的要价。

相信不会。

虽说在商言商，经商不是赌气，但乔国界是一个有骨气之人，即使砸在手里，估计他也不会再卖给企鹅了。

“怎么样，有什么收获？”蓝妹见何方远看完意向书之后，一个人沉思了半天，忍不住推了他一下。

何方远从深思中回到现实，见几人都大眼瞪小眼地看着他，不由歉意一笑：“不好意思，太投入了。下面有几个问题要说一下……”

孔祥云做了一个暂停的手势：“方远，先打断你一下，我觉得我有必要回避。”

何方远想了一想，确实有些话孔祥云不方便听，就点头同意了：“好的，给你十分钟的放松时间。”

孔祥云起身出去，临走时，她谁也不看，却朝蓝妹投去了意味深长的一瞥。

蓝妹等孔祥云的身影消失在门口之后，才悄然一拢头发，笑道：“梅荏苒太小性子了，和她相比，孔祥云落落大方，又识大体知进退，方远，怪不得这么多年你和梅荏苒一直没有擦出爱情火花，原来你的初恋情人这么完美。”

何方远回敬了蓝妹一个杀气腾腾的眼神，很严肃地说道：“从现在开始，谁也不许再提感情上的小事，只许说工作上的大事。”

“小气鬼。”蓝妹小声地嘟囔了一句，“感情上的事怎么就是小事了？感情是一辈子的大事。”

也不知是她说话的声音小，还是何方远假装没有听见，反正何方远没再多说，直接切入了正题：“不出意外，千方要收购驰骋中文网了。你们对这个消息，有什么想法？”

范记安惊讶地张大了嘴巴：“不是吧，千方脑子短路了，收购驰骋中文网有什么用？驰骋中文网从2008年开站到现在，五六年了，除了会投机取巧之外，一无是处，而且还赔得一塌糊涂，驰骋中文网背后的资方早想甩掉这个包袱了，李颜红是怎么想的，接手一个烫手山芋，以后怎么玩？”

“先不管李颜红怎么玩，赚钱或是赔钱，那是李颜红自己的事情。”徐子棋跳出了千方的立场，站在兴众文学的立场看待问题，“只说千方收购驰骋中文网对兴众文学和我们的影响吧，我觉得，好坏各半。好的一方面是，互联网版权产业欣欣向荣，先是企鹅，再是千方，三大巨头有两大巨头相继杀入，对我们未来的创业是利好消息，证明这个市场大有可为；不好的一方面是，想要从立化全身而退，就更难了。”

徐子棋的话，不无道理，蓝妹赞成他的看法：“兴众文学如果出售的话，三大巨头是首选，现在企鹅有了创始团队和开天中文网，千方有了驰骋中文网，那么只剩下芝麻开门一家可选了。如果芝麻开门无心进军互联网版权产业，那么兴众文学就很难再找到买家，找不到买家，你们全身跳出立化的可能性就很小。”

/ 第十六章 /

人生一被动，心情就沉重

蓝妹说得对，在何方远的设想中，兴众文学全盘出售之时，就是他率众跳出立化的最佳时机，而以他的推断，千方全盘收购兴众文学是最好的结果。因为李颜红为人谨慎，喜欢一切都在掌控之中，如果是千方收购了兴众文学，兴众文学以及立化的管理层，肯定会大幅调整，此时提出辞职，李颜红多半会放人。

换成芝麻开门就不好说了，大马哥为人多变，何方远直到现在还没有摸清大马哥的思路。如果真是芝麻开门接手了兴众文学，也许大马哥还会重用原班人马，那么他到时想跳出立化，等于是由现在和乔国界周旋变成了和大马哥周旋，胜算都是一样渺茫。

不过……何方远思路陡然一变，有些事情换一个角度去想，也许会有意想不到的收获，就如他和梅茬苒的爱情，三年同事没有点燃爱情火焰，蓝妹一出现却变相激发了他们的关系由量变到质变。那么是否可以说，千方收购驰骋中文网，也会从侧面推动乔国界改变思路，从而不再坚持整体出售兴众文学，而单独出售立化？

单独出售立化就简单多了，一是价格不会高得离谱，不必非要三巨头出面，许多互联网公司都可以吃下，二是如果可能，他或许不用非得跳出立化和蓝妹一起创业，而直接完成管理层收购岂不是更好？

问题是，谁能或者说怎么才能说服乔国界单独出售立化呢？

一想通此节，想起也许他可以完成三剑客未曾完成的管理者收购的梦想，何方远忽然热血沸腾了，猛然站了起来："蓝妹，我现在就想去你家做客，和你爸好好谈一谈。"

范记安"啊"了一声，惊讶得不知所以，不是吧，梅茬苒才走，孔祥云还在，何哥就要到蓝家上门提亲了，这忘情也忘得太快了吧？是该夸何哥真男人，还是该贬他真博爱？

范记安是什么德行，何方远不清清楚楚？一见范记安夸张的表情，他就知道范记安又想歪了，不由笑道：“行了范记安，我去蓝家是有正事，不是你想的事情。”

“我想什么了我？何哥，你可不要冤枉好人，我心里没说你一句坏话，天地良心。”范记安举手发誓，“去蓝家是好事，怪不得不让祥云姐在场，敢情是怕她翻脸。”

何方远本来因梅茌苒的事情心情不好，现在被范记安一闹，反倒笑了，一笑，心情瞬间舒畅了许多：“行了，犯贱，我知道你狗嘴里吐不出象牙，实话告诉你，我去蓝家，是和蓝伯伯商量投资的事。如果说，从千方收购驰骋中文网的成功案例上，让我们明白了一个道理，除了跳出立化自主创业，还有另外一种选择，你们说，蓝伯伯会更支持哪一种？”

其实范记安也不是故意捣乱，而是他见何方远闷闷不乐，有心转移他的注意力，让他别再陷在感情的旋涡之中无法自拔。作为何方远多年的朋友和坚定的追随者，虽然有时他嘴上刁钻一些，但对何方远的维护之意，却是发自真心的。

何方远的话顿时让范记安眼前一亮，他跟随何方远多年，最能紧跟何方远的思路：“何哥，你的意思是说，除了跳出立化，我们还可以提出管理者收购？好主意！如果只收购立化的话，3亿美元应该差不多了。”

“管理者收购倒是一个不错的思路，兵不血刃和平解决，但有两个难点……”徐子棋的小眼睛在镜片后面也开始闪光，“第一，乔国界肯定不想单独出售立化，之前和企鹅以及三位老大的谈判，就是因为是单独出售立化还是打包出售兴众文学的问题而谈崩了。第二，退一万步讲，就算乔国界同意单独出售立化，3亿美元的价格他恐怕不能接受。更严峻的问题是，从哪里拉来3亿美元的投资？”

“第一个难点，需要何哥和乔国界周旋，靠智慧解决。第二个难点，3亿美元的投资，说多不多，说少不少，只要找对了人，也不是拉不来，这个得靠何哥牺牲色相了。亲自登门蓝家，以未来女婿的身份向蓝伯伯求救，大事可成。”范记安又犯贱了，一扯，就将话题扯到了何方远和蓝妹身上。

“别说未来女婿了，就是真女婿，3亿美元也不是说有就有的，得有拿得出手的可行性方案才行。再说了，何方远的色相，可真不值3亿美元。”蓝妹也不恼，反倒附和范记安，一脸俏笑。

“谁说方远的色相不值3亿美元？”蓝妹话音刚落，孔祥云推门进来，她脚步轻快，一脸淡然笑意，背着手，踮着脚尖，来到何方远身后，双手落在何方远的肩膀上，“只要他点头，我在美国留学多年，认识许多国际风投，多了不敢说，3到5亿美元的风险投资，问题还不大。当然前提是，他得成为我的男朋友。”

和以前梅荏苒还算含蓄的竞争相比，孔祥云可谓直截了当、干脆利落多了，范记安一时愕然，随后和徐子棋对视一眼，二人很没水平地同时低头假装吃饭，既不帮何方远解围，也不替蓝妹圆场，赶紧躲到一边看戏的做派，很不够朋友也很不道德。

没想到呀没想到，走了一个梅荏苒，原以为蓝妹可以独占鳌头了，却又来了一个孔祥云，而且比梅荏苒还霸气还敢作敢当，蓝妹真是命苦，估计是斗不过孔祥云了。

范记安和徐子棋一边假装吃饭，一边偷偷抬头打量孔祥云和蓝妹，期待孔祥云和蓝妹上演一场二女争夫的好戏。不料让二人失望的是，蓝妹却避实就虚，没有接下孔祥云的战书，而是悄然一笑：“祥云，晚上住哪里？如果还没有安排好酒店，住我家里好了，反正我一个人也孤单。”

好一手避其锐气、击其惰归之计，范记安顿时对蓝妹刮目相看，原来蓝副总深藏不露，以前在和梅荏苒争夺何方远时，故意示弱，现在才露出真本事，高人，高人呀。

都以为孔祥云不会答应蓝妹，毕竟孔祥云和蓝妹是初次见面，怎好住人家里，而且住酒店多好，正好可以和何方远卿卿我我，不料让众人大跌眼镜的是，孔祥云居然一口答应了下来：“好呀，我正有许多话要和蓝妹妹说。”

这……是什么情况？范记安和徐子棋忽然发现他们跟不上蓝妹和孔祥云的思路了，难道说，两大美女要促膝谈心，就如何分享何方远的问题在友好、亲切的气氛下，深入交换一下意见？

不管外人——包括何方远——是不是理解，反正饭局结束后，孔祥云没再随何方远一起回公司，而是和蓝妹一起逛街去了，二人关系之密切，态度之亲密，俨然是相识多年的闺密，让范记安和徐子棋实在佩服女人天生的演技。

蓝妹虽然已是立化的副总，但她在立化属于随意来去的自由人士，通常情况下她的工作一部分由范记安承担，一部分由樊铮分担，她基本上不插手公司事务，所以她不上班，也无关大局。

既然孔祥云有蓝妹招待，何方远也乐得清净，回到公司，刚坐在办公桌前，付锐就敲门进来了。

付锐最近频繁在他面前出现，而且一次比一次透露的信息惊人，莫非付锐也察觉到了立化内部暗藏的一股潜流？何方远没有起身，冲付锐微一点头：“付锐，有事？”

“也没什么要紧的事情，就是想和何总随便聊聊。”付锐自顾自倒了一杯水，坐在沙发上，若有所思地想了一想，才说，“刚才，樊铮给我打了一个电话……”

“哦？”何方远心里清楚，付锐所说的随便聊聊可不是真的随便聊聊，而是有重要事情相告，有时候随便聊聊往往会比正式谈话更能聊出有用的信息。

“樊铮问了我一个很奇怪的问题，他问我，兴众文学还有没有上市的可能。”付锐目光闪动，观察何方远表情中的微小变化，不过让他失望的是，何方远不动声色，表情沉静如水，看不出有一丝波澜。

何方远微微点头，表现出聆听的姿态，他努力保持了表面上的平静，内心却起了风。樊铮怎么就突然关心兴众文学上市的问题了？难道是……对了，估计是顾南出手了。

何方远猜对了，不是他多聪明，而是他太了解顾南了。

“顾南找到樊铮，提出高价收购樊铮手中兴众文学的期权……樊铮咨询我的意见，我没有正面回答，只说这件事情知道的人越少越好，至于到底是卖还是不卖，最好听听何总的看法再作决定。至于兴众文学上市的可能性，我的回答是，微乎其微。”付锐一口喝完杯中水，放下纸杯，期待何方远的首肯。

何方远不想赞赏付锐都不行，付锐的聪明之处不在于他有意将樊铮推向他的一边，而是他此举带来的长远影响，让何方远蓦然想到了另一种可能——利用期权问题制约顾南，让顾南为他所用！

虽说顾南对他有天然的敌意，不管是因为梅茌苒还是因为蓝妹，但平心而论，他和顾南在兴众文学，并没有根本利益上的冲突。而且从另一个角度来说，他和顾南其实是一样的身在曹营心在汉，不过他是以立化为跳板想要自主创业，而顾南则是想在兴众文学上市之前吃进一部分期权，等上市后套现或是转手，以便从中谋利。

如果他能拉拢樊铮跟随他的脚步，那么以樊铮和他手中的期权为诱饵，相信以顾南不算太深的城府肯定会上钩……何方远想通此节，心情大好，对付锐投去了赞许的目光：“付锐，你手中应该也有兴众文学的期权，对吧？”

付锐闻弦歌而知雅意，立刻笑道：“有，虽然没有何总和樊铮的多，但相信顾南会感兴趣。”

不错，一点就透，何方远也笑：“这样，你和顾董事随便聊聊的时候，可以顺便提一提我的股权也有意出售，而且还是全权委托你来处理。”

付锐激动了，被何方远委以重任，等于是他一直以来的努力得到了回报，相当于何方远认可了他的为人、接纳了他的靠拢，他顿时站了起来：“请何总放心，保证不会出现差错。”

“坐下，坐下说话。”何方远伸手虚压一下，威严而不失亲切，“我还有话要和你聊。”

付锐压下心潮澎湃，重新落座，他一心倒向何方远，自然是看好何方远以后的前景，想跟随何方远打下一片大大的江山。对于立化以及兴众文学的未来，他基本上没有什么信心。

“付锐，你在兴众的年头也不短了，在你的印象中，历年来从兴众出走的高管，有几个善始善终了？”何方远有意考一考付锐，他想明确地知道付锐向他靠拢，到底出于什么目的。或者说，付锐到底对他和蓝妹的计划，了解多少。

“嗯……”付锐微一沉吟，想了片刻，“印象中，似乎就唐俊一人算是善始善终了，其他人嘛，要么黯然收场，要么被扫地出门，就连马大勉，也是被闲置了一段时间才从兴众文学辞职。实际上，如果乔董再多给马大勉一年的时间，马大勉也不至于落魄到到现今也没有找到下家的地步。”

是呀，如果再多给马大勉一年的时间，到时兴众文学重新走向了正轨，哪怕是已经卖掉，至少马大勉可以从辞职事件的阴影中走出来，有利于他提高身价重新找到下家。结果乔国界的耐心实在有限，只给了马大勉几个月的时间，在辞职事件余波未消的情况下，马大勉就被迫以身体不适为由辞职了，谁都看得出来，辞职事件的黑锅，还是由马大勉背了。

背了黑锅的马大勉，个人声望受到了严重的打击，迄今为止，他还在失业状态。相信他就算找到下家，身价也会不升反降，毕竟辞职事件以及背黑锅离开兴众文学的两大阴影，是他职业经理人生涯中，永远无法抹去的污点。

“所以说……”何方远抛出问题，却不给出答案，是想让付锐接招。

付锐没让何方远失望，马上接招了：“所以说，经过创始团队的集体辞职事件以及马大勉的被辞职事件，再加上现在的互联网版权产业市场风起云涌，兴众文学上市没戏，兴众帝国今非昔比，再在立化干下去，也没多大意思了。而且就算做到马大勉一样的高层又能怎样？最终还是免不了被过河拆桥的命运。”

不错，付锐话里话外的意思已经表达得很清晰了，何方远终于看清了付锐的志向，点头说道：“有些话随便聊聊就行了……”

付锐岂能不明白何方远的暗示：“请何总放心，我不会乱说，没人拿自己的前途开玩笑。”

和聪明人打交道就是省心，何方远抬手一看手表：“顾南是不是下午还在？”

付锐心领神会，立刻站了起来：“我现在就和顾南聊一聊。”

付锐走后，何方远心情大为放松，总算从完全被动的局面之中走了出来，现在他也开始布局还击了。不能总是被动，人生一被动，心情就沉重。

站在窗前，无意中往下一看，见乔国界正好上车。黑色的奥迪A8在下午的阳光中，黝黑深邃，一如乔国界深不可测的帝王之心。虽然离得远，但何方远还是可以看清，相比以前，乔国界又瘦了几分，而且走路的姿势，不再如以前一样龙行虎步，而是缓步而行。虽然还是淡定从容、气势十足，但如果细细琢磨的话，总觉得少了一些什么。

少了什么呢？何方远目送乔国界的坐骑消失在大好阳光之下，一转弯，就不见了，他忽然想通了，原来是缺少了自信，一种一切尽在掌握的自信。

有时候从一个人的神态和一举一动之中，可以看出这个人的精神状态和士气。士气可以假装，姿态可以拿捏，但源自内心深处的自信，却装不来。自信十足的人，举手投足之间流露而出的强大气场可以让人臣服。

虽然刚才只是匆匆一瞥，在何方远眼中的乔国界，依然如以前一样是高高在上的帝王，威严而不可侵犯，但他落脚之时不再步步有力，而是微有迟疑和虚浮，说明他心事重重，内心坚不可摧的信念动摇了。

还有一点，以前乔国界走路时，总是昂首挺胸，从前面看，双肩平直；从后面看，腰板笔直。但今天的背影，腰板虽然挺直，却不是笔直，而且双肩还微有倾斜。

细节最能真实地反映出一个人内心的真实状态，何方远愈加肯定了自己的判断，乔国界不复有以前必胜的信心和一往无前的士气。

/第十七章/

背后的交手

下午没什么事，蓝妹打来一个电话，说她和孔祥云相处愉快，让何方远不用担心，晚上孔祥云会和她一起回家去住。何方远想和孔祥云通话，蓝妹却说孔祥云正在购物，顾不上，随即挂断了电话。

何方远无语地笑了。

快下班的时候，何方远随手打开网页，准备浏览一下业内新闻时，一则不起眼的消息跃入眼帘——乔国界入股旧城百货引三大猜想，看游戏教父如何玩转商业零售！

新闻公布了，比预期的时间提前了。新闻报道从三方面分析乔国界入股旧城百货的三种可能：其一，纯粹的财务投资，即不将鸡蛋放在一个篮子里的再正常不过的商业思路；其二，助力下江国资改革，旧城百货是国企，引入民营资本，有利于盘活国企活力；其三，借壳上市，乔国界在资本运作方面的能力可谓首屈一指，所以不排除乔国界会继续增持并最终控股旧城百货的可能。其最终目的或是让兴众文学借壳旧城百货回归A股。

以上三种可能，到底哪一种更接近事实，以何方远的猜测，应该还是第一种更符合乔国界目前的状态。至于助力下江国资改革，以乔国界多年来一直游离在国企之外的投资来看，可能性不大。而最后一种让兴众文学借壳旧城百货上市的说法，可能性更是微乎其微。毕竟一个互联网公司借助一家国企实业上市，不提中间复杂的股权关系以及国企和民营企业的权力对接是如何麻烦，单是兴众文学的现状以及乔国界雄心的消退，卖掉兴众文学比起借壳上市，既容易又轻松多了。

一直到下班，也没有再见到付锐，也没听到樊铮上报了方案之后的下文，何方远也不急，他有足够的耐心等待打开局面的一天。

晚上，何方远回到家中，本想躺下便睡，却总觉得似乎还有什么事情没有处理。打开笔记本电脑上网，在QQ好友中已经找不到梅茬苒了——她将他拉黑了。摇了摇头，何方远无奈地一笑，真的没有必要非爱即仇，他和她的分手，又不是一个绝情一个无义，只是人生的际遇太让人无语了。

梅茬苒的QQ号码何方远记得清楚，本想再添加上好友，想了一想，又作罢了。也许梅茬苒真想开始全新的生活也未可知，她都从千方辞职了，又说准备嫁给顾南了，他还是不要再打扰她的生活，给她一个自由的空间吧。

关了电脑，刚躺在床上，手机却突兀地响了。

来电号码很陌生，何方远迟疑一下，还是接听了，话筒中传来一个三分熟悉四分陌生的男声："何方远吗？我是梅长河。"

何方远从床上一跃而起，梅长河半夜来电，难道事关梅茬苒？他心中乱跳："梅伯伯，是我。"

"方远，听说茬苒从千方辞职回到了下江，是怎么回事？"梅长河的口气三分不解四分质疑。

难道说梅长河还不知道梅茬苒的决定？是了，应该是他新婚之后，和刘薇薇几乎断绝了联系，不知道后来发生的一切，何方远也不隐瞒，将刘薇薇在功德林素食餐厅以下跪向他求情请求他离开梅茬苒的事情简单说了一遍。

"刘薇薇这人……怎么能这样？唉，方远，让你为难了。"梅长河叹息一声，"在茬苒的事情上，我欠你一个人情，以后你有什么难处，可以来找我，我会尽我所能帮你。我也希望如果以后茬苒想不开或是不开心需要有人安慰时，你能帮帮她。"

这算是交换吗？何方远无法回答，他不是无情无义之人，但如果梅茬苒真的嫁给了顾南，以他的人生准则，他轻易不会再和梅茬苒见面，不破坏别人的家庭是他做人的底线！至于梅长河所说欠他一个人情，他更没有放在心上，梅长河从来不欠他什么，他也不需要梅长河自责或是施舍式地内疚。

同时他也认为，在他和梅茬苒的感情问题上，没有谁亏欠谁一说，在时光的流逝中，总会有所收获、有所失去。

迷迷糊糊中，何方远睡着了，在梦中，他又梦到了梅茬苒。仿佛是春天，他和梅茬苒在一片桃园中追逐打闹。桃花朵朵，芬芳而降，撒满梅茬苒一身，一身长裙飘逸的梅茬苒，恍然如仙子，穿梭在花团锦簇的桃林之中，人面桃花相映红。

只是一转眼间，梅茬苒消失不见，空留下一地的花瓣和忽远忽近的笑声。

忽然，梅茌苒的笑声变成了蓝妹的笑声，不，或者是孔祥云的笑声，笑声在他耳边响个不停，让他无所适从，让他心烦意乱，何方远捂住了耳朵，笑声却还是响个不停……

啊……何方远一下从梦中醒来，满头大汗，睁开眼睛才发现，被子已经被他踢到了地上，床头柜的夜光灯显示的时间是零点10分。

怎么醒了还有笑声响个不停？何方远的意识清醒了过来，终于发现原来不是笑声在响，而是手机在响。在寂静的夜里，手机铃声格外刺耳，似乎是有什么突发事件。

何方远一下全醒了，伸手抓过手机一看，又是一个陌生的号码，他不及多想，急急按下了接听："喂……"

"方远……"一个久违的熟悉的声音响起，"是我，有件事情需要你帮个忙。"

海山！何方远顿时屏住了呼吸，海山出来了，果然出来了。

"海老大……"何方远本来还想问候几句什么，又觉得有些事情还是不说为好，就又调整了思路，说道，"有什么事情，请海老大吩咐。"

"不是吩咐，是请你帮忙。"海山的语气很平静，"我在立化的时候，名下也有兴众文学的期权。辞职的时候，有些人撕掉了，我当时匆忙，没来得及撕，就放在我最喜欢的茉莉花的花盆下面。你取出来，是撕是留，你全权处理。从法律上讲，期权文件还有效，只要兴众文学上市，就可以兑现。如果你想要，我可以无偿转让给你。"

当年海山作为立化的常务副总，名下的期权应该不少，何方远一时想不明白，海山为什么三更半夜打来电话，要将名下的期权无偿转让给他？就算当年他们关系不错，但集体辞职事件之后，他和海山各为其主，基本上也不再联系了。不过，一直以来的私交还在。

每个人做事情都会有目的，肯定不会有无缘无故的赠予，那么海山此举，是想借他之手，收到什么效果呢？何方远正思忖时，海山呵呵一笑，直接解答了他的疑问："方远，说实话，当初你留下，我对你多少有点意见，后来知道了你的真正想法，我为你感到高兴。下一步不管你是跳出立化还是管理者收购，都需要更多的同盟，期权交给你，也许可以为你拉拢顾南多增加一枚筹码。好了，不说了，晚安。"

"海老大……"何方远心中一跳，他的想法逃不过海老大的双眼，也是，毕竟三剑客想要跳出立化的想法由来已久，对于如何摆脱资方的控制，真正地做到管理者当家作主，早就设想了所有的可能，他面前无非两条路，一跳出立化重新创业，二管理者收购，除此之外，再也没有第三种可能。

可是问题是，为什么海老大对他有意借助顾南的力量一事了如指掌呢？何方远想要问个清楚时，海山却已经挂断了电话。

难道是付锐？

早在三剑客刚刚辞职之后不久，立化内部的一举一动都第一时间被三剑客得知，当时何方远就猜测三剑客在立化或是兴众文学还有内线。三位老大执掌立化十年之久，如果没有暗中培养几个隐形的亲信，也不可能。但到底是谁，别说是他了，恐怕连马大勉和乔国界也不得而知。

应该就是付锐了，何方远越想越觉得种种迹象表明，从付锐被陈果提拔成为立化的副总监之后，付锐正式进入了他的视线，从此，付锐就开始有步骤地一步步接近他，并且逐步向他靠拢，直到昨天，付锐终于成功地被他完全接纳，整个过程有条不紊地步步推进，明显有强烈的三剑客行事风格。

一经想通，何方远心中豁然开朗，怪不得付锐知道许多内幕消息，怪不得海山清楚他要借助顾南之力打开局面的举动，原来付锐和海山之间一直在互通有无。

海山被乔国界害得不轻，相信他也非常乐见何方远再次撬乔国界的墙脚，带领团队跳出立化，或者完成三剑客未完成的心愿——管理者收购！不管是哪一种结果，包括海山在内的三剑客，肯定击掌相庆。

海山半夜打来电话，证明海山已经恢复了自由。以乔国界的性格，肯定不会无条件释放海山，背后到底又发生了什么样的较量，又有什么幕后交易呢？

天一亮，何方远早早起床，吃过早饭就匆匆赶到了公司。先和孔祥云通了一个电话，得知她今天还不回北京，还要在下江多待几天，正好明天周六，她索性下周一再回，权当在下江度假了。

得，何方远无语了，他总不能不让孔祥云留在下江吧？何况孔祥云也说了，她这几天会和蓝妹在一起，不需要他陪。等周六有空的时候，他再陪她也无妨。好吧，何方远想不同意也没办法，只是他实在想不通的是，孔祥云怎么就和蓝妹一见如故，好得形影不离了？当初梅茬苒和蓝妹关系可是一直一般，别说成为形影不离的闺密了，就连坐在一起说上三句话的时候都没有。

到底是孔祥云落落大方深得蓝妹欢心，还是蓝妹为人和善，很受孔祥云喜欢？女人和女人之间的关系，有时候复杂得如同密密麻麻的蜘蛛网，有时又简单得如同一加一等于二的算术题。

上午处理了一些工作，中午正准备吃饭时，一则新闻吸引了何方远的目光——企鹅董事会主席马化龙低调抵达下江，出席某商业活动，受到了下江市委主要领导的接见……

马化龙来下江了？何方远蓦然抓住了这个点，难道说，马化龙此来，表面上出席商业活动，暗中却为海山一事斡旋？

应该没错！

以马化龙在国内的影响力以及在商界举足轻重的位置，他来下江，下江市委书记亲自接见也在情理之中，要知道，马化龙可是可以直接同总理对话的重量级人物。即便企鹅在下江的影响力不如在北京和深圳两地深广，但以企鹅帝国庞大的经济实力，下江政府也不敢怠慢。所以新闻上虽是含糊报道马化龙受到了市委主要领导的接见，不出意外的话，下江市委市政府的一把手都出席了。

以马化龙目前的身份，轻易不会现身在某一地市，一旦出现，必定有要事。新闻却只是简单一提出席某商业活动，而最近下江并没有举行什么重大的商业活动，那么毫无疑问，马化龙此来，恐怕是专程为海山而来。

以前有传闻说，企鹅对创始团队的重视程度一般，海山被抓，企鹅方面先是发表声明，说此事是兴众文学的内部事务，不予评论，随后再也没有就此事有过只言片语的回应。许多人都由此推断，企鹅方面并不愿意过多地介入创始团队和乔国界的恩怨，由此可见，创始团队在企鹅的心目中，位置并不十分重要。

后来还有一则传闻让何方远也摸不清创始团队在企鹅的未来布局中到底占据什么位置——据传，创始团队和企鹅合作，并非如外界所说的一样控股，而是企鹅以百分之五十一的股份绝对控股。虽说企鹅控股也在合理的商业范畴之内，但创始团队无法控股的话，还是避免不了被资本力量支配的命运。最主要的是，一旦出现和资方理念不合的情况，管理团队被清洗的先例屡见不鲜。

以上种种迹象，让创始团队和企鹅的真正关系扑朔迷离，何方远也没有刻意去猜测真相到底是什么，也没有主动打电话给江武或高路打探，他一直在等海山问题的解决。在他看来，是不是出面捞出海山，是企鹅方面对创始团队重视程度的最直接的风向标。

马化龙前脚刚到，海山后脚就被放出，绝对不是巧合。何方远长舒了一口气，一颗心彻底落到了实处。马化龙亲自出面斡旋，不管创始团队是不是控股，都证明了在企鹅未来的长远规划中，创始团队占据了非常重要的位置。

创始团队在企鹅的长远规划中，分量越重，就越证明企鹅对互联网版权产业的前景看好。企鹅看好的产业，肯定是朝阳产业，如此，何方远对和蓝妹创业或是管理者收购，就更有信心了。

互联网版权产业，越多有实力的巨头加入进来，才越红火越有前景，如果企鹅和千方一样，小心翼翼地在浅水区试水，那就不好玩了。

而且说句大实话，也正是企鹅大手笔的投入和魄力，才带动了整个互联网版权产业整体提升规模，引发了互联网的第四次浪潮，也为何方远成为第四次财富神话的主人公，带来了机遇。

海山事件的解决，让何方远更加坚定了信心，企鹅对互联网版权产业的认可和长远布局，让他的千万甚至是亿万富翁之路，更加光明了。

下午一上班，范记安和徐子棋就敲门进来了，二人一进门就关紧了房门，神神秘秘的，好像有什么不可告人的事情一样。

“又怎么了？”何方远拉长了声调，他现在杂事一堆，而且又有许多难题必须一一克服，实在是没心思和范记安、徐子棋逗乐。

“何哥，海老大出来了。”范记安贱兮兮地一笑，“不过，对你来说这肯定不是新闻，但有一件事情你肯定还不知道。”

“什么事情，快说。”何方远假装不耐烦，其实他也想和范记安、徐子棋二人开开玩笑，放松一下心情。

“海老大被放出来，是有交换条件的，交换条件就是……”范记安话说一半，闭嘴不说了，目光看向了徐子棋。

好嘛，二人还一个捧哏一个逗哏，说起相声了。

徐子棋嘿嘿一笑，接话说道：“据最新内幕消息，虽然在强大的压力下乔董答应不再追究海老大的责任，但提出了相应的交换条件：第一，开天方面和十个版权方解约；第二，开天方面承诺从现在开始，不再挖立化的版权方。据说，以上两个条件，开天方面答应了。”

“真的？”何方远这一惊可是非同小可，原以为范记安、徐子棋二人只为逗乐而来，没想到，二人还真有干货，他拍案而起，“从哪里得到的消息？”

范记安忽然不好意思了，嘿嘿一笑，神情有几分不自然：“从顾南那儿……”

/ 第十八章 /

埋下伏笔

顾南？怎么可能？顾南会透露消息给范记安？开什么国际玩笑！何方远迷糊了，见范记安不正常的举动，忽然明白了什么，笑了："是瓜瓜？"

"何哥英明，一猜就中。"范记安说出了实情，"瓜瓜有一个好姐妹叫娆娆，不知怎么被顾南看上了，和顾南谈起了非正常恋爱。昨天顾南喝醉了，酒后吐真言，说出了十人解约交换海山释放的事情。但到底是哪十个人，还没有定下。"

好，先人一步就有了掌握主动权的机会，解约哪十个人，既然还没有定下，陈果到时肯定会征求他和樊铮的意见，如果他先有了确定的人选，就可以在人选问题上，按照他的思路布局了。

对，还有樊铮，何方远当机立断，拿起电话打给了樊铮："樊铮，有时间吗？好，来我办公室一趟。"

见何方远开始进行下一步布局了，范记安和徐子棋知道该退场了，临走时，范记安又想起了什么，嘿嘿一阵奸笑："何哥，我算是看清了，以前梅荏苒在的时候，蓝妹也不知道是怎么想的，没当她是情敌。现在孔祥云一来，嘿嘿，蓝妹突然就战意高涨，拿出坚守阵地不让孔祥云后来者居上的必胜信心，以退为进，和孔祥云斗智斗勇，开展了一场全方位的自卫反击战……"

"少废话，赶紧滚。"何方远笑骂，虽然他不得不承认范记安所说的正是他担心之处，但他现在还是不愿意承认蓝妹和孔祥云的迅速接近，其实是在上演一场宫心斗大戏。不管是孔祥云还是蓝妹，其实都对对方的意图心知肚明，不过二人都在故意向对方示好，要的就是可以更快地找到对方的缺点。

这事儿还是不要再想了，越想越头疼。

徐子棋走到门口，忽然又站住了，回头嘻嘻一笑："何哥，我投祥云姐一票。"

“凡是徐子棋支持的，我都支持。”范记安伸出右手，高高举起，却先扬后抑地说道，“我支持蓝妹。”

何方远恼了，拿起书就要投向二人，二人早有防备，缩脖子弯腰，溜之大吉了。

片刻之后，樊铮到了。

“何总，上次的宣传方案，我报上去了。陈总直接批了，现在应该已经提交给了乔董。”樊铮以为何方远找他是问宣传方案的事情，所以一进门他就先汇报了清楚。

不错，态度比以前端正多了，方案通过了陈果的审核上报到了乔国界手中，是好事，伏笔埋下了，就看事情怎么发酵了。陈果看也未看就签字同意了，可见他对樊铮是真信任。估计他怎么也没有想到，看似老实巴交的樊铮，也有明修栈道暗度陈仓的时候。

何方远微笑点头：“樊铮，坐。有件事情，我需要先和你通个气……”

樊铮一脸狐疑地坐下：“什么事？”

“如果开天答应解约十名版权方，以换取海山的自由，樊铮，你会挑选哪十个人？”何方远没有坐在办公椅上，而是和樊铮并排坐在沙发上，刻意营造出一种平等对话随意聊聊的轻松气氛。

“是假设还是真有其事？”樊铮一愣，惊问。

“也许是假设，也许是真有其事，先不管真假，就说说你的想法。”点名哪十个版权方，是考验樊铮从业以来对互联网版权产业的了解到底有多深入，或者说，对立化乃至整个互联网版权产业市场之上几百名有实力的版权方是不是有所研究和对比，何方远此举，既有考验樊铮之意，也有再次为樊铮和陈果之间埋下伏笔的深意。

“嗯……”樊铮低头不语，陷入了沉思，过了半天，他才不是十分确定地报出了六个人的名字，“以我的看法，这六个版权方对立化来说十分重要，如果他们重回立化，对开天正在提升的士气来说，是一次重大的打击。还有哪四个版权方重要，我暂时想不出来。”

不错，不简单，可以由解约十名版权方联想到对开天士气的打击，樊铮也初具了大局的眼光。确实，开天在如火如荼地大挖立化的版权方之时，在努力提升士气，对加盟开天的版权方描绘前景许诺未来之际，如果突然出现十名重量级版权方解约重回立化的重大事件，对开天来说，绝对是一次当头一棒的正面阻击。

如果此事操作得当，提前布局，然后再大肆宣传，肯定可以收到不战而屈人之兵的效果，让许多人心浮动准备和开天签约的版权方，见开天连已经签约的版权方都保不住，那么自己加盟开天会不会最终也落一个一脚踩空的下场？如此一来，肯定会有许多版权方对开天望而却步，三思而后行，甚至是直接熄灭了加盟开天的念头。

但问题是，以陈果外行指挥内行的智慧，以樊铮对立化旗下各个版权方自身价值无法做出准确评估的眼光，让陈果和樊铮主导此事，会不会将一次绝佳的绝地反击的机会，白白浪费掉？

对于樊铮提名的六名版权方，何方远表面上不置可否，点头说道："最终的决定权，在陈总手中，我们只是提供一个参考名单。"心里却对樊铮没有提名山亮而暗暗一笑，以樊铮的为人，他成不了乔国界眼中的好人，因为他完全不了解乔国界，或者换句话说，他不懂乔董。

在兴众帝国，不懂乔董的人，最终都没有什么好下场。

山亮是一名写历史题材的版权方，在立化众多的版权方中，可以排名在前30名之内，在创始团队第一波挖人行动中，山亮就签约了开天。虽说山亮擅长的历史题材拓展性弱，改编游戏或是影视以及出版实体书的可能性较小，和立化偏重玄幻、仙侠的主流风格不是很合拍，但山亮的作品，乔国界爱看。

对山亮自身价值的评估，不管多客观公正，但如果不知道乔国界爱看山亮作品，那么就是不懂乔董的具体表现。如果只限定解约十名版权方，让何方远列一个名单的话，他会将山亮的名字排在第一位。

也只有将山亮的名字排在首位，他真正想要解约的版权方，才有可能在乔国界高兴之余获得首肯。

所以解约哪十名版权方，不能完全从立化自身的需要出发，还要考虑到乔国界的偏好。樊铮提名的六名版权方，除了没有山亮之外，其他全是玄幻和仙侠类的版权方，由此可见，他在业务上，还算用心了。

"何总，是不是真有解约的事情？"樊铮又问，心中的疑惑之意越来越盛。

何方远还没有来得及回答樊铮，电话响了，他起身去接听电话。

"方远，海山自由了，条件是，开天承诺将解约十名版权方，同时承诺以后不再挖立化的版权方。"蓝妹正在陪孔祥云逛街，得知消息后，第一时间打给了何方远，"这是一个你和乔国界正面接触的好机会，一定要抓住。"

"好，我知道了。"樊铮在场，何方远不好多说什么，呵呵一笑，"怎么样，你和祥云相处得还不错？”

“好得很，一见如故，情同姐妹，你不要羡慕嫉妒恨哟。”蓝妹咯咯一笑，似乎很开心一样，“还有，祥云告诉了我许多你小时候的糗事，等着，以后有的说你了，呵呵。”

放下电话，何方远笑着摇了摇头，蓝妹和孔祥云走近是好事，不管二人是不是只想了解对方的缺点，以便以后打败对方。日久生情，相处久了，真的喜欢上了对方，就不一样了。女人都是感情动物，理智很容易被感情支配。

“事情是真的。”何方远正面回答了樊铮，时机到了，蓝妹都知道了，消息应该很快会正式公布，就没必要隐瞒了，“说不定下午就会开会宣布……”

“上次何总说要休假一段时间，现在看来，休假是休不成了。”樊铮现在是真心不想让何方远休假，宣传方案以及突如其来的解约事件让他意识到，他既没有全面掌控立化的能力，也没有全面看待问题的眼光，还是需要何方远坐镇指挥才能应对复杂多变的局面。

“呵呵……”何方远笑了笑，没有说话，其实他心中已经有了计较，休假的事情，是该落实了。

电话再次响起。

一看是内部来电，何方远忙接听了电话，里面传来了陈果微有焦急的声音：“方远，马上来我办公室开会。另外，樊铮是不是也在你那里？一起上来。”

和樊铮一起来到十八楼陈果的办公室，敲门进去，陈果正坐在宽大的转椅上沉思，见何方远和樊铮同时到来，他微一欠身，开门见山地说道：“有一个突发事件……”

海山和十人解约事件，应该不算是突发事件，之前在幕后肯定早就有过多次接触和谈判，当然，最终结果公布出来之后，对于局外人来说，肯定是突如其来的突发事件。

陈果简单一说海山和十人解约事件，基本上和何方远从范记安、蓝妹之处得到的消息，一模一样。

“刚刚和乔董通了一个电话，乔董说，十名版权方的名单，先由立化提名，最后提交他拍板。”陈果目光轻轻一扫何方远和樊铮，“方远、樊铮，有什么想法，尽管说。”

办公室里没有别人，三个人，陈果是兴众文学的CEO，何方远是立化中文网的总经理，樊铮是立化中文网的常务副总经理，可以说，立化乃至兴众文学的大事小事，三个人可以一言而定。但实际上，真正决定立化和兴众文学大事小事的唯一一人并不在场。

兴众是一个人的帝国，任何事情都笼罩在唯一帝王的阴影之下。

“樊铮，你先说。”何方远谦逊地让樊铮先发表意见。

樊铮冲何方远微一点头，也没谦让，直接说出了他的想法：“解约十名版权方对立化来说，是一次提升士气鼓舞人心的好事，立化可以充分利用解约事件，瓦解开天继续大挖特挖立化墙脚的攻势，同时还可以冷落和雪藏十名回归的版权方，杀鸡儆猴，让不安心在立化待下去的版权方知道后果的严重性。这样一来，不但对开天的士气造成重大打击，还可以稳定新合同条款问题引发的版权方的人心浮动，收到一举两得的效果。”

“方远，你怎么看？”陈果见何方远态度不够积极，微有不快。

“我赞成樊铮的意见。”何方远的态度何止不够积极，简直就是十分消极，他无精打采的样子，仿佛没有睡醒一样。

陈果心中来气：“方远，你最近的状态不太好，是不是太累了？太累的话就歇一歇，不要太勉强自己了。”

陈果说的只是气话，以为何方远在他的敲打之下，会警醒几分，不料何方远顺势接话：“陈总，我最近确实十分疲惫，而且有点个人感情上的麻烦，严重地影响到了工作积极性，我想休假一段时间，请陈总批准。”

“休假？”陈果顿时愣住了，想起之前何方远以休假为交换条件，要和乔国界见上一面，问题是，他还没有来得及安排乔国界和何方远见面事宜，“乔董最近应该没时间见你。”

此一时，彼一时，形势逼人，现在何方远不必非要主动面见乔国界，借解约十名版权方事件，他置身事外，正好以旁观者的角度看看陈果和樊铮如何处理此事。有理由相信，等事情处理得不称乔国界之心时，乔国界会主动提出和他面谈。

“不急，乔董日理万机，可以理解。我想还是先休假，其他事情以后再说。”何方远不提任何条件，直接要求休假。

按说现在正是非常时期，不应该让何方远休假，不过陈果见机会难得，又想到如果何方远不在，樊铮将解约事件处理得漂漂亮亮，深得乔国界满意，到时他再在乔国界面前一提整个事件是在樊铮一手推动之下得以顺利解决，那么樊铮必然可以在乔国界心目中得一个高分。

这么一想，陈果自认机不可失时不再来，虽说他是兴众文学的CEO，但碍于何方远的面子和威望，以及他的资历，平常也不好轻易摆布他，现在他自己主动要求休假，如果他错过机会，下一次再想搬开何方远以显示樊铮的全局掌控能力，就很难了。

“这个……”陈果假装为难，下意识又看了樊铮一眼，见樊铮无动于衷，他蓦然下定了决心，“好吧，你最近确实太疲惫了，不能累垮了身体……打算休息多久？”

“一周。”一周时间应该可以私下处理许多事情了，同样，一周时间，解约事件应该也有一个眉目出来了，而且何方远的带薪假期累加起来，也就是一周左右。

“一周呀……好吧，我批了。”陈果起身来到何方远面前，拍了拍何方远的肩膀，语重心长地安慰，“方远呀，从集体辞职事件之后，你就没有好好休息过一天，确实拼得狠了一些。这些天好好休息，公司有我和樊铮，你不用担心。”

何方远肯定不会担心，不但不担心，还一百个放心。

“谢谢陈总！我先回去了，收拾一下东西，明天正好周六了，休假就从明天开始。”何方远先行一步，扔下开了一半的会议，转身走了。

“陈总，我总觉得现在让何方远休假，不太好。”等何方远走后，樊铮提出了疑问，“解约十个版权方的事情，还是让他参与其中比较好，毕竟，他从业时间长。”

陈果微微不快：“樊铮，从业时间长是优点，但也可以是缺点。同样，你从业时间短是不足，但也可以是长处，就看你怎么辩证地看待问题了。你不能总在何方远的阴影之下，只有完全摆脱了何方远的影响，你才能在立化树立起个人威望。解约十个版权方的名单，你回头交给我，记住，要以立化的大局为出发点，十个版权方，要从各个类型之中均衡挑选，最好每个类型选择两个。”

“是，我记下了。”樊铮嘴上答应着，心中却隐隐觉得哪里不对，何方远突然主动提出休假，时机过于敏感，以何方远的聪明，不应该拱手将一个好机会让给他人，难道说，何方远有什么深谋远虑？

何方远说休假就休假，哪里管他走之后的立化是不是洪水滔天。临近下班时，他向立化全体员工发送一个邮件：“各位同事，从明天起，我将休假一周。立化的所有工作，交由樊铮和蓝妹两位全权处理，祝各位愉快。”

邮件发出后，办公区一片惊呼声，都不知道何方远为什么突然要休假一周，是真休假还是被逼宫了?

何方远最近的处境，表面上一如从前，实际上立化不少老员工都看了出来，自从樊铮上任常务副总之后，咄咄逼人，在陈果的支持下，步步紧逼，何方远手中的权力被剥夺了大半，活生生上演了一出当年马大勉架空江武的翻版。不少人在替何方远惋惜的同时不免在想，早知今日何必当初，当初何方远要是跟随三位老大一起辞职，也不会有今日的落魄了。

/第十九章/

退后一步，前进三步

当然，也有人不这么认为，虽然现在何方远受制于陈果和樊铮，但他毕竟当上了立化的总经理，就算现在跳出立化，起点也比集体辞职时的副总监之位高了太多。而且何方远还有翻身的可能，谁不知道，何方远最终的命运不是掌握在陈果手中，而是掌握在乔国界掌中。只要乔国界再次重用何方远，说不定何方远再次秒杀陈果，成为兴众文学的CEO也未可知。

在互联网业界，一夜成名或是一夜暴富的事情太多了。

但谁也不知道的是，何方远从不认为他的命运掌握在陈果或是乔国界手中，从决定休假的那一刻起，接下来他要做的事情是将命运牢牢地掌控在自己的手中。

“何哥，不是吧，你要休假一周？”范记安推门而进，见何方远已经收拾好了东西准备出门，他犯贱的毛病又来了，“嘀，早不休晚不休，刚和梅荏苒分手才和初恋情人重逢就休假，你说我是相信你是真休假好，还是猜测你要和祥云姐度蜜月好？”

“蜜月你个头。”何方远扬手扔了一本书砸向范记安，“据科学研究，少犯贱可以多活十年。”

“我不信。”范记安哈哈一笑，大摇其头，“俗话说，笑一笑，十年少；贱一贱，笑十年。你算算，犯一次贱，得多活多少年？不过何哥，先不提犯贱的伟大事业，你现在休假，到底唱的是哪一出？”

“如果连我休假的真正意图都看不出来，你算是白跟我了。”何方远也不过多解释，嘿嘿一笑，“先不说了，召集人马，晚上聚餐。”

“得令。”范记安滑稽地敬了一个礼，转身出去，走到门口又站住了，“何哥，晚上聚会，要不要叫上蓝妹和孔祥云？”

“你只管叫上徐子棋就行了。”何方远没好气地瞪了范记安一眼，他心里也没有拿定主意要不要让蓝妹和孔祥云加入，蓝妹倒没什么，但孔祥云毕竟是千方的人，有些话题有她在场不方便讨论。

和范记安、徐子棋一起下楼，到了停车场，二人很没出息地各自打电话向付瓜瓜、常辛儿请假，何方远笑道：“反正是周末，一起过来吧。”

聚会地点定在了功德林素餐厅，是何方远的提议，范记安和徐子棋一听是吃素就想皱眉，后来一想功德林素餐厅不正是何方远被刘薇薇下跪逼他离开梅茌苒的地方吗？算了，为了纪念何哥逝去的爱情，陪他吃素一次又何妨？

走到半路上，何方远接到了蓝妹的电话。

“我看到邮件了，你现在休假，时机很敏感，节点很关键，行，高明。”蓝妹虽然没有上班，不过对立化的事情还是时刻关注，不定时上网查看邮件，她又问，“是不是晚上有聚餐？”

“有，在功德林，你要不要来？”何方远试探地问了一句，“祥云呢？”

“她累了，先休息了。”蓝妹和何方远认识久了，虽说不是心有灵犀一点通，也算有了默契，一听何方远的口气就知道他是什么意思，“我自己过去，等我。”

功德林素食餐厅生意十分红火，幸好何方远提前电话订了位子，否则还没有座位。范记安见状感慨万千：“我才刚刚吃得起肉，没想到，已经有这么多人脱离了吃肉的低级趣味，人和人的差距怎么就这么大呢？人生呀，真是寂寞如雪孤独如冰。”

徐子棋也是连连摇头：“等什么时候我赚够了一千万，也许我也上升到了不再吃肉的境界。何哥，你说吃素和钱多钱少是不是正比关系？”

“吃素和钱多钱少没关系，与个人的人生追求和境界有关系。”何方远在身穿古典长裙的服务员的引领下，来到了房间，今天特意要了雅间，倒不是怕再次遇到顾南和刘薇薇，而是便于说话。

“算了，不去思索形而上的人生境界了，还是点几个可口的素菜是正经。”徐子棋摸了摸日益发福的肚子，不无自嘲地笑道，“也不知比辛儿的手艺怎样？自从辛儿下厨之后，我的胃口越来越大了，再这么下去，怕是胖得连路都走不动了。”

“嘚瑟，继续嘚瑟。”范记安不无嘲讽地说道，“常辛儿的厨艺是好，那又怎样？最后把你养成了死胖子，她依然苗条优美，甩了你转身可以再嫁个好人家，你呢？其胖无比其丑无比，从此孤单一人孤老终生。”范记安很是嫉妒常辛儿有一手好厨艺，相比之下，付瓜瓜几乎连厨房都不进，自从他和她恋爱以来，她从来没有为他做过一顿饭。

“犯贱，人不犯贱不会死，你想作死，我成全你。”徐子棋大怒，上前一步，就要推范记安。

“住手，徐子棋！”不等何方远制止徐子棋，正好常辛儿和付瓜瓜推门而入，一见此情此景，常辛儿呵斥徐子棋，“天天没个正形，闹什么闹？要闹出去闹，别在这里影响方远的正事。”

被常辛儿一嚷，徐子棋顿时老实了，如泄气的气球，一言不发地坐回了座位之上。

不是吧？徐子棋也太惧内了，还真是一物降一物，这才多久，常辛儿已经彻底掌握了主动权，徐子棋以后的日子，有得受了。不过也别说，有人天生愿意被人管，也许对徐子棋来说，在常辛儿的管教下甘之如饴。

真是一对欢喜冤家，何方远笑笑：“赶紧入座，都别闹了。”

付瓜瓜和常辛儿同时赶到，不过她在常辛儿身后，站在门口不肯进来，还不时朝外面张望，也不知道看到了什么让她大感兴趣的事情。

“怎么了，瓜瓜？”范记安察觉到哪里不对，起身来迎付瓜瓜，“怎么不进来，站在门口当门神？你一个女人，当不了门神。”

付瓜瓜不理范记安，忽然惊讶地张大了嘴巴，用手朝外面一指：“顾南又换女朋友了？啊，不是，原来是梅荏苒。”

真是冤家路窄，没想到，又和顾南、梅荏苒狭路相逢了，何方远不想多事，本来今天高兴，想聊一聊下一步的安排，现在立化的局面进一步明朗化了，他有望在近期有所突破，至于怎么拉顾南下水为他所用，是后话，相信有付锐出面，足以让顾南上钩，现在，他只想将顾南和梅荏苒暂时抛到脑后。

却不想，又不期然遇上了，何方远无奈一笑：“瓜瓜，别在门口站着了，也别管顾南和梅荏苒了……”

付瓜瓜应了一声，才迈动脚步进门，却晚了一步，还是被顾南发现了。顾南哈哈怪笑一声，说道：“付瓜瓜……这么巧？你自己一个人？不对，听说你跟了何方远身边的狗头军师犯贱，果然是男人不坏女人不爱，你说你好歹也是一个有模有样的中等美女，虽然比不了荏苒，但也不用自暴自弃，非跟一个贱人不是？对不起，贱人似乎是专门形容女人的词语，用来形容范记安似乎不太恰当，可是我实在找不出更好的形容词来形容他的下贱，哈哈。”

得，好好的一个饭局，又被顾南弄得没了好心情，别说何方远心中来气，范记安更是火冒三丈，一下站了起来，冲到门口，一把将付瓜瓜挡在了身后。

在顾南冲付瓜瓜说话的时候，何方远等人还看不到顾南。等顾南的话一说远，在范记安刚刚冲到门口的时候，顾南正好走到了门口，他的目光一扫，就将房间内的众人尽收眼底。

“原来都在，好，真好，何方远，你又召开什么秘密会议，有什么见不得人的事情，也让我长长见识开开眼界。”本来顾南说话的时候，梅荏苒在他的身后，低头踌躇，不肯向前，他话一说完，故意伸手一抱梅荏苒，明显是向何方远等人挑衅。

尤其是他以一个胜利者的姿态将梅荏苒抱在怀中，轻蔑的目光自上而下地俯视何方远，神态傲然、不可一世，明显流露出将何方远踩在脚下的得意和张狂。

男人平生最不能忍的有两件事情，一是被抢了女人，二是被当面羞辱，现在何方远一下都赶上了，他就算是一个泥人，也会迸发出三分火气。

何方远有没有火不知道，范记安火了，而且还是大火，他二话不说，扬手一拳朝顾南的脸上打去：“我替你爸妈好好教教你怎么说人话办人事！”

众人惊呼一声，以为范记安一拳既出，肯定会和顾南的脸有一次亲密接触，让顾南血溅当场。不料顾南别看张狂，为人却不孟浪，早有防备，一闪，就躲过了范记安的全力一击。

范记安一拳打空，身子一晃，险些摔倒。顾南哈哈大笑：“何方远，物以类聚人以群分，你们不过是一帮乌合之众，说不过就动手，要是动手了再打不过，会不会满地打滚，又哭又喊骂我仗势欺人？要我说，你们也就这点儿本事了。狗肉包子上不了席，烂泥扶不上墙。”

在顾南狂妄地大笑以及对何方远等人冷嘲热讽时，梅荏苒被顾南抱住肩膀，低头不看何方远几人一眼，自始至终一言不发，似乎被生活打磨成了木偶，再也没有了思想和个性。

何方远看在眼里，痛在心中，梅荏苒即使离他而去，不管是嫁给顾南还是别人，但他希望她至少还是以前的梅荏苒，活泼爱笑，乐观向上。现在的她，怎么消沉成这个样子了？以她的性格，即使是因刘薇薇之故而不得不和顾南在一起，也不应该无条件迁就顾南，再说，她从来不是一个没有主见和个性的女孩。

“我靠！”徐子棋终于也忍无可忍了，他怒不可遏地冲了过去，肥硕的身体快速奔跑起来，如一股旋风直朝顾南冲去，“顾南，老子要好好修理修理你，让你知道什么叫教养！”

徐子棋跑得不可谓不快，以他200多斤的体重，不用动手，只凭冲撞之力，足以将又干又瘦的顾南撞飞，只可惜的是，由于他距离顾南十几米远，等他冲到顾南身前之时，顾南早就好整以暇等他——只见顾南轻巧地一转身，朝旁边只一错身，就轻松地躲过了徐子棋的自杀式袭击。

“哈哈，黔驴技穷了，范记安像条疯狗，徐子棋像头蠢猪，何方远，你的左膀右臂都是这样的货色，可见你也好不到哪里去。怎么着，要不要你们三个人一起上？不要紧，就算你们三个把我打得头破血流也没关系，我不会叫帮手。男人，就得拿出男人样儿，别仗着人多势众就欺负人。何方远，你倒是说句人话……”顾南今天的表现可以打八十分，临危不惧，有理有据，镇静自若的姿态，确实比范记安的气急败坏和徐子棋的不顾一切潇洒多了。

当然，何方远自始至终不发一言不走一步不动如山的镇静，也是泰山崩于前而色不改，麋鹿兴于左而目不瞬的淡定。何方远越是不动声色，顾南心里就越是没底，不知道何方远会有什么后手对付他。

说实话，他不怕范记安，在他眼中，范记安阴谋有余而正气不足，他也不怕徐子棋，徐子棋阴柔有余而阳刚不足。他不愿意承认的一点是，他有点怕何方远。何方远虽然既没有乔国界深不可测的做派，也没有蓝成器高山仰止的威望，却不知为何，总让他看不透。有时他觉得何方远浅薄得如同一个毛头小伙子，毛躁易怒，有时又觉得何方远深沉得如一个久经人世沧桑的老者，从容不迫，到底哪一个才是何方远的真实面目，他不敢确定。

正是因为摸不清何方远的路数，所以顾南在面对何方远时，总是底气不足，因为他不知道何方远到底会出什么牌。

范记安和徐子棋二人一击不中，怒火更盛，转身同时扑向了顾南，誓要将顾南拿下，方解心头之恨，才一动手，何方远终于开口了：“不要闹了，记安、子棋，要礼貌待客。顾董事，如果你不嫌弃，过来一起坐坐，正好我有事情要和你说说。”

范记安和徐子棋虽然火冒三丈，但何方远的话不能不听，主要也是二人认识何方远多年，知道何方远一直隐忍不发，肯定会有后手，不会白白让顾南羞辱，二人收住脚步，强压心头怒火。

还是范记安控制情绪的水平高一些，他眼见就要扑到顾南身上时，忽然收住了脚步，伸手拍了拍顾南的衣服，嘿嘿一笑：“顾董事，你衣服皱了，我帮你拉平。”

徐子棋却只是冷哼一声，转身扭头到一边，独自生闷气去了。

顾南见何方远既没有开口骂他，更没有动手打他，反而请他入座，他一时放松警惕，仰头哈哈一笑：“何方远，只伸不屈是条虫，能伸能屈是条龙，不错，有气量，有水平。”

话一说完，抬腿就迈进了房间之中。

梅荏苒也紧跟在顾南身后，加入了众人之中。范记安和徐子棋跟在其后，二人同时对梅荏苒投去了三分不解四分鄙夷的目光，只有何方远，在目光落在梅荏苒身上的一刻，眼中一闪而过的是一丝柔情。

“这么热闹？”蓝妹终于赶到了，一进门就发现人多了，再一看感觉气氛不对，又一看心里大概明白了几分，她刚要对顾南说几句什么，何方远开口打断了她。

“蓝妹，来，坐我旁边。顾董事今天是我的客人，希望你们不要为难他，我有事情要向他请教。”何方远的态度很诚恳，语气很认真，让人不得不相信他确实是有求于顾南。

蓝妹张了张嘴，想说什么又咽了回去，一脸狐疑地看了何方远和范记安、徐子棋几人几眼，最后目光落在梅荏苒身上，微微摇了摇头。

“时光荏苒，人心易变。”等众人落座之后，范记安摇头晃脑地叹息，“人生若只如初见，真的只是一个美好的愿望罢了。”

蓝妹坐在了何方远的右侧——正是以前梅荏苒常坐的位置——她莞尔一笑：“不要调侃荏苒的名字了，要说名字不好，我的名字才最气人，许多人都因为我的名字拿我和妹喜类比……我既没有妹喜美丽，更没有妹喜祸国殃民……”

有施妹喜，眉目清兮。妆霓彩衣，袅娜飞兮。晶莹雨露，人之怜兮——古诗曾如此盛赞妹喜之美。妹喜是有施氏的公主，为举国第一美女，夏朝第十七位君主桀姒履癸皇后，淳维后母。生卒年不详。妹喜是创造了中国历史上诸多“第一”的女人，比如“千古第一狐狸精”“中国有历史记载以来的第一个亡国的王后”，等等，妹喜与妲己、褒姒、骊姬并称为中国古代四大妖姬。

何方远知道蓝妹是故意缓和气氛，就接过她的话问道：“就是，蓝伯伯为什么为你起了这样一个名字？”

/ 第二十章 /

高手之所以是高手

“也许是爸爸希望我有妹喜的眉目清兮、袅娜飞兮的漂亮，没有她祸国殃民的命运吧……”蓝妹冲何方远眨了眨眼睛，她看得出来，何方远在镇静从容之中，眼神中压抑的怒火只差一点儿就汹涌喷发了，她完全可以理解何方远的愤怒，男人嘛，都在女人问题上走极端，何况顾南携梅茬苒出现在何方远面前，明显有故意挑衅之嫌，她就希望何方远听懂她的暗示，缓和一下情绪，别当面爆发，“女人长得漂亮也好也坏，好的话，母仪天下，悦美苍生；坏的话，红颜祸水，祸国殃民。但女人也有女人的苦衷，是母仪天下还是祸国殃民，自己做不了主，要看她跟的是一个什么样的男人……”

何方远岂能不明白蓝妹的言外之意，心中蓦然对蓝妹的善解人意多了一丝感动，蓝妹是在劝他不管有多生气，也不要针对梅茬苒，梅茬苒身不由己，有难言的苦衷。

尽管梅茬苒一言不发，任由顾南摆布，尽管范记安和徐子棋都对梅茬苒大有意见，但何方远心里对梅茬苒没有一丝怨言，因为他太了解梅茬苒了，哀莫大于心死，梅茬苒如被人操纵的、没有生命的木偶，她的木然就是她最无声的反抗。

“蓝妹，你天天和何方远混在一起，姨父和姨妈知道吗？”顾南斜着眼睛看了蓝妹一眼，“你是什么出身，这些人又是什么出身，天天跟他们在一起，不觉得自降身价吗？”

不等蓝妹反驳顾南，何方远接过了顾南的挑战：“顾南，敢问你爷爷高寿？”

顾南一愣，很不情愿地答道：“提我爷爷干什么？他老人家不在人世了。”

“抱歉，是不该打扰老人家的安息，不过我想再冒昧地多问一句，老人家生前从事什么职业？”何方远说话的时候，目光平和，语气淡然，而且很有节奏感，让人感觉就和随意的聊天一样。

顾南不知何方远何意，翻了翻眼睛，说道：“老人家一生务农，生在苏北，葬在苏北。”

“这么说，出身高贵、系出名门的顾大公子，向上数两代也是农民了？说到底，也是泥腿子的后代！”何方远微微一笑，笑容中有三分戏谑，“而且顾大公子祖籍还是下江人最瞧不起的苏北，我想请问顾公子，你和土生土长的下江人在一起时，有没有以自己出身苏北而自惭形秽？”

顾南脸色大变，差点儿拍案而起，却被蓝妹拉住了。

“哧……原来顾公子是苏北人，怪不得成天看不起这个瞧不上那个，原来是骨子里的自卑作祟。也是，在下江待久了，难免沾染部分下江人视下江之外全是乡下的恶习，久而久之，顾公子也真当自己是土生土长、全国第一高贵的下江人了。”范记安终于找到了讥讽的切入点，极尽冷嘲热讽之能事，“俗话说，过度自傲其实是过度自卑的外在表现，人都会犯贱，越缺什么越爱在人前显摆什么。缺钱，就生怕别人知道自己穷，宁要裤子不要肚子，饿得头昏眼花也要穿一身好衣服招摇过市。缺爱情，就赶紧在观众面前大秀恩爱。缺高贵，就天天说别人是乡巴佬儿来彰显自己高人一等。归根结底，总是对别人冷嘲热讽的人，是内心极度缺乏自信极度自卑的表现。”

顾南的脸色由青到红，终于忍不住了，一下站了起来：“范记安，你天天犯贱，天天对别人冷嘲热讽，是不是内心极度犯贱极度缺乏自信？”

原以为范记安会百般抵赖，不料让顾南始料不及的是，范记安一口承认：“没错，我就是内心极度犯贱极度缺乏自信，怎么了？至少我敢承认！你呢，你天天看不起别人，敢不敢承认你是内心极度自卑极度龌龊？”

“我……”顾南见过犯贱的，没见过如范记安一样犯贱到了肆无忌惮的程度的，他说不出话了，“我，我，我不和你们这帮乡巴佬儿一般见识。”

“话说我的爷爷也是一个普通人……”蓝妹不是打圆场，是有感而发，“要不国内有那么多嚣张的富二代和官二代，为什么没有富三代和官三代？因为太浅薄太没底蕴了，两代就垮了。国内目前的现实是，谁也别说比谁高贵，高贵不是有钱有权，高贵是诗书传家的底蕴，是代代传承的家训，不是暴发户的金钱，也不是官二代的肤浅。”

“蓝妹说得太好了。”何方远再一次对蓝妹刮目相看，秀外慧中，以前还真是小瞧她了，“腹有诗书气自华，最是书香能致远，一个读书多见识广眼界高的人，肯定不会口口声声说别人是乡巴佬儿，也不会动不动就轻视别人。顾公子，你知道公子是什么意思吗？是公侯之子的意思，严格来讲，现在这个公子那个公子，有几个人能真正配得上公子的称号？下江人瞧不起苏北人，却不知道，刘邦是苏北人，朱元璋是苏北人，在中国的历史长河中苏北先后出了11位开国者，四大名著中的两部——《西游记》和《水浒传》都出自苏北人之笔，而一代名将项羽、韩信和萧何也全部出自苏北。而在苏北人君临天下成就大业之时，下江在中国的版图上，不过是一个毫不起眼的小村落而已……所以，得意时淡然，失意时坦然，穷则独善其身，达则兼济天下，才是一个有胸襟有情操的高人气概。”

何方远的聪明之处就在于先抑后扬，先从顾南的出身说起，狠狠地打击了顾南自诩高贵的嚣张气焰，然后又以下江人对苏北人的轻视引发，盛赞苏北悠久而灿烂的人文历史，再和下江的历史做出鲜明的对比，从而又提升了顾南祖籍苏北的自豪感。

其实何方远更深一层的用意是提醒顾南，三十年河东三十年河西，做人，目光应该长远一些，以前苏北灿烂，现在苏北不如下江繁华和发达，但谁又敢说若干年后，不会再历史重现？人也是如此，出身好的人总认为比出身差的人高上一等，十几年后，谁更有成就谁更呼风唤雨还不一定！

就如互联网三巨头的小马哥、大马哥和李颜红，都是出身草根，发迹于互联网兴盛之时，在互联网财富神话的浪潮之中抓住时机，最终傲立潮头，从不名一文到创下几百亿的身家，才不过用了十几年的时间，连三十年河东三十年河西都嫌长。如果当年有富二代官二代在三巨头面前如顾南一样居高临下地以出身论英雄，那么现在再次见面，会是怎样地丢人？

身边一个最现成的例子就是乔国界，十几年前，三巨头在乔国界眼中，不过是初出茅庐的后生小辈，小马哥想见乔国界一面，也不得其门而入。但现在呢？怕是乔国界想见三巨头一面，也需要预约了。

何方远一番话说出，房间内鸦雀无声。

范记安若有所思地点了点头，心想高手到底是高手，何哥不但口才一流，而且还善于掌握节奏，深谙谈话技巧，进退有度，一张一弛，一步步将顾南引入其中，既不着痕迹地高抬了顾南，又狠狠地打了顾南一个耳光，让顾南有苦说不出，却还不得不赞同他的话。高，实在是高，怪不得何哥可以成为领军人物，确实有真本事。

高手之所以是高手，就在于高手确有其高明之处。

蓝妹一双美丽的大眼睛紧盯着何方远飞扬的脸庞，如果说以前她对何方远的了解仅限于认可何方远的能力和人品，那么今天她又见识到了何方远隐忍、博学以及以理服人的一面，不提他高超的对话技巧以及过人的控制情绪的水平，只说他刚才镇静自若地应付顾南的挑衅，到一步步让顾南陷入他的理念的包围圈中，从某种意义上讲，何方远真是一个天生的谋局高手。

之前在借陈果和乔国界之势与马大勉以及黄是道较量时，何方远始终掌控大局，是控局高手。现在他和陈果、乔国界过招，无势可借也就无局可控，那么他只有一路可走——谋局。蓝妹越来越看好何方远的成长了，等什么时候何方远借陈果之力或是外力和乔国界面对面，从容地脱离乔国界的掌控之时，他就成长为了一名真正的谋局高手。

有局可借时，控局。无局可借时，谋局。成大事者，必须要有顺应局势一变再变的眼光和策略。只有想不通的人，没有走不通的路。

“……”顾南也沉默了，想反驳何方远，何方远的话却又无懈可击，不反驳，又总觉得自始至终被何方远掌握了节奏，实在憋气。不过他也不得不承认，何方远对苏北人的力挺，深得他心。虽然在潜意识里，他一直否认他出身苏北的事实，实际上，听到有人贬低苏北时，他还是不免在心里大大地腹诽对方一番。

出身地再穷再落后再不好，也是故乡，也是让人魂牵梦绕的地方，每个人天生都有一颗维护故乡之心。亲不亲，故乡人。美不美，家乡水。顾南虽然从小生长在下江，对苏北没什么感情，但他身上流淌的还是苏北人的坚韧和血性。

不过真要他附和何方远的话，一时还真不好放下面子，沉吟片刻，顾南收敛了几分傲然，语气尽量平和了许多：“何方远，有什么话，你就直说吧。谢谢你对苏北的认可，不过我和你道不同不相为谋，如果没什么事情的话，我就告辞了。”

见顾南气势大减，可以心平气和地对话了，何方远悄然朝范记安使了一个眼色。

范记安跟随何方远多年，对何方远的每一个暗示了如指掌，他当即微不可察地一点头，起身离座，转身出门而去。

所有人的注意力都在何方远和顾南身上，没人在意范记安的离去，就连付瓜瓜也没有多看范记安一眼，目光紧紧盯住何方远，就想知道何方远到底要和顾南摆什么局打什么擂台。

只有蓝妹目光中闪过一丝疑惑，轻轻扫了范记安一眼，还悄然向何方远投去了疑问的一瞥。何方远却假装没有看见，不回应蓝妹。

“请顾董事入座，当然有事请教了。”何方远亲自为顾南倒了一杯茶，茶一入杯，香气四溢，金黄的茶水和洁白的茶杯相得益彰，尽显优雅之意，“请喝茶。”

顾南虽然心中疑惑，却也不好推辞何方远的盛情，端起茶杯，轻抿一口：“不错，上好的金骏眉。”

“赠人玫瑰，手有余香。同样，敬你香茗，心中余味。”何方远开始慢慢地切入了正题，谈话如品茶，水沸之后滚三滚，冲泡之后过一遍，水正沸茶正浓时，正是对话的最佳时机。

不知何故，在何方远有意放慢节奏的暗示下，顾南一颗狂乱而烦恼不安的心，也慢慢地平静了下来，听着悠扬的钢琴曲，品味淡雅的香茶，他浮躁之意渐消，反倒不急于离开了："茶不错，火候也正好。何方远，有问题尽管提，我会尽量解答。"

蓝妹心中喟叹一声，不知是该庆幸何方远终于第一次在顾南面前占据了上风掌握了主动，还是该无奈顾南在不知不觉中已经棋输一着，在开局就失去了先机。从远近亲疏上看，顾南是她表哥，但何方远却是她的合作伙伴，而且谁也不知道在未来会不会成为她关系最密切的人。所以，她还是选择中立好了。

"听说顾董事想高价收购兴众文学的期权？"何方远见火候已到，不再绕弯，单刀直入，"这么说，顾董事还一心认定兴众文学有上市的可能性了？"

期权只是内部认购的协议，如果不上市，就是废纸一张。期权不同于兴众文学的股份，只是一份可以以低价认购多少股上市股份的承诺书而已。

顾南一下愣住了，他有意收购兴众文学期权的事情，怎么让何方远知道了？他转身疑惑地看向了蓝妹。

蓝妹轻轻摇头，否认了顾南的质疑，等于是告诉他，事情和她无关。

何方远呵呵一笑："顾董事不用管我是从哪里知道的消息，你只管回答我的问题就行。"他心中却想，以顾南行事并不隐蔽的风格，别说是他，恐怕陈果也知道了此事。

顾南倒也干脆，大方承认了："不错，我确实有这个想法，我认为兴众文学早晚还会上市，毕竟空行是世界上最大的上市承包商，承包了有史以来最大的上市行动中的一半，空行现在持有兴众文学百分之二十的股份，会不积极推动兴众文学上市？"

空行的实力不用顾南介绍，何方远心知肚明。早在2000年，微软达到顶峰时，放眼全球没有对手，以独孤求败的姿态俯视世界。当时记者问盖茨，你认为微软现在主要的竞争对手是谁，盖茨给出了一个出人意料的答案——空行。

答案之所以出人意料，是因为当时空行的市值远不能和微软相提并论。然而空行一路走来，主持过福特汽车公司的上市（1956年）以及美国铁路系统破产案；从二十世纪七十年代起，又从美国走向世界，并且主导了八十年代西欧的私有化和九十年代苏联和东欧的私有化，不但显赫一时，成为世界知名的投资公司，而且实力日益壮大到了可以影响一个国家经济命脉的高度。

但即使如此，何方远还是坚持他的看法，兴众文学上市无望，出售是唯一的选择。或者说，出售兴众文学，是乔国界唯一的选择。

不过今天何方远不会和顾南讨论兴众文学到底能不能上市的问题，他的落脚点不在于此。当然，如果兴众文学最终真的上市了，而且一上市股价就一路飙升，那么顾南今日收购期权之举，绝对是一项利润翻番的投资。

“好，假设兴众文学上市，顾董事，你想从中大赚多少呢？”何方远抽丝剥茧，慢慢地露出了底牌。所谓顾南想从中大赚多少的言外之意自然是问顾南想要收购多少期权。

顾南自然明白何方远的暗示，呵呵一笑：“当然是多多益善了……怎么，你有什么想法？”

“想法……还真有一些。”何方远的目光不经意从梅荏苒身上扫过，见梅荏苒依然低眉顺眼，似乎对他和顾南的对话以及周围的人和事毫不在意一样，心中不由喟叹一声，随后又收回心思，继续和顾南周旋，“如果顾董事想在不惊动乔董的前提下收购兴众文学的期权，如果我所猜不错的话，数量会极其有限，因为立化新的管理层手中都没有多少期权。”

/ 第二十一章 /

徐徐图之

现在不是儿女情长的时候，是他引诱鱼儿上钩的最佳时机，虽说在内心深处何方远很为梅荏苒担心，但梅荏苒现在的状态，他实在无能为力，只能寄希望以后再有机会私下好好开导她一番了。不过也不知道他还有没有机会和梅荏苒私下见面。

顾南不说话了，狐疑的目光在何方远脸上转了几转，不敢确定何方远和他对话的真正用意是什么，沉默了小半会儿，他摇头笑了："我的事情，好像不用你操心……"

"于公而言，顾董事，我们完全可以摒弃成见，握手合作。于私而言，也许以后我们还会成为亲戚。"说话间，何方远伸手一揽蓝妹的肩膀，"如果我娶了蓝妹，我也得随她叫你一声表哥。"

蓝妹怎么也没想到何方远正一本正经地说着正事，突然就扯到和她的感情问题上了，猝不及防之下被他抱住，顿时大羞。

有心推开他，却又怕伤了他的自尊破坏了他的布局，不推开他，实在是羞不可抑，主要也是当着众人的面儿，她何尝和男人有过如此亲密的接触？一时之间，蓝妹心中又恨又急，直想踢何方远一脚咬他一口方解心头之恨。

好在何方远见好就收，不等蓝妹有所动作，就松开了她。在松开的同时，他悄悄捏了捏她的胳膊，是在谢谢她的配合。

蓝妹恨得牙根儿直痒，却又不好发作，目光一动，发现一直低头的梅荏苒蓦然抬起头来，朝何方远投去了惊讶的一瞥。也许是突发奇想，也许是心中对以前处处对梅荏苒退让的不甘或是对何方远的同情心泛滥，她忽然做了一件连她自己都不敢相信的事情——伸手抱住了何方远的胳膊，头一歪，靠在了他的肩膀上，甜甜地一笑："表哥，方远是真心想和你合作，以前你们是有些误会和隔阂，现在正是消除误会的大好时机。

至于隔阂嘛，也不存在了。如果你想顺利完成你的计划，也需要方远的帮忙。”

徐子棋瞪大了眼睛，直直地看着蓝妹如热恋女孩沉浸在爱河之中的笑脸，再看看何方远踌躇满志的微笑，他用力摇了摇头，心想不是他不明白，这世界变化真快，怪不得何哥总说，人在商场，假作真时真亦假，蓝妹和何哥到底是假戏真做，还是故布迷阵呢？

常辛儿和付瓜瓜对视一眼，二人都没有徐子棋的心思深，只是相视一笑，吐了吐舌头。

一滴晶莹的泪珠从梅茬苒的眼中滑落，她突然也做了一个惊人之举——伸手抱住了顾南的胳膊：“顾南，你倒是可以考虑和何方远合作，不过我要提醒你，何方远为人精明，善于算计，小心别被他绕进去了。”

徐子棋差点儿发作，还好，常辛儿眼疾手快，伸手一拉徐子棋，徐子棋的话到了嘴边又咽了回去，他狠狠地瞪了梅茬苒一眼，第一次对梅茬苒有了恨意。

何方远倒是若无其事地笑了笑：“还是茬苒了解我，不错，我为人是有几分精明，不过话又说回来，如果我没有一个职场中人应有的精明，顾董事和我合作，还不会放心呢，谁也不愿意和一个不聪明的人合作，就像上次顾董事向一个人提出收购期权，结果那个人一转身就将事情透露了出去，如果传来传去，最后传到了乔董的耳中，乔董说不定会向空行提出要求换人担任兴众文学的董事……”

顾南内心的防线渐渐收缩，何方远说得对，如果乔国界以他不能胜任为由要求空行将他撤换，空行有百分之八十的可能会向乔国界妥协，一旦他被赶出兴众，他的计划就会全部泡汤……不过他还是不愿意相信何方远：“我凭什么相信你不会出卖我？”

“凭什么？”何方远伸手一摸蓝妹的秀发，眼中柔情无限，“就凭我的未来和幸福都寄托在蓝妹身上！”

其实这一句话有歧义，可以理解为何方远和蓝妹的合作寄托了他的未来和幸福，也可以理解为他深爱蓝妹，所以蓝妹寄托了他的未来和幸福——而蓝妹是顾南的表妹，所以他不会出卖顾南。

蓝妹明明知道何方远故意这么说，是说给梅茬苒听，也知道他是有意让顾南误解，以便让顾南误判，却还是心中一阵乱跳，感觉穿过她的秀发的何方远的手，突然多了一丝可以天长地久的意味。坏了，不要真的爱上他，她和他之间的鸿沟，不比梅茬苒和他之间浅，甚至可以说，她和他之间也有一道几乎无法逾越的天堑。如果她爱上他，一样要遭遇数倍的艰辛和磨难，也许最终还是一场空。

早知春梦终成空，莫如当初不相逢。不过既然已经相逢，在爱还在萌芽之时将爱扼杀，长痛不如短痛，是最好的结局。

尽管不愿意看到何方远失之荏苒收之蓝妹，此时顾南也顾不上反对了，他现在有一个大大的疑问不吐不快：“要我同意和你合作，你能给我什么？你名下也没多少期权！”

梅荏苒停止了流泪，只是目光怔怔地看着何方远和蓝妹，心中有一个声音一直挥之不去：“为什么？为什么？到底是我辜负了他，还是他背叛了我？我和孔祥云还有蓝妹，他到底爱的是哪一个？”

到底爱谁，何方远不愿意去想，现在他只想一举拿下顾南，让顾南不再成为他在兴众的绊脚石，相反，还要让顾南成为他跳出兴众摆脱乔国界控制的跳板。

何方远想要成为自兴众成立以来，第一个和乔国界善始善终并且友好分手的高管！

“是，我名下是没有多少期权，但你不要忘了，三剑客名下有很多！”说话时，何方远伸手拿出一份文件，递给了顾南，“而我是说服三剑客将期权转让给你的唯一人选！”

今天一早，何方远一来到公司，就按照海山所说，在花盆的下面找到了期权文件。虽说海山从立化离职，但期权书上并没有附加离职之后期权作废的条款，就是说，只要期权文件不撕毁，在法律上还有效。

当然，如果乔国界单方面中止期权的话，三剑客名下的期权也会是废纸一张。不过据何方远所知，在集体辞职之后，一系列的事件连续发生，让乔国界应接不暇，应该早就忘了三剑客名下的期权一事。再则兴众文学上市遥遥无期，谁还会当期权是宝？况且根据以往乔国界的行事风格推断，就算兴众文学真的上市成功，期权是否兑现也全在乔国界一念之间。

而以往的事实说明，兴众旗下各个分公司高管以及员工手中的期权，在上市后，基本上没有兑现的先例。

既然顾南当期权是宝，何方远就有意拿期权当诱饵，或者说，当他和顾南合作的先决条件。

“三剑客？”顾南先是一愣，随即眼前一亮，他是何许人也，自然知道三剑客作为立化的创始人，当年为了留住几人，乔国界许以重诺，三人名下的期权之多，是现在立化管理层的数十倍，如果何方远所言属实，三剑客的期权可以全部转让给他，他大计可成，不过……在最初的狂喜过后，他又意识到了另一个严峻的问题，“三剑客的期权，应该已经作废了，怎么还能转让？”

“还没作废，你看了就知道了。”何方远递过去的是海山名下的期权书。

顾南将信将疑地打开一看，果然，期权书并没有附加离职期权自动作废的条款，应该是在乔国界和三剑客的蜜月期时签署的期权书，当时乔国界对三剑客还是百分之百信任。但是……他又想到了另外一个棘手的问题："只要乔董想起了三剑客的期权问题，一句话就可以让他们的期权全部作废，所以，你的合作条件没有吸引力。"

"哈哈，顾董事，你暗中收购兴众文学的期权，做的本来就是火中取栗的事情，就算我和樊铮、付锐以及范记安、徐子棋名下的期权全部转让给你，被乔董知道了，不也是一句话就可以作废了？兴众是乔国界一个人的帝国，你想撬帝国的墙脚，就得拿出手段付出勇气。"何方远摊牌了，"我的合作条件是，我负责说服三剑客将他们名下的期权全部转让给你，再保证我和樊铮、蓝妹、付锐以及范记安、徐子棋名下的期权，也会在一个合适的时候，全权由你处置，相信以上期权全部加在一起，足够你折腾起不小的浪花了，只要兴众文学上市，你必定可以大赚一笔。至于如何瞒过乔国界，如何在背后运作，那就是你的事情，和我无关了。"

顾南动心了，何方远说得也是，想要撬乔国界的墙脚，必然要冒一定的风险，往往风险越大，收益越高，他岂能不明白其中的道理？想了一想，他抬头看向了何方远："你想要的是什么？"

"我想要的是什么，顾董事你心里明白……"何方远想要的是顾南不再处处针对他，想要的是在关键时刻，可以得到顾南的支持，甚至在需要的时候，顾南可以配合他演戏，提供资金上的保障，哪怕只是假装也行，不过，他却不会明说，只是含蓄而意味深长地一笑，"我想要的是蓝妹。"

蓝妹是顾南的表妹，何方远拿蓝妹当终极目标，其实也是让顾南对他造成误判，认为他真的只是一个想逆袭白富美的浅薄男人。当然，从某种意义上讲，真要拥有了蓝妹，何方远也就拥有了一切。只不过身为男人——一个有本事有理想有抱负的男人，他还是想通过自己的双手利用自己的智慧打下一片江山。

顾南嘴角一咧，露出一丝嘲讽的笑意，想想也是，如果何方远真的娶了蓝妹，他至少少奋斗30年。别看何方远现在是立化的老总，年薪百万，而且又年轻，似乎前途无量，其实不然，也许不用多久，他就会被乔国界冷落甚至是闲置。而且经过集体辞职事件之后，乔国界不会再允许有类似的事件发生，所以何方远想跳出立化和蓝妹联合创业的梦想，在乔国界对立化时刻的关注之下，怕是一时半会儿再难实现了，那么退而求其次，娶了蓝妹，也不亚于自主创业了。

虽然他很讨厌何方远，也不愿意蓝妹和何方远有任何关系，但形势变化，况且他现在又抢到了梅荏苒，再则蓝妹和何方远越走越近，也是他左右不了的事实，与其从中阻挠，不如将难题留给他们自己，相信蓝妹的父母不会同意蓝妹和何方远的事情。如果送一个顺水人情可以得到何方远在期权上的帮助，他又何乐而不为呢？想通此节，顾南哈哈一笑："君子有成人之美，你和蓝妹情投意合，我只有祝福了。不过丑话说到前头，何方远，如果姨父和姨妈不同意你和蓝妹的事情，我不负责说服他们。"

"谢谢。"何方远举起茶杯，笑容可掬，"顾董事保持中立，就十分感谢了。来，君子之交淡如水，以茶代酒，预祝我们合作成功！"

顾南也举起茶杯："我也预祝你早日和我一样，抱得美人归，哈哈。那好，我就不打扰了，走了。"

顾南和梅萑苒离开的时候，梅萑苒再没抬头多看众人一眼，蓝妹也没起身相送。等何方远回来后，蓝妹换了座位，没再坐在他的身边。一时，气氛就有几分微妙。

一次别开生面的会面，似乎宾主尽欢，送走顾南和梅萑苒，何方远坐回座位上，若有所思地低头片刻，忽然不知所谓地笑了。

徐子棋吓了一跳，伸手在何方远面前晃了晃："何哥，你可别吓我，是不是受了什么刺激了？别呀，失恋不要紧，只要帅气存。走了梅萑苒，还有孔祥云……哎呀，不对，应该叫还有蓝美人。"

"不要提我，讨厌。"蓝妹瞪了徐子棋一眼。

徐子棋挠了挠头："我怎么了我？算了，当哑巴比较好。不对，范记安干什么去了，怎么还没回来？"

蓝妹不无嘲讽地一笑："亏你还是他多年的朋友，连他干什么去了都猜不到？你和他之间的默契，比何方远和他，差远了。要我说，你还是三人组中最善良的一个，何方远是坏在骨子里，范记安是坏在表面上。"

"我哪里坏了？"何方远委屈地摸摸鼻子，"不要污人清白，刚才不就是借你当道具用了用，至于对我耿耿于怀？你又不是不知道我只是在迷惑顾南，不想让他知道我的真正想法。"

"范记安到底做什么去了？"徐子棋还是想不明白，继续发问。

他一问，常辛儿就扑哧笑了："蓝妹妹和何哥哥正斗嘴，你别打岔。"

"我没打岔，我就是想知道范记安这小子到底死哪里去了！"徐子棋死脑筋，越想不明白，越想弄个清楚。

可惜的是，何方远和蓝妹都没空理他，蓝妹继续反击何方远："道具？哼哼，我是一个活生生的人，不是玩具，我有思想有情感，不是谁想拿来借用就可以借用的道具！”

徐子棋张大了嘴巴，一脸的惊讶：“怎么了这是，刚才不还好好的？”

“闭嘴！”常辛儿和付瓜瓜异口同声地嚷了徐子棋。徐子棋很无辜地又挠了挠头，然后老实地闭嘴了。

“好吧，我错了，对不起蓝妹妹，我应该事先征求你的同意。”何方远知道蓝妹为什么生气，一方面她嫌他拿她当道具的说法有不负责任之嫌；二是怪他不够男人，喜欢她就明说，不喜欢她也说明，何必非要故意暧昧，最是让人讨厌。而且还有一点，她肯定看出了他对梅荏苒的不舍。

没办法，他不可能转身就忘掉梅荏苒。

“一点儿诚意也没有，不接受你的道歉。”蓝妹虽然生气，却不是真的有气，只是想提醒何方远一个事实，喜欢她就要真喜欢，别真真假假玩暧昧，她不喜欢，“何方远，如果你以后再这么不男人，我会考虑取消和你的合作。”

好吧，男人有时忍让女人也没什么，也是为了安定团结的大好局面嘛，何方远嘿嘿一笑：“是，蓝董事长的教诲，我一定牢牢记在心间。”

蓝妹直接送了何方远一个大大的白眼儿，起身就走：“才懒得理你。我走了，不吃了，让你气饱了。”走了几步又站住了，“别忘了明天的正事，还有，以后别那么斤斤计较总是暗算顾南，再怎么着他也是我表哥，我不能总是眼睁睁看着你害他。何方远，下次你再当着我的面儿让范记安背后使坏，别怪我不给你面子提醒顾南呀。”

蓝妹推门而去，她刚走，范记安就兴冲冲回来了，一脸兴奋，满头汗水，脸上的贱笑洋溢的是坏事得逞的得意。

/第二十二章/

每个人都有过不了的一关

“犯贱，你总算回来了，干什么去了？老实交代。”徐子棋也不知道今天是怎么回事儿，脑子就是不转弯，问题不断，“何哥，你明天和蓝妹还有什么正事要办？”

明天是何方远登门蓝家的重大日子，是他和蓝成器之间事关今后合作大计的第一次对话，当然马虎不得。不过这事儿还是不要透露为好，否则又会引起误会了，何方远不满地瞪了徐子棋一眼：“不该问的，别乱问。”

“我？”徐子棋彻底晕了，连东西南北都找不到了，“我招谁惹谁了我？怎么人人都烦我？要不，我抱头痛哭一场？”

没人理会徐子棋的自怨自艾，都将目光落在了范记安的身上。

范记安还假装不知道怎么一回事儿：“怎么了，都看我做什么？”见付瓜瓜眼神不对，有想要吃了他的迹象，他不敢了，招了，“我奉何哥之命，刚才出去一共办了三件事情，强调一句，都是好事。第一，用油漆在顾南的车上绘制了一幅精美的图案，图案是由两个字母组成，一个是‘S’，另一个是‘B’。第二，还不解气，又用小刀轻轻划破了一个轮胎，请注意，是一个，不是四个，我不忍心划破四个，虽然顾南很有钱，换一个轮胎和换四个对他来说没什么区别。第三，我设置了一个小小的机关，只要顾南一动车，就会把邻车的后视镜拉下来……好了，总算报了刚才的一箭之仇了。”

徐子棋总算明白过来了，回想起蓝妹临走之时说的话，他长叹一声：“和范记安相比，我就是一个心地善良、待人友善、五讲四美三热爱的纯情正太。”

何方远无奈地瞪了范记安一眼：“范记安呀范记安，你可真行，我只是暗示你，让你随便帮顾南放放轮胎的气就行了，结果你一口气干了这么多坏事，你说让我怎么说你好呢？如果让别人误会你的所作所为都是受我的指示，我的形象就全毁了。”

范记安不干了：“何哥，我刚才的打击报复，可都是经过你的默许，你可不要赖账呀。”

“我的默许？”何方远无赖地一笑，“我什么时候‘亲口’告诉你让你在车上泼漆外加划破轮胎了？年轻人，你还年轻，不要早早地就学会奸诈和无赖，做错了事情，要勇于承认错误，只有这样，才能更好地进步，是不是？”

“我……”范记安差点儿没噎个半死，憋了半天最后才说了一句，“我去！”

众人哈哈大笑。

晚饭结束后，何方远告别几人，开车直奔蓝妹的别墅而去——可不是提前登门，而是去接孔祥云。

孔祥云换了一身长裙，站在小区门口，在来来去去的人流中，她亭亭玉立，犹如何方远深藏于内心深处的一个久远的梦境，忽然就梦境成真，展现在了眼前，一时让他在惊喜之余，总是疑心和孔祥云的重逢会是一个早晚会醒的美梦。

“去哪里？”接上孔祥云，何方远兴致高涨，虽然之前有过和梅茌苒见面带来的负面情绪，好在他及时调整了心情，决定晚上好好陪陪孔祥云，带她在下江转一转。

“随便兜兜风就行。”孔祥云上车后，绾起了辫子，更显干练，她悄然一笑，“蓝妹参加你们的聚会，却提前回来了，是不是你气她了？”

孔祥云和蓝妹住在一起是不好，蓝妹一有什么情绪上的波动，她都能第一时间看到，何方远摇头否认：“没有，我怎么会气她？是她嫌太吵了……好了，不说她了，说说你吧。”

“说我什么？”孔祥云眨了眨眼睛，狡黠而得意地笑了，“其实你是想问我，我以后的打算，对不对？”

何方远将车开到了高架桥上，一路向西，夜晚的下江，车水马龙，灯红酒绿，处处繁花似锦。

何方远诚实地点了点头，孔祥云还是以前那个孔祥云，对他十分了解。他确实是想知道，虽说人海茫茫再次重逢很是不易，但重逢之后呢？是各自回到原先的生活轨道之上，还是继续交往下去，甚至是进一步向下发展……何方远不是说对孔祥云没感觉，而是他不如孔祥云一直以来对他从未忘怀，所以一见面还一如从前可以迅速旧情复燃。他的生活中出现过梅茌苒和蓝妹，让他一下忘掉梅茌苒弃蓝妹于不顾，他还真做不到。

“怎么说呢？一见到你，我以前的记忆全部复苏了，而且在我的眼中，你几乎没变，还是当年的何方远。我找了你好几年，从来没有接受过除你之外任何人的感情，你说，我好不容易和你重逢了，会轻易放手吗？”孔祥云打开窗户，让夜风猛烈地吹进车内，风吹散了她的秀发，也吹乱了何方远的心。她还是有一说一的性格，从来不在何方远面前掩饰什么，就如以前她喜欢何方远，愿意为他献上青春美好的身体一样。

孔祥云对他的感情，是从青梅竹马的涓涓细流，从无数旧时光之中的朝夕相处，最终汇聚成汹涌的爱河，源远流长并且一往情深，何方远不但清清楚楚，而且缅怀在心。如果梅茌苒之后没有蓝妹，他重新爱上孔祥云，将是水到渠成的事情，只是从蓝妹对他越来越迁就的表现，以及她对他越来越明显的在意，他岂能看不出蓝妹对他的依赖和……喜欢？

和他一心要跳出立化或是完成管理者收购的坚决相比，何方远在处理感情问题上，确实不够果断。其实也可以理解，人生总有左右为难的时候，不是事业，就是爱情。

“可是……”何方远放慢了车速，风中带来雨的气息，一道闪电划亮了夜空，要下雨了，“时间会改变许多。”

“不要紧。”孔祥云关了窗户，云淡风轻地一笑，“我爱你，和你没关系。就像这几年来我一直在找你，有人劝我，说你也许早已忘了我，或者结婚生子了，就连我也常常问自己，如果你真的改变了许多，当年的初恋对你来说只是一个青春的阵痛或是美梦，对我，你也早没有了感觉，那么我千辛万苦找到你，该怎么面对残酷而无望的现实？后来我又说服了自己，我爱你，是珍惜人生最纯真的美好，哪怕你已经不再爱我，我也要重温当年的纯真，我也会向你郑重地说一声，让我谢谢你，赐我空欢喜。空欢喜虽然遗憾，至少也曾经欢喜过。”

伴随着孔祥云的喃喃低语，雨下起来了，先是试探着落了几滴，随后就欢快地铺天盖地了。雨水打在车顶上，砰砰作响，如同一曲天地奏鸣的交响乐。不多时，雨越下越大，天地之间白茫茫一片。

前方不远处有一个服务区，何方远一打方向，汽车驶进了服务区。车停下后，二人也没下车，就在车内聆听风雨声。

“谢谢你祥云，其实我也一直没有忘了你。”何方远掩藏在黑暗之中，内心的情感却真实而坦诚，“只是你也知道，在生活中，我们都会主动或被动地改变许多，而且你也看到了，除了梅茌苒，还有蓝妹……”

孔祥云如一个调皮的小女孩，用手指触摸车窗，似乎是想接住外面的雨水一样，她只给了何方远一个优美的背影：“我知道，结果已经比我想象中好上许多了，至少你和蓝妹，还没有陷入热恋，我和她处在同一个起跑线上。所以，我有足够的耐心打败她，同时，我也给你足够多的时间让你重新接纳我。”

孔祥云不同于梅荏苒，梅荏苒喜欢半真半假地玩笑，喜欢假戏真做地试探。孔祥云也不同于蓝妹，蓝妹轻易不说喜欢不说爱，她只是一切随缘，一切跟随内心的感受。而孔祥云对喜欢的人和事，从来不会掩饰，也不会让你费心去猜，而且她也没有刻意地矜持，会主动去争取。

和孔祥云在一起会比较轻松，快乐简单而容易，沟通也不需要试探和猜疑，和她相处，就如和春天对话，风和日丽，心旷神怡。

何方远沉默良久，听风声雨声呼啸，见电闪雷鸣惊人，仿佛时光重现，瞬间回到了几年前的那次意乱情迷之中。也不知过了多久，他想通了什么，蓦然下定了决心：“等我完成了人生的第一次创业，我再考虑感情问题，时间也许半年，也许一年或者更久。”

“三年我都可以等。”孔祥云转身回头，笑靥如花，“相信谁也没有我对你有最盲目的信心和最不嫌烦的耐心，我在几乎没有一丝希望中找了你五年，现在在希望中再等你三年，又有什么？哎，方远，你说这场大雨是不是和多年前林中小屋的那场大雨，很相似呀？”

何方远和孔祥云有太多可以共同回忆的往事，又有太多容易激发激情的过去，孔祥云的话，也许是无心之语，也许是有意的暗示，不管是哪一种，瞬间在茫茫大雨之中的狭小车厢内，点燃了何方远的激情。

“是很像。”何方远伸手一摸孔祥云的长发，仿佛穿越了数年的时光，他和她再次回到风雨飘摇的林中小屋，“说声谢谢太苍白，祥云，这些年，难为你了，谢谢你的爱。”

“不用谢，我说过，我爱你，和你没关系。”孔祥云双眼如水如雾，渐渐迷离，突然，一个巨大的闪电划亮夜空，瞬间照得四下明亮如昼，闪电过后，一阵沉闷的雷声由远及近，以泰山压顶之势，朝二人袭来。

“方远，我怕……”时隔多年，孔祥云还是没有改掉怕雷的习惯，她一头扎进何方远的怀中，当起了鸵鸟。

“轰隆隆……”雷声终于在头顶炸响，声音之大，震得天地似乎都颤抖了。小小的汽车在大雨之中、在夜色之下，就如汪洋大海之中的一叶扁舟，随时有被淹没的可能。

何方远抱紧孔祥云，曾经熟悉的身躯微微颤抖，颤抖中，散发出既远在天边又近在咫尺的少女体香，林中木屋的一幕，再次清晰地浮现眼前。

孔祥云融化在了何方远的怀抱之中，也是，数年的相思和寻找，数年的辛勤和煎熬，一朝如愿，释放而出的激情足以淹没任何一个人的理智。

黑暗中，孔祥云寻找何方远的嘴唇，何方远没有回避，迎上了她冷冰而温润的嘴唇，四唇相对，瞬间点燃了久违的年少情怀。初恋最美，也最难忘怀，何方远的感觉全面复苏，一伸手就探向了孔祥云的衣服之中。

眼见意乱情迷的事件即将再次发生，突然，何方远的电话响了。似乎连天地也和何方远开玩笑，电话一响，又一声惊雷在头顶炸响。

激情如潮水般迅速退去，孔祥云整理了一下衣服，满脸绯红，转过身去，目光望向了窗外。

何方远拿起电话一看，不由愣住了，梅苲苒来电。

梅苲苒的电话来得真是时候，何方远不知是该庆幸她的电话打进得及时，还是该无奈两人都分手了，她却还在继续破坏他的好事。

何方远接听了电话，他也知道梅苲苒来电，肯定有事："苲苒……"

"何哥……"无比熟悉却又十分遥远而陌生的称呼再次从梅苲苒嘴中喊出，有一种物是人非的感慨。

"……"何方远以沉默代替了回答，此时任何语言都无力而多余。

"何哥。"梅苲苒停顿了足足有半分钟，才重新开口，"你真的喜欢蓝妹吗？"

"……"又是一个难以回答的问题，何方远认真地想了想，最终还是模棱两可地回答，"也许吧。"

"和孔祥云相比，蓝妹更适合你，虽然孔祥云是你的初恋，但我想说的是，在事业上蓝妹对你有更大的帮助。你事业心重，有眼光有魄力，现在机遇来临了，如果不抓住，你肯定会遗憾一辈子。"梅苲苒一个人关在房间里，站在窗前给何方远打电话，见窗外电闪雷鸣，仿佛天地都在颤抖，她心中也禁不住一阵阵收缩，如果此时此刻何方远陪在她的身边该有多好，她也不至于如此孤独如此落寞，"喜欢一个人，就希望他幸福，对不对？我希望你幸福，而蓝妹可以带给你全部的幸福。"

何方远猜不透梅苲苒为什么会撮合他和蓝妹，也许正如她所说的，喜欢一个人，不一定非要和他在一起，他幸福就是最大的安慰……他心潮起伏，想起顾南的嘴脸，想起梅苲苒要和顾南生活在一起，他不敢去想象梅苲苒会得到什么样的幸福：

“荏苒，不和我在一起可以，但非要嫁给顾南吗？”

“不和你在一起是妈妈的心愿，嫁给顾南，是妈妈的遗愿……”梅荏苒努力让自己保持平静，不让眼泪再次流出来，“妈妈的病情复发了，医生说，她顶多还有半年时间。她希望在她有生之年，可以看到我和顾南结婚……我还能怎样，她生我养我，如果我连她最后一个愿望也满足不了，就太不孝了。”

原来梅荏苒内心承受了这么多的痛苦和压力，原来刘薇薇病情复发，将不久于人世，何方远心中既同情刘薇薇的重病，又无奈人生的际遇，如果不是刘薇薇的阻拦和她意外生病，他和梅荏苒现在应该在一起了，也不会再有蓝妹陷入情网、孔祥云重温旧梦的麻烦，何方远不知道该怎么安慰梅荏苒，梅荏苒是一个孝顺的女孩。

“荏苒，让你受委屈了。”

“没什么，其实想开了也就好了，没有妈妈，也就没有我。为了让妈妈走得安心，再多的委屈我也可以忍受。”梅荏苒向何方远透露了实情，似乎卸下了心头的巨石一样，顿时感觉轻松了许多，“好了，该说的我都说了，以后也许很少再和你联系了，谢谢你方远，给了我一段纯真美好的爱情，我会永远记在心间。对了，还有一件事情要告诉你，我托同事打听了一下，孔祥云在千方很受重视，有可能提为副总，而且还可能是负责千方互联网版权产业大项目部……也许她对你也有事业上的帮助。好了，该说再见了。”

电话断了，何方远紧紧握住电话，却握不住逝去的爱情。他呆呆地望向车窗之外，窗外大雨如注，仿佛天地之间全部汪洋一片。

孔祥云扭过头来，关切地问道：“荏苒怎么了？”她听出了是谁打来的电话，却没听清电话内容，雨太大了，雷太响了。

“她决定嫁给顾南了，不出意外，婚期应该在半年之内。”何方远不知道该说些什么好，心情一如外面的大雨，混沌一片，“她太不幸了，可惜，我却帮不了她。”

“你也不用太自责了，每个人都有过不了的关。”孔祥云的手放在何方远的手上，“我过不了的关，就是你。”

何方远忽然哈哈一笑，又振作了精神：“现在雨这么大，回不去了，怎么办？”

/ 第二十三章 /

多一个选择总是好事

“不怎么办！”孔祥云也嫣然一笑，“有你在，我什么都不怕，大不了在车里过上一夜。”

“好吧。”何方远见夜色浓重之中，大雨如注，就收回了冒雨回去的心思，太危险了，还不如不走了，“夜阑卧听风吹雨，铁马冰河入梦来……”

“太悲壮了，不如‘夜来风雨声，花落知多少’有意境。”以前，孔祥云经常和何方远对诗，年少的心在共同的爱好中越走越近，竟种下了一粒爱情的种子，更让人想不到的是，爱情种子生根发芽之后，到今天，长成了一棵参天大树。

二人如同回到了从前，你一言我一语地对诗，也不知对了多久，声音渐低，不知不觉都睡着了。

天亮的时候，天光放晴，天空一碧如洗，除了地面上的积水之外，丝毫看不出昨夜的狂风暴雨。何方远睁开眼睛的时候，首先映入眼帘的是一双好奇而明亮的美目，他吓了一跳，瞬间恢复了意识，冲孔祥云笑道：“怎么了，不认识了？”

“不是，认识，认识你到了生命里。”孔祥云简单一系头发，脸庞被朝霞映得通红，红润而怡人，“忽然发现，过了这么多年，你也许变了许多，但不变的是你睡觉时的安稳。”

“你什么时候见过我睡觉？”何方远想不通。

“见多了，在教室里趴在课桌上睡觉，在树林里躺在草地上睡觉，在你家靠在沙发上睡觉，你各种各样的睡姿，我早就欣赏了一个遍。”孔祥云起身下车，“我去洗洗脸，一会儿就回去，今天你要到蓝家，是大事，不能迟到了。”

何方远无语了，蓝妹怎么什么都告诉孔祥云？又一想，也不知道孔祥云会不会告诉蓝妹他俩在车内过了一夜？当然，只是过夜，各睡各觉的过夜，没有发生任何意外事件。

回去的路上，迎着阳光，光芒万丈。也许是昨夜梅荏苒的电话让何方远平复了情绪，也许是和孔祥云的交谈让他有了心情从容地面对，反正他兴致大好。

孔祥云心情也不错，她只是简单洗了一把脸，未施脂粉，青春的脸庞在阳光的照耀下，如玉如瓷，挺翘的鼻子和娇艳的樱桃小口，以及随意一束的头发和微显凌乱的长裙，让沐浴在阳光之下的她呈现真实之美。

“听说你休假一周？”孔祥云意味深长地一笑，“是为了我休假，还是工作上欲擒故纵之计？”

“两者兼而有之。”何方远不是骗人，他休假确实有想抽时间陪一陪孔祥云之意。

“我明天就回北京了，如果你在下江没事，可以来北京。”孔祥云想了一想，一咬嘴唇，“本来我不该对你说，但想想也许对你帮助，还是透露一点好了，千方对互联网版权产业很有兴趣，下一步会收购驰骋中文网，明天，最晚后天就会正式公布。但驰骋中文网只是千方的试水，千方在互联网版权产业上面，有很长远、很庞大的布局，而且我还听说，千方对你很感兴趣……”

千方对他感兴趣不是一天两天了，早在三剑客集体辞职后不久，千方就向他抛出了诱饵，而且他还经梅荏苒牵线，到北京和千方有过一次接触。只不过因为他一心想和蓝妹联手创业，所以和千方方面只是碰了一面聊了一聊，没再深入交谈。

现在千方收购了驰骋中文网，还对他有什么兴趣？

“千方想挖你来担任驰骋中文网的总经理。”孔祥云俏皮地一笑，吐了吐舌头，“呀，一不小心就透露了商业机密，好吧，既然透露了，就再多透露一点，知道千方是谁对你大感兴趣吗？说出来你也许不相信，是李颜红！”

何方远一惊，他确实不敢相信自己竟然进入了李颜红的视线，李颜红是谁？是堂堂的三巨头之一，是曾经的国内首富，后来虽然身家被小马哥超过，但他现在依然是国内数一数二的顶级富商，不，比一般级别的富商影响力大多了，是可以直通国家最高决策层、真正的商业巨头。

如果将大马哥、小马哥和李颜红三巨头按照国家领导人接见次数排名的话，大马哥第一，小马哥第二，李颜红第三。虽然在三巨头中排名第三，但李颜红在国内经济界的影响力，尤其是对实体经济的影响力，无与伦比。

不错嘛，何方远震惊之后是深深的自豪感，放眼国内大大小小的互联网公司，成千上万，如他一样担任子公司总经理的中层，更是数不胜数，其中能入得了李颜红之眼者，百无其一。

“怎么样？很意外吧？惊喜吧？知道你是因为什么事情被李颜红记住的吗？”孔祥云故意逗何方远，迎着阳光眯着眼睛笑，“你猜猜？”

何方远乐了，他见都没见过李颜红，更没有和李颜红打过交道，李颜红因什么事情记住他，他怎么可能知道？不过……脑中灵光一闪，想起自从集体辞职事件之后发生的种种变故，只有一件事情最能让李颜红投来关注的目光：“我当上立化的总经理？”

“不是，猜错了，呵呵。”孔祥云见何方远一猜就错，开心地大笑，“方远，你还和以前一样自信十足，不过你却并不了解李颜红。李颜红是技术人员出身，他不喜欢办公室政治或是职场上的较量，他喜欢从逻辑思维上判断一个人是不是可用之才。你在集体辞职事件之后三级升迁，并没有让李颜红记住你，而是你提出了全额返还的新政策，让李颜红给予你极高的评价，认为你是一个有大局观、可以重用的人才。”

原来是全额返还的政策，可惜了，很好的一个为版权方考虑的政策让陈果等人设置了先决条件，导致出现了偏差，反倒成了约束版权方的政策了……忽然何方远又想到了哪里不对，对，孔祥云不是说以前不知道他在立化，怎么刚才的一番话，似乎她早就知道了他的存在。

“是不是觉得时间对不上？这就对了。”孔祥云看出了何方远的疑问，笑道，“昨天我和同事通了一个电话，特意了解了一下由立化集体辞职事件引发的业内的风云激荡，也了解了一下你在其中的所作所为，同时也了解到了李颜红对你的赏识。李颜红曾经在内部会议上说过——当然，不是我够格参加的会议——如果千方想全面布局互联网版权产业，想到深水区畅游一番，就需要和企鹅一样挖几个业内的资深从业者担任先锋官，当时他列举了几个人的名字，你的名字排在第一位……”

“呵呵，荣幸，很荣幸，能被李颜红记住，是多少互联网从业者的梦想。因为李颜红一句话，或许可以让一个人从无名小卒一举天下闻名。”何方远说的是实话，却不是由衷之言，“可惜的是，我对加盟千方没有兴趣。”

“其实，我也不希望你加盟千方，千方的环境不适合你，会限制你的发展。”孔祥云若有所思地想了一想，“但不管怎样，让李颜红记住你是好事，在合适的时候，你可以为自己争取到一个和李颜红面对面的机会。不加盟千方，也可以借助千方的实力和影响力来布局你的事业。当然，如果你有水平说服李颜红，让他愿意如企鹅和创始团队的合作一样和你合作，你就腾飞了。”

何方远捏了捏鼻子，笑了：“祥云，你觉得我下一步该怎么走？”

“还能怎么走？你只有三条路：一是重新赢得乔国界的信任，继续前进，直到当上兴众文学的CEO；二是你说服李颜红提供资金，然后你向乔国界提出管理者收购，直接收购立化，让立化成为你和千方的产业；三是跳出立化，自主创业，至于你是和蓝妹一起，还是和我，就全看你对未来人生的规划了。”

好嘛，不简单，当年胆大泼辣的女孩长大了，成了一个职场精英，不但将眼下的局势看得清清楚楚，还对他的未来设想了数种可能。何方远意味深长地笑了：“先不说前两点，只说最后一种可能，如果我跳出立化，不和蓝妹合作而和你合作，你能提供哪些方面的帮助？”

“资金！”孔祥云十分确定地说道，“你所缺的就是资金，而我可以拉来风投。不管你是想提出管理者收购，还是自主创业，资金都不成问题，而且条件也许比蓝妹的还要好。怎么样，要不要重新考虑一下合作对象？”

多一个选择总是好事，何方远没正面回答孔祥云，笑道：“这么说，你是要让我不管是在合作对象还是恋爱对象上，都脚踏两只船，随时有后路可退？”

“是呀，随时有备胎的车，不怕抛锚。脚踏两只船的人，比较安全。”孔祥云对何方远的态度和蓝妹相比，宽容多了，她是既能主动出击又能安心等待的两重性格。主要也是在她的心目中，何方远一直是青葱少年的形象，她虽然比他小，却总想让着他、照顾他。

“脚踏两只船的人，也有随时落水的可能。”何方远抬头一看，见蓝家已经遥遥在望了，看看时间，九点多了，离约定的时间不到半个小时，他靠边停车，“不好意思祥云，今天不能陪你了。”

“没关系。”孔祥云跳下车，展颜一笑，“我已经约好了付瓜瓜和常辛儿逛街了，再见，祝你顺利。”

孔祥云和付瓜瓜、常辛儿都打成了一片？她可比蓝妹有亲和力和向心力多了，如果投票决定他最后和谁在一起的话，孔祥云肯定得票最高。

只是不知为何，梅荏苒却让他选择蓝妹，也许是梅荏苒和孔祥云没有接触过的原因，她不知道孔祥云的活力可以感染身边的人。

何方远停好车，进了路边的肯德基店——他可不是为了吃肯德基的早餐，而是为了洗脸——洗脸之后，又回到车上刮了胡子，自我感觉整个人精神了不少，才拨通了蓝妹的电话。

“喂，我初次登门，要不要带点什么礼物？”

“不用。”蓝妹回答得很干脆，“你是来谈正事，又不是私人性质的拜访，带什么礼物？如果你觉得双手空空不好意思的话，就在门口买一束花好了。”

“买什么花？送给谁……”何方远想问个清楚，花是送给蓝成器还是陈容，大不相同，却没想到蓝妹把电话挂断了。

什么意思吗？何方远笑着摇了摇头，一抬头，看到别墅大门口的右侧，还真有一个鲜花店，名字起得有意思，叫百年老店，但在右下角还有一行小字——90年后。

店主是一位20多岁的女孩，清秀亮丽，穿一条短裤，外面罩了一个工作服，正在店内忙碌。见何方远进来，她嫣然一笑：“先生，要买花？”

何方远点点头：“送给长辈，什么花好？”

“什么长辈？”女孩上下打量何方远几眼，似乎她认识何方远一样，目光中流露出会心的笑容。

“公司女同事的长辈。”何方远决定还是送给陈容，毕竟给蓝成器送花，总觉得很别扭。

“男长辈女长辈？”女孩问得细，柔声细语。

“女。”

“来一束勿忘我吧，表达对长辈的尊敬和祝福。”女孩一边说，一边递上一束包扎好的勿忘我，紫色的勿忘我呈现雍容华贵之色，十分漂亮。

何方远不懂花语，将信将疑地接过勿忘我：“不会出什么笑话吧？”

“怎么会？我们可是百年老店。”女孩调皮地笑了，然后向何方远伸出了白净的手掌，“谢谢，300元。”

等何方远付款后走进别墅的大门，女孩站在花店门口笑了笑，自言自语地说道：“蓝姐姐，你交代的事情我可帮你办妥了，接下来的事情，就交给你了。不过也别说，你相中的何方远，傻呆呆的还真有几分可爱。”

何方远可不知道他被花店女孩形容为傻呆呆的可爱，来到蓝家的门前，他深呼吸一口气，按响了门铃。

片刻之后，门开了，开门的是蓝妹。

“方远来了，来，进来。”蓝妹穿了一身休闲装，愈加衬托得身材完美无缺，既曼妙，又有居家的气息，多了小女人的味道。她也不客气，伸手接过何方远手中的勿忘我，将头埋在花间深吸一口，一脸陶醉的笑容，“谢谢你的花，真漂亮。”

“嗯……这花是送给……”何方远话说一半，又咽了回去，一是因为他觉得非要强调花是送给陈容而不是蓝妹会显得矫情，二是一抬头，蓝成器和陈容已经出现在了二楼的楼梯之处。

蓝家的别墅高端大气上档次，以何方远的眼力，少说也得2000万元，而室内的装修也是极其奢华，进口的大理石地板、实木扶手、红木家具，无一处不彰显高贵和实力。一身休闲打扮的蓝成器和一身裙装的陈容，从金碧辉煌的楼梯之上并肩走来。

“蓝伯伯好，陈阿姨好。”何方远恭恭敬敬地问好，态度端正，神态平和。

“方远好。”蓝成器亲切而不失客气地打了招呼，来到何方远近前，伸手和他握手，“最近还好吧？请你到家中做客，就是随便聊聊，别客气，别拘谨。”

“小何，你带了花给蓝妹？”陈容先是漠然地打量了何方远几眼，目光一瞥，注意到了蓝妹手中一大捧的勿忘我，脸色微微一变，“你送她勿忘我？”

何方远本想解释勿忘我本来要送给陈容，不等他开口，陈容却冷笑一声：“顾南向我提过你和蓝妹的事情，我说了，蓝妹不会嫁给一个平头百姓，所以我劝你，如果想和蓝妹合作，可以，但要分清公事和私事，不要有什么不切实际的想法。”

何方远疑惑了，怎么了这是？他不解其意，只好开口辩解：“我和蓝妹本来就一直是合作关系……”

“合作关系你还送她勿忘我？何方远，你来蓝家是谈正事来了，还是向我示威来了？”陈容以为何方远装傻充愣，怒气渐盛，“成器，如果我现在赶何方远出去，你不要怪我。”

蓝成器察言观色，看出了何方远的惶恐和不解，问道：“方远，你知道勿忘我的花语吧？”

何方远当然不知道，他别看感情经历还算丰富，但对花却从来没有过研究，一愣神儿的工夫，蓝妹嫣然一笑，接过了话头儿：“勿忘我的花语是永恒的爱、浓情厚谊、永不变的心、永远的回忆……方远，谢谢你的花，我很喜欢，也很开心。”

不是吧？何方远一瞬间明白了什么，敢情他被花店的女孩骗了，可问题是，花店的女孩和他素昧平生，为什么要捉弄他？难道说……想起刚才一进门就被蓝妹直接抢走了花，他多少猜到了什么——蓝妹在故意害他！

/ 第二十四章 /

自控力

蓝妹却假装没看到何方远质疑的目光，双手将花捧在胸前，转身上楼：“方远，你的花我收下了。爸、妈，我去倒茶。”

蓝成器看出了端倪，大概猜到何方远估计是被蓝妹算计了，他呵呵一笑：“好了，好了，不就一束花吗？无伤大雅无关大局，来，方远，坐。”

陈容余怒未消：“何方远，你倒是说清楚，你是到蓝家谈正事来了，还是向蓝妹求爱来了？”

何方远头大了，他再不懂事，也不会在蓝成器邀请他来蓝家商量大事时向蓝妹求爱，这不是故意挑衅吗？都怪蓝妹，摆了他一道不说，还转身走了，让他一个人面对陈容的滔天怒火，真不够意思。

不过……何方远多少也能猜到蓝妹的心思，如果他想和她在一起，必然要过陈容一关，早过是过，晚过也是过，她是想看看，他对她到底有几分感情，他有没有正面面对陈容逼迫的心理素质。

可问题是，他来蓝家之前，完全没有要和陈容讨论他和蓝妹恋爱关系的心理准备，再说，他和蓝妹压根儿还没有真正确定恋爱关系……何方远一时左右为难，直接否认的话，一是太伤蓝妹感情，二是显得自己敢做不敢当，不够男人——虽然他真的不知道勿忘我的花语，但陈容肯定不会相信——也会让蓝成器看不起他的退缩。

直接承认的话，又实在有违他真实的内心，正犹豫时，蓝成器打圆场了：“陈容，不要再说了，方远是客人。”

何方远曾经见识过刘薇薇的轻蔑，和刘薇薇相比，陈容居高临下的傲慢之中，多了一些等级森严的威严，仿佛在她眼中，他不过是一个不名一文的无名小卒。是，虽然他现在身为立化的总经理，但在蓝家千万级别的别墅面前，他依然是一个漂泊在下江的外乡人，以他目前的收入想要买得起这样的一栋别墅，至少需要十年。

何况他要和蓝妹合作，需要的还是蓝家的资金，说到底，他和蓝家相比，无论底气还是实力，都相去甚远。他和蓝妹合作，也许在他和蓝妹眼中，是平等的合作，但在陈容眼中，却是蓝家对他的恩赐或说施舍。

何方远深吸一口气，既然陈容咄咄逼人，如果他步步退让，也显得太卑微了，人的出身可以贫穷，但人的内心不可以卑微，他昂起头，一字一句地朗声说道："我来蓝家，一是受蓝伯伯邀请，来谈正事；二是借机送花给蓝妹，以表达我的爱慕之情。如蓝妹一样美好的女孩，不论出身、相貌，还是智慧，以及她卓尔不凡的人品，如果我和她长久相处，对她没有爱慕之情和求爱之心，才是对她最大的无视。"

一番话说得陈容哑口无言，何方远的话，不卑不亢，有理有据，而且还盛赞了蓝妹的美好，最主要的是他将他的求爱和蓝妹的个人魅力联系在一起，让陈容无法反驳。

何方远话一说完，楼上突然传来一声清脆的响声，明显是有人摔了杯子。不用想，肯定是蓝妹在偷听何方远说话，一时失手。

失手，说明何方远的话触动了蓝妹的内心。

陈容愣了片刻，哼了一声，转身上楼："蓝妹这孩子，毛手毛脚，倒杯茶也要摔杯子。摔坏一个杯子，还要再从法国空运过来一套才能配对，真让人不省心。"

有钱人的奢华生活，别说茶具了，就连水也从国外进口，不过何方远心中暗笑的是，若论瓷器的精美和工艺，中国才是瓷器的祖宗。一味地崇洋媚外要不得，至少要有分辨能力和文化底蕴才不至于贻笑大方。

"坐，方远，坐。"和陈容的咄咄逼人相比，蓝成器可谓彬彬有礼多了，他很绅士地请何方远入座，伸手递上一根雪茄，"见笑了，别往心里去。抽一支？"

"不了，谢谢蓝伯伯，我从不抽烟。"何方远摆手拒绝了蓝成器的雪茄。

"哦？"蓝成器大感好奇，"是从来不抽烟，还是后来戒掉了？"

"以前抽过一段时间，大概有一两年，后来就戒掉了，到今天，有四五年了。"何方远见话题先从抽烟开始，就顺着蓝成器的话向下说。不管多么重大的话题，在开始之前，总得有闲话当成开篇。闲话，是缓和气氛也是拉近距离的催化剂。

"喝酒不？"蓝成器微微点头，目光中流露出赞许之意。

"基本上不喝，除非重要的应酬推不开，会少喝一点，但绝不多喝，更不会喝醉。"何方远的话是实话，平常他和范记安几人聚会的时候，基本上滴酒不沾。

"好，好。"蓝成器大声叫好，喜形于色，"对一个男人来说，烟酒两大爱好，根深蒂固，很难戒掉。一个可以戒掉烟酒的男人，有极强的自控力。而强大的自控力，是成就大事的基础。”

蓝成器的话，何方远十分赞同。自控力有时甚至会胜过能力和大局观，一个拥有一流自控力的人，轻易不会被欲望和激情左右了判断力，也轻易不会做出失去理智的蠢事。

“既然从烟酒说到了自控力，方远，我有一个故事，不知道你没有兴趣听一听？”蓝成器背靠沙发，伸手剪下雪茄的一头，点燃了雪茄，深深地吸了一口，“呵呵，我多年的烟瘾，戒不掉了，主要是不想也不能戒掉，人在社会之中，有时有许多习惯身不由己。”

何方远点点头，明白蓝成器的言外之意，在上流社会，雪茄和红酒是必备的道具，似乎手中没有一支上好的古巴雪茄和一杯顶级的法国红酒，就不是上流社会的上等人一样。

“能当面听蓝伯伯讲故事，是我的荣幸。”蓝成器先以烟酒开篇，又想以故事点题，何方远既然登门和蓝成器面谈下一步怎么走的重大问题，自然早就做好了长谈的心理准备。

“好，好。”蓝成器又吸了一口雪茄，犹豫了一下，还是放下了，正好蓝妹从楼上下来，手中端了茶具，他呵呵一笑，“算了，不抽了，喝茶。”

茶香四溢，茶具精美如玉，白如玉的茶杯盛满金黄的茶水，相得益彰。再加上蓝妹轻柔而娴熟的倒茶手法，不用品茶，单是此情此景就是一种难得的享受。

蓝妹挽了袖子，露出了如玉如藕的一段手腕，手腕灵活而柔软，翻飞之间，已经为蓝成器和何方远倒好了茶水。

在为何方远倒水时，蓝妹的一缕秀发飘到了何方远的脸上，他痒痒得有些难受，想推开，又怕惊醒了蓝妹的投入，只好忍着，忍着也没什么，蓝妹的清香又从发间丝丝缕缕地沁人心脾，让他近距离品味了蓝妹的女人香。

蓝妹悄然冲何方远一笑，小声说道：“还不错，很男人，我喜欢。”

何方远坐在蓝成器的对面，虽然中间有蓝妹挡着，毕竟离得也不远，他不敢太放肆，小声地回应了蓝妹一句：“在谈正事，别捣乱。”

蓝妹背对着蓝成器，正面面对何方远，她朝何方远做了一个鬼脸，又得意地一笑，放下茶壶来到了蓝成器的背后，假装为蓝成器敲背。

随后，陈容也从楼上下来了，脸上的怒容消失不见，取代的一丝若有若无的笑意，她坐在了蓝成器的身边。

如此，就形成了蓝家一家三口面对何方远一人的局面。

何方远坦然一笑，轻轻抿了一口茶，赞道："不错，白毫银针。"

陈容见何方远一语道出茶名，不由微微一惊："你对茶也有研究？"

"研究谈不上，就是平常爱喝罢了。"何方远不是谦逊，而是确实以他对茶的了解，只能说是一知半解。

陈容平生最爱喝茶，对爱茶者有天然的亲近之意，就有意考一考何方远："既然你知道白毫银针，说说看，白毫银针是什么茶？"

"妈，爸爸要和方远谈正事。"蓝妹嗔怪地瞪了陈容一眼，"能不能别打岔？"

"谈谈茶道也是从侧面了解一下方远的为人，怎么叫打岔了？"陈容不满地回敬了蓝妹一个意味深长的眼神，"现在时间还早，我先和他聊聊，等我聊完了，你爸再聊也不晚。"

"好，好，你先聊。"蓝成器呵呵一笑，让步了，"不过时间不要太长，十分钟，够不够？"

"五分钟就够了。"陈容淡淡地看了蓝成器一眼，又看向了何方远，"方远，请吧。"

好嘛，全家上阵考他，怎么感觉比去梅花苒家过刘薇薇一关还要难上许多倍？何方远微一沉思，知道迎难而上才有突围的可能："白毫银针，简称银针，又叫白毫，素有茶中'美女''茶王'之美称。由于鲜叶原料全部是茶芽，白毫银针制成成品茶后，形状似针，白毫密被，色白如银，因此命名为白毫银针。"

"不要背书，我想听听你自己独到的见解。"陈容对何方远公式化的回答很不满意。

"白毫银针属于白茶，以福建福鼎市、政和县两地所产为最好。"何方远只好将有限的茶叶知识和盘托出。

"白毫银针要怎么泡才最好？"陈容见何方远对白毫银针的了解还算不少，不由大为惊讶，在她看来，在何方远这个年纪，大多数人并无饮茶的习惯。

"白毫银针和绿茶的泡法大致相同，但由于制作工艺的不同，白毫银针需要冲泡十分钟以上才会茶汤泛黄，此时口感最好。"何方远暗道一声惭愧，他有限的茶叶知识还得益于孔祥云父母的言传身教。小时候经常去孔祥云家，她父母最爱喝茶，家中茶具茶叶成堆，耳濡目染之下，他也学会了许多茶道知识。

"哎呀，我刚才冲泡的时间不足十分钟，是不是会影响口感？"蓝妹惊呼一声，"原来冲泡茶叶还有这么多讲究，是不是每一种茶的冲泡时间都不一样？喝茶，还真是一件浪费时间和精力的事情。"

“你懂什么？”陈容对蓝妹的结论大有意见，“喝茶，是修身养性的功夫，是提高一个人的涵养和心性的好习惯，什么叫浪费时间？哼，不懂就不要乱说。”

“是，我不懂，可是妈妈你喝茶多年，也没见你心性提高多少，还和以前一样，既不平和又不宽容……”蓝妹嘻嘻一笑，冲陈容调皮地吐了吐舌头。

“臭丫头，怎么这么说你妈？”陈容脸色微微一变，“我什么时候不平和不宽容了？”

“现在……”蓝妹见她的坏主意得逞，成功地让陈容跳进了她的陷阱。

“你……”陈容意识到上当了，气得不行，想发火，又意识到如果她不息怒，就又陷入了自己的悖论之中，她说也不是，不说也不是，不由涨红了脸。

“涵养也要因人而异，对于一些不知天高地厚的后生小辈，有时适当地严厉和批评教育，反而更有利于他们的进步。”何方远及时跳了出来替陈容解围，“蓝妹，这就是你的不是了，陈阿姨的涵养和宽容是针对外人的，你是她的女儿，她对你严格要求，会让你更好地进步。”

“就是，就是，还是方远会说话。”陈容有了台阶，赶紧下了，对何方远投去了感激的一瞥，同时内心对何方远的成见，大为减轻，“蓝妹，你要向方远学习，和长辈说话，一定要注意语气。”

“是，是，是，我记住了。”蓝妹小鸡啄米一样点头，趁人不注意，悄然朝何方远投去了一个含蓄而得意的眼神，还暗中竖了竖大拇指。

估计又被蓝妹算计了，何方远忽然想通了什么，从送花到激怒陈容，再到她故意设计让陈容难堪，而他及时替陈容圆场，一系列事件的发生，先铺垫后压抑再到现在高高扬起，等于是让陈容不但默许了他送花向蓝妹求爱的事实，还让陈容对他不再那么反感和大有成见……

蓝妹，真是聪明，真是厉害。

蓝成器呵呵一笑，见气氛缓和，时机成熟，笑道：“好，好，下面我开始讲故事了，妹儿、陈容，你们要是想听，就好好听，不许捣乱不许插嘴。”

“好，好……”蓝妹学着蓝成器的腔调，像个高中女生一样举起了右手，“保证不捣乱不插嘴。”

陈容气消了，也笑了：“讲吧，你就爱讲小故事大道理，我听也听腻了。这次，讲个新故事。”

“呵呵，保证新鲜出炉。”蓝成器喝了一口茶，微一品味，语气缓慢而低沉，“美国船王哈利曾对儿子说，等你到了23岁时，我要将公司的财政业务交给你。谁想，在儿子23岁生日这天，老哈利却将儿子带进了赌场。”

何方远坐直了身子，摆出一副洗耳恭听的样子。他心里清楚，乍一听，蓝成器的故事和今天的会面风马牛不相及，但有理由相信，在故事之外的道理，才是蓝成器的本意所在，而且肯定和他与蓝妹的合作息息相关。

以蓝成器不动如山、胸有成竹的沉稳，他肯定不会讲一个无关紧要的故事浪费时间。

蓝妹站在蓝成器身后，一边帮蓝成器敲背，一边歪着头用心聆听。陈容则优雅地端起一杯茶，轻轻一抿，目光淡然而平和，别说，此时的她，还真有了几分贵妇的涵养。

“儿子小哈利从未进过赌场，老哈利给了小哈利2000块钱，让小哈利熟悉牌桌上的伎俩和手段，然后告诉他，无论如何不能把钱输光。小哈利立刻点头答应，老哈利却十分不放心，嘱咐儿子一定要剩下500块钱。小哈利却不以为然地想，这还不好办吗，你说剩多少就剩多少。然而没想到的是，赌红了眼的他，竟然控制不住想要赢回来的欲望，输得一分不剩，早把父亲的话忘得一干二净！原来父亲的担心是有道理的。走出赌场，小哈利十分沮丧，对父亲说，他本以为最后两把能赚回来，那时他手上的牌正在好转，没想到却输得更惨。

“老哈利却说，你还要再进赌场，不过你已经输掉了本钱，我不能再给你。本钱需要你自己去挣。于是，小哈利利用一个月的时间去打零工，挣到了700块钱。于是他再次走进赌场，这一次，他给自己制定了策略，只能输掉一半的钱，到了一半时，一定离开牌桌。但是，当他输到自己制定的界限时，内心的欲望却如烈火一样熊熊燃烧，他一下也迈不开脚步，因为他想赢！经过激烈的思想斗争，最终他还是把钱全部都押了上去。这一次……他依然输了个精光！”

何方远慢慢品出味道了，大概猜到了蓝成器故事之外的道理。

“再次走出赌场时，小哈利感觉到了前所未有的沮丧，他对父亲说，他再也不想进赌场了，他只能做一个输家。而且他的性格也只能等到把最后一分钱都输光为止，他控制不住自己想要赢钱的欲望！父亲却说，不，你还得再进赌场，赌场是这个世界上角斗最激烈、最无情、最残酷的地方，人生就是赌场，商场也是赌场，你必须再进一次赌场。”

/ 第二十五章 /

进退有度的理智

蓝成器并不是一个讲故事的高手，他语调平缓，不会运用抑扬顿挫的起伏来为故事设置悬念和增加吸引力，但故事本身十分生动有趣，成功吸引了何方远、蓝妹和陈容。

“小哈利只好再去赚钱，而等他赚够了钱再次走进赌场时，已是半年以后的事情了。这一次，他的运气还是不佳，又输了，但和上两次相比，他却冷静了许多，沉稳了不少。当钱输到一半的时候，他控制了内心想要翻盘的欲望，毅然决然地走出了赌场。虽然这一次他还是输了，但是在心里，他却有了一种赢的感觉，因为这一次，他终于战胜了自己，控制了欲望——他没有把自己输个精光！

“老哈利看出儿子的喜悦，说道：你以为走进赌场，是要赢谁？你要先赢了自己！控制住自己，你才能做天下真正的赢家。从此，小哈利每次走进赌场，都给自己设定一个界限，在输掉百分之十时，他一定会退出牌桌。再往后，熟悉了赌场的小哈利竟然开始赢了。第一次，他不但保住了本钱，而且还赢了几百块。一旁的父亲警告他，现在你应该马上离开赌桌。可在如此顺风顺水的时候，小哈利怎么肯放手？接下来，果然他又赢了一个百分之二十。小哈利无比兴奋，眼看手中的筹码就要翻番了。这是他从没有遇到过的场面，他兴奋不已……”

讲到了关键的转折点时，蓝成器却故意吊人胃口，端起茶杯慢条斯理地喝起茶来。一小口一小口地抿，慢到令人发指，蓝妹不干了：“爸，诚心的是不是？什么时候喝茶不是喝，非现在喝，不许喝了！”

蓝成器哈哈大笑：“连水都不让爸爸喝，太霸道了吧？你这个样子以后谁敢要？”

“我这个样子怎么了？想要的人多着呢。”蓝妹一推蓝成器，“爸，后来怎么了？”

“好，好，现在就接着讲。”蓝成器拿宝贝女儿没办法，放下茶杯继续说道，

“谁知，就在这时，形势急转直下，几个对手加大了赌码。小哈利不甘心，也押上了全部筹码，结果一把便全部输光。他惊得一身汗，这时他才想起父亲让他离开的那个时间，如果那时他能离开，他就是一个赢家。可惜，他在已经赢的时候，却因为没能控制自己的欲望，再一次做了输家！”

“嗯，我明白了。”蓝妹若有所思地点了点头，也不知道她到底明白了什么，反正她的样子娇憨而可爱。

“就这样，经过了一年在赌场的历练，小哈利已经可以收放自如地控制自己的情绪和欲望，输赢都控制在了百分之十左右，不管输到百分之十，还是赢到百分之十，他都会转身离场，绝不犹豫片刻。即便在最顺手眼见可以一举翻倍的时候，他也会收手，并且毅然决然地退出来。老哈利激动不已，因为他知道，在这个世界上，能在输时淡定赢时退场的人，才是真正的人生赢家，才是可以收放自如地控制自己欲望的人，这样的人，天下少之又少，而他的儿子已经做到了。

“老哈利终于下定了决心，将名下产业的几百亿财政大权交给小哈利。小哈利十分吃惊，因为他还不懂得公司的业务。老哈利却一脸轻松地说，业务是小事，多少人失败，并不是因为不懂业务，而是缘于对自己情绪的失控和对自己欲望的放纵。天下人，不是把握不了财产，而是把握不了自己。现在，你已经学会了控制欲望，让欲望臣服在你的理智之下，这样，在做出任何投资决定时，盈利或是亏损百分之十，都能够从容退出，永远不会有翻船的可能。”蓝成器哈哈一笑，再次端起了茶杯，“故事讲完了，现在可以喝茶了吧？”

蓝妹歪头想了一想：“爸，你的意思是，在你将蓝家的产业交给我之前，会带我去赌场锻炼锻炼？”

“咳咳……”蓝成器差点儿没被茶水呛着，他放下茶杯，哭笑不得，“妹儿，你气死我算了。”

“我干吗要气你，爸，你讲这么一个故事，肯定是在讲道理给我听。”蓝妹懵懵懂懂的样子，好像她真的不明白蓝成器的意思一样，其实以她的冰雪聪明，岂能不明白故事之外的道理，只不过她是有意衬托何方远罢了。

“我也是在讲给方远听。”女儿的小小心思，当爸爸的如果猜不到，就太不了解自己女儿了，蓝成器心中暗暗一笑，将球踢到了何方远的脚下，“方远，你说说看，这个故事讲了一个什么道理？”

“我戒烟很快，说戒就戒了，基本上没什么难度。”出人意料的是，何方远的回答和蓝成器的问题，似乎差了十万八千里，“不过戒酒就麻烦了一些，前后大概戒了三年，到今天为止，也没有完全戒掉。倒不是有酒瘾，而是许多应酬推不掉，但在朋友聚会或是独处时，我完全可以做到滴酒不沾！”

蓝成器微微点头赞许，却又问道：“如果你是小哈利，第几次进入赌场时，你可以做到收放自如？”

这个问题很犀利，很直接，而且难度颇高，要的就是直指人心，单刀直入。

在蓝成器的故事讲到一半时，何方远就听出了故事之外的道理，和他戒烟戒酒的道理相通，蓝成器在强调自控力对一个人的成就所起到的决定性作用。战胜别人容易，战胜自己难，不说普通人，就连许多伟大的人物最后都失败在无法战胜自己的欲望之上。一个可以收放自如地控制自己欲望的人，绝对是一个冷静得可怕、冷酷得无情的高人。

何方远虽然在戒烟和戒酒上面比一般人有自控力，但他自认如果不经过一番历练，他做不到和小哈利一样在赌场之上依然可以进退有度的强大自控。他也清楚，蓝成器是想通过这个故事告诉他，如果他想和蓝家合作，那么他必须拥有过人的自控力。

也可以理解蓝成器对他的严格要求，毕竟蓝家投入巨资，期望的是回报，而不是因他的无能而打了水漂。

“一次。”沉默了片刻，何方远给出了一个让所有人大吃一惊的答案。

“一次？何方远，你太高估自己了吧？”陈容轻笑一声，笑声中是说不出来的轻蔑和鄙夷，“人可以自信，但不能自吹。”

“方远，你确定你一次就可以做到收放自如？”蓝成器也一时动容，不敢相信何方远的回答。

何方远一脸真诚的微笑，点了点头：“我不是吹牛，也不是夸大其词，而是实话实说。因为我进了赌场之后，不会下注，不下注就谈不上输赢，没有输赢的考验，我只是一个旁观者，自然可以收放自如了。”

“不是吧？”蓝妹对何方远的回答不是十分满意，“进入赌场不赌博怎么行？赌场如商场，不，商场如赌场，人生就是一次盛大的赌博，商场也是，或者更确切地说，投资互联网版权产业，也是一次赌注巨大的赌博。”

何方远听出了蓝妹的暗示，蓝妹是在提醒他，蓝成器想要一个可以让他放心的答案，否则，他的投资信心会动摇。

“互联网版权产业从十年前开始起步，发展到今天，前景十分广阔，市场业已成熟，投资互联网版权产业，不是一次输赢各半的赌博，而是一次十拿九稳的胜局。”何方远一副胜券在握的表情，自信有时也是自控力的外在表现，“胜局，只是找到合适的人和在最合适的节点进入，而合适的人，是我和蓝妹，合适的节点，也快要到来了。”

虽然何方远自信满满，不过蓝成器还是不放心，他站了起来，背着手在客厅中走了几圈，忽然回头直视何方远的双眼：“方远，你不要避重就轻地回答问题。”

何方远也站了起来，十分恭敬地答道：“蓝伯伯，以前我在澳门进过赌场一次，不过说实话，我没有兑现一分钱的筹码，只是旁观了一会儿就出来了，实在是对赌博没有兴趣，所以如果您非要问我进出赌场几次可以做到输赢自如，从来没有赌博过一次的我真的没有办法回答您。但如果说戒烟戒酒两件事情不足以让您相信我的自控力，那么还有一件事情也许可以让您更相信我的人品……”

其实归根结底，蓝成器是对他的自控力不放心，是想明确何方远在面对复杂的局面以及不可预知的诱惑时，会有多少理智和自控力，只有足够的理智和强大的自控力，才可以保证巨额投资不会落空，才能保证在他掌控之下的公司不会因决策失误而出现重大偏差。

“哦？什么事情，说来听听。”蓝成器一脸期待。

“不久前，我和蓝妹去北京出差，开了两个对门的房间，晚上，蓝妹来我的房间喝酒……”何方远迅速地看了蓝妹一眼，目光中流露出少许的戏谑之意，心说谁让你算计我，现在该我还回来了。

蓝妹一听就知道何方远要说什么，顿时面红过耳，娇羞无限，转身要走。

陈容却不肯放蓝妹走，一把拉住蓝妹，她目光如炬，似乎要从蓝妹身上发现她和何方远有什么不可告人的秘密一样。同时，她的目光如箭一样射向了何方远。

何方远坦然一笑，在蓝成器疑惑、蓝妹羞愧、陈容愤怒的目光中，侃侃而谈：“后来蓝妹喝醉了，她说她不习惯一个人睡，还说她有洁癖，不适应宾馆的环境，再后来，她和衣而卧，在我的床上睡着了。睡着前，还紧紧抓住我的手，生怕我跑了一样。”

蓝成器脸色凝重了起来，也是，任谁听到自己女儿和一个男人在同一个房间之中共度一夜，也会无比担心，他急切地问道：“后来呢？”

“后来我蹲在床前守了她一夜，也不知道什么时候，我坐在地上睡着了。一夜，我守护她如守护天上的星星，爱护她如爱护自己的眼睛。”何方远当着蓝成器和陈容的面，丝毫没有隐瞒当日他和蓝妹在北京花季连锁酒店的迷情一夜，如实和盘托出。

何方远说完，陈容立刻质问蓝妹：“蓝妹，何方远说的是不是真的？”

蓝妹都快被何方远气哭了，脸上发烧，头低得很低，不敢抬头看人，用蚊子一样的声音应道：“是真的。”

“他有没有怎么你？”陈容最关心的是女儿的清白，万一蓝妹被何方远怎么了，可是蓝家的奇耻大辱。

“没有！”蓝妹忽然鼓足了勇气，一下抬起头来，“他一动不动地守护了我一夜，没有动我一根手指。他是一个人品可靠值得依赖的好男人！”

话一说完，蓝妹深深地看了何方远一眼，眼神的内容丰富而意味深长：何方远，算你狠，拿我们的隐私来证明你的人品，好吧，你赢了，等以后再找机会还回来。随后，她挣脱了陈容的手，转身跑步上楼而去。

沉默了片刻，蓝成器哈哈一笑：“男人一生中有三样东西最放不下，一是烟，二是酒，三是女人，三样东西，你样样拿得起放得下，不错，很不错，我相信你的自控力。”

好险……何方远暗中擦了一把冷汗，这么说，蓝成器对他的考验，算是过关了？不容易，真不容易，谁能想到蓝成器用一个赌博的例子来考验他，险些让他无言以对。虽说可以理解蓝成器的谨慎和对他的怀疑，但何方远却不是喜欢夸大其词的性格，他平生确实没有赌博过一次，不敢大言不惭地声称自己进出赌场几次就可以过关。

想象是一回事儿，切实置身其中又是另外一回事儿，不能想当然地认为自己在赌博的时候就一定比小哈利强，多少自诩为英雄的人物都毁在赌博之上。黄赌毒，是无数人难以逾越的三大关。何方远不是圣人，在诱惑足够大时，他不敢百分之百保证自己可以坐怀不乱、收放自如。

不过也别说，正是何方远的诚实让蓝成器对他高看一眼，同时，何方远避虚就实的回答，更让蓝成器对何方远的人品加以了最高肯定。蓝成器很了解自己女儿的魅力，没有几个男人可以在她面前保持风度，何方远能安稳地守护她一夜，他的人品和自控力，比许多男人都强了太多。

“方远，留下吃午饭，我还有许多话要和你说。”蓝成器决定和何方远继续深谈了。如果说之前的话题只是引子，只是饭前茶，那么接下来的谈话，才真正涉及了核心利益和关键问题。

当然，如果引子没选好或是饭前茶没品好，也就没有午饭可吃了。还是那句老话，天下永远没有免费的午餐。

蓝家的客厅金碧辉煌，餐厅却是素净典雅的装修风格，似乎和客厅以及整体风格格格不入。从楼上下来后恢复了平静的蓝妹悄然对何方远说：“餐厅的装修，才是我的风格的体现，客厅是妈妈的审美。”

何方远会意地笑了：“怪不得客厅怎么看怎么有一种矫揉造作的感觉，还是餐厅的典雅让人心情舒适心神安稳。”

蓝成器去换衣服了，陈容上楼打电话去了，餐厅中只剩下蓝妹和何方远二人在帮保姆摆筷子。趁人不备，蓝妹突下狠手，在何方远的胳膊上用力拧了一下。

“哎哟……”何方远猝不及防中招，痛得倒吸一口凉气，“蓝妹，你太狠了吧？”

“恨死你了！”蓝妹狠狠地瞪了何方远一眼，似乎想用眼神在何方远的胸口挖一个大洞一样，“你也太坏太无耻了吧，北京宾馆的事情，怎么能对外人说？”

何方远嘻哈一笑：“你爸你妈又不是外人。”

“对我来说不是外人，对你来说是外人。”蓝妹还不解气，拿筷子去敲何方远的头，“丢死人了，我从小到大家教很严，妈妈都不让我和男生拉手，你倒好，直接和我过了一夜，不是，是守了我一夜，你是诚心给我妈添堵是不是？还好爸爸相信你，否则今天你别说吃午饭了，说不定早就被轰出去了。”

“等哪一天你嫁给了我，你爸你妈就是咱爸咱妈了，也就不是外人了。”何方远故意逗蓝妹，既然蓝妹害他送错花表错意，他不还回来气气她，会让她太得意了，“你老实交代，门口百年老店花店的女孩，是你什么人？”

蓝妹低头羞涩地一笑：“别胡说，谁要嫁给你了，想得美！什么门口花店的女孩，不认识，你是不是看上人家女孩了？”

“我没看上她，她看上我了，非要我电话，我就把你的电话留给她了，说不定她一会儿就打来电话了……”何方远话音刚落，蓝妹的手机就响了。

/ 第二十六章 /

豪赌

“要死呀臭丫头，连我电话都不记得了，也太傻太天真了。”蓝妹急忙从身上翻出电话，慌忙之下看也未看来电，就接听了电话，“古玉，何方远给你留的是我的电话，你怎么也不看看电话号码就乱打一气？”

“是我打的。”何方远笑眯眯地伸手从兜里掏出电话扬了扬，哈哈大笑，“还说不认识，原来她叫古玉，回头我非得好好和她说道说道不可。敢捉弄我，有她好果子吃。”

“啊？”蓝妹才知道上了何方远的当，又羞又气，拿起电话就要砸何方远，“你也太坏了，算计人的时候，阴谋诡计层出不穷，你怎么这么多坏点子？不对，你手机都没有拿出来，怎么打了我的电话？”

“我设置了快捷拨号，长按数字2就会自动拨打你的手机。所以在口袋里也可以拨号……”何方远得意扬扬地晃动手中的手机。

“为什么是2？1是谁？是梅荏苒还是孔祥云？”女人到底是女人，马上就由快捷拨号联想到了她在何方远心目中的排位，蓝妹轻轻一咬嘴唇，目光直视何方远的双眼，心怀忐忑地等何方远的回答。

“谁都不是，空着呢。”何方远嘿嘿一笑，不正面回答蓝妹的问题，就是要留一个悬念让蓝妹去猜。

不料蓝妹歪着头想了片刻，突然向前一步，一把抢过何方远手中的手机，转身就跑：“不告诉我，我自己看，气死你。”

何方远深深地摇了摇头，太调皮了，他起身便追，才跑几步，一抬头，见陈容一脸怒容地站在蓝妹面前。

“不成体统。”陈容用手一指蓝妹，“把手机还给方远。”

“妈，他在快捷拨号里面设置我的号码是2，分明是骂我2，我得还回来。”蓝妹愤愤不平，不肯将手机还给何方远。

“你是想看看快捷拨号的1是谁是不是？”对自己女儿的小心思，陈容再了解不过，她伸手从蓝妹手中夺过手机，只看了一眼手机型号，就直接还给了何方远，“他的手机1号键是录音键，设置不了快捷拨号。”

蓝妹顿时心满意足地笑了，也就是说，她在何方远手机的快捷拨号排位中，虽是2号键，却是排名第一，岂不是说明她在何方远的心目中最重要？

“来，都坐，都坐，别站着了。”蓝成器换了一身更休闲、更居家的衣服重新出现在何方远面前，他坐在了餐桌的主位，陈容和蓝妹一左一右，何方远坐在了末位。

从休闲装到居家风格的休闲装，衣着的变化说明了他在蓝成器心目的分量渐重，而且蓝成器不再当他是只谈公事没有私交的客人。这是一个好兆头，何方远心中暗喜，而且蓝成器留他共进午餐，陈容也没有反对，也说明陈容对他少了成见多了好感。

不错，开局良好。

午餐很丰盛，不过西式风格的餐具让何方远不是很适应，好在他是一个善于学习的人，察言观色间，就对蓝成器、陈容虽是西式餐具却是中式的用餐习惯了然于胸。

“方远，你喜欢西餐还是中餐？”蓝成器胃口不大，吃了几口饭就放下刀叉，开始了深入的话题。

“从口感上来讲，无所谓了，食无求饱，西餐也好中餐也好，不过都是满足基本的生理需要而已，再好吃，吃饱之后，也没感觉了。但从烦琐程度来说，我还是喜欢中餐。”何方远没有隐瞒他的真实想法，他现在需要的是和蓝成器直接有效地沟通，而不是打太极，既然要深入交谈了，那么现在就有必要让蓝成器清楚了解他的个人风格和管理风格。

“西餐太烦琐了，刀叉以及餐具一堆，太依赖工具了，而中餐就简单多了，一双筷子足矣。”何方远继续就西餐中餐的风格阐述开来，借以表述他的理念，“有时我会由西餐和中餐的不同来延伸对比中西乐曲的不同，比如长笛和竹笛、钢琴和古筝……长笛和钢琴依赖高度发达的工业，是机械文明的产物，而竹笛和古筝，可以纯手工制作，是人类文明的产物。设想一下，如果地球一下回到了原始社会，那么地球上最能适者生存的是中国人，想一下，用树枝当筷子，用木头做碗勺，用竹子做笛子，用梧桐制古筝，而高度依赖工业文明的西方人，就会无所适从了。”

“不过……”蓝成器对何方远的类比和想象感觉很新奇，他笑了笑，“西方文明也有其先进之处，比如说在管理方法上，董事会、CEO、COO、职业经理人，等等，确实比中国的家族式管理先进。”

“家族式管理也并非完全落后，家族式管理的局限性主要在于创始人风格就是企业的唯一风格，创始人的高度就是企业的天花板，往往企业发展壮大到一定程度时，创始人的高度会跟不上企业发展的高度，从而产生不可调和的矛盾。而中国的创始人，往往自满而自负，听不进别人的意见，又故步自封，最终家族式企业可以辐射全国并且传承三代以上的，几乎没有。”何方远见话题逐渐深入，慢慢延伸到了管理制度上，他就有意向蓝成器阐明他的管理理念，“其实倒不是说家族式管理不好，在创业初期，家族式管理反而有利于提高凝聚力和战斗力，可以以集权的管理风格更快、更迅速地打开市场。但在企业步入良性轨道之后，创始人就应该慢慢放权，建立一个规范化的管理制度，而不再是事必躬亲。”

“听你的意思，如果你跳出立化创业的话，一开始也会是创始人式的管理风格了？”蓝成器终于问到了正点上。

“是的，创业初期，如果指手画脚的人过多，反而不利于公司的壮大。而且许多资方原本是外行，以外行指挥内行的常见错误来插手公司管理，往往会收到相反的效果。互联网版权产业不同于其他产业，是一个高度依赖从业经验的行业，只单纯地从资方要求盈利的出发点来短期布局的话，最终会导致长线失利……而互联网版权产业恰恰是一个长线产业。”何方远正面回应蓝成器的问题，他知道，接下来的谈话开始深入到以后合作谁主谁次的关键问题了。

“资方的出发点永远是盈利，不盈利的项目，没有资方会投资。”蓝成器淡淡地说道，“当然，投资也分财务投资和战略投资，投资互联网版权产业，是战略投资。但即使是战略投资，也要大体上有一个盈利时间表。”

“三到五年。”何方远自然清楚财务投资和战略投资的区别，财务投资者以获利为目的，通过投资行为取得经济上的回报，在适当的时候套现。财务投资者更注重短期的获利，对企业的长期发展则不怎么关心。而战略投资者试图从企业的长远发展中获利，投资期限一般比较长，在投资的同时会带来一些先进的管理经验。

“如果我给你三年时间，你能做到什么样的市场规模？”蓝成器对互联网版权产业市场也有过深入的研究，毕竟投资巨大，必须慎重从事，“是立化，还是开天，或是驰骋和二八？”

“立化十年积累，除非自毁长城，外界想打垮立化，非三五年时间和雄厚的资金不可，基本上除了开天之外，和立化一较高低的版权网站，暂时还没有。”何方远没有夸大其词，也没有妄自菲薄，而是从实际情况出发，实话实说，“驰骋的前景不好说，被千方收购后，是壮大还是萎缩，就看千方的重视程度了。所以，三年后，我们的规模应该和二八差不多。其实，互联网版权产业的最大优势不在于自身的盈利，而在于下游版权的拓展和开发。下游的影视、游戏和视频同步跟进，才是市场最大化的最佳策略。”

“嗯……”蓝成器若有所思地点了点头，“前期投入过大，不可能再有多余的资金同步跟进投入下游的影视、游戏和视频，不过，在我的朋友圈内，倒是有从事影视、游戏和视频的公司，可以先和他们合作以达到共享资源、拓展渠道的目的。但眼下的问题是，是跳出立化自主创业好，还是向乔国界提出管理者收购好？”

“各有利弊。”其实何方远心还是倾向于管理者收购，管理者收购不仅仅是三剑客曾经的梦想，而且如果收购成功，可以直接在立化的舞台上重新设计蓝图，等于是起点更高、舞台更大，而且风险最低，但有一点，代价最高，“自主创业投资少，三五亿人民币就够了，不过风险大，开拓期长，而且创业初期会比较艰难。管理者收购，起点高、舞台大，可以利用立化现在的平台和影响力，一举占领市场，但收购价会比较高。”

“以你推测，乔国界会开出什么价格呢？”蓝成器饶有兴趣地问道，看得出来，他也对管理者收购兴趣很大。也是，管理者收购虽然收购代价高，但风险小，可以更快地开拓下游产业。

“三到五个亿……美元。”虽然何方远希望管理者收购，但三五亿人民币和三五亿美元的差距太大，蓝妹可以拉来三五亿人民币的投资，估计找不到三五亿美元的投资，而且以现在乔国界急于闭环以及一系列闭关的政策可以得出结论，乔国界虽然是想卖立化或是兴众文学了，但还会叫卖一个惊人的高价。

“三亿还是五亿？三亿和五亿，可是相差了两亿美元。”蓝成器追问了一句。

“我估计会是……五亿美元！”以何方远对乔国界的了解，三亿乃至四亿都满足不了他的胃口。虽说前段时间以1.1亿美元转让了兴众文学百分之二十的股份，相当于兴众文学的估值才5.5亿美元，但以立化在兴众文学的核心地位以及当年乔国界8亿美元单独出售立化或是打包出售兴众文学同一个价格的做法，现在单独对立化提出管理者收购，5亿美元应该是乔国界的心理底价。

“5亿美元，太高了。”蓝成器缓缓地摇了摇头，“除非是芝麻开门或是千方这样的巨头才出得起这么高的价格，而以现在的形势来看……对了方远，你说什么，千方收购了驰骋中文网？”

千方收购驰骋中文网的消息还没有正式对外公布，蓝成器不知道也在情理之中，他一问，何方远刚想回答，蓝妹举起手机递到了蓝成器眼前："爸，千方收购驰骋中文网的消息，正式公布了。"

蓝成器接过手机看了几眼，消息很长，除了关键的内容之外，后面是大篇幅记者的分析文章。

"昨日下午，千方以1.915亿元人民币收购了驰骋中文网。今年早些时间，千方公司分别以19亿美元和3.7亿美元收购91无线以及PPS，此次收购驰骋中文网意味着千方在移动阅读端的棋子落地。至此中国互联网版权产业界形成了千方、兴众和企鹅三巨头并立的格局。那么互联网版权产业的现状怎样？千方收购驰骋中文网的根本动机是什么呢？"

蓝成器兴趣大起，伸手拿过了蓝妹的手机，津津有味地看了起来。

"最新数据显示，驰骋中文网书库存量超过10万部，日独立IP过260万，PV超6000万。不过，驰骋中文网的最大问题是，运营成本一直居高不下，每年亏损达到几百万……"

蓝成器对数据有所疑问："日独立IP过260万？每年亏损达到几百万？"

何方远含蓄地笑了："前者夸大了几十倍，后者缩小了十几倍。驰骋中文网的日独立IP不超10万，年亏损上千万不止。业内第一的立化最高峰时日独立IP不过130多万，现在下滑到30多万了。如果驰骋中文网的日独立IP有260万，会只卖1.9亿人民币？19亿还差不多。"

"说得也是。"蓝成器将手机还给蓝妹，眉宇之间多了几分自信，"三巨头中，企鹅和千方已经正式试水了，就差芝麻开门了。能让两大巨头同时试水的产业，肯定前景广阔。方远，我现在对互联网版权产业更有信心了，我有一个不成熟的想法……"

重头戏来了，何方远坐直了身子，洗耳恭听："蓝伯伯请讲。"

"我还是倾向于管理者收购……"蓝成器说出了他最真实的想法，"但我有两个条件。第一，收购价控制在4亿美元以内，4亿美元，我多少还有几分把握，再高了，风险就太大了。第二，你负责说服乔国界同意管理者收购，同意4亿美元的价格。我和乔国界算是多年的相识了，虽说不是关系特别密切的朋友，关系也算不错了，我不方便出面，蓝妹也不方便出面。而且，蓝妹在立化的时间也不长了，我打算让她在一周之内辞职。"

蓝妹从立化辞职的用意，何方远自然清楚，是为了避嫌，为了不让乔国界因他提出管理者收购而怀疑到蓝成器身上，其实以乔国界的聪明，蓝妹突然辞职而他随后提出管理者收购，乔国界不会因此而联想到什么？不过商场之上有些事情就是如此，许多事情可以说在明处，却只能做在暗处。

何方远沉思不语，心潮起伏，蓝成器的两个条件难度之大，超乎他的想象。首先，说服乔国界同意管理者收购是第一关，问题是，他连和乔国界见面的机会都很少，怎么说服他？好吧，就算他创造了和乔国界见面的机会，以他在乔国界心目中的分量，乔国界怎么可能同意他提出的管理者收购的建议？

好吧，退一万步讲，他如愿以偿和乔国界见了面，又说服了乔国界同意管理者收购，但如果乔国界一口咬定5亿美元的价格，他还面临着和乔国界讨价还价说服乔国界降成4亿美元的天大难题，谁都知道乔国界不喜欢别人和他讨价还价，而且他认定的事情一向很难更改，何况有过向企鹅开价8亿的先例。瘦死的骆驼比马大，立化又是兴众最优质、最值钱的资产，何方远只站在一个旁观者的角度就几乎可以断定，乔国界肯定不会答应4亿美元的价格。

“难度是大了一点，但相应带来的回报也很丰厚。”蓝成器看出了何方远的犹豫和为难，加大了诱惑的力度，“如果管理者收购成功，4亿美元的投资，你可以以管理者的身份持股百分之十五，同时，三年内由你担任CEO，年薪不低于500万。”

难度不小，相比之下，回报也确实丰厚得让人眼红心跳，不提500万的年薪，单是持股百分之十五相当于瞬间6000万美元身家的诱饵，也足以让许多人趋之若鹜，还好，何方远自控力超人，并没有为之失态，而是淡淡地一笑：“蓝伯伯的意思是，我只有以4亿美元完成管理者收购的一条路可走了，如果失败了，也没有自主创业的可能了？”

/ 第二十七章 /

心决定眼光，眼光决定格局

“对。”蓝成器重重地点了点头，“宁可前期投资巨大一些，也要站在一个很高的起点上起飞，而不是从零开始。自主创业的话，三五亿人民币虽然比4亿美元少了许多，但由于是重新开始，最后打水漂的可能性太大了。所以，经过慎重考虑，我决定只和你合作管理者收购这一个方案。”

陈容和蓝妹半天都没有说一句话，二人坐在一旁，安静地聆听蓝成器和何方远的对话。

“何方远，你不是说过你曾经去过赌场却没有下注吗？现在，你必须下注了。”陈容目光平和了许多，不过还有少许的居高临下的味道，她一只手抓住了蓝妹的手，“也许你觉得条件对你太苛刻了一些，但将心比心，4亿美元的投资，甚至还要搭上宝贝女儿一生的幸福，说起来我们的赌注，比你大多了。”

陈容是什么意思，难道说，蓝妹算是赌赢的彩头，如果他赌赢了，到时不但有股份和500万的年薪，还会连蓝妹也一并交到他的手中？

蓝妹顿时娇羞无限，低下了头。

蓝成器呵呵一笑，无限慈祥地说道：“妹儿从小娇生惯养，生理有洁癖，心理也有，能和她交往又不被她厌烦的男孩子少之又少，你是第一个和她相处了这么久还能让她不但不厌烦还喜欢的男孩，所以，如果你能完成管理者收购，等于是向我证明了你的能力，那么我也就可以放心地将她交给你了。”

好嘛，等于是说如果他说服了乔国界同意以4亿美元的价格单独出售立化，让他完成管理者收购，那么他不但功成名就，年薪500万，身家上亿，还可以迎娶白富美蓝妹？好一场人生豪赌，胜则富贵荣华、娇妻在侧；败则一无所有、孤家寡人。

蓝妹猛然抽回了手，“呼”地站起：“我不是你们用来交易的筹码！我的个人幸福，和何方远是不是可以完成管理者收购无关！”说完，她起身离席，一溜儿小跑上楼而去。

“呵呵……”蓝成器笑了笑，对蓝妹的举动不以为意，又将目光投向了何方远，“方远，赌不赌？”

“蓝妹的事情先放到一边，蓝伯伯的两个条件，我答应了。”何方远蓦然下定了决心，虽然难如登天，虽说几乎是不可能完成的任务，但野心决定眼光，眼光决定格局，格局决定成就，人生在世，没有野心不行，有了野心没有眼光也不行，有了眼光，格局不够还是不行，现在蓝成器送他一个可以翻身跃马打下一片江山的格局，如果他此时退缩，没有了放手一搏的野心，就太对不起千载难逢的机遇了。

“好，年轻人有冲劲有干劲，才会有成功的可能。”蓝成器举起酒杯，“来，预祝我们合作成功，干杯！”

“不好意思蓝伯伯，我不喝酒，以茶代酒怎么样？”何方远憨厚地一笑，笑容中，有几分轻松之意。

“好，好，不喝酒是好事，酒后乱性，酒也会伤脑。”蓝成器丝毫不勉强何方远，笑容中多了慈爱之意，“不喝酒是佛教的五条根本戒之一。”

“蓝伯伯对佛教也有研究？”何方远闻弦歌而知雅意，知道话题一转，该聊一些增进感情和相互了解的题外话了，就顺势向下说，“佛教的五条根本戒好像是不杀生、不偷盗、不邪淫、不妄语和不饮酒……”

“不错嘛，方远，你年纪轻轻，知识倒是渊博，说说看，你对五戒的理解。”蓝成器一边说，一边起身离席，朝客厅走去。

客厅的茶几上，保姆已经泡好了新茶。

在蓝家又坐了一个小时，何方远及时提出告辞，蓝成器肯定要午休，是时候离开了。临走时，蓝妹送他到了门外。

“爸爸和妈妈的话是玩笑话，你可别当真。”蓝妹陪何方远走出小区大门，站在百年老店的门口，她脸色微微一红，“和古玉联合捉弄你的事情，就是和你开个玩笑，你也别当真。”

“你倒说说，我什么事情得当真？”何方远看出了蓝妹的心虚，有意逗逗她，“孔祥云说，她可以拉来风投，如果我想自主创业的话，她可以提供资金上面的保障。我想了想，还是跳出立化自主创业的难度小一些，说服乔国界同意管理者收购，而且蓝伯伯只肯出到4亿美元的价格，太难了。”

“也可以呀，你和孔祥云联合创业，她负责资金，你负责管理，到时你一样可以财色兼收。”蓝妹一边说，一边百无聊赖地踢地上的石子，“何况她又是你的初恋情人，人生最难得的就是他乡遇故知、破镜重圆时……”

“昨晚，我和祥云在车里共度了一夜。”何方远故意发坏，因为他注意到百年老店的老板已经不是古玉了，而是换了一个中年妇女，想起蓝妹对他的戏弄，他就有气。

“啊……”蓝妹怎么也没想到何方远突然就冒出这样一句话，顿时呆住了，呆了半天，忽然就恼了，“过夜就过夜，有什么了不起的，好像别人不会过夜一样。还有，你们老情人重逢、过夜以及什么乱七八糟的事情，别告诉我，和我没关系，我不想听！”

“真不想听？”何方远看出了蓝妹的恼羞成怒，或者说，是因爱成恨。

“不想听。”蓝妹捂住了耳朵。

“不想听，我偏偏要说给你听。”何方远伸手抓住了蓝妹的双手，“其实我和祥云是出去兜风，结果遇到了大雨，就停在服务区的停车场过了一夜，一夜过去了，什么都没有发生，连拉小手的意外事件都没有。”

“谁信你？”蓝妹说不信，却还是信了八分，斜了何方远一眼，“服务区不是有住宿的地方，随便开个房间不就解决问题了？”

“解决什么问题？”何方远一脸坏笑，继续气蓝妹。

蓝妹却不气了，也是一脸坏笑：“解决你的性饥渴问题呀，你们臭男人不是天天都想男女问题吗？”

“……”何方远反倒愣住了，没想到蓝妹也有大胆的一面，他嘿嘿一笑，“你说的臭男人是顾南一类的男人，不是我何方远一类的男人。”

“切，自恋，自吹自擂。”蓝妹白了何方远一眼，转身走了，“你还有一周的假期，有足够的时间和祥云双宿双飞。”

“你真的希望我和她重温旧梦？”何方远盯着蓝妹迷人的背影，眯着眼睛坏笑。

“我是你什么人，能管得了你？”蓝妹不回头，不过脚步明显放慢了，“听说她明天回北京，要不要我去送送她？”

“随你好了，你想送她，就打她电话。”何方远心里清楚，其实蓝妹很想送孔祥云，却又不好意思明说。她送孔祥云也是为了监视他和孔祥云。

蓝妹没再说话，走远了，背影窈窈窕窕，在午后的阳光中，犹如一个最真实的美梦。

也不知道美梦醒来时，是无尽的遗憾还是甜蜜的回味。

下午无事，何方远回到家中，给孔祥云打了一个电话，得知孔祥云和付瓜瓜、常辛儿玩得正开心，他也没有打扰她们女性的狂欢，只说等晚上请她们一起吃饭，就挂了电话。

一觉睡到下午5点，何方远被一阵电话铃声吵醒了，拿起手机一看，是公司的号码。他都休假了，谁又来烦他？

“喂？”何方远懒洋洋打了一个哈欠。

“何方远，你怎么休假了？”话筒中，传来一个三分威严七分随和的声音。

何方远一激灵从床上一跃而起，顿时睡意全无，李丛林，竟是李丛林亲自来电！

李丛林是兴众的总裁兼兴众文学的董事长，之前马大勉担任兴众文学的董事兼CEO时，他是董事长，现在陈果担任兴众文学的董事兼CEO，他还是兼任兴众文学的董事长，由此可见在乔国界的心目中，他是超越了能人和好人级别的存在，在兴众具有无人可及的超然地位。

作为仅次于乔国界的二号人物，李丛林的目光一般只到陈果级别的高管为止，基本上不会关注到何方远的级别，难得他亲自打电话给何方远，怎能不令何方远吃惊？

“我……”何方远微一沉吟，半真半假地答道，“李董，最近我身体太疲惫了，再加上正好有远道而来的朋友，就想休假一段时间，调整一下。”

“没别的原因，只是身体原因？”李丛林显然不是十分相信何方远的话，语气中多了探究之意，“如果是工作上的原因，你大可以和我说说，也许我能帮你想想办法。现在立化正是用人之际，你不要意气用事。是不是和陈果、樊铮在工作的配合上，不够默契？”

尽管何方远清楚李丛林亲自打来电话，肯定事出有因，以李丛林的级别，无暇顾及兴众旗下如他一般级别、数量众多的总经理，却没想到，李丛林说话如此直接，一语点出了他在立化的困境。

虽然李丛林说的是实情，何方远却不能承认，最基本的职场规矩他岂能不懂？该说的话说，不该说的话，怎么都不能说：“没有，没有，就是个人的身体原因，和工作无关。”

“兴众高管辞职的三部曲就是以身体原因休假，然后病情加重住院，再然后以身体不能胜任工作为由辞职，辞职后，迅速出院，生龙活虎。方远，你说你的话，我能相信吗？”李丛林呵呵地笑了，“你和陈果、樊铮的矛盾，我一清二楚，你对立化的重要性，我也心里有数。如果你对兴众文学的管理制度有什么更好的建议，欢迎和我交流。”

李丛林到底是什么意思？何方远疑惑了，以李丛林的日理万机，不应该有时间特意关注他休假的小事，而且还对他关怀备至，似乎只要他一提出对陈果的不满，李丛林就会拿陈果开刀一样。

何方远不是职场新人了，知道不能越级告状的道理，尽管他并不清楚李丛林和陈果的关系到底怎样，但他无意成为李丛林的棋子，就以十分真诚的口气说道："谢谢李董对我的关心。"

李丛林见何方远不为所动，也不勉强，随即转移了话题："对于千方收购驰骋中文网，你有什么看法？"

千方收购驰骋中文网在业界引发了不小的轰动，首当其冲感到压力的当属兴众文学了，在继企鹅分食互联网版权产业市场之后不久，千方的收购行动，虽然金额不大，但意义重大，等于是正式向外界宣告了千方进军互联网版权产业市场的决心。

"千方的加入，对于拓展互联网版权产业市场，是好事。池子大了，才能养更多的鱼。我乐见千方对互联网版权产业的投入。"何方远的话，是真心话，不刻意不讨好，实事求是。

"呵呵，听出来了，你对兴众文学现在的闭环有意见。"李丛林的语气比之刚才，轻松随意了许多，而且还摆出了长谈的姿态，"说实话，我对乔董早早闭环的想法也有不同意见，不过没办法，乔董坚持，我说服不了他。而且我也大概猜到了乔董的想法，是想卖掉兴众文学了。"

"……"何方远蓦然一惊，关于乔国界想卖掉兴众文学的想法，他一直是凭空猜测，现在由兴众的二号人物、乔国界最倚重的李丛林亲口说出，等于是完全坐实了他的猜测，怎不让他怦然心动？而且让他无比震惊的是，他实在猜测不出李丛林向他透露真相的出发点是什么。

难道是……何方远想到了另外一种可能，李丛林虽然是兴众的总裁兼兴众文学的CEO，但对乔国界而言他最大的价值在于他曾经任职风投公司的经历，也就是说，之所以他担任了兴众的总裁之外一直兼任兴众文学的董事长一职，是因为乔国界相信他可以完成推动兴众文学上市的重任。

李丛林在乔国界眼中其实和马大勉一样，以推动兴众文学上市为第一目标。现在兴众文学上市无望，马大勉黯然收场，李丛林应该是体会到了高处不胜寒的寂寞和清冷，或许还有兔死狐悲的伤感。如果兴众文学终将被卖掉，不再以上市为终极目标，那么他在兴众存在的价值就消失了，在乔国界的眼中，等同于弃子了。

不要以为担任了兴众的总裁兼兴众文学的CEO，就高枕无忧了，在兴众帝国，除了乔国界之外，所有人都是可以换掉的棋子，唐俊就是前车之鉴，何方远想通此节，眼前一亮，在兴众文学可能被卖掉的前提之下，李丛林有危机感了。

卖掉兴众文学，新的资方显然也不会再让李丛林担任兴众文学的董事长，那么到时李丛林只担任一个兴众总裁一职，基本上不用乔国界请他离职，他也会主动请辞了。

"乔董要卖掉兴众文学？怎么可能？兴众文学引进了空行的投资之后，上市的可能性还在。"何方远假装看不透局势，故意试探一问。

"呵呵，方远，在我面前你就不要伪装了，乔董有意卖掉兴众文学，你早就看了出来，甚至可以说，整个兴众文学的内部，你是最先猜到乔董心思的一个。"李丛林意犹未尽，觉得和何方远聊天很有意思，也很考验智商，他提出了建议，"方远，看你什么时候方便，我们见面聊聊吧。时间地点你定。"

好嘛，堂堂的兴众总裁兼兴众文学董事长对他如此礼遇，倒让他一时受宠若惊，不过还好，何方远在短暂的晕眩过后，迅速恢复了冷静，"谢谢李董对我的信任，我这几天休假，应该随时都有时间，看李董的方便吧。"

李丛林高抬他，他不能真当自己是个人物了，必须放低姿态。

"好，那你等我电话。"李丛林很干脆地回应了一句，就挂断了电话。

何方远洗了脸，清醒了一下，看看天色，已经傍晚了，在高楼大厦的掩映中，看不到美丽的夕阳，只见到余晖洒落在大街小巷，呈现夕阳无限好、只是近黄昏的遗憾之美。

也许夕阳无限好正合现在乔国界的心境，尽管乔国界还年轻，才40岁左右，但从自己的分析和判断以及从李丛林的电话中，何方远分明看到了一个帝国的黄昏。

骑了一会儿动感单车，出了一身汗，何方远又冲了个澡，刚收拾利索，就接到了孔祥云的电话。

"定好饭局了，你过来吧。对了，叫上蓝妹。"

"为什么要叫上蓝妹？"何方远实在想不通才接触不久，孔祥云和蓝妹的关系真的就这么密切了？

"问那么多干什么，让你叫上你就叫上，女人的事情，男人少多嘴。"孔祥云嘻嘻一笑，挂断了电话。

/ 第二十八章 /

谋局

得，叫就叫吧，何方远无奈地摇了摇头，拨通了蓝妹的电话，心里还想，孔祥云为什么偏偏让他叫，她自己不会叫？真奇怪。

“喂，何方远，什么事儿？”蓝妹懒洋洋的声音传来，还有三分不满四分不服气。

“嗯，那个，晚上有个饭局，想请你参加。”

“都谁呀？”

“孔祥云、付瓜瓜、常辛儿……反正没外人。”说实话，何方远也不知道孔祥云都安排了谁，反正直觉告诉他，今晚的饭局，怕是有玄机。

“好吧，你等我，20分钟到你楼下。”一听有孔祥云，蓝妹立刻精神百倍了，以充满激情的战斗精神满血复活了。

说是休假，离开了职场的较量，却又身陷女人的战争之中，何方远要有多无语就有多无语。

15分钟后，楼下传来了汽车喇叭的声音，真快，何方远朝楼下一看，果然是蓝妹的保时捷。他冲到楼下，见蓝妹神采飞扬，换了一身晚装，头发也没有束起，更显随意飘逸，不由笑道：“战斗值100，攻击力100，视觉效果100，不错。”

“上车。”蓝妹白了何方远一眼，小声嘟囔道，“中午和你一起吃饭，晚上又一起吃饭，烦不烦呀？”

“和一个女人一起吃午饭和晚饭都没什么，和她一起吃早饭，才是关系最密切的表现。”何方远心情不错，李丛林的电话让他意识到，他在兴众文学还有可以施展手脚的空间，甚至对他下一步如何面见乔国界并且进一步说服乔国界，也多了几分可行性。

“为什么？”蓝妹一时没想明白。

“笨，好好想想。”何方远没回答蓝妹，伸手敲了她脑袋一下，“开车，正大广场。”

“不去功德林素餐厅你的伤心之地了？”蓝妹取笑何方远，伸手一摸脑袋，“讨厌，不许打我的头。哎，为什么和一个女人一起吃早饭是关系最密切的表现？”

“真不开窍。”何方远作势又要打，手到一半又收了回来，嘿嘿一笑，“想想看，在北京的一晚，我们共度一夜之后，一早起来是不是要一起吃早饭？”

“哎呀，也是——不对，谁和你共度一夜了？”蓝妹才醒悟过来，羞愧之下，伸手拧了何方远一把，“叫你胡说八道。”

何方远吃疼：“怎么以前没发现你这么爱拧人？”

“你没发现的我的优点，还多着呢。”蓝妹一脚油门踩下，保时捷如离弦之箭，疾射而出。

何方远和蓝妹并不知道的是，在二人驱车前往正大广场之时，蓝家，蓝成器和陈容正在谈论他们的话题。

“妹儿又出去了？”蓝成器的目光透过窗户，落在外面的草坪上，草坪旁边的车位空空如也，蓝妹的保时捷不见了踪影，“去见何方远了？”

“应该是吧……”陈容微微流露出担忧之色，“虽说何方远人不错，人品也可靠，而且有才能，但我总觉得他配不上妹儿。以妹儿的身份，至少也要身家亿万的青年才俊才算是门当户对。”

“可问题是，如果不是自己奋斗的亿万身家，是富二代，出身是好了，人品可靠吗？人品可靠的，能力有吗？好吧，退一万步讲，妹儿可以很幸运地遇到一个人品可靠、能力出众、亿万身家的富二代，但话又说回来，人家就一定喜欢妹儿吗？妹儿有洁癖，她很挑剔，别人也许会嫌弃她的习惯。”

“话是这么说，可是当父母的，谁不想女儿嫁得更好一些？高门嫁女，低门娶妇，哪里有低门嫁女的道理？我总觉得和何方远在一起，委屈了妹儿。”作为母亲，陈容对女儿的关怀更多地体现在生活上，希望女儿一嫁过去就锦衣玉食。

蓝成器摆了摆手：“当年我的起点还不如何方远，现在，可曾委屈了你？做人要看长远，何方远上升的势头，势不可当，早晚有一天，他会比我还强。”

“以后的事情，谁也说不好，还是直接嫁一个门当户对的人家安心。”陈容还有疑虑。

“你知道男人最珍惜什么样的女人？”蓝成器起身来到陈容身边，抱住了她的肩膀，“这些年来，我一直对你不离不弃，很少在外面应酬，不管多忙也要回家过夜，你知道为什么吗？”

陈容反手抓住了蓝成器的手，无限柔情地说道：“我知道你的好。”

“男人最珍惜和他同甘共苦的女人。如果一个女人在男人最落魄、最贫穷的时候，一直陪在他的身边，对他不离不弃，那么等这个男人功成名就了，不管地位多高，身份多显赫，他也会永远记得她的好，会和她生死相依。”蓝成器陷入了回忆之中，“当年我还是一个穷小子的时候，你陪我一起拼搏，一起吃苦，从来没有埋怨过一句。等我发达了以后，面对许多诱惑，每次动摇时，我都会想起当年你和我一起风雨飘摇的日子，我就想，一个女人将最美好的青春都无怨无悔地下注在了我的身上，而我功成名就时就转身将她抛弃，做人不能这样没有底线，不能这样没有人性，这是禽兽不如的事情！”

陈容面露欣慰的笑容：“成器，从一开始我就认定你是一个值得依赖一辈子的好男人。”

“如果妹儿嫁给了一个生来富贵的男人，她嫁过去之后，和他没有同甘共苦的经历，没有陪他度过艰难岁月的基础，他对妹儿的感情就不会牢固，只当她是可以共富贵却不能同患难的同林鸟，甚至他还会认为妹儿嫁他，是看中了他的财富，你说，他对妹儿的感情，有几分真？可以保鲜多久？”蓝成器看问题比较长远，也比较全面，“一个男人一生之中，有一个可以同患难共富贵的妻子，有两三个可以生死相依的知己，才是圆满的一生。人生短暂，似乎一瞬间就结束了，但也漫长，会经历许多想象不到的变故。天生富贵的人，谁又敢保证不会家道中落？最近新闻这个首富那个首富，因为欠债几十亿还不起人间蒸发的不在少数。反倒是不显山不露水的中间阶层，既衣食无忧，又没有盛名之下其实难副的困境。”

“我又没说让妹儿嫁一个什么首富……”陈容的语气明显软化了许多，不过还是心有不甘，“我只想她不用和我当年一样为了生活而奔波，不用那么累，何方远现在毕竟太弱小了，谁知道他以后会不会有前景，万一他起不来，妹儿岂不是所托非人了？”

“人生，哪里有百分之百的事情？”蓝成器拍了拍陈容的肩膀，“我相信何方远可以崛起。”

“好吧，就暂时相信你一次。”陈容忽然想起了什么，宽容地笑了笑，“如果妹儿陪何方远一起创业成功，最终助他功成名就，妹儿也算是旺夫的好命，以后何方远要是敢抛弃她，我非杀了他不可。”

“呵呵，不要暴力解决问题，再说，你要相信妹儿的魅力，她有足够的吸引力让何方远舍不得对她放手，就像你对我一直保持了持久的魅力一样。”

陈容脸上微微泛红：“一把年纪了，老不羞……对了，何方远不是有一个女朋友叫梅荏苒，妹儿再跟他好，算不算第三者？”

“什么第三者，你用词不当。”蓝成器十分护短，“没结婚之前，都是恋爱，恋爱和合作创业一样，允许公平竞争。而且据我了解，梅荏苒和何方远分手不是因为何方远抛弃她，也不是因为妹儿的介入，而是因为她的母亲刘薇薇。”

“那我就放心了，我家女儿是什么身份，才不屑于和别人抢男朋友，必须别人争着追求我的女儿才对……”陈容无比自豪地笑了。

如果何方远知道蓝成器对他无比信任和器重，他不知是该庆幸蓝成器的高看，还是该汗颜——应该说他在事业上也许真如蓝成器所说潜力无限，而且自控力过人，但在感情问题上，就没那么潇洒了。

赶到正大广场，在地下停车场停下车，和蓝妹一起进电梯时，一抬头何方远愣住了，电梯里，居然有熟人。

而且还是两个熟人——陈果和樊铮。

陈果也没想到会和何方远不期而遇，先是一愣，随即一笑：“方远，下江这么大，都能遇到你，真是奇迹。”

樊铮只是点头一笑，并未说话。

也不能算是奇迹，正大广场是人流集中之地，既可以购物又可以聚餐，正好遇上也在情理之中，何方远却清楚陈果用“奇迹”形容，是另有所指，他呵呵一笑，索性将奇迹进行到底了，伸手一指身后的蓝妹：“确实是奇迹，我和蓝妹偷偷约会都能被陈总撞见，陈总太神通广大了。”

蓝妹虽说和何方远真真假假，感情在不知不觉中生根发芽，其实二人之间的关系一直没有点破，何方远当着陈果的面说是和她约会，她不禁俏脸一红，低头站在何方远身后，不发一言。

陈果惊讶了：“不是吧方远，你和蓝妹……哈哈，好呀，好呀，郎才女貌，祝福你们。”

“谢谢陈总。”电梯内没有别人，何方远大大方方地接受了陈果的祝福，又说，“公司规定，不允许办公室恋情，既然我和蓝妹的恋情公开了，我和她得有一人离开公司才行。”

蓝妹心中一跳，原来何方远嘻嘻哈哈的玩笑背后，暗藏着为她辞职开脱的伏笔，她还以为他是故意占她便宜逗她玩呢，原来这个男人心细如发。这么一想，她心中最敏感的一根弦再次被轻轻拨动。

“这个，这个……”陈果反倒一下被何方远逼到了墙角，虽说他早就想搬开何方远为樊铮让路，却没想到何方远主动以和蓝妹谈恋爱为由提出辞职——他一厢情愿地认为何方远和蓝妹二选一离开公司的话，肯定是何方远了，因为蓝妹大有来头，不可能辞职——幸福来得太突然，倒一时让他措手不及了，“公司是有规定，但还从来没有副总级别以上的办公室恋情……”

樊铮一直在一旁静默不语，此时忽然插嘴：“这么说，蓝副总要辞职了？”

一句话惊醒了陈果，他的大脑瞬间冷静下来，转念一想，也是，他是太希望何方远让位了，却忽略了一个基本事实，在立化蓝妹是可有可无的角色，而且蓝妹不缺钱，她辞职不辞职，对她个人前途的影响几乎可以忽略不计，这么一想，他又说道：“适龄男女擦出爱情火花很正常，相信乔董不会在意这点小事。你们可以继续保密，我当不知道。”

“不是蓝妹要辞职，是我。”何方远再次语出惊人，和上次他在电梯中引起乔国界注意的策略有异曲同工之妙的是，他再次上演一出电梯大戏，意在搅乱陈果的视线，打乱陈果的步伐，同时，他希望借助此事引发乔国界对他的关注。

“方远，不要开玩笑，更不要意气用事。”陈果心中大惊，何方远是真要辞职还是只是借机试探他的反应？他微微一想，故作关心地拍了拍何方远的肩膀，“不就是一次正当的恋爱吗？又不是什么大不了的事情，蓝妹不许走，你也不许辞职，听到没有？这件事情到此为止。”

本来蓝妹已经对何方远突发奇想在电梯里向陈果故布迷阵，以办公室恋情为由借她的辞职大做文章足够吃惊了，在她刚要暗暗赞赏何方远的心思缜密而且用心长远时，却没有想到，何方远再次虚晃一枪，居然提出了他想辞职的惊人之语，让她再次震惊何方远的思维跳跃之快，控局水平之高，确实非同一般。

办公室恋情可大可小，何方远借此大做文章，在电梯这样非正式的场合向陈果提出辞职，究竟是什么用意，蓝妹多少猜到了几分，无非是虚虚实实，一是试探陈果的反应，二是想借陈果之口，让此事传到乔国界耳中，乔国界到时必然会有所动作。

乔国界到底会怎么处理何方远的辞职事件，以蓝妹的设想，有三种可能：一是大手一挥当即批准，一脚将何方远踢出立化；二是竭力挽留，并许以重诺和更美好的前景；三是冷处理，直接让陈果压下不批了事，他连面都不用露。

当然，第一种情况的可能性最小，但如果真的发生了第一种情况，何方远就失算了，一旦他被踢出立化，说服乔国界同意他管理者收购的计划就随之泡汤，何方远再也没有可能和她共同创业了。

最有可能的是第三种情况。实际上，那是何方远最不想见的情况，何方远一直想和乔国界面对面，以办公室恋情为由提出辞职，要的就是引起乔国界的注意并且可以和乔国界面谈，如果乔国界冷处理此事，何方远的布局就失败了。

实际上，何方远最希望的是第二种可能。

电梯到站了，陈果一步迈出电梯，冲何方远和蓝妹点了点头："方远，好好休假，别胡思乱想。蓝妹，好好劝劝他，别钻牛角尖。"

等电梯门关闭之后，樊铮才不解地问道："陈总，何方远和蓝妹怎么会谈起了恋爱？"

"他和蓝妹有没有谈恋爱不重要，重要的是，蓝妹也在配合他演戏。"陈果目光闪动，站在原地不动，想了一想，"何方远一直想绕过我和乔董对话，他以办公室恋情为由提出辞职，是想引起乔董的注意。有心计，有一套。"

"怎么办，陈总？"樊铮目光闪烁，换作以前，一听到何方远有辞职之心，他肯定会十分开心，但现在不知何故，他却没有了什么感觉，也许是何方远的话对他起到了警醒的作用，又也许他多少看清了形势，知道就算他坐上了何方远现在的位置，可能还是朝不保夕。

兴众文学如果真的卖掉，别说他了，就连陈果何去何从还未可知。

"不怎么办，冷处理。"陈果冷冷一笑，"何方远想跟我耍心眼儿，他不要太自作聪明了。想以辞职为要挟引起乔董的注意，休想。"

樊铮沉默了，跟在陈果身后，快到目的地时，他还是忍不住问出了心中的疑问："陈总，兴众文学如果真的被卖掉了，现在兴众文学的管理层，可以善终的，能有几人？"

陈果脸色顿时大变："不要吃着地沟油操联合国的心，兴众文学卖不卖还不一定，再说也不是你我该关心的问题，老老实实做好手头的工作和分内事，比什么都强。"

樊铮老老实实地点点头，没说话，心里却想，在一艘即将沉没的大船上争夺谁是掌舵者，而不是想着怎么样及时逃生，到底是傻得可以还是太自作聪明？

/第二十九章/

竞拍也是交手

“谁和你谈恋爱了？何方远，你还我清白。”电梯中只剩下二人时，蓝妹向何方远表达了强烈的不满和抗议，“你太霸道太无理取闹了，不经我同意就胡乱说我和你谈恋爱，传了出去，我还怎么说得清？”

“说不清就不说，这年头，都有专家建议50岁的男人娶20多岁的女人了，何况我和你是适龄未婚青年，谁还会说三道四不成？”何方远嘿嘿一笑，没将蓝妹的抗议放在心上，“蓝妹，你说陈果被我将了一军，他会怎么办？”

蓝妹被何方远巧妙地一带，立刻就转移了注意力，其实她也并没有真的生气：“能怎么办，肯定冷处理了。你放心，陈果不傻，当时被你打了一个措手不及，是有点晕，但回头一想就能明白是怎么一回事儿，他才不会让你称心如意。”

“我知道。”何方远嘿嘿直笑，一副一切尽在掌握的得意表情。

“你知道什么呀你。”蓝妹白了何方远一眼，“就会傻笑，你的计策如果没有奏效，还白白搭上了我的名声，你说我多冤枉呀。”

“不是还有樊铮吗？”何方远见电梯快到站了，做好了迈出电梯的准备，“陈果不会向乔国界汇报，也不会宣扬出去，樊铮却会，而且樊铮说不定还会想办法把我们的事情闹得满城风雨。”

“樊铮……他不是陈果坚定的跟班吗？他会不听从陈果的安排？”蓝妹看不透樊铮的为人。

“樊铮现在应该很矛盾，既想我让位，又担心立化和兴众文学的大船会沉没，所以他一边追随陈果，一边观望，想寻找一艘可以在大船沉没时让他上去的救生艇。”电梯到了，何方远伸手替蓝妹挡住人群，做了一个女士优先的姿势，“目前在他的视线范围之内，我可能是他所能发现的、仅有的一艘救生艇。”

蓝妹摇了摇头，表示没听明白何方远的比喻，何方远也没再过多解释，因为他一抬头已经发现了朝他招手的范记安。

范记安在，在意料之中，但范记安身边的一个人，却让何方远大吃一惊，不是别人，正是顾南！

怎么回事儿，好好一次聚会，顾南又来凑什么热闹？不是才见过一面，他这么积极主动又再次现身，莫非是想尽快敲定合作事宜？何方远目光朝顾南身边、身后一扫，长舒了一口气，梅茌苒没在。

“如果梅茌苒也在，你是不是会不自在？”现在蓝妹对何方远的了解越来越深了，一见何方远的神态就猜到了他的想法。

“多少有点吧。”何方远也没隐瞒他真实的内心，“总觉得如果再次见面，不知道该和她说什么好。”

“你和梅茌苒，就真的这样渐行渐远了？”蓝妹也是微有感伤，虽说在内心深处，她也希望梅茌苒和何方远从此永不相见。

“否则呢？还能怎样？”一边说，何方远一边来到了范记安和顾南身前，他没理范记安，先冲顾南打了个招呼，“顾公子，又见面了。”

“叫我顾南，或者随蓝妹叫我表哥也行。”顾南亲热地握住何方远的手，“方远，我参加你们的聚会，你不会不欢迎吧？”

蓝妹冲顾南“哼”了一声：“他是他，我是我，别混为一谈。”

想当初顾南高高在上，对何方远等人不屑一顾，现如今，他却放低身段，主动示好，前后反差之大，令人不得不感叹形势弄人的真理。

不过也说明顾南为人能伸能屈，是一个厉害角色，这倒让何方远高看了一眼，本以为他是条只伸不屈的虫子。

“怎么会不欢迎？欢迎，热烈欢迎。”何方远一脸堆笑，微有诧异地看了范记安一眼，范记安眨了眨眼眼，意思是他很无辜，不是他邀请的顾南。

顾南看出了何方远的疑问，呵呵一笑：“不是我非要凑你们的热闹，而是我刚好在隔壁有聚会，出来的时候，正好遇上记安，所谓相请不如偶遇，既然遇上了，我正好有几句话想和你聊一聊。”

伸手不打笑脸人，何况上次他和顾南的谈话还算达成了一些共识，而且范记安又暗中报复了顾南，何方远就伸手一请：“里面说话。”

地点由孔祥云选定，是一家自助火锅性质的餐厅，看上去虽然不怎么高档，却很雅致。可以完全容纳十人的包间，除了孔祥云和付瓜瓜、常辛儿之外，还有徐子棋，现在又加上了何方远、蓝妹、顾南和范记安，几乎满员了。

几人到了里面，孔祥云正热情地招呼众人落座，本来身为客人的她，大有反客为主的意思。一见何方远几人到来，孔祥云冲何方远招了招手："方远，来，坐我这里。"

何方远刚要迈动脚步，胳膊却被人拉住了，是蓝妹。

刚才蓝妹非要和何方远划清界限，现在一见到孔祥云，不知道为什么争强好胜之心又起，她挽住了何方远的胳膊："不许坐别人身边，只能坐我身边。中午在我家，你向我送花示爱。刚才在电梯时，你不是都正式向陈果宣布了我们的办公室恋情？既然都公开了，你就是我的专属男朋友，从现在起，只能和我坐在一起。"

范记安张大了嘴巴，目瞪口呆，不是吧何哥，去蓝家向蓝妹送花示爱也就算了，是个人私事，没人知道，为什么要向陈果说明？好吧，就算何哥你另有深意，可问题，你的初恋情人孔祥云大老远地从北京过来找你，人还没走，你就宣布了和蓝妹的恋情，是不是欺人太甚了？

更何况，你和梅荏苒正式分手还没几天，忘情快得比喝了忘情水还快就不说你什么了，可是，这也太伤孔祥云的心了，做人，不能太陈世美了。

范记安腹诽何方远也就算了，就连徐子棋也推了推眼镜眨了眨小眼睛，心中不无鄙夷地想，何哥，我真是服你了，你说你本来一直是纯情正太，和梅荏苒同事三年也没有擦出爱情火花，更没有发生什么擦枪走火的意外事件，现在倒好，自从蓝妹出现后，你的形象一毁再毁，先是负了梅荏苒，好吧，不算你辜负。后来和蓝妹一直暧昧，谁知还没有和蓝妹捅破窗户纸，就又凭空杀出了一个初恋情人孔祥云。就算我们都勉强接受了你和孔祥云当年是纯真的少男少女的事实，可你总不能在孔祥云还在下江、还对你满怀希望的时候，非要上蓝家向蓝妹示爱，你这当代陈世美也当得太有创意了吧？

不提范记安和徐子棋对何方远的编派，就连付瓜瓜、常辛儿和顾南一时也震惊当场。

"什么？何方远真的在蓝家向你送花示爱了？"顾南表面上对何方远客气有加，心里却还是没有将何方远放在和他平等的位置，在他看来，何方远远远配不上蓝妹，他心中的震撼无法形容，"结果呢？"

蓝妹在众人震惊的目光中，淡然而笑，一脸幸福状靠在何方远的肩膀上："结果当然是爸爸妈妈接受了他。"

"啊？真的假的？"顾南再次震惊，如果说蓝成器对何方远高看一眼还可以理解，陈容怎么可能同意蓝妹嫁给何方远？她可是一直坚持要让蓝妹嫁一个门当户对的人家，“姨妈也同意了？”

“当然同意了，你以为呢？”蓝妹奉送了顾南一个大大的白眼儿，又笑意盈盈地对孔祥云说道，“真是不好意思，祥云姐，虽然你和他是青梅竹马，但时光荏苒，方远最终还是遇到了我。”

高，真高，一句话串联了何方远生命中的三个女人，范记安第一次对蓝妹由衷地佩服，这才知道平常不显山不露水的蓝副总，在感情大战中，情商是非同一般地高，战斗力也是出人意料地强。

众人的目光都落到了孔祥云身上，也不知道她如何面对突如其来的变故，谁都知道她寻找了何方远多年，对何方远一往情深，眼见一腔痴情终成空，她会不会失声痛哭？

不料孔祥云只是愣了片刻，随后云淡风轻地笑了：“在超市买东西，讲究一个先来后到，在人生的相遇中，也有一个先来后到，但在感情问题上，没有先来后到一说。你和梅荏苒，虽然都比我晚认识方远许多年，但在我和他分开的时间中，你们先后和他相遇，并且先后走进了他的心里。而我虽然姗姗来迟，但谁又知道在不久的将来，不会再重复昨天的故事？昨天的故事是梅荏苒替代我，你替代了梅荏苒，明天的故事里，也许是我再一次替代你，人生，就是一个又一个轮回……”

如果说蓝妹是咄咄逼人的进攻，那么孔祥云则是避重就轻的还击，二人你来我往，各出一招，不分胜负。

蓝妹嫣然一笑，却将何方远的胳膊抱得更紧了：“说得也是，何方远是一个大活人，他最终选择谁，是他的自由。不过祥云姐，我很佩服你的自信，有时候男人在选择爱情的时候，还会适当地考虑附加在爱情之外的社会属性，比如事业，比如幸福……”

孔祥云一拢头发，坦然一笑：“没错，方远是一个事业型的男人，谁对他的事业帮助大，他选择谁，也是人之常情。不过并非只有富家千金才对他的事业有所帮助，有时候，人脉和资源比出身更重要。”

“锅开了，可以下料了，吃饭，吃饭。”范记安见二人刀光剑影打个不停，而何方远置身其中，除了一脸傻笑之外，也不圆场，他就知道何方远是想让他出面救火，就忙不迭地挺身而出充当了消防员的角色，其实以他的本意，他本想和徐子棋一起埋头吃饭，偷偷看何方远出丑来着。

“辛儿，你吃肉还是吃菜，我拿给你。”徐子棋见状，也忙附和范记安，“今天是吃饭的大好日子，民以食为天，谁不吃饭，谁就是和幸福过不去。”

“嗯，快吃东西了，要不凉了就不好吃了。”付瓜瓜也假装招呼众人，却没有意识到话中的漏洞，自助火锅，哪有凉了一说？

不过几人一闹，蓝妹和孔祥云也就偃旗息鼓了，坐下后，蓝妹悄悄拧了何方远一下："你是死人呀，半天也不说一句话，不知道向着我，哼。"

何方远发现，自从他和蓝妹关系走近之后，承受蓝妹随手拧人待遇的次数越来越多，真可悲，男人有时就是自我作践。

"怎么帮你说话？"何方远小声说道，他坐在孔祥云的正对面，偷眼看了孔祥云一眼，见孔祥云神态自然，既不气恼也不尴尬，心里就踏实不少，"论远近，祥云不比你远。论亲疏，先不提和她有没有男女感情，我也会待她如亲妹妹。"

"亲妹妹？情妹妹吧？"蓝妹咬着筷子笑了，笑容中，有三分狡黠七分坏，"你也别怪我刚才将你一军，是你先开始的，要不是你在电梯里先卖了我，我也不会……"

何方远举手休战："停，暂停，事情过去了，不提了行不？你自己好好想想以后怎么办吧。"

"什么以后怎么办？"蓝妹故意装傻。

"首先，是你故意捉弄我送花给你，制造出我向你求爱的假象。其次，我在电梯中向陈果宣布了我们的办公室恋情。最后，你刚才又当众承认了和我在谈恋爱，现在的问题是，我们之间没事也有事了，以后我们是假戏真做地真去谈一场轰轰烈烈的恋爱呢，还是大道朝天各走一边，谁也别影响谁的幸福呢？"

"有什么区别吗？"

"有。"何方远目光扫了一眼众人，见众人都假装埋头吃饭，没人注意他和蓝妹说话，就继续说道，"如果假戏真做的话，我得重新审视我和祥云的关系。如果各走一边的话，我想和祥云重温旧梦。"

"好呀，重温你的旧梦去吧。"蓝妹嘻嘻一笑，扭头不理何方远了，心中嘟囔了一句，祝你重温的是噩梦。

真麻烦呀，何方远摇了摇头，如果没有孔祥云的出现，他的感情生活会不会风平浪静？也许会，也许不会，但如果孔祥云没有再次现身，蓝妹对他也许没有这么积极主动。有时候感情和竞拍一样，越有人抢，价值越高。

这么一想，忽然思路又落到了立化的问题上。如果他向乔国界提出管理者收购时，并没有第三方对兴众文学或是立化感兴趣，乔国界在没有选择的情况下，也许会考虑4亿美元的报价，但如果有第三方竞争者的话，怕是价格就会一路上涨了。

一边想，一边又看向了顾南。

顾南坐在蓝妹的右侧，和何方远只隔了一个蓝妹的距离，他进来之后，就一直沉默不语，现在坐在座位上，既不吃饭，也不说话，一副若有所思的神情，似乎在思索什么重大而深刻的问题。

“顾南，你不喜欢吃火锅，还是……”何方远主动挑起话题，他知道顾南的出现不是意外，虽是偶遇，但偶遇之外，他必定有事情要谈。

“哦，倒不是，而是没胃口。”顾南索性放下了筷子，下意识又看了蓝妹一眼，想问什么，又觉得不方便，“你和蓝妹……”

“这事儿先不提了，说正事。”何方远微微一笑，一拍蓝妹的肩膀，“来，换个座位，我和你表哥有话要说。”

蓝妹起身和何方远换了座位，瞪了何方远一眼，又转身和孔祥云说笑去了：“祥云姐，你不会恨我吧？”

“怎么会？我们不是情同姐妹吗？”

“就是，就是，别让何方远成为我们友谊的障碍。”

“……”何方远无语了，女人是世界上最不可理喻的生物，他懒得再听蓝妹和孔祥云说些什么了，端起了茶杯和顾南碰了碰，“顾董事有什么指教？”

“上次谈过的期权合作的事情……”顾南多少有点心不在焉，主要是刚才的消息让他一时难以消化，如果蓝妹所言属实的话，岂不是说，他和何方远真的要成为亲戚了？他费尽心机从何方远手中抢到了梅荏苒，却没想到，何方远反手一招，又抄了他的后路，如果真成了他的表妹夫，这笑话可就开大了。

他怎么也想不到，陈容会同意何方远和蓝妹的事情，事情的发展，太匪夷所思，太出人意料了。

“顾董事想通了？”其实何方远也大概猜到，顾南急急和他再见一面，肯定还是期权合作的事情。

“想通了。”顾南收回了心思，先不去想何方远到底会和蓝妹怎样了，这也不是他所能左右的事情，还是先谈眼下的合作要紧，“我有一个疑问，你虽然有海山的期权书，但江武和高路的期权书，你真能拿到？或者说，你真能说服他们同意转让给我？”

/第三十章/

道理在故事之外

“当然能。”何方远自信地笑了，对于这一点，他有百分之百的把握，“不过我的条件是，我只负责说服三剑客将期权转让给你，至于你如何瞒过乔国界，如何明修栈道暗度陈仓，就不是我的问题了。”

“这个不用你操心，我自然有办法，我想知道的是，你帮了我，指望我在兴众文学，对你有什么样的回报？”顾南再次问到了何方远的所图，不问清楚，他不放心，主要是怕到时何方远要求太高，万一他做不到，而何方远一转身到乔国界面前出卖了他，他可就惨了。

“我的要求不高，表哥……”何方远看出了顾南的顾虑，故意拉近关系，嘿嘿一笑，“亲不亲一家人，我和蓝妹都确定关系了，再怎么着我也不会害你，是不是？你信不过我可以，难道你还信不过蓝妹？”

顾南尴尬地一笑，何方远的一声“表哥”让他脸上发烧，差点儿当成是何方远的挑衅或是得意忘形，还好，他忍住了：“等下梅伯伯也想过来热闹一下，方便不？”

梅长河？何方远一愣，随即一想明白了，应该是顾南和梅长河有约，正好顾南见到了他的团队聚会，就有意过来以凑热闹的名义投石问路，为梅长河开路。何方远想了一想，觉得和梅长河接触一下并无不可，况且顾南暗中收购期权的背后，还有梅长河的影子。

“好吧，欢迎。”

“我去请梅伯伯。”顾南起身，伸手一拍何方远的肩膀，“不用担心，没有荏苒。”

何方远和顾南的对话，在座各位都听到了，顾南一走，范记安就嚷嚷开了：“何哥，你现在和蓝妹、祥云姐还一头官司没有扯清，怎么梅长河也捣乱来了？他是不是想当面向你道歉，后悔没有将女儿嫁给你？”

“少说两句，没人当你是哑巴。”何方远没好气地瞪了范记安一眼，“梅长河和顾南同时出现的用意，你会猜不到？非要故意往梅荏苒身上扯，不骂你就不错了。”

范记安当然清楚顾南先出现然后梅长河再现身，肯定是和期权收购有关，他就是故意混淆视听，无非想再次引起众人因感情问题而对何方远口诛笔伐，当然，群起攻之就更好了。

在等梅长河到来的间隙，蓝妹换了位置，坐到了孔祥云的身边，似乎浑然忘了刚才和孔祥云的明枪暗箭，二人又成了无话不说的好姐妹，直让众人大跌眼镜，心想在孔祥云面前，蓝妹才露出了最真实的一面。以前她不和梅荏苒争，大家还都以为她是散淡冲和的性子，现在看来，蓝妹的性格中也有争强好胜的基因，只不过她轻易不表现出来罢了。

徐子棋朝何方远挤了挤眼睛，又伸了伸大拇指：“何哥，服了。”

“服你个头。”何方远伸手欲打徐子棋，他知道徐子棋是在调侃他，也别说，事业上的问题，哪怕再复杂再一团糟，他也能理顺思路，找到最关键的一根线，偏偏在感情问题上，他总是做不到快刀斩乱麻。

“方远，幸会，呵呵。”何方远的手刚刚扬起，还没有落到徐子棋的头上，梅长河到了。

梅长河满面红光，神采飞扬，脚步轻快，精神状态高涨，他大步流星推开房门来到何方远身前，伸手和何方远握手：“方远，我来参加你们年轻人的聚会，想乘机沾沾你们的朝气，不会不欢迎吧？”

范记安撇了撇嘴，心想梅长河你梅开二度，沐浴在爱情的幸福和婚姻的喜悦之中，你女儿梅荏苒的痛苦，你知道吗？

范记安不是无的放矢，是有感而发，因为梅长河不是一个人前来，他身后除了顾南之外，还有一人，一个风姿绰约30开外的女人，正是他的新婚妻子杜悦。

何方远见杜悦化了淡妆，虽不妖艳，却也不是清水出芙蓉的类型，比梅荏苒的纯真、蓝妹的高洁以及孔祥云的洁净相去甚远，再联想到梅长河的幸福和刘薇薇的痛苦以及梅荏苒的无奈，不由暗暗感叹人生确实是一出盛大的戏剧，不过在剧中，即使曾经是一家人，也是各人入各戏，有人演喜剧，有人演悲剧。

有心无意不尽言，人间自古各悲欢。

“欢迎，当然欢迎。”何方远呵呵一笑，热情而真诚地邀请梅长河入座，“有梅董的加入，顿时感觉今天的聚会上升了好几个档次。”

“来，我来介绍一下。”梅长河别看年纪上是何方远的父辈，心态却十分年轻，毫不避讳他和杜悦的老少配，“杜悦，我的新婚妻子，呵呵，以我的年龄你们肯定可以猜到，是二婚。你们当中应该有人知道我的身份，就不提什么信光国际董事兼副总裁的官方身份了，我是梅荏苒的爸爸，或者说，是刘薇薇的前夫。”

第一次见到梅长河时，是偶遇，何方远和梅荏苒在一起吃饭，梅长河护女心切，一时暴怒，他留给何方远的印象是傲慢而高高在上。第二次再见梅长河，是在陈果的办公室，他又是一副公事公办的稳重形象，是上流社会的精英人士。第三次见面，是在梅长河的婚礼上，他谈笑风生，春风得意。

三次见面，三次都让何方远看不清梅长河的真实为人。而在刘薇薇病重以及刘薇薇逼迫梅荏苒嫁给顾南的事情上，梅长河又置身事外……他到底是一个什么样的人？

今天再次一见，梅长河似乎又是开朗、大方而且豁达的一位长者，这就更让何方远迷惑了，他自认可以对乔国界有所了解，可以摸清蓝成器的风格，却始终无法为梅长河的为人下一个准确结论。

尤其是梅长河当众承认他是梅荏苒的爸爸和刘薇薇的前夫，这份勇气和坦荡，也非一般人可以做到，何方远见范记安的目光从鄙夷迅速转变成了惊讶，他暗想，梅长河先声夺人，他想要的让人对他刮目相看的效果，达到了。

“梅董，请坐。”何方远邀请梅长河坐在了他的右侧，“今天是很随意的聚会，就委屈梅董了，也不分什么首位和末位了。”

“我是在意这些细节的人吗？”梅长河眉毛一挑，就势坐在了何方远的身边。

何方远和杜悦握手：“杜……”

杜悦看出了何方远的尴尬，大方地一笑：“可别叫我杜阿姨，叫老了，叫我杜悦就行了，或者干脆叫一声杜姐。”

“杜姐。”何方远呵呵一笑，“杜姐真是女汉子。”

“你可是说对了，我一向以女汉子自居，从来不想当一个娇滴滴的小女人。”杜悦开朗地大笑，颇有北京姑娘的豪放，“方远，你很对我脾气，可惜，我认识你晚了。”

什么意思？何方远一愣，杜悦伸手一推何方远的肩膀：“想岔了吧？想哪儿去了，我可比你大好几岁，而且我有严重的恋父情结，肯定不会找比我小的男人。我是说，如果我早一些认识你的话，你和荏苒也许不会是现在的结局了……”

“不要提荏苒了好不好？”梅长河用手一指顾南旁边的座位，示意杜悦入座，“荏苒和方远的事情，不怪他，也不怪荏苒，对，也不怪顾南，怪只怪刘薇薇。方远和荏苒不在一起，也未必不是好事，你看他现在身边美女如云，天涯何处无芳草，是不是？”

“是，梅伯伯，芳草还很多。”蓝妹冷不防插了一句，嘻嘻一笑，“梅伯伯好。”

“蓝妹也在呀？”梅长河好像才发现蓝妹一样，冲蓝妹笑了笑，“你爸你妈还好？”

“都好，谢谢梅伯伯关心。”蓝妹的目光在何方远脸上打了一个转，又收了回去，目光中，除了有暗示之外，还有意味深长的内容。

何方远假装没看见蓝妹的暗示，扭头恭敬而不失热切地问道：“梅伯伯有什么指教？”

梅长河见何方远开门见山切入了正题，心中一跳，心想何方远对他的成见太深，一时还无法消除，不想闲聊，这么一想，他也就不再绕弯了，说道：“其实我过来，主要还是和你们年轻人交交朋友，随便聊聊。你们也知道，人老了，就喜欢回忆过去，可惜身边没人爱听我说以前的事情，不知道方远爱不爱听？”

何方远心里很清楚，梅长河过来，绝对不会是忆往昔峥嵘岁月来了，而是有什么重要的事情要说，他当即笑道：“怎么会？我最喜欢听历史典故和名人逸事了……”

“名人逸事，呵呵，说到名人逸事，不知道你们对乔国界的逸事感不感兴趣？”梅长河呵呵一笑，又一副欲言又止的表情摆了摆手，“不说了，还是不要说了。”

果然来了，原来梅长河的用意是想向他透露乔国界的逸事，逸事有时比传记更能准确地表现一个人的性格，而进一步深入地了解乔国界的性格，对何方远来说，至关重要。

“长河，你喝醉了。”杜悦一拉梅长河的衣服，“喝醉了，就别在年轻人面前出丑了。”

“怎么会是出丑？长辈们的故事，总能激励年轻一代奋进。”何方远见杜悦十分聪明地点出了醉酒，就也以醉酒当挡箭牌，“醉话有时是真话，有时是假话，就看怎么听了。梅伯伯的醉话，也是至理名言。”

“什么至理名言，方远你就不要捧杀我了，哈哈。”梅长河见前戏和铺垫都已经做足，就开始了正题，“俗话说，三岁看大七岁看老，许多英雄人物在小时候就表现出了与众不同的一面。据说乔国界小时候，大概是他小学五年级时，有一次放学回家，他一个人蹲在路边看了快一个小时的斗公鸡。才小学五年级，就一个人津津有味地欣赏了半天，一般的小孩可没有这份耐心。”

所有人都停下了筷子，听梅长河的醉话——当然都知道，梅长河是醉翁之意不在酒。

“后来呢？”付瓜瓜最没耐心，梅长河才一停顿，她就催促了。

“后来，乔国界根据他对斗鸡的观察写了一篇作文，作文交上去后，老师看了大为惊讶，觉得这个学生对斗鸡的观察太细致了，尤其是对斗鸡时公鸡斗红了眼互相撕咬、鲜血飞溅的描写，逼真得让人惊恐。后来老师觉得有些细节描写虽然真实，却太残忍了，就删掉了，然后寄到了全国性刊物《小学生优秀作文》去，不想就发表了。

“发表后，乔国界才发现他的文章被修改了，就找老师理论，还和老师争论了半天，后来老师说，这个小孩了不得，有个性有主见，以后会成大事。”梅长河笑了笑，“这个故事可不是杜撰的，是真事。乔国界从小就有个性，上初中的时候，因为没有当上班长，就对班级活动不积极，但在大学时代，却不仅是学习尖子，也是社会活动的热心分子，他的组织能力、活动能力得到了校内外的公认……”

何方远没有说话，从中品味乔国界为人冷静而无情的一面。梅长河可不是真的醉了没事干才来和他聊天，而是大有深意。联想到梅长河和顾南的密切关系，再对比他在期权事情上和顾南的合作，何方远基本上猜到了梅长河的用意——是想通过故事让他更好地了解乔国界的为人，也好进一步和乔国界打交道，以发现乔国界的弱点，从而顺利完成管理者收购的梦想。

他和蓝妹要联手对立化提出管理者收购的想法，顾南肯定了解一些，顾南既然知道了，梅长河也心里有数。从某种意义上讲，梅长河以及顾南，连同他和蓝妹在内，都在打兴众文学的主意，不过梅长河和顾南是从兴众文学的期权切入，而他和蓝妹则是想单独对立化下手。

从小乔国界可以看一个小时斗鸡并且就此发表文章的往事来看，乔国界是一个极有耐心并且不管做什么事情，只要做了就必定认真的人。但后来中学时代因为没有当上班长而消极对待班级活动，而大学时代又摇身一变成为热心分子，由此可见，乔国界为人做事目的性很强，除非是他感兴趣的事情，否则他不会去做，甚至连应付一下的兴趣都没有。

“再后来呢？”付瓜瓜对乔国界的逸事特别感兴趣，双手托腮，听得入了神。

“后来乔国界在大学里学习成绩非常优秀，大一，全系成绩排第一名。大二，被下江市教委和团市委评为‘下江市优秀学生干部标兵’。大三，21岁的乔国界就修满了学分，以下江市唯一的‘优秀学生干部标兵’称号从复旦大学经济系提前一年毕业，这在复旦历史上也是罕见的……”

“哇，好厉害。”付瓜瓜一阵惊呼。

何方远没有惊呼，心中却震惊不已，让他震惊的不是乔国界的优秀——这些事情他早就知道了——而是梅长河讲述的哪里是乔国界的逸事，分明是生平！

当然，其中确实有些逸事他并不知道。

梅长河用心深远，分明是想助他一臂之力，到底梅长河的好意中，有几分是因为他和顾南的期权合作，又有几分是因为他曾经对梅在苒的呵护，就不得而知了，何方远一时惆怅。

了解乔国界的生平，确实对他下一步的计划大有帮助，所以，何方远也要感谢梅长河。

“大学毕业后，乔国界进入了下江的一家集团公司，从子公司的副总经理开始，直到晋升为集团董事长兼总裁的秘书，在四年时间中，乔国界自称学会了三件事情：一件是好事，一件是坏事，还有一件不好也不坏。”梅长河谈兴正浓，连水都顾不上喝一口，“好事是年轻的乔国界学会传统行业的企业家独立、务实的管理风格；不好不坏的事情是他比一般人更早地接触了互联网；坏事则是他最早接触互联网是从打游戏开始，他曾经有过一连打了三天三夜的游戏没有合眼的经历。”

任何人的成功都不是偶然，乔国界作为国内最早的互联网首富，又是靠游戏起家，成功的最初动力也是源于他对互联网的喜爱和对游戏的痴迷。何方远暗暗点头，虽然他早就研究过乔国界的个人经历，但梅长河重点讲述的部分正好是他忽略的部分，如此，乔国界的形象在他眼中更加立体生动了。

“离开集团后，乔国界来到一家证券公司，担任了总裁办公室主任。待在证券公司的这一年多时间，对于乔国界来讲是相当重要的一年。跳出国营单位的乔国界明白了自己的事业要靠自己去打拼。在证券公司工作期间，他完成了人生中最重要的两件大事，一是认识了在证券公司工作的妻子并且成家，二是赚到了人生的第一桶金——在股票市场赚到了50万元。此时的乔国界面临着两个选择，一是和妻子出国，在一个安稳的地方享受人生，二是再找一个安稳的工作。结果呢……”梅长河的故事接近了尾声，他也讲累了，接过了何方远递过的茶水，喝了一大口，笑问何方远，“方远，你说，结果乔国界做出了什么选择？”

/ 第三十一章 /

华山论剑

“他做出了第三种选择——自主创业，投资互联网产业。”接下来的故事，何方远就十分清楚了，他对乔国界生平的了解，更多地集中在乔国界创业之后的经历，而不是创业之前的，梅长河的故事，弥补了这个缺憾，现在乔国界的人生经历就如一幅画卷一样，在他面前全面展开了。

“好了，我的故事讲完了，时间也差不多了，该走了。”梅长河说走就走，毫不拖泥带水，“你们年轻人继续，生活很美好，明天很阳光，但享受现在的一刻，才是人生的真谛。呵呵，不说了，再说就真成了醉话了。”

何方远起身相送，送到门口，梅长河忽然站住，考了何方远一个问题：“方远，三巨头中，有一个人和乔国界有共同点，是谁呢？”

何方远微一思忖，马上答了出来：“大马哥，他和乔国界是同乡。”

“很好，答对了。”梅长河点头赞许，“我有一个未经证实的消息，芝麻开门有意全盘收购兴众文学。”

何方远顿时愣住：“是真是假？”话一出口才意识到不该问，既然都未经证实了，肯定是江湖传闻了。但传闻有时是故布迷阵，有时是有意试探，完全是空穴来风的时候反倒不多。

“真真假假，不是当事人，谁也不知道。”梅长河呵呵一笑，似有意又似无意地又说了一句，“三剑客的回归，还有不到大半年时间了。”

等梅长河走了半天，何方远还站在门口一动不动，心中波涛翻滚，久久无法平静。不得不说，今天梅长河的意外出现，带来的故事和消息，确实让他十分受用并且无比震撼。

受用的是，在梅长河的叙述中，乔国界的形象愈加丰满，让他在再次面对乔国界时，多了底气；震撼的是，没想到梅长河对兴众文学的现状了解得如此透彻，对形势的估测，也十分精准。而且梅长河透露的消息，如果属实，更是会对下一步的局势带来至关重要的影响！

尤其是他对何方远关于三剑客回归的提醒，更让何方远清醒地认识到他面临的形势是多么严峻！

芝麻开门如果真的有意全盘收购兴众文学，对何方远下一步的计划影响之大，几乎是致命一击，以芝麻开门的实力以及大马哥擅长财务投资的布局，再加上大马哥和乔国界身为同乡的天然亲近之意，而且再从三巨头之中只有芝麻开门在互联网版权产业之上还按兵不动的格局分析，大马哥意图借全盘收购兴众文学进军互联网版权产业，不是天方夜谭，而是大有可能。

诚然，芝麻开门的进入，对互联网版权产业是利好消息，会更进一步推动互联网版权产业市场的扩大和高速发展，但此举对何方远的管理者收购计划，却是正面阻击，会让他的计划连谋划和实施的可能都不再有，直接流产。

毕竟，和大马哥相比，不管是实力还是眼光，他都无法与之相提并论。只要大马哥真想借兴众文学这只鸡生他对互联网版权产业布局的蛋，那么在企鹅拥有了开天、千方收购了驰骋的前提之下，他放眼天下无对手，收购成功的可能性高达百分之九十九。

唯一可能失败的百分之一是乔国界突发奇想，又不想卖了，想凭一己之力力抗企鹅和千方对互联网版权产业市场的蚕食。

但以眼下的情形来看，乔国界放手已成定局，就看哪一个下家更合适了。假如大马哥主动提出愿意接手兴众文学，不管是从商业利益出发，还是为了给企鹅的开天和千方的驰骋制造麻烦和一个强劲的对手考虑，乔国界肯定愿意将兴众文学卖给芝麻开门。

眼下，也只有芝麻开门拥有可以和企鹅、千方一战之力，也只有大马哥可以和小马哥、李颜红站在同一个高度华山论剑。

乔国界有意卖，大马哥有意买，那么乔国界和大马哥之间在以同乡的身份叙旧之后，剩下的唯一的问题就是价格了。

价格是唯一却又是最大的问题。

大马哥在面对互联网版权产业市场风起云涌之际，在企鹅和千方纷纷试水之时，他无动于衷，不是真的要置身事外，而是在等候一个最佳时机。不得不说，大马哥真有耐心，也真有眼光，在企鹅高价接收了创始团队之后，在千方低价收购了驰骋中文网之后，兴众文学成了一座孤岛，只有两条路可走，要么卖掉以求自保，要么被企鹅和千方的大水淹没。

此时大马哥再出手提出对兴众文学的收购，不但乔国界没有了选择——没有了选择就没有了要高价的底气——而且他还可以在兴众文学估价最低时，以最合适的价格入手，如此，就达到了利益最大化的效果。而且从另一个角度分析，作为三巨头中最后一个进军互联网版权产业市场的，芝麻开门虽然比企鹅和千方都晚了一步，但企鹅步子迈得大，却是从零开始；千方步子迈得小，谨慎有余而魄力不足；芝麻开门起步最晚却是起点最高的，站在立化和兴众文学现在的成就上拓展舞台开辟市场，可以收到事半功倍的效果。

何方远越想越觉得大马哥在互联网版权产业市场大战的风起云涌之中，一直是屹立山巅冷眼旁观，最冷静，最有耐心，也是最有魄力的一个。

当然，大马哥能否笑到最后，最关键的决定因素掌握在乔国界手中，如果乔国界有更强大的耐心和更过人的心理素质，并且表现出可卖可不卖的超然姿态，乘机向大马哥要一个让大马哥接受不了的高价的话，那么大马哥谈笑间樯橹灰飞烟灭的气概，有可能笑到一半就笑不出来了。

那么乔国界和大马哥在价格上的较量，会持续多长时间？梅长河临走之时点明三剑客的回归还有大半年时间，就是向何方远暗示，在三剑客回归之前，乔国界和大马哥关于心理价位上的较量，会最终有一个结果出来。

为什么非要以三剑客回归为期限呢？何方远也明白其中的意味。虽然三剑客集体辞职，并且带走了几乎整个团队，但三剑客有竞业禁止条例在身，不能公开露面，现在开天中文网的负责人是三剑客的得力助手，迄今为止，整个开天中文网的管理层中，不见三剑客任何一人的名字。

再有大半年，三剑客的竞业禁止条例到期，三人就可以公开担任开天中文网的负责人了，而且毫无疑问的是，江武还会是企鹅文学的CEO，相当于以前马大勉在兴众文学的位置。何方远更清楚的是，随着三剑客的回归和正式露面，渡尽劫波兄弟在，在企鹅强大的实力和推广力的支持下，重新联手的三剑客会为互联网版权产业市场，带来一场轰轰烈烈的革命。

到时如果乔国界还没有卖出兴众文学，兴众文学在企鹅文学的万丈光芒之下，不论实力还是渠道都会黯然失色，估值将会进一步下跌。

所以梅长河才会提醒他，在三剑客回归之前，还有大半年的时间，这段时间是他也是大马哥和乔国界或较量或谈判的最佳时期。乔国界不管是全盘卖掉兴众文学，还是单独出售立化，都会在这半年之内做出最终的决定。

“何哥，何哥……”范记安终于按捺不住了，走过来拉了何方远一把，“出神入化时间太长了，赶紧回位，小心成仙。”

“一边儿去。”何方远收回心思，笑了，“能成仙就好了，不用劳神费心了。可惜呀，世人都说神仙好，唯有功名忘不了。古今将相在何方？荒冢一堆草没了。”

“别感慨了，赶紧说说梅长河刚才的话，都有什么隐喻。”范记安将何方远拉回到座位上，他虽然大概猜到了什么，但毕竟眼光不够、格局不广，只知其一不知其二。

何方远坐定之后，微微摇了摇头：“大马哥是大麻烦呀，困难，比想象中又增加了许多。”随后，他将他的分析和担心和盘托出，也不避讳孔祥云在场。

不过何方远之所以让孔祥云知道乔国界目前的处境以及大马哥的布局，暗藏了私心，他想如果可能，通过孔祥云借助李颜红的力量，从侧面对大马哥进行阻击，也未尝不是一件既有利于千方又有利于他的管理者收购计划的好事。

徐子棋听了，提出了他的不解：“可是梅长河想借助兴众文学上市来谋取期权的利益最大化，不管是何哥的管理者收购，还是大马哥的全盘收购兴众文学，对梅长河来说，都没有什么好处，那么他帮你，图的是什么？难不成他因为梅荏苒的事情，对你心有愧疚？”

“你懂什么，瞎说。”常辛儿不客气地打了徐子棋脑袋一下，“到了梅长河的层次，会因为私情而影响了大局？你以为是你呀，儿女情长当成天大的事情。”

“我，我怎么了我？我一心一意爱你，难道也有错？”徐子棋捂着脑袋，一脸委屈。

众人都笑了。

徐子棋的问题问得好，常辛儿答得也妙，确实，何方远也想不清楚梅长河为什么要帮他，如果他管理者收购成功，兴众文学更没有了上市的可能，梅长河和顾南联手收购的期权，就成了废纸一张，梅长河难道是先人后己的活雷锋？肯定不是。

“先不管梅长河的真实想法了，至少他现在站在我们一方。”何方远不想再在这个问题上纠缠下去，猜来猜去也不过是浪费时间，反正梅长河的真正意图，早晚会显现，且拭目以待好了，目前的迫切问题是，怎么才能落实大马哥有意全盘收购兴众文学这一消息的真假，他看向了孔祥云，“祥云，我求你一件事情。”

孔祥云粲然一笑，笑容如盛夏的阳光，无比明媚：“说什么呢你？什么叫求，有事直接说，能做到的，绝不推辞。”

“还是祥云姐大气。”范记安朝孔祥云一竖大拇指，“我最欣赏北方女孩的直爽。”

“范记安，你不要地域歧视。”蓝妹不干了，愤愤不平，“南方女孩婉约中也有开朗。”

“是，是，蓝总所言极是。”范记安挤了挤眼睛，乐了，“其实我下一句正要夸蓝总融合了北方女孩和南方女子的优点，是难得的奇女子。”

“下江本来就不算南方城市，算是中原的沿海城市。”蓝妹哼了一声，显然对范记安的回答并不满意，“中庸之道才是长久之道，太北了则冷，太南了则热，过冷或过热都不好，不冷不热才最好。所以下江女孩既没有北方女孩的粗枝大叶，又没有南方女孩的琐碎和小心眼儿……”

“跑题了……”何方远被气笑了，“现在不是讨论南北姑娘的时候。”

蓝妹才不怕何方远，扭头冲孔祥云一笑：“不过祥云姐虽是北方的女孩，却大气中透露出细心，细心却又不琐碎烦人，堪称完美。”

何方远无语了，蓝妹是成心捣乱，他正要批评蓝妹不要再胡乱打岔时，孔祥云却开口了，还好，她没接蓝妹的话，又回到了正题上：“方远，你是不是想和李颜红见上一面？”

何方远心中一惊，好厉害，孔祥云一下猜中了他的心事，他点头笑道：“难度肯定不小。”

“事在人为，何况李颜红对你本来也有印象。这样吧，等我明天回北京后，和他提一提，看他是什么意思。”孔祥云心里有数，何方远想和李颜红见面，是想就大马哥有意收购兴众文学一事，试探千方的反应，如果可能，他肯定希望千方从侧面出手阻击。

三巨头中，千方和芝麻开门的积怨最深。最早从芝麻开门的搜索屏蔽千方的搜索时开始，双方就埋下了矛盾，到今天芝麻开门做大之后，在电子商务生机勃勃之际，千方的搜索却失去了电子商务的入口，此事让李颜红一直耿耿于怀。

三人之中，李颜红出生在中原大地，具备了晋商的所有特色——专注、连续、低调、保守；马匀出生在中部腹地，具备开放式思维；而马化龙出生在最南方的珠三角，所以其思想中充斥着生意人的思维，做事情率性而为，其企业文化就是赚钱。用一句话分别总结这三家企业的特色是，芝麻开门是一张网，千方是一条线，企鹅是一个中心多个点。

大马哥马匀做事情，兼备了李颜红的低调和专注，却没有李颜红的保守，又多了小马哥马化龙的率性和进取精神，所以芝麻开门布局最大，编织的商业网也最密。

相比之下，芝麻开门和千方在布局上有相似之处，冲突和矛盾点也最多。

千方收购了糯米，就是千方涉足电子商务准备抢夺芝麻开门地盘的一步战略之棋，据说，企鹅也有意入股京东，也要试水电子商务，等于说不管是李颜红还是小马哥，都不想让大马哥在电子商务领域一家独大。那么大马哥在小马哥和李颜红纷纷进军互联网版权产业之时，他会袖手旁观，坐等企鹅文学和未来的千方文学壮大不成？

显然不会。

从投资策略上分析，芝麻开门近两年投资了美团网、丁丁优惠、高德、新浪微博、穷游、UC等企业，看似蜻蜓点水，貌似哪个投资都没有深入，浅尝辄止，但仔细分析的话，却会发现大马哥投资的全部是围绕信息流、支付流和物流这三个流编织的网而展开。那么大马哥如果接手了兴众文学，肯定会利用自身的信息流和支付流的优势，来打造一个全新的芝麻开门文学。

而千方的投资，不管是去哪儿、爱奇艺还是10年前的hao123、点心、千千静听（虽然已经没有多少用户了），包括最近热点91无线和驰骋中文网，千方的投资策略基本上都是围绕着流量展开。千方以流量起家，就想要控制所有的流量入口，而且千方的投资都是控股型，甚至是全资收购，无一不显示出李颜红的占有欲和王者思维。

再看企鹅的投资对象——同程网、好乐买、易讯、金山软件、华谊兄弟、Discuz以及开天中文等，不只在国内进行投资，还涉足俄罗斯、日美韩以及东南亚的国家，通过这些被投资的企业可以看出企鹅的投资策略貌似是全面开花，除了一些作为战略方向的防御、阻击之外，更多的是率性而为。就如企鹅在三巨头都和创始团队接触之后，开出了最好的条件终于打动了创始团队和企鹅合作一样，企鹅的投资策略一如小马哥本人，率性而敢作敢为。

实际上从某种意义上讲，别看大马哥和乔国界是同乡，但在个人性格上，李颜红和乔国界更为相似，二人都有极强的控制欲，都是说一不二的帝王思维，也正是因此，李颜红和乔国界几乎没有合作的可能。两个帝王只会一争高下，不会合作——合作，意味着一方向另一方的臣服。

/ 第三十二章 /

事情其实大有可为

同理，千方和芝麻开门，以李颜红的占有欲和大马哥的整合布局，二人也是较量多过欣赏，所以，孔祥云对何方远先从千方下手，借助千方的力量阻击芝麻开门布局的做法，深表赞成。因为以小马哥的率性，芝麻开门的布局，即使威胁到了他的利益，他恐怕也不会出手阻击——企鹅投资是一个中心多个点，点太多了，他顾不过来。

不过，何方远开放性的思维以及天马行空的想法，还是大大出乎了孔祥云的意料，在得到她肯定的回答后，何方远笑着点了点头，又冲范记安说道："记安，回去联系一下海山，就说我想和他见上一面。"

"见海山？是关于期权的事情？"范记安没跟上何方远的思路，主要是何方远刚刚提出想和李颜红见面的想法，他还没有消化。

"谈期权是一方面，另一方面，希望海山替我向小马哥传话。"何方远心中主意既定，顿觉前景广阔，又大有可为了，一时又高兴了。

孔祥云愣了一愣，何方远想要干什么，难道要分别和三巨头都见上一面他才甘心？问题是，三巨头不是谁想见就能见得上的，她笑了："方远，见李颜红是不是还不过瘾，还想见见小马哥和大马哥？"

"知我者，祥云也。"何方远哈哈一笑，自信而奔放，"身为互联网从业者，不见三巨头一面，该有多遗憾。平生不见三巨头，黄浦江上使人愁……"

"扑哧……"蓝妹被何方远的歪诗逗笑了，"什么乱七八糟的，狗屁不通。你想见李颜红，让祥云帮忙好了。想见小马哥的话，我可以想想办法，看能不能牵线搭桥，为你制造一个机会。"

何方远确实有想见小马哥之心，不过他并不想让蓝妹出面，以他和三剑客的关系，有了三剑客的引荐，他应该可以见到大名鼎鼎的小马哥。不过既然蓝妹愿意帮忙——不让帮忙也不行，她急巴巴的样子，显然不想让孔祥云专美——他也就不必和蓝妹客气了，毕竟他一直努力推动的事情，和蓝妹也利益攸关。

“要不，你帮我牵线搭桥见见大马哥得了，小马哥的话，我另外想办法。”何方远微微一笑，笑容很意味深长。

“啊，不是吧？你还真想三巨头都见一个遍？”蓝妹夸张地张大了嘴巴，又歪头想了一想，“好吧，为了让你的人生不留下遗憾，我回头想想办法，看谁认识大马哥。不过，你见大马哥有什么事情？”

“什么叫不让我的人生留下遗憾，我还活得很好并且会活得很长，谢谢。”何方远对蓝妹用词不当大表不满，“至于我见大马哥有什么事情，其实也没什么事情，就是想要一个签名，不行吗？”

蓝妹当然不相信何方远的说辞，掩嘴而笑：“行，行，你说什么都行。”

聚会结束的时候，约好明天一早何方远和蓝妹共同送孔祥云去机场，范记安摇头叹息：“何哥，以前我总是羡慕你尽享齐人之福，为什么现在我那么同情你一头大汗呢？”

还好范记安是自言自语，声音又小，没让何方远听见，否则他脑袋上又少不了挨上一下。

次日一早，何方远刚起床，就听到楼下汽车喇叭的催促声。蓝妹在任何关于孔祥云的事情上的积极性让他无语，凡是和孔祥云有关的事情，她都一往无前地冲到最前面，唯恐落后一步就失去先机一样。

下了楼，见蓝妹换了一辆汽车，不是以前的保时捷跑车，而是一辆沃尔沃XC60越野车。何方远上车，坐在了后座上，副驾驶已经坐了孔祥云。

“你也开沃尔沃，不怕被人说成开的是吉利？”何方远对沃尔沃有好感，知道沃尔沃是一家用心做车的公司，只是作为北欧的瑞典人，太固执太刻板，不如德国人会做生意，所以在国内的影响力远不如BBA，即宝马、奔驰和奥迪。

沃尔沃被吉利集团收购后，不少国人由于本身对汽车历史认知的浅薄，再加上根深蒂固的崇洋媚外的心理作祟，对沃尔沃更加轻视，经常嘲笑开沃尔沃其实是在开吉利。

“有底蕴的人，戴一块普通的表，也会被人认为是价值不菲的古董表。暴发户，戴一块金光闪闪的劳力士，还是会被人误认为是假表。你说我现在还需要用一辆车来彰显身份吗？”蓝妹回头灿烂一笑，“越是在意外在东西的人，比如什么品牌的车牌，什么名牌的衣服……越是处于人生的初级阶段。”

也别说，蓝妹的话还挺有道理，以蓝妹的身份，不管开什么车都无损她的出身和形象。

过度自尊是自卑，同样，过度追求品牌，也是底蕴不足的表现。一个身价几十亿的互联网新贵开一辆最普通的汽车，是个性。一个煤矿主开宾利，则是炫富了。同样是有钱人，品味和层次，也差了十万八千里。等什么时候国人不再拿汽车当个人财富的象征时，就不会盲目地追求品牌了。

从追求品牌到追求个性，还有很长的一段路要走。

孔祥云回头看了何方远一眼：“方远，管理者收购是走钢丝，如果没有成功，我会提供5亿人民币以内的风投资金，为你的自主创业铺路。”

“方远的管理者收购，一定会成功。”蓝妹发动了汽车，她开底盘低、身形小的跑车得心应手，开底盘高、身形大的越野车，一样游刃有余，“祥云姐，你要相信方远的能力。”

“能力是一方面，机遇也很重要。如果大马哥真的想全盘收购兴众文学，管理者收购的计划，绝对没戏。”孔祥云坚持她的看法，“做任何事情，都要两手准备才是光明大道，一条路走到黑，有时会因压力太大而让人心力交瘁。如果是我，我不会给方远这么大的压力，钱多钱少不是幸福的唯一前提，钱够花就行，开心才最重要。”

“我不赞成你的看法，祥云姐，方远是一个有事业心的男人，而且现在他正处于事业的上升阶段，以他的年龄，正是一个男人建功立业的最好时期，如果错过了，也许会遗憾一辈子。人生就是一次盛大的赌博，不赌一次，谁能知道自己是不是可以拥有人人羡慕的成功？”蓝妹不是为了刻意反对孔祥云而反对，她说的是她的真实想法，“不是谁都可以得到方远面临的机遇，机遇可遇不可求，既然遇上了，就得拼了全力冲上去，置于死地而后生，就和鱼跃龙门一样，奋力一跃，化鱼为龙，人生从此天地无限。”

孔祥云不想和蓝妹争论了，就问何方远：“方远，我记得以前的你，不是一个事事要强的人，现在真的变了这么多？你真的想孤注一掷？”

何方远没有立刻回答孔祥云的话，而是望向了窗外，窗外，初升的朝阳光芒万丈，迸发勃勃生机，预示着今天是一个阳光大好的夏日。

如果真要让他在孔祥云和蓝妹各自的观点中支持哪一方的话，他的选择是都支持。孔祥云说得对，人生最重要的不是拥有多少财富，而是是否活得快乐开心；蓝妹说得也对，当机遇来临时，如果不紧紧抓住，拼了全力奋力一跃的话，事后再遗憾终生，也于事无补。其实何方远也知道自己的性格，是一个矛盾的综合体，有时随遇而安，随缘而喜，有时又想大丈夫生逢盛世，就该建功立业，成就一番传奇。

在管理者收购的事情上，他不是没有想过如果失败了会是怎样的下场，除了被蓝成器无情地抛弃之外，蓝妹说不定也会离他而去——尽管他不认为蓝妹对他的喜欢是建立在他未来的功成名就之上，但一旦失败，蓝妹面临的家庭阻力会让她和梅荏苒一样在无奈中选择离开——而且毫无疑问，乔国界也会因此将他彻底打入冷宫，从此再无翻身的可能。

何方远不是毛头小伙子，不会将自己的命运完全寄托在别人身上，蓝成器的出发点，他可以理解，毕竟投资巨大，谁都会谨慎从事。实际上，不管是想和李颜红见面，还是想和三剑客以及小马哥见面，哪怕是大胆设想中的想和大马哥面谈的异想天开，都是他在一步步为失败之后的退路谋局。

有局控局，无局谋局，才是一个大胆冲锋却又时刻准备转身后退的高手所为。

不管做什么事情，都要有一生悬命的态度，这是何方远一直以来坚持的基本信念。但在一生悬命之余，在抱了不成功便成仁去实施管理者收购的计划之外，他不是只知冲锋去充当炮灰，也考虑了万一冲锋失败该怎样从容地转身离开。

“以孤注一掷的勇气去冲锋，视死如归。以置之死地而后生的态度去谋局，但如果真的到了死地，转身的时候，还有一条生路，才是正确的人生态度。”何方远呵呵一笑，从窗外收回目光，回答了孔祥云的问题。

“这么说，在感情问题上你也是同样的态度了，脚踏两只船，永远有备胎？”蓝妹含蓄地笑了。

“一码是一码，不要偷换概念。”何方远为自己辩解，“和祥云分开后，大学里我只暗恋常辛儿，没有开始就结束了。后来和梅荏苒同事三年，恋爱几个月，也是无疾而终。蓝妹，你倒说说，我的感情经历是不是很简单？”

“切……”蓝妹表示了不以为然之后，没有再多说什么，似乎是很不甘心地认可了何方远——一个感情经历看似丰富其实从不滥爱的新好男人。

一时三人都不说话了，除了汽车行驶的沙沙声之外，三个人在沉默中保持了一种微妙的平衡。

送孔祥云过安检的时候，孔祥云轻轻抱了抱何方远，悄悄在他耳边说道：“方远，答应我，不管我们最后能不能走到一起，你不要再一次在我的生命中消失了，好不好？”

“我答应你。”何方远心头莫名有几分沉重，如果说只能有一个女人让他永远难以释怀的话，无疑就是孔祥云。

“说什么呢，神神秘秘。”蓝妹嘻嘻地笑，“祥云姐，你可不要重色轻友，冷落了我呀。”

孔祥云呵呵地笑了：“怎么会，我和你一见如故，你在我心目中的分量，可比何方远重多了。以后他也许会是别人的丈夫，而你却永远是我的姐妹……我刚才告诉他，说不定几天后，他就可以在北京和我再次见面了。”

“是呀，如果李颜红抽出了时间要见我这个无名小卒，我肯定二话不说，立刻飞往北京。”何方远冲孔祥云挥了挥手，“祥云，后会有期。”

送走了孔祥云，回去的路上，蓝妹将车钥匙扔给了何方远：“你来开车，我累了。”

一路无话，也许蓝妹是真累了，一直靠在座位上不说话，闭着眼睛，似乎睡着了。直到汽车驶到了何方远的楼下，蓝妹才睁开眼睛。

“上去坐坐？”何方远随口邀请了一句，他也就是客气一下，并不是真心，他有点累了，想休息了。

“当然。”蓝妹才不客气，昨天和何方远几乎形影不离待在一起一天，今天又在一起也不烦，下车就往楼上走，“先是搬走了常辛儿，现在又走了孔祥云，如果你家里还金屋藏娇有另一个女人的话，何方远，你就是我见过的、世界上最有才的人。”

都什么跟什么，何方远服了蓝妹了，一路上休息了半天，一醒来又有精神编派他了？女人呀，你的名字叫八卦。

何方远家中当然没有另一个女人，房间干干净净，除了必要的家具之外，连多余的摆设都没有，更别说发现一双女人的拖鞋或是一根女人的头发了。好在蓝妹也就是随口一说，她一进门就忘了刚才的话，直接坐在了沙发上，有气无力地冲何方远挥了挥手：“我要喝水。”

何方远为她倒了一杯水，她看也未看，接过后一口喝得干干净净，然后才想起了什么似的打量了杯子几眼：“不会是你或是哪个女人用过的杯子吧？”

“当然不是。我知道你的习惯，特意拿了一个新杯子。”何方远见蓝妹在他面前，连洁癖的习惯都不设防了，对他绝对信任，他坐在了蓝妹的对面，“好了，有什么话，现在可以说了。”

“你怎么知道我有话要对你说？难道我就不能只来你家随便坐坐，然后聊一些天南地北的话题？”蓝妹眨眨眼睛，想否认。

“如果到现在我还不了解你，我也就笨得没人要了。”何方远呵呵一笑，他伸了伸懒腰，用力朝后面一靠，想放松一下，却忘了他不是坐在沙发上——蓝妹坐在沙发上，他坐在蓝妹对面的一个小凳子上，凳子没有靠背，他一靠，收势不住，一屁股坐在了地上。

“咯咯……”蓝妹被逗笑了，笑得前仰后合，“你还真是笨得没人要了。”

何方远倒在茶几下面的毯子上，手正好卡住沙发的一角，使不上力，想起来却起不来，只好求助蓝妹：“蓝妹妹，助人为快乐之本，来，搭把手，我起不来了。”

“真的假的？”蓝妹起身，向前一步，见何方远确实手被卡住了，笑得更厉害了，“你怎么这么笨？笨死你算了。”

一边说，一边弯腰去搬沙发，想帮何方远脱困，从小娇生惯养的蓝妹何曾干过力气活儿，也不会用力，她半蹲身子，双手去抬沙发的一角，一用力，却滑手了，然后她身子向后一仰，和刚才何方远摔倒时的情形一模一样，朝后便倒。

何方远摔倒，是摔在地毯上；她摔倒，是摔在何方远的身上。只见蓝妹脚下一滑，头朝后一仰，“哎哟”一声，既不客气又不温柔地坐在了何方远的身上。

“嗯！”何方远闷哼一声，感觉到一个温润怡人的身躯压了过来，屁股正好坐在了他的肚子上。肚子是人体最柔弱的部位之一，蓝妹再轻，一坐也有不小的力道，他只感觉肚子如同泄气的皮球一般塌了下去，随即，一阵痛感迅速传了过来。

这还不算，不等他有时间体会蓝妹身体的美感，蓝妹的后背就压在了他的胸膛之上。好吧，蓝妹背朝着他坐在他的肚子上压在他的身上，也没什么，他也忍了，可是蓝妹的后脑也迅速逼近了他的脸颊，“砰”的一声，蓝妹的后脑和他的鼻子来了一次零距离的亲密接触。

“啊！”

如果被坐了肚子何方远的叫声是闷哼的话，那么被砸了鼻子，他的叫声就类似惨叫了。肚子虽柔弱，但坐在上面的部位是蓝妹身上肉多的地方，不至于太疼，但鼻子则不同了，被蓝妹的后脑砸中，他如同吃了一斤的酸杏一样，疼得犀利酸得倒牙，百般滋味一时全部涌到鼻子之上，要有多难受就有多难受。

“哎哟！”

伴随着何方远的两声痛呼，蓝妹也痛呼一声——其实于她而言，更多的是惊呼，吃惊大过疼痛——她头枕何方远的脸，坐在何方远的肚子之上，姿势十分不雅也就算了，慌乱中，她双手支撑想要起来，一只手却正好按在了何方远的手上。

按在手上也没什么，五指张开的时候，无巧不巧和何方远的五指全部扣在了一起，结果就成了十指相扣。

/ 第三十三章 /

机遇出现的节点

任谁也没有想到，一个简单的伸伸懒腰的动作，竟然引发了一系列的连锁反应，上演了一次意想不到的错乱事件。

蓝妹何曾和男人有过如此亲密的接触，况且还十指相扣，她顿时大羞，羞不可抑之下，连站起来的力气都没有了，竟然坐在何方远身上，一时呆在了当场。

何方远此时全然没有半分旖旎心思，他动了动手指，却发现还被蓝妹紧紧握住，挣脱不了，鼻子又酸又痛，眼泪都流出来了，他另一只手还卡在沙发下面，动弹不得，只好唉声叹气地说道："蓝妹妹，我的肚子是不是比沙发舒服多了？拜托，我快要被你压死了。"

"啊呀……"蓝妹如梦方醒，猛然跳了起来，不敢再回头多看何方远一眼，"我、我、我走了。"

"别走呀，刚欺负了人就走，太没人性了，你得对我负责。"何方远急了，他一个人还真站不起来。

蓝妹走了几步又站住了，回身过来，脸红得已经像西天的火烧云了："刚才，刚才……"

"别刚才了，快拉我起来，你想让我在地上躺个没完是不是？"何方远还从来没有如现在一样狼狈过，他苦笑一声，"刚才什么都没有发生，我什么都没有感觉到，行了吧？"

"流氓！"蓝妹小声骂了一句，伸手一拉何方远，将何方远拉了起来，"刚才的事情你要是敢说出去，我、我、我，我就再也不理你了。"

何方远坐直了身子，一边揉肚子一边抽出了被卡在沙发下的手，想笑却笑不出来："我干吗要说出去，这种丢人的事情，肯定会烂在肚子里……说到肚子，蓝妹妹，你坐坏了我的肚子、砸塌了我的鼻子，你也不帮我揉揉，真没同情心。”

“扑哧……”蓝妹见何方远的狼狈样子，忍不住笑了，不过见到他眼泪横流的惨样，又慌了，忙抽出纸巾帮他擦拭，“不好意思，我真的不是故意害你。哎呀，都流血了，快到厨房用冷水洗洗。”

也别说，蓝妹照顾人的时候，小意温存，还挺贤惠的样子。何方远心软，立刻就善良地原谅了她刚才的无心之举。

折腾一番，眼见快到中午了，蓝妹主动提出要帮何方远做饭：“要不，我帮你做饭来赔罪？”

“你？”何方远表示不敢相信，“你会做什么？”

“我会的可多了，你别小瞧人。”蓝妹手脚麻利地系上围裙，“告诉你一个秘密，我还会蒸馒头，会烤面包，会烘焙……”

何方远张大了嘴巴：“你一个下江人，还会蒸馒头、烤面包，我没听错吧？你不是都不吃面食吗？”

“嗯，以前是不吃，几年前不知道什么原因，爸爸吃了一顿馒头后，感慨地说，吃了一辈子米饭才知道原来馒头更好吃，从此家里就经常有面食上桌了。在爸爸的影响下，我也开始学习做面食了，然后我才发现，原来还是面食的花样儿多。欧美国家的主妇都会制作各种精美的面食，而且都以烘焙为主……”说到吃，蓝妹滔滔不绝，原来她也自有一套理论，“为什么面食在国内流行不起来，都以米饭为主呢？主要中国还是发展中国家，主妇没有时间和精力制作面食。面食的制作，需要耗费大量的时间、精力还有金钱，比米饭的代价大多了。等中国发展到了一定程度后，相信面食也会成为主流……”

对蓝妹的理论，何方远不置可否，他对吃没研究，也不讲究，不管蓝妹做什么，只要他可以当甩手掌柜，他就会来者不拒，有什么吃什么。

不多时，蓝妹做了一桌可口的饭菜，不过却没有为何方远蒸馒头，主要是何方远一个单身男人家中，没有面粉。

二人相对而坐，开始吃饭。尝了一口蓝妹的饭菜，何方远连连点头：“真的不错，没想到你还有这么好的厨艺。”

蓝妹一副如释重负的样子，吐了吐舌头：“还怕你挑剔，说难吃呢。既然你觉得好吃，不管你是真话还是假话，得多吃点儿。”

何方远正好饿了，狼吞虎咽一扫而光，然后拍了拍肚皮：“总算舒服了，肚子是用来吃饭的，不是用来当沙发的。”

“不许说了。”蓝妹脸又红了，掩耳盗铃一般捂住了耳朵。

饭后，蓝妹还迟疑着不肯走，何方远却困了，也知道她肯定还有话要说，就取笑她：“怎么了，是不是回味刚才我们一起吃饭的情景，很像是一对恋人？如果除了做饭之外，你还想留下侍寝的话，我没意见。”

蓝妹呸了何方远一口：“想得美，流氓思想。”

何方远不但肚子不疼了，鼻子也好了，他哈哈一笑，坐在了沙发上：“那就有话直说吧，别再藏着掖着了。刚才就已经闹了一出意外事件，如果你再不干脆利索地说出来，万一再出什么事情，就不好玩了。”

蓝妹脸红了一红，终于还是鼓足了勇气说出了她一直想问的话：“你是不是觉得我爸对你太冷酷无情了？我想了想，祥云姐的话有道理——做任何事情，都要两手准备才是光明大道，一条路走到黑，有时会因压力太大而让人心力交瘁。爸爸只提供一个管理者收购的选择，而管理者收购，难度太大，现在芝麻开门又有可能全盘收购兴众文学，岂不是说，你的管理者收购，完全没有胜算了？回来的路上我一直在想，去运作管理者收购，还不如自主创业更让你轻松，也有更大的发展空间。”

原来送完孔祥云之后从机场回来的路上，蓝妹一直假寐，是在想孔祥云的话。看来，孔祥云的出现以及她的理念，在蓝妹心中激起了不小的波澜。何方远沉思片刻，答道：“从投资者的角度考虑，蓝伯伯宁肯多投资几倍的资金，也要走管理者收购的道路，是他更想将风险提前消除。从我个人的角度考虑，其实不管是管理者收购还是自主创业，风险都一样大。只不过管理者收购是将风险放在了开始，等于是先难后易。毕竟管理者收购想要实施起来很难，但一旦成功，以立化原有的舞台为起点，成功的可能性就大多了。而自主创业，是开始容易，创业之后开拓市场阶段却会很难，是先易后难。两个选择其实没有本质上的区别，就和吃甘蔗一样，有人喜欢先从甜的一头吃起，有人喜欢先从不甜的一头吃起……”

“你真的这么想？”蓝妹如释重负，仿佛心头的一块巨石落了地一样，“可不要骗我哟。”

“当然不骗你，我是一个诚实的好孩子。”何方远见蓝妹神色之间还隐有忧色，就有意调节一下气氛。

“不管怎样，我还是不认可爸爸的做法，可惜的是，我没能说服他，他坚持他的原则。”蓝妹轻轻摇了摇头，又想起了什么，脸色一红，“如果管理者收购失败了，你是不是会和祥云姐在一起了？”

何方远很不喜欢蓝成器将管理者收购成功与否将他和蓝妹能否在一起捆绑的做

法，而且平心而论，他现在还是考虑事业多一些，至于感情问题，还真没有明确做出要和谁在一起的决定。

“事业和感情，是两条线，不能混为一谈。就算和孔祥云合作事业，也未必就一定和她谈恋爱。”何方远呵呵一笑，一脸无所谓的表情。

“和我也一样，是不是？”蓝妹咬着嘴唇，紧盯着何方远的眼睛不放。

“什么时候帮我联系一下大马哥，看大马哥能不能在百忙之中抽出时间接见一下我这个对他向往多年的仰慕者？”何方远顾左右而言他。

“讨厌。”蓝妹会心地笑了，似乎得到了想要的答案一样，开开心心地走了，“等我回去问一问，动用一下关系网，看谁能说上话。”

何方远没有送蓝妹下楼，站在窗前，看到蓝妹开车离去，他才收回目光，想到了什么，微微地笑了。

中午美美地睡了一大觉，虽说有无数难题等着解决，但饭要一口一口吃，路要一步一步走，心急吃不了热豆腐，在距离三剑客回归的大半年时间里，何方远相信还会有许多变故和机会，会为他打开一扇又一扇的机遇大门。

机遇出现的节点，比何方远预计的还要提前许多，下午3点左右，他刚睡醒，手机响了。一看是一个陌生的手机号码，他犹豫一下还是接听了电话。

“方远，下午有时间吗？一起出来喝个茶。”

何方远的呼吸都为之一窒，是李丛林！李丛林如此迫切地想和他见面，肯定有至关重要的事情要和他面谈，他深深地吸了一口气：“有时间，李董说时间地点，我马上过去。”

“宋园茶馆，3号房间，我等你。”李丛林话不多，报了地点就直接挂断了电话。

何方远迅速下楼，他离宋园茶馆不近，开车大概半个小时，不能让李丛林久等，刚才李丛林只报了地点并没有点明时间，就说明他离得近，几分钟就会到。身为下属，必须拿出应有的谦逊的姿态，让上司久等也是下属的失礼。

20分钟后，何方远总算比预计时间提前推开了宋园茶馆3号房间的房门。

宋园茶馆3号房间，虽然其名不扬，和其他诸如畅园、拙政园以及沈园等名园的名字相比，连一个大名也没有，但房间内的陈设却十分古典高雅，而且从房间的私密性以及装修的考究明显可以看出，3号房间是宋园茶馆最高端的房间之一。

李丛林坐在房间正中的茶具面前，没有茶博士在旁，他一个人自斟自饮。见何方远进来，微一欠身：“方远来了，挺快，我还以为你最少要40分钟，所以打算第二壶茶为你准备。你来得正好，第一壶茶水刚好，就不用等第二壶了。”

何方远微微一笑，这么说，在李丛林的心目中，他从第二壶茶上升到了第一壶茶的高度了？谁都知道，头道茶好喝，招待贵客，都是请上座上好茶。

坐在李丛林对面，何方远的心还怦怦直跳。他不是畏惧李丛林的权威，也不是因被李丛林主动约见而激动得不知所以——他还不至于如此肤浅和没见过世面——而是他隐隐猜到，李丛林急于见他，谈论的必然是大事，而以李丛林的级别所涉及的大事，多半和兴众文学未来的命运有关。

而兴众文学的命运，也和他的命运息息相关，莫非梅长河向他透露的有关芝麻开门有意全盘接手兴众文学的消息，也正是今天李丛林找他要谈及的话题？

“方远，你平常爱喝什么茶？”李丛林茶道娴熟，不用茶博士动手，他自己手法纯熟，上下翻飞间，已经为何方远倒了一杯香茶。

何方远屈指一点桌子，以示回礼，笑道：“平常爱喝一些白茶、绿茶，还有金骏眉、铁观音等。”

“哦，不爱喝普洱？”李丛林冲泡的茶是峨嵋雪芽，淡黄的茶汤表明此茶是绿茶。

“普洱……炒作得太厉害了，盛名之下，其实难副，好的也有，但鱼目混珠的太多了，就成了劣币驱逐良币了。”既然是喝茶，以评茶点题引出正文，也不错，何方远就顺着李丛林的话向下延伸。

“说得也是。”李丛林微一点头，话题进一步拓展了，“你有没有发现，国内的企业家中，爱茶者居多，远远超过爱咖啡者，是什么原因呢？”

对于这一点，何方远真没有研究过，印象中，马大勉似乎偏爱咖啡，当然，马大勉不算企业家，只是职业经理人，至于乔国界爱喝茶还是咖啡，他还真不清楚。

“年轻一代的企业家中，比如小马哥、李颜红还有大马哥，应该爱喝咖啡胜过喝茶吧？”何方远有意将话题往业内引了一引。

“据我所知马匀和李颜红都比较爱喝茶，至于马化龙，就不清楚了。”李丛林又泡了一杯茶，微微一笑，“茶可以修身养性，咖啡虽然可以提神，却有副作用，而茶平和，不刺激，有利于思索，所以国内的企业家中，喝茶者居多。”

“不过据说喝浓茶又不爱运动的话，容易得肾结石？”何方远继续和李丛林深入交流茶文化。

“不喝茶不爱运动，身体也不会健康，呵呵。”李丛林呵呵一笑，举杯朝何方远示意，将杯中茶一饮而尽，“业内流传的一个段子是，马匀在一次座谈会上，被总理很直率地指责，总理说，你们的那些网上店铺，严格来说都不合法，就在你网上一注册就是公司了？……听说过这个段子吗？”

话题终于引到了大马哥身上，何方远心中的预感越来越强烈，今天的会面，应该真的和大马哥有关，他摇摇头：“还真没有听说过。”

李丛林笑了笑，继续问道：“你认为三巨头中，和实业瓜葛最深纠缠最多的是哪一家？”

何方远不假思索答道：“芝麻开门。”芝麻开门的电子商务模式虽是网上交易，但必须借助于实业的生产、物流才可以实现，只不过是将挑选和支付环节放在了网上。

“所以，芝麻开门也是三巨头中最容易被政策左右的。有时候打败芝麻开门，不需要多高的技术含量，一个文件足矣。”李丛林继续围绕芝麻开门的话题一步步深入，“你应该听说过马化龙的一句话——企鹅是传统行业的合作者，而芝麻开门是传统行业的摧毁者。”

这句话何方远确实听到过，当时他还惊讶，小马哥为什么要隔空喊话敲打大马哥呢？小马哥的真正用意他是猜不到，但可以从中嗅出浓浓的战意。

点了点头，何方远不解地说道：“其实说起来，芝麻开门对国内的就业贡献最大。只不过支付宝颠覆了传统行业的支付模式，而余额宝又动了银行存款和理财项目的蛋糕，早晚，芝麻开门会被政策敲打。”

大马哥所做的事情一直是在整合生态圈，将无数行业整合在一起，而芝麻开门则位居食物链的最顶端，制定规则。别的不说，只说支付宝对传统支付方式的颠覆，如果在线下的实体商店购买家电，先将款项打到第三方账户，等过一段时间再确认，实体商店才能拿到货款，一改一手交钱一手交货的交易模式，会让实体商店十分难受，甚至无法适应。

余额宝就更不用说了，一元起点高额回报，比起银行的理财项目动辄五万元以上的起点，可谓门槛极低，而且余额宝是日结息，还利滚利，对于小老百姓来说，多一块钱也是多，所以余额宝一经推出，短短时间内就成为国内最大的一支基金。

由此引发的连锁反应是，银行的存款连月下降！

何方远越想越是惊心，敏感地意识到了什么：“李董是不是听到了什么风声？”

/第三十四章/

问计

“风声是有一些……”李丛林含蓄地笑了，见何方远紧跟他的思路，不由暗暗赞赏，怪不得何方远可以脱颖而出，确实是一个眼光长远而且善于发现问题、思索问题、分析问题的年轻人，年龄可以年轻，但思想必须成熟，“据说，几大国有银行有意联手限制支付宝和余额宝的支付额度，同时，工商机关也准备对网店征税，另外，还要制定网上购物七天无理由退货的规定……”

好嘛，三管齐下，限制支付额度，可以直接对电子商务的大额交易带来不可低估的重创，而对网店征税，进一步压榨了网店的利润空间，相应地，网上销售的物品价格就会上涨，当作为网店唯一也是最重要的价格优势没有了，网购的意义何在？而网上购物七天无理由退货的规定，会直接导致一批恶意购买者购买物品之后，使用七天再要求退货，许多店铺会因成本大幅上涨而倒闭！

“这样一来，芝麻开门的日子就不好过了，大马哥不会坐以待毙，会寻求突围。”何方远愈加肯定了他的判断，今天会面的主题，就是大马哥在芝麻开门面临着重大困境之时，怎么规避风险。

“电子商务是芝麻开门的金蛋，马匀肯定舍不得丢掉。但舍不得丢，也得想办法让金蛋在整个体系中所占的比值降到最低，那么最好的办法就是化整为零，将芝麻开门庞大的资金分散到别的行业中去，寻求一种和实业冲突最小的行业来投资，是目前行之有效的最好办法。”李丛林又喝了一杯茶，将茶叶倒掉，换上了新茶，“第二壶茶了。”

酒过三巡茶过两壶，都意味着话题要深入到核心问题了，何方远点了点头，若有所思地说道：“大马哥既然深受政策问题的限制，那么他再投资别的行业，肯定会顺应政策的发展方向，下一步，文化产业是国家重点战略的产业……”

李丛林欣慰地笑了，果然不出他所料，何方远对芝麻开门的一举一动了如指掌，放眼整个立化，乃至整个兴众文学，他也算是眼光长远最出类拔萃的一人了。

“你听到什么了？”李丛林试探一问，又亲自为何方远倒了一杯茶。

何方远恭敬地举起茶杯：“谢谢李董。”一口饮完杯中茶，放下茶杯才说，“听说大马哥也有意进军互联网版权产业？”

李丛林心中喟叹一声，立化有何方远这样的人才，却被陈果压制被乔国界冷落，是兴众的悲哀，如果让何方远担任兴众文学的CEO，肯定会比陈果强上许多。陈果既无创新力，又没有开拓精神，甚至连业内的风吹草动都不能及时察觉，他高坐兴众文学的CEO之位，是兴众文学之不幸。

见李丛林微微一怔的表情，何方远已经可以百分之百肯定李丛林前来找他就是为了传闻中的马匀有意全盘接手兴众文学一事，为了加深他在李丛林心中的印象，他也不再含蓄，直截了当地说道：“有传闻说，大马哥有意全盘收购兴众文学。”

何方远一直固执地称呼马匀为大马哥，而李丛林或许是自恃身份，或许是不喜江湖气息的称呼，他一直直呼马匀其名。

“呵呵，方远，你的消息相当灵通嘛。”李丛林呵呵一笑，虽没有正面回答何方远，但他对何方远的赞赏，还是间接承认了消息属实。

何方远谦逊地一笑：“我也只是道听途说，不知道真假。”

李丛林点头说道：“确有此事。昨天乔董启程前往杭州，和马匀私下会面去了。”

这么快？何方远心中一惊，原以为传闻只是大马哥放出的风声，没想到，居然第一波的接触已然成行，这么说，双方的意向都是相当强烈了？

“如果兴众文学可以以高价转让给芝麻开门，也算是好事一件了。”何方远震惊过后，有意试探李丛林对此事的看法，“不过乔董要卖掉兴众文学，难道不想上市了？”

“乔董的想法，谁也猜不到。”李丛林并没有直接回答何方远的试探，而是绕了一个弯，“方远，说说你的想法，你真的认为卖掉兴众文学是好事？”

兴众文学是乔国界的兴众文学，卖掉是不是好事，别人的感受不重要，乔国界的感受才重要。平心而论，卖掉兴众文学，不管是对何方远还是对李丛林来说，都不是什么好事。

“大马哥想投资文化产业，是长远的一步布局。也是，互联网版权产业和传统产业的冲突最小，不会和芝麻开门的电子商务一样，引发许多传统行业的围攻。而且未来的政策发展方向，也是对文化产业有较大的扶植，从芝麻开门目前的困境出发，从大马哥喜欢战略投资的手笔来看，他现在出手收购兴众文学，正是时机。”何方远侃侃而谈，喝了李丛林两壶茶了，不拿出一点真本事来，对不起李丛林的热情和盛情，“况且现在正是兴众文学估值最低的时候，企鹅有了开天，千方有了驰骋，能全盘一口吞下兴众文学的巨头，眼下也只有芝麻开门了。所以说，大马哥出手，时机拿捏得很准。”

李丛林不说话，只是微微点头，示意何方远继续。

“不过话又说回来，卖掉兴众文学，对李董和我来说，都不是一件好事。”何方远给出了李丛林想要的答案。

李丛林微微一愣：“怎么说？为什么不是好事？”

“对有些人来说是好事，对李董和我来说，就未必是好事了。”何方远又突出强调了他和李丛林，淡淡一笑，“李董和我，都希望在兴众文学的舞台上施展手脚，兴众文学一旦卖掉，易手他人，以后的前景就不明朗了，毕竟大马哥再有眼光再高瞻远瞩，对于互联网版权产业，他也是一个外行。外行指挥内行，往往不会有好的结果。况且以大马哥的为人，如果兴众文学被他全盘接手的话，基本上兴众文学目前的管理层，从上到下，会被他全部换掉。”

何方远话里话外的意思已经很明确了，如果芝麻开门接手了兴众文学，上，包括李丛林在内，下，包括他在内，都会被清洗一空。不能跟随兴众文学一起到芝麻开门旗下，失去了兴众文学的兴众，也将没有了他和李丛林的用武之地。

当然，李丛林还是兴众的总裁，即使不再担任兴众文学的董事长，也可以继续留在兴众担任高管，尽管如果没有了兴众文学作为战场，他在乔国界的眼中基本上也成了鸡肋，不过至少他还有个一年半载的缓冲期，以他的层次，半年之内找到更好的下家继续当他的总裁或是董事长，问题不大。

“呵呵，方远对兴众文学的出售，是不是过于悲观了？”李丛林有意加重了口气，“以我对马匀的分析，就算他接手了兴众文学，也不会全部换掉兴众文学目前的管理层，他要的是整个舞台和团队，没有了团队，只要一个空空的舞台有什么用？要我说，他要换掉的，只是兴众文学董事会，包括我这个董事长在内，也包括陈果，至于你，不但不会失业，而且还会受到重用。”

李丛林是在宽慰他还是在试探他？何方远微微一想，算了，不和李丛林绕来绕去了，虽然他和李丛林不是很熟，但既然李丛林主动出面私下和他面谈，就说明李丛林危机感很强烈，也说明李丛林有和他沟通的意愿，他就明白无误地表达了他的观点：“兴众文学卖或不卖，是乔董的事情。合适不合适，也是乔董说了算，我们只能被动等待。但卖掉或卖不掉，对我们个人前途的影响就太大了。卖不掉的话，先不说了，一旦卖掉，作为兴众最有价值的核心资产从兴众剥离出去，兴众的核心业务就只剩下网游了，而兴众的网游近年来日薄西山，怕是也支撑不了几年了。如果乔董真的卖掉了兴众文学，其实就相当于乔董要从整个互联网业务上收手了，联想到前几天乔董收购旧城百货的消息被外界解读为乔董有意投资实业，李董，兴众文学是否被卖掉，事关整个兴众帝国的未来。”

“……”李丛林沉默了，何方远的话说中了他的心事，剥离出兴众文学的兴众帝国，就如一家之中失去了最有活力的青年，只剩下了风烛残年的老年人，家将不家，到时他也将无家可归了，所以他现在最担心的问题是，兴众文学到底能不能卖出，而放眼整个兴众文学，对局势分析最准的唯何方远一人而已，所以他想听听何方远的看法作为参考。

兴众文学卖或不卖，事关他个人职业生涯的重大转折，必须谨慎对待，可不能和马大勉一样，最后黯然收场，甚至以后都很难再找到合适的下家继续职业经理人生涯。

“根据你的观察，乔董和马匀的会面，会不会达成意向？方远，说说你的看法。”想了一想，李丛林不再矜持，直接说出了他今天找何方远喝茶聊天最想知道的问题。不知何故，他固执地相信何方远的眼光，相信何方远的分析会促使他不再犹豫不决，最终下定决心。因为何方远在集体辞职事件之后的一系列表现，太让他惊叹和欣赏了。

当然，还有更深层次的原因让他相信何方远早就做好了应对兴众文学巨变的准备，从某个特殊渠道得知的消息是，何方远有意跳出立化自主创业，或是要对立化提出管理者收购。不管是哪一种，都说明了一点，何方远比任何人都关注兴众文学的出售。

果然是喝茶虽易，消化不易，且喝且珍惜，重头戏来了，何方远没有立刻回答李丛林的问题，而是端起一杯茶，慢条斯理地抿了一口，然后才缓缓地开了口。

倒不是何方远故意矫情，而是他在斟酌语言，李丛林不惜以总裁之尊向他问计，他必须拿出真才实学才能让李丛林满意。而且他心中隐隐有一个预感，或许在合适的时候，李丛林会对他的管理者收购计划，起到正面的推动作用。

“乔董有卖的意向，大马哥有收购的意向，所以才会坐在一起谈。但意向是一回事儿，能不能落到实处，是另一回事儿。乔董和大马哥之间，在对兴众文学估值的判断上，应该存在着不小的落差。”何方远语调不徐不疾，以淡定从容的语气说出了他的分析，“大马哥认为现在兴众文学上市不成，企鹅和千方又各自收购了互联网版权产业网站，眼下可以全盘收购兴众文学的唯有芝麻开门一家而已，放眼国内，其他公司要么不感兴趣，要么实力不济……在没有选择的情况下，兴众文学只能接受芝麻开门开出的低价。除非乔国界任由兴众文学在企鹅和千方的围堵下，估值继续下滑。”

“依你看，现在的兴众文学估值还有多少？”李丛林忍不住插了一句，实在是何方远煞有介事的样子，太像一个业内沉浸几十年的资深人士了。

“5亿美元左右。”何方远被打断了思路，微微整理了一下思绪，又说，“现在兴众文学过早地闭环导致士气大降，高价买断的版权方的作品质量下滑，人气低落，如果站在局外人的角度来看，兴众文学包括立化在内，死气沉沉，有一种日薄西山的凄凉。”

“乔董会怎么想呢？”李丛林没有回应何方远对兴众文学现状的形容，而是问起了乔国界和马匀的过招。

“乔董会认为企鹅有了开天、千方有了驰骋，而芝麻开门还什么都没有，已经落后企鹅和千方许多了，如果不快马加鞭地追赶，在第四次互联网浪潮中，芝麻开门会有被淘汰出局的危险。实际上，芝麻开门在四面楚歌的困境下，全盘收购兴众文学是战略投资，是转嫁矛盾，也是必需的选择，综合以上因素，芝麻开门除非开创一个互联网版权产业的新站，否则收购兴众文学是唯一的选择。”难得有机会让他细心而全面地分析乔国界和大马哥的较量，何方远一方面是在用心回答李丛林的问题，另一方面何尝不是深入其中在为自己寻找机会？

“说得好，说得好！”李丛林激动了，一拍桌子，“当泡第三壶茶。”

如果说第一壶茶是由陌生到熟悉，第二壶茶是试探加深入，那么第三壶茶，就是深谈和交心了。何方远心中大喜，没想到一次喝茶，居然让他喝到了李丛林这样高层次的朋友，确实收获不小。

“在这样的信心的支撑下，乔董断然不会接受大马哥趁火打劫式的超低出价，那么二人的会面结果可想而知，会是一次不欢而散的会谈。”何方远最后为他的分析画上了一个句号，当然，话不能说得太满了，又谦虚地一笑，“以上，只是我的胡言乱语，说对了，就是纯属巧合。说错了，只当博李董一笑。”

说话间，李丛林已经泡好了第三壶茶，和前两次先将第一杯茶倒给自己不同，这一次，他第一杯茶倒给了何方远：“来，方远，尝尝我的珍品白茶。”

之前其实何方远已经喝了出来，第一壶茶味道虽然不错，却没有第二壶茶清香宜人，而且两者显然不是同一品种。虽然平常爱喝茶，但他对茶道没有深入的研究，还做不到品茶知味的地步。现在第三壶茶，李丛林直接点明了是珍品白茶，就更坐实了何方远的推断——李丛林的三壶茶，壶壶递进，一壶比一壶的茶叶更高端。

也可以理解为，如果对话不合李丛林之意，那么他就没有机会喝到第二壶茶了，更不用提第三壶的珍品白茶了。既然珍品白茶泡上了，就说明了一点，他被李丛林深度认可了。

何方远郑重地品尝了一口李丛林的珍品白茶，确实，味道比起前两壶茶，又好上许多，多了淡雅和回味，他客气地回应："谢谢李董的盛情，茶香四溢，唇齿留香。"

李丛林摆了摆手："不说这些虚套的话，方远，如果真如你所说，乔董和大马哥的第一次会谈不欢而散，那么兴众文学的未来，会是怎样的走向？"

"李董，我想问您一个问题……"何方远不能总是被动地被李丛林考验，他也要摸一摸李丛林的脉络，"您认为兴众文学还有上市的可能吗？"

/第三十五章/

生路给别人，财路留自己

若是平常，李丛林会避而不答这个问题，这个问题在兴众内部是一个极其敏感的问题，或者说，是乔国界的痛处，但现在，他只是微一迟疑，就缓缓地摇了摇头："虽然有空行加入，但兴众文学两次冲击纳斯达克失败，短期内，上市基本是没有希望了。"

"上市没有了希望，面对企鹅和千方的围堵，兴众文学又无力突围，立化的流量和人气持续下降，而现在开天还没有全面发力，等半年之后，三剑客正式回归，高调接管了企鹅文学并且担任了开天的高管之后，再加大对立化和兴众文学的包抄力度，兴众文学还能坚持多久？"何方远见话题已经深入到了可以坦诚相见的地步，也就不再隐瞒他的真实想法，"乔董对互联网版权产业，已经心灰意冷了，抛售兴众文学，只是早晚的事情。所以虽然第一次和大马哥有可能谈不拢，但应该还会有第二次、第三次，一个想卖高价，一个想低价吃进，双方会进入一个讨价还价的拉锯阶段。最后的时间节点会在三剑客回归之前，有一个最终的结果出现。"

李丛林不动声色地点了点头，他表面上努力保持了平静，实际上内心却是波澜大起——何方远的话在他的心中，激起了惊涛骇浪！

倒不是何方远的分析多么惊人多么具有前瞻性，而是以何方远的级别，他能超越他所在的位置，站在和李丛林平等甚至是高他一等的高度俯视全局，对整个形势进行精准的判断和入木三分的分析，达到了一针见血的地步，完全不符合他的年龄和身份……怪不得这个年轻人在集体辞职巨变中脱颖而出，怪不得在兴众文学闭环之后他会被乔国界冷落、被陈果架空，乔国界不希望身边有一个对他了解得如此之深的人担当重任，乔国界只需要没有多少思想的"好人"来守护他的国土。而陈果也不希望在立化有一个可以随时挑战他权威的总经理。

何方远被闲置，既是乔国界有意的默许，是过河拆桥式的冷藏，也是陈果刻意的妒贤嫉能，是兴众文学日薄西山、没有容人之量的具体表现。不知是悲哀还是无奈，李丛林心中暗叹一声，如果兴众由他当家作主，他一定不会让何方远受到冷落。

不过也正是兴众目前的种种弊端，才让何方远心生去意。其实乔董还不如放何方远离开，总好过何方远在兴众文学内部，一步步不动声色地挖兴众文学的墙脚。冷藏何方远，说不定最终是为自己制造了一个心腹大患。

留条生路给别人，等于是留条财路给自己。

“方远……”李丛林震撼过后，努力恢复了平静，想再明确一下他的猜测，“有传闻说，你想跳出立化自主创业，是不是真的？”

“嗯……”何方远微一沉吟，不知道该怎么回答李丛林的问题，信任李丛林的话，也许可以赢得他的信任，但也有可能被他转身出卖。

“你可以信任我，我还不至于和陈果一样目光短浅。”李丛林呵呵一笑，表明了立场，“我和你一样，也在寻求出路。”

何方远点了点头：“确实有这个想法，不过难度比较大，主要是乔董不放人。”既然明说了，他不借机打探一下李丛林的真实想法，岂不坐失良机？而且他突发奇想，或许，他可以和李丛林联手，“三剑客辞职之前曾经向乔董提出过管理者收购的想法，但没有成功，如果三剑客有李董一样的高位，也许结果会大不一样了。”

李丛林听出了何方远的暗示，哈哈一笑：“方远，你是鼓动我向乔董提出管理者收购兴众文学？”

“也未尝不是一件好事。”何方远并不掩饰他的野心，“如果我到了李董的位置，以现在的情形来看，管理者收购不失为一条成功的大道。”

“问题是，就算成功了，脱离了兴众之后的兴众文学，在管理者手中，怎么破解现在被企鹅和千方围困的难题？”李丛林既是有意考一考何方远，也是有感而发。

“兴众文学如果掌握在我的手中，我有把握说服大马哥以一个合适的价位收购。”何方远自得地一笑，“我不如乔董狮子大开口地要价，但要价也不会太低，而且还会有一套提升兴众文学竞争力的方案免费奉上，如此一来，相信大马哥会被打动……只不过，梦想只能是梦想。”

“你的意思是，如果我完成了管理者收购的计划，你会追随我，一起打天下了？”李丛林饶有兴趣的样子，似乎是被何方远说动了。

“会，不过我会提出股权上的要求，同时，我还会要求进入董事会。”何方远直言不讳，有时直接地透露在利益上的诉求，反而会更让人相信他的决心。

李丛林果然相信了何方远，哈哈一笑：“今天的谈话，很愉快，来，喝茶，继续喝茶。”

对李丛林的避而不答，何方远也不勉强，他要的只是提出一种可能，至于李丛林到底怎么想，无关他的大计。当然，如果李丛林真的如他提议向乔国界提出了管理者收购的想法，那么他也乐观事态的发展。

主要是何方远相信，李丛林应该不会甘冒巨大的风险提出管理者收购，李丛林和他不同，他是董事会成员，本身就持有兴众和兴众文学的股份，轻易不会表露异心。

李丛林想找退路，比何方远要难上许多倍，因为他的位置太高了，国内可以容纳他的高位的公司，不是很多，他轻易不敢离开兴众。提出管理者收购，是孤注一掷的做法，赌注太大了。

何方远大不了从头开始，李丛林却承受不起一败涂地的后果。人生有时因为所处的位置不同，考虑问题的出发点也大不相同。

喝完第三壶茶，到了晚饭时间，李丛林却没再留何方远共进晚餐，而是以有事为由，离开了。何方远也知道今天的谈话已经尽兴，适可而止地结束，才有意味深长的余地。

和李丛林分开后，何方远回到家中，随便吃了一点东西——中午蓝妹做的饭菜还剩下了一些，他热了热，对付了几口——就睡下了，一觉睡到大天亮。

第二天一天无事，何方远安静了下来，既然休假了，就得拿出休假的姿态，他先是看了一上午书，下午去健身馆锻炼身体，到了晚上，早早睡下——他进入了休假状态，以休养生息的心态安享假期。

本以为安静要持续两三天时间，七天假期，最少也要让他休息三天才行，不料何方远只休息了一天，第三天一早，北京来电了。

是孔祥云。

“有一个好消息和一个坏消息，你想先听哪一个？”孔祥云的声音穿透上千公里的距离传来，依然清晰如在耳边，而且生动如夏末明媚的阳光。

何方远忽然间就有些失神，不知不觉夏末了，时间过得真快，秋天的北京最是迷人，如果有机会到北京爬爬香山赏赏红叶，也不失为人生一大乐事，才这么一想，就随口答道：“当然是好日子先过了。”

“李颜红不在北京，不过我电话向他请示了你想见他的想法，结果你猜怎么着？”孔祥云有意卖关子，捉弄一下何方远。

何方远才睡醒，头脑还不是十分清楚，愣了一愣才明白过来孔祥云有意逗他，不由笑道：“现在才早上6点，你吵醒我的美梦，就为了故弄玄虚？”

孔祥云嘟囔说道：“真不好玩，一点儿也不配合一下，好吧，告诉你好了，李颜红说，他明天就回北京，如果你方便，明天就有时间见你。”

“明天？”幸福来得太快太突然，何方远一时没反应过来，“明天是周二，我上班，走不开呀……不对，我休假了，随时可以去北京。行，没问题，你帮我定下明天见面的时间、地点吧，我明天一早到北京。”

听到何方远兴奋的声音，孔祥云爽朗一笑：“还有一个坏消息呢……”

何方远现在是完全清醒了，愣了一愣：“什么坏消息？”

“乔国界也在北京……”

“乔国界也在北京算是什么坏消息，他哪里不能去？”何方远不解地反问了一句，问完之后才意识到又上了孔祥云的当，孔祥云还在耍他，不由气笑了，“赶紧一口气说完，别话说一半，故意折腾人。”

“乔国界不是一个人来的北京，他和大马哥一起。”孔祥云嘻嘻一笑，见计谋得逞，有说不出来的开心，又想起了以前经常捉弄何方远的情形，几乎要笑出声了，还好，她压下了心中的欢笑，还是说正事要紧，“而且二人是从杭州乘同一航班来的北京，现在住在香格里拉酒店，看样子，是想就什么事情继续深谈。”

果然不是好消息，何方远心中大跳，难道说他之前在李丛林面前对乔国界和大马哥面谈结果的分析出了偏差，乔国界和大马哥并没有谈崩，而是初步达成了意向，所以才会转移战场，从杭州飞到北京继续深谈？

“你怎么知道的消息？”何方远是问孔祥云怎么会知道乔国界和大马哥同机抵达北京的消息，按说如大马哥一般的人物，除非公事，平常出行都会十分低调，而且行踪保密。

“你以为在芝麻开门内部，千方会没有内线？”孔祥云神秘地说道，“当然，在千方内部，也会有芝麻开门和企鹅的内线。我之所以知道乔国界和大马哥的行踪，主要也是千方在芝麻开门的内线，正好是我的一个追求者。怎么样，美人计有时候还是可以起到正面的推动作用，是不是？我还知道，乔国界去杭州是和大马哥洽谈兴众文学的出售事宜，而且据可靠消息说，似乎初步达成了意向，然后正好大马哥有点事情要来北京处理，乔国界兴趣所至，也跟来了，想继续敲定此事……对你来说，是不是一个坏消息？”

绝对是坏消息，还是天大的坏消息，何方远心中莫名一阵狂跳，如果乔国界趁热打铁，一举和大马哥达成了协议，那么不但他的管理者收购计划一举落空，就连李从林意想中的管理者收购兴众文学的设想，也会胎死腹中，还没有形成计划就再也没有提出的可能。

怎么会？怎么可能？难道说，乔国界没要高价？乔国界和大马哥如果能达成初步的共识，那么只有一种可能是，乔国界急于想出手兴众文学，直接要了一个低于大马哥心理预期的低价！

可是……怎么可能！以乔国界的为人，向来视兴众文学为兴众帝国最后的金矿，即使卖，他也不会打折处理，想当年向企鹅开口要出8亿美元的高价时，他是何等的魄力和何等的底气，难道说现在乔国界士气低落到了随便一个价钱就能打发的地步？

不可能！

何方远不相信孔祥云打听到的消息，他当机立断：“我马上坐最快的航班到北京，祥云，你到机场接我一下。”

“行，没问题，我代表千方、代表北京人民，欢迎你。”孔祥云咯咯地笑了，笑声中，有开心也有祝愿，“方远，不要急，相信事情肯定还有缓和的余地。”

相信是一回事儿，亲力亲为是另一回事儿，不能在家中坐等结果，必须主动出击，何方远放下电话，刚打开网页准备订票，手机又响了。

是蓝妹来电。

“方远，你跟我去北京一趟，我托人联系上了大马哥，大马哥正好在北京，他在北京的行程不紧，应该有时间见你。”蓝妹还不知道何方远已经知道了乔国界和大马哥在北京的事情，不过尽管她并不清楚何方远想见大马哥意欲何为，想怎么打开局面，但既然何方远提了，她就放在了心上，一有消息就通知了何方远。

“好，我刚好要订去北京的机票。”何方远见事情凑到一起了，倒也是好事，“我连你的也一起订了算了。”

“不用，我已经订好了。”蓝妹雷厉风行的时候，也是十分利索，毫不拖泥带水，“20分钟后，我到你家楼下。”

蓝妹什么时候知道了他的身份证号码？何方远一边纳闷，一边赶紧收拾东西，等他刚刚收拾好行李时，楼下已经传来了汽车喇叭的催促声。

坐上了蓝妹的沃尔沃XC60，何方远见蓝妹双手空空，没有行李，不由奇道："去了北京，肯定当天回不来，怎么不带行李？"

"不用，直接住我家的酒店就行，酒店里，有我的专用房间。"蓝妹见何方远收拾了一堆东西，笑了，"怎么跟打仗一样，以后再去北京，什么都不用带，直接住我的房间就行。"

"今晚也一起住？"何方远坏坏地一笑。

"一起住就一起住，有什么呀？"蓝妹眨了眨眼睛，"反正是套间，大得很。"

好吧，何方远败了，又问："你怎么知道我的身份证号码？"

"上次去北京，你不是登记了身份证？后来我调出来就记下了。"

"啊，酒店业也太没有职业道德了，怎么随便透露客人的隐私？岂不是说，以后我不管在哪里开房，都可以被人查到了？"何方远吃惊不小。

"当然了，你以为你做什么事情都是神不知鬼不觉？做梦！一举一动都有人监视，在北京，就算你和别的女人不在我家的酒店开房，我也能查到。"蓝妹哼了一声，斜了何方远一眼，好像何方远已经和别的女人开过房间了。

何方远只好无辜地挠了挠头："我傻呀，非要去开房，直接去家里不就得了，难道说我和一个女人在家里做什么，你也能查到？你以为你是FBI？"

"你和谁？"蓝妹又笑了，笑得很含蓄很意味深长，"别告诉我是孔祥云，你们男人不是常说，好马不吃回头草吗？"

"就是打个比喻，你也问个清楚，真没劲！"何方远闭上了眼睛假寐，"我先休息一下，到了机场叫我。上了飞机后，再告诉你一个重大新闻。"

飞机腾空飞起，蓝妹坐在靠窗户的位置，她朝外面张望了几眼，然后用手一捅何方远："飞机都飞了，重大新闻是什么，快告诉我。"

"重大新闻就是……"何方远微微一笑，"乔国界也在北京。"

"怎么会？"

"事情是这样的……"何方远将事情的来龙去脉向蓝妹一说，蓝妹才知道原来背后还另有玄机。

"我还以为就我在帮你，原来还有孔祥云，祥云姐对你真好，你的事情她时刻放在心上。"蓝妹头靠在后座上，摇头笑了笑，"有时想想，你似乎也没有想象中那么可靠，因为你身边的女人太多了，女人一多，你就容易三心二意。”

“拜托。”何方远喊冤，“哪个男人身边不是一群女人？这个世界就两种人，男人和女人，女人有一半之多，我身边的女人怎么可能不多？女人再多，又能如何？要么是同事关系，要么是工作关系，要么是同学关系，还能怎样？”

/ 第三十六章 /

成功的必备前提

“还能怎样？”蓝妹扳着手指为何方远算账，“同事关系的是梅荏苒，同学关系的是孔祥云，工作关系是我，你自己说说看，现在都成了什么关系？”

“你没去上班？关于我们办公室恋情的消息，传开了没有？”何方远没接蓝妹的话，主要是接不下去，越接越麻烦，和女人尤其是关系介于同事和恋人之间的女人讲道理讲不通，只能转移话题。

还好蓝妹是聪明的女孩，知道适可而止的道理，她嘻嘻一笑：“昨天上班了，也见了陈果，他没事儿人一样冲我打招呼，什么也没说。至于我们的事情嘛……好像有那么一点儿风声传出，不过只局限在小范围内，但是范记安告诉我说，樊铮在有意散发消息。今天还没来得及上班，就和你去北京了，估计今天会愈演愈烈。”

又想了一想，蓝妹微有不解：“现在再传出我和你的办公室恋情，是不是也没用了？你似乎想从侧面突破了，用不着因为办公室恋情而辞职然后和乔国界面对面了？”

“怎么用不着？别急，每一步都会有用，等时机。就算没用也没什么，总是让陈果知道了我的反击。”何方远闭上了眼睛，“先休息一下，到了北京好干活儿。”

“就知道睡，你已经休息好几天了。”蓝妹推了何方远一把，不想让他休息，想让他和她说话，可惜何方远没理她，她只好也闭目养神了。

飞机一落地，何方远刚打开手机，电话就打了进来。他以为是孔祥云，不料却是范记安。

“何哥，又飞了？半天打不通电话，一直关机，去哪里了？蓝妹也没在，你们别是私奔了？”范记安改不了臭嘴的毛病，上来就是冷嘲热讽。

蓝妹在旁边正好听到，“切”了一声：“你告诉范记安，本小姐谈恋爱、结婚都会走光明大道，肯定不会私奔，别用他的龌龊心理猜度别人。”

何方远才不会转述蓝妹的话，他直接问范记安：“别扯闲篇，说正事。我和蓝妹来北京了，有点突发情况。”

“嘿嘿，呵呵……”范记安干笑几声，“什么突发情况？何哥，你最近和蓝妹接触太频繁了，三天两头在一起，不是好兆头呀。除非你已经决定要推倒她了，否则，悠着点儿。”

何方远已经看到了孔祥云在向他招手，不由骂道：“赶紧说正事，别说屁话，要不我挂电话了。”

“别呀，重色轻友不是你的个性，闷骚而不明骚才是你的风格。”范记安嘿嘿嘿嘿一阵贱笑，“今天公司上下都在传颂你和蓝副总的办公室恋情，都说你们是兴众有史以来第一对最高级别的办公室恋人，是在公然挑战乔董的权威，事态已经控制不住了，早晚会传到乔国界耳中。这件事情怎么处理，是考验乔国界智慧的时候了。对了，流言蜚语的背后散播者，不出意外，是樊铮。”

不错，一切如他设想的一样，进展顺利，唯一的遗憾是，乔国界不在公司，不过等乔国界在北京的事情处理完之后，回到公司，迎接他的会是一个全新的难题，何方远没再多说什么：“我知道了，你最近多和海山联系，就江武和高路期权的事情，稍微向他透露一下，试探一下他的口风。等我回下江后，和他见面的时候，再细谈。”

“好的，没问题，事情交给我，何哥你就放一百个心。不过有一件事情我不太放心……”范记安话说一半，自己已经忍不住先笑了。

何方远知道他人嘴里吐不出狗牙，不等他说什么，就先挂断了电话。

“我去，太无情了，连听都不听我说，真不够朋友。”手拿挂断的电话，范记安一脸愤愤不平，“不就是想说你和蓝妹悠着点儿，别擦枪走火弄出什么事情来才好。万一一次就中了十环，等到创业的时候，蓝妹大了肚子，拖家带口的，怎么干事业？”

说完了心里想说的话，范记安总算没憋出内伤。收起电话，他推门出去，来到了樊铮的办公室。

樊铮正在打电话，见范记安不请自来，而且连门也不敲，不免有几分不快，放下电话，脸色一变：“范记安，你懂不懂礼貌，怎么连门也不敲？”

“不好意思樊副总，一时心急，忘了。”范记安嬉皮笑脸地一笑，转身退到门口，轻轻敲了几下，“樊副总，我是范记安，我可以进来吗？”

樊铮哭笑不得，摆手说道：“进来吧，别装了，说吧，有什么事情找我？”

“樊副总，关于何总和蓝副总的办公室恋情的消息，是不是你散播出去的？”

范记安够无赖，直截了当地当面问了出来。

“……”樊铮被一下噎住了，愣了愣，硬是被范记安的无赖气势逼得没有脾气，“不是，不是我。”

“不是你又能是谁？”范记安嘿嘿一阵贱笑，“当时在电梯时，就四个人，何总、蓝副总，还有你和陈总，何总没上班，不会是他，蓝副总是当事人，也不可能是她。那么就剩下陈总和你了，既然知情者中，只有陈总和你有可能散播出去，你说不是你，言外之意，肯定是陈总了？”

论无赖和挖坑，樊铮可比范记安差太远了，顿时被范记安一番话说得哑口无言，脸都涨红了，憋了半天才说出一句：“我也没说是陈总。”

“看，还是你。”范记安一脸同情地摇了摇头，“樊副总，一人做事一人当，别不敢承认，再说了，就算是你散播出去的也没什么，何总说不定还得感激你帮了他的大忙。”

“什么忙？”樊铮又被范记安绕了进去，他没有意识到他这么说等于是间接承认他是消息的散播者了。

“嘿嘿，至于什么忙，就先不说了，反正回头何总也许会感谢你。”范记安摆出一副扬扬自得的神态，犹如上级对下级的赞赏，“樊副总，你表现不错，继续努力，等兴众文学这艘大船沉没的时候，你也许还可以挤上救生艇。”

范记安走了，樊铮一个人呆立当场，愣了半天，脑中乱成了一片，也不知道到底在想些什么。随后他又坐到了椅子上，沉思良久，拿起了电话打给了何方远。

范记安回到自己的办公室，坐下之后，拿起电话打给了海山：“海老大，记安向你问好了。”

海山哈哈一笑：“渡尽劫波兄弟在，记安，有什么动向？”

“海老大依然是当年的风采呀，让我心向往之。”范记安和海山关系一向不错，以前二人经常开玩笑，现在离得远了，也多少疏远了几分，“动向有很多，海老大想听哪一个？”

“听最重要的。”兴众文学以及立化的动向，海山当然时刻关注，包括何方远和范记安的一举一动。尤其是何方远的休假，他很感兴趣，也多少知道一点何方远现在的处境，并且也能猜到何方远在为了突围而多方努力。

“最重要的就是……”范记安卖关子的本色不变，在谁面前都一样，“何哥想将三位老大的期权全部拿过来，当一份天大的人情转让给顾南，不知道三位老大肯不肯帮忙？”

“嗯……”海山微一沉吟，“方远做的事情，应该是好事，回头我和江武、高路说一声，估计问题不大。不过，这事儿需要方远亲自出面，还得面谈。”

“没问题，到时何哥肯定亲自登门拜访。”范记安见事情顺利，心情大好，放下电话就哼起了小曲，而且哼的还是“妹妹你坐船头……”的三俗小调。

和范记安哼的三俗小调不同的是，此时何方远想哼一首高山流水的曲子，因为他敏锐地观察到孔祥云在注意到蓝妹的一瞬间，眼神中的光彩迅速地黯淡了一下，但随即又恢复了光亮。

真是一个善于控制自我情绪的高手，孔祥云这些年的留学经历以及在大型公司的从业履历，让她从一个青春少女成长为了一个具有极强的自我调节能力的职场丽人。自控力是一个人成功的必备前提，不能收放自如地控制自己情绪的人，很难成就一番事业。

何方远和蓝妹迎着孔祥云走过去，才走几步，手机就不合时宜地响了，本不想接，低头一看，是公司的电话，他迟疑片刻，示意蓝妹先和孔祥云去聊，他到一边接听了电话。

“何总，是我，樊铮。”樊铮稳定了一下心神，斟酌了一下语言，“刚刚记安来过，说到你和蓝副总办公室恋情的事情，现在公司上下确实传开了，而消息的传播者，确实是我……”

樊铮被范记安教育了，怎么这么老实而主动地承认了，何方远心中暗笑，表面上却不动声色：“樊铮呀，平常我没有刁难过你，你怎么能这样？”

“我……”樊铮想起何方远对他确实还算可以，面对他和陈果的咄咄逼人，何方远从来都是忍让和谦和，而他却总是巴不得见到何方远倒霉，心中有些过意不去，“对不起何总，我也是一时糊涂，总觉得是你挡住了我的上升之路。”

不错，非常不错，樊铮认识到了自己的不足，知错能改，善莫大焉，何方远心中一阵激动，他没看错樊铮，樊铮是一个可用之材：“从某种意义上讲，确实是我挡住了你的上升之路，但如果从另外的角度来看，我也替你承担了许多你承担不了的风险。樊铮，是该看清前方的时候了，你知道我在哪里吗？在北京。知道我为什么来北京吗？因为乔董和大马哥在北京会面，商谈兴众文学的出售事宜。”

点到为止，见好就收，何方远话一说完就挂断了电话。相信他的话会让樊铮重新定位他自己在兴众文学的位置，兴众文学即将被卖出，现在争夺谁是立化的总经理无疑是一个很不好笑的笑话，因为如果兴众文学易手到芝麻开门旗下，兴众文学以及立化的管理者，都会重新洗牌。

一抬头，见蓝妹和孔祥云有说有笑，宛如久别重逢的好姐妹，何方远暗暗惊叹，有时女人天生比男人更会演戏，不服不行。

刚要走过去加入二人，电话又响了，一看来电，他立刻接听了电话：“李董。”

“方远，你在哪里？”李丛林的声音微有几分焦急，“乔董和马匀一起去了北京，消息你听说了吗？”

李丛林的消息也够快的，不过和他相比，还是晚了一步，何方远也不隐瞒：“李董，我听说了，我现在在北京。”

李丛林暗中舒了一口气：“你在北京了？好，很好。”又一想，还是不免担心，“你去了，怕是也无济于事。”

“也不一定。”何方远不是盲目乐观，而是总觉得乔国界和大马哥不可能这么快达成共识，大马哥不是一个急于求成的人，乔国界也不是一个好说话的人，两强相遇，怎么可能只一个回合就分出胜负？

“你有什么想法？”李丛林现在也不矜持了，说出了他慎重考虑之后的决定，“你上次提到的管理者收购的想法，我觉得可行。如果我向乔董提出管理者收购兴众文学，你是不是愿意助我一臂之力？”

这么说，李丛林也准备要弃船逃生了？不对，应该是要从乔国界手中抢夺掌舵权了，何方远心中一喜：“既然李董召唤，我肯定要追随了。”

“好。”李丛林蓦然下定了决心，“如果你能见到马匀，告诉他，投资文化产业，并非只有兴众文学一个选择，还有一个更好的方向是影视传播集团，比如文化中华……”

李丛林用心深远，是想截胡，不想让乔国界和大马哥达成最终共识，甚至他都为大马哥谋划好了方向，也是，文化中华传播集团比兴众文学更靠近主流文化，而且还涉足了报纸、影视等行业，盈利能力和与官方媒体的良好关系，远非兴众文学可比。

“我记下了，如果有机会和大马哥面谈，我会向他传递这一信息。”

“我相信你一定可以见到马匀。祝你成功。”李丛林随即挂断了电话。

“一落地就这么多电话，方远，你越来越重要了。”孔祥云见何方远终于打完了电话，笑道，“而且出门还有女秘书随行。”

蓝妹也笑，并不对“女秘书”的形容辩解。

何方远摇了摇头：“许多人都以忙为荣，却不知道世界上最大的富贵是清闲，人生难得几回闲呀。走，有话路上说。”

孔祥云开了一辆宝马X3，从机场出来，直接上了高速路，她扭头问坐在副驾驶的蓝妹：“去花季连锁酒店？”

“嗯，去离香格里拉最近的店。”蓝妹回头看了何方远一眼，“我刚才联系了一下中间人，对方说，大马哥下午有一个小时的空闲，看能不能安排和你见面。”

何方远点点头，突发奇想：“蓝妹，不如我们直接住香格里拉算了，你有没有关系安排一下，最好是邻近大马哥房间的房间。”

蓝妹拿出电话，拨出了一个号码：“我问一下。”

几分钟后她放下电话，摇了摇头：“大马哥邻近的房间都没有了，只有楼上还有。”

“就要他楼上的房间。”何方远哈哈一笑，“赶紧安排，别晚了。”

蓝妹被何方远的孩子气逗笑了：“住花季连锁不用花钱，住香格里拉还得花钱，谁出钱？”

“当然是你了，你是资方，我是管理方，受雇于你，费用当然由你来支付了。”何方远无赖的时候，也颇有范记安的影子，或者说，范记安无赖的样子，颇得何方远的精髓。

蓝妹被气笑了：“好吧，我最喜欢男人在我面前装穷了，从现在起，我包养你。”

何方远无语了，翻了翻白眼儿，没话说了。

一行三人赶到香格里拉的时候，正是中午时分。刚到房间住下——很不巧，只有一间房间了，既然没的挑，只好先将就了——孔祥云提出下楼吃饭，才到楼下，何方远目光一扫，一个熟悉的身影穿过大堂，正朝门外走去。

……乔国界！何方远一瞬间屏住了呼吸。

多少次他想和乔国界面对面，向他畅谈他对立化的设想和规划，多少次他想坦诚地告诉乔国界，立化在面对企鹅的围堵和千方的包围之下，并非没有突围之路，但他一直没有机会，尽管同在一栋大楼办公，但别说面谈了，他和乔国界哪怕一次擦肩而过的偶遇，也从来没有。

一直被外界形容为深宫帝王的乔国界确实名不虚传，他深居简出，或者说他来公司全无规律可言，除非他点名要见某一人，否则谁想见他，比登天还难。据说在马大勉被辞职的前一个月内，马大勉数次想见乔国界一面却不得其门而入。

遥想当年乔国界力邀马大勉加盟兴众文学时，曾经在几天内连续约见马大勉三次，还真是应了此一时彼一时的老话，人生，充满了种种讽刺。

/ 第三十七章 /

另辟蹊径的妙计

不承想，在下江的同一栋大楼中，见乔国界一面而不可得，现在却在北京不期而遇，何方远一时感慨，幸好他和乔国界只是遥望一眼，而且乔国界并没有发现他的存在，否则即便二人相见，估计也不知该说些什么。

几人也没走远，就在一楼的餐厅用餐。

“刚才是乔国界吧？他怎么没和大马哥一起？”刚才蓝妹也注意到了乔国界的身影。

“谁知道呢。”何方远摇了摇头，吃了几口就没有了胃口，“祥云，下午你不用陪我们了，先忙你的事情，随时保持联系。”

孔祥云也不勉强，点头一笑：“我下午的主要任务就是联系李颜红，为你敲定你明天和他的见面。”

“好，如果这件事情成了，祥云，记你大功一件。”何方远哈哈一笑。

“别口惠而实不至，记我大功一件，得论功行赏，说吧，赏我什么？”孔祥云故意将军。

“把他赏给你算了。”蓝妹嘻嘻一笑，一推何方远，“虽然丑了点臭了点，而且还吃得多干得少，零件老化得厉害，经常发火罢工，不过总体来说，当一个家政机器人，还说得过去。”

何方远怒了：“我哪里丑哪里臭了？好吧，帅和丑因每个人的审美观不同有可能会做出差别巨大的判断，问题是，我哪里臭了？你什么时候闻过了？”

“你就是臭，我就是闻过了。”蓝妹没意识到她被何方远算计了，张口就反驳。

“是吗？”何方远拉长了声调，得意扬扬地一脸坏笑，“你在我怀里闻的，还是在我被窝里闻的？”

“你……”蓝妹终于见识到了何方远的无赖，面红耳赤，“流氓，坏人，色狼，坏蛋，不理你了。”

孔祥云咯咯地笑了，笑容中，多了一丝意味深长的内容。

饭后，孔祥云回去了，何方远和蓝妹回到了房间。房间不是套间，只是一间普通的标间，而且还是大床标间，房间正中一张宽大无比的双人床无时无刻不在提醒二人同居一室的事实。

“晚上我住自家酒店去。”蓝妹看了看大床，又看了看何方远一脸色眯眯的样子，打了个冷战，“怕了你了，离你远点儿才安全。”

“实话告诉你，蓝妹，今天晚上，你还就得和我睡在一起。”何方远坏坏地一笑，起身锁了房门，挡在门前，摆出一副不达目的誓不罢休的流氓德行。

“啊？”蓝妹吓坏了，以为何方远真要对她动手动脚，她双手抱在胸前，或许又觉得这样显得太软弱可欺了，就又伸手从床上拿过枕头当武器，挡在胸前，“何方远，我警告你，你不要冲动，更不要做违法的事情，否则你会后悔一辈子……何方远，你冷静一下，你别过来，你、你、你……”

“你什么你？”何方远走过去，一把夺过蓝妹的枕头扔到了床上，然后双手按在她的肩膀上，将她按在椅子上，“想什么呢你？女流氓，我冒着名声被毁以及被你非礼的巨大风险，和你住在一起，是为了另辟蹊径见大马哥一面。”

“什么意思？”蓝妹真的吓坏了，小脸惨白，差点儿就浑身发抖了，见何方远似乎真的没有对她动手动脚的意思，才多少安定了几分，“中间人已经说了，下午大马哥可能有时间见你一面，为什么还要另辟蹊径？”

忽然又想起了什么似的，蓝妹气恼地踢了何方远一脚：“你才是女流氓，什么话，这么难听，别得了便宜还卖乖，和我住在一起还毁你名声，我呸你！”

何方远呵呵一笑，不理蓝妹的愤愤不平，继续说道：“直觉告诉我，你的中间人不靠谱。或者更准确地说，大马哥一向天马行空的性格，他不喜欢被安排，不信等着，下午约定的会面，估计会没戏。”

“如果下午可以见面，晚上就不用住在一起了，是吧？”蓝妹向后坐了坐，似乎这样可以离何方远更远一些，可以脱离何方远的魔爪一样。

“没错，我本意，其实很不想和你住在一起。我一个风华正茂的正太，和你开了房间，要是传了出去以后还怎么泡妞？”何方远说得一本正经，好像他真的多吃亏一样。

“你……”蓝妹气极，抓起枕头扬手扔向了何方远，“无耻，你再说，以后永远也不理你了。”

何方远接过枕头，正要再逗蓝妹几句，他很乐见蓝妹气恼的样子，三分可爱三分纯真四分好玩……正当此时，蓝妹的手机响了。

蓝妹示意何方远不要说话，赶紧接听了电话，片刻之后放下电话，一脸沮丧：“怎么会这样？真让你说中了，中间人说，大马哥下午临时有事，脱不开身……”她又一脸警惕地看了何方远一眼，“晚上真要和你住在一起？你保证不会对我动手动脚，你对天起誓！”

现在许多人心中没有信仰更没有敬畏，别说对天起誓了，就是对着祖宗十八代起誓，也敢张口就来转身就作恶多端。有句话说无知者无畏，其实准确地说，应该是无知者可悲才对。有许多事情做错了，不会因无知而不受惩罚。

“好，我对天起誓！”何方远心中有敬畏，不敢乱说话，“如果我不经蓝妹同意就对她动手动脚，让我人见人烦花见花厌车见车撞鬼见鬼嫌……”

蓝妹见何方远说得煞有介事，多少放心了：“算你过关了。”

何方远嘻嘻一笑：“刚才我发誓不对你动手动脚是有前提的，前提是，如果你不同意。那么如果你同意的话，我再对你动手动脚，刚才发的誓就不算数了。”

“服了你了。”蓝妹无语了，送了何方远一个大大的白眼儿，“人品真成问题。”

“照你这么说，任何想去亲近女人的男人，人品都有问题了？”

“你这是诡辩。”

“不是，我就是想和你好好讨论一下男人女人在交往中，什么思想和行为是要流氓，什么思想和行为算是发乎情止乎礼……”

“不想和你讨论，我困了，要睡一会儿。”

“我也要睡。”

“你睡沙发。”

“为什么不是你睡沙发？”

“我是女人，男人就该让着女人。”

“……”好吧，何方远屈服了，一头栽倒在沙发上，呼呼大睡。

睡了一个小时左右，何方远醒了，见蓝妹侧身躺在床上，睡得正香，肩膀微微起伏，身体曲线玲珑，呈现女性特有之美，横看成岭侧成峰。

欣赏了一会儿蓝妹优美的睡姿，何方远起身到卫生间方便。完事之后，他回到沙发上，忽然见蓝妹一个人躺在一米八的大床上睡觉，身边还空闲了足有一米五的地方，本着浪费可耻的想法，他悄悄地上了床，躺在了床的左侧。

主要是沙发上睡得实在是不舒服，脖子生疼，还是在床上休息解乏。必须得保证充足的睡眠，养精蓄锐，晚上，也许就没有机会睡觉了。

距离蓝妹大约一米远的距离，听着她微不可闻的平缓的呼吸声，以及鼻中嗅到的淡淡的体香，何方远迷迷糊糊不知何时又睡着了。

再醒来的时候，已经下午6点了，何方远见蓝妹还睡得正香，似乎从躺下之后，她就没有动过一下，既没有翻身，也没有上卫生间，太厉害了，简直就是睡神。一边想，他一边悄悄下床，躺到了沙发上之后，假装才醒来，伸了一个大大的懒腰，打了一个长长的哈欠，说道："大梦谁先觉，平生我自知。宾馆夏睡中，夜色已迟迟。"

"乱改诸葛亮的诗……"蓝妹被何方远吵醒了，没有起身之前，她悄然一笑，笑容中有狡黠有开心，还有一丝小小的得意，似乎是很高兴她的假睡没有被何方远察觉，"几点了？"

"6点了，睡神，该吃晚饭了。"何方远一摸肚皮，"还真饿了，走，吃饭去。对了，明天早上我们一起吃早饭，怎么样？"

"就知道吃，晚饭还没吃，就想明天的。"蓝妹笑骂一句，起身去洗漱，片刻之后从卫生间探出头来，"你的意思是不是说和一个女人关系最密切的表现是一起吃早饭？"

总算明白过来了，何方远点点头："要是让蓝伯伯和陈阿姨知道了我们这么亲密无间，也不知道他们会作何感想。"

"谁和你亲密无间了？别自作多情。"洗漱完毕，蓝妹清清爽爽的脸庞未施脂粉，十分清新迷人，"你应该说，如果被梅荏苒和孔祥云知道了你和我住在一起，不知道她们会不会还当你是纯情正太？对了，你没有趁我睡着的时候，偷偷睡在床上吧？"

"当然没有了，我是那种人吗？"何方远义正词严大义凛然，"头可断、血可流，革命意志不可丢，在美色面前，我经得起考验。"

"我相信你。"蓝妹意味深长地笑了，又上下打量何方远几眼，"你确实是一个言行如一、一言既出驷马难追、天上难找地下难寻的好男人。"

何方远总觉得蓝妹的话不对味儿，暗含嘲讽之意，不由问道："你似乎对我有什么意见？"

"没有，哪里有？"蓝妹忍住笑，想起何方远偷偷摸摸上床、老老实实躺在一边睡觉，然后又蹑手蹑脚回到沙发上的一幕，心中既好笑他的好玩又赞叹他的自控力，男人关键时候要靠得住才是好男人，“晚饭我一般不怎么吃，你想吃，我陪你。”

“不吃晚饭是好事，可以身体健康。”对许多健康理念，何方远虽然做不到，却很赞同，“算了，我也不吃了，下楼随便走走，睡了一下午也不饿，散散步，呼吸一下新鲜空气。”

二人下楼，沿酒店前面的街道散步。华灯初上，微风徐起，行人匆匆，城市在忙碌了一天之后，正在徐徐落下帷幕。

只不过匆忙的城里人却忽略了身边的美景，无人欣赏夕阳余晖的灿烂和美好，也无人为枝头怒放的花朵和欢歌的小鸟而有片刻停留，人人为了生计或是欲望而奔波忙碌，终其一生，没有一丝闲暇思索人生的意义何在。

闲人才是最富贵的人，只有清闲下来，才会发现生活中无数被忽略的美好，还有身边被一次又一次忽视的风景。

何方远和蓝妹在街头漫无目的地漫步，忽然就生发了感慨：“蓝妹，你说人生在世，忙来忙去还是一场空，何苦来哉？平民百姓难免一死，亿万富翁也是一死，财富再多，生不带来死不带去，到头来，为谁辛苦为谁忙？”

“没想到，你还挺有哲理，年纪不大，感慨不少。”蓝妹穿了一身洁白的长裙，在薄薄的夜色中，如梦如幻，颇有自在飞花轻似梦的意境，她背着手，轻轻摇动身子，“其实吧，人生在世，虽然从出生的那刻起就注定了死亡，但从生到死几十年中，有人青史留名，有人建功立业，有人浑浑噩噩，有人祸国殃民，当然了，大部分人平平淡淡一事无成，但不管是哪一种人生，都是独一无二的生命个体，都在品尝人间的悲欢离合，都在追求快乐和幸福。或许人生短暂而且最终难逃死亡的命运，但依然活得有滋有味，都在珍惜来之不易的、来人间一次的机会。”

何方远点了点头，又觉得不够郑重，伸手拍了拍蓝妹的肩膀：“蓝妹妹，你的人生感慨也挺深刻嘛，不简单，我都佩服了。”

蓝妹嘻嘻地笑了：“别以为我是不学无术的富二代，实话告诉你，我从小受到的教育比你还严格，思想比你还传统。”

何方远看了看时间：“该回酒店了，时间差不多了。”

二人回到酒店后，刚到房间，蓝妹的电话又响了。接听了电话之后，蓝妹脸色微微一变，放下电话，她欲言又止：“有一个消息，不知道你想不想听？”

“什么消息？”何方远没有多想，以为还是他和大马哥见面的事情，“有话快说，我准备行动了。”

“好吧……”一瞬间蓝妹像是下定了多大的决心一样，“刚才我接到花季连锁酒店的电话，顾南和梅荏苒入住了北京的花季连锁酒店。”

“哦……”何方远没有蓝妹意想中的震惊或是难过，他只是淡淡地应了一声，眉毛动了动，“然后呢？”

“顾南在花季连锁酒店也有固定的预留房间，他只要一入住，酒店负责人就会及时通知我确认。”蓝妹心中暗叹一声，如果何方远反应激烈反倒好了，证明他对梅荏苒忘得差不多了，刻意不动声色，却出卖了他真实的内心——他对梅荏苒依然在意，“不过可以告诉你的是，顾南和梅荏苒开了两个房间，没住在一起。”

“进展不够快呀，还不如我们呢。”何方远哈哈一笑，“算上今晚的这次，我们已经两次共度春宵了。”

“随便你意淫好了。”出乎何方远意料的是，蓝妹既没有脸红，也没有急急辩解，只是若无其事地淡淡一笑，“说吧，你到底想怎样见到大马哥，别光说不练，别让我看扁了你。”

嘿，何方远心想，好嘛，蓝妹的承受力迅速上升，他居然奈何不了她了，了不起，他呵呵一笑，用手一指卫生间的大浴缸：“看到浴缸没有？”

蓝妹点点头，还是不解其意。

“如果我们一起洗鸳鸯浴，洗得嗨了，没留神水漫金山，从卫生间流到了外面，一般只有卫生间的地板有防水层，其他地方都没有，泡了水，就会浸到楼下……”何方远嘿嘿嘿嘿一阵坏笑，说出了他所谓的另辟蹊径的办法。

“谁要和你一起洗鸳鸯浴，呸！”蓝妹还是没何方远脸皮厚，脸又红了，由于她刚从外面运动了一圈回来，脸上红润未消，红上加红，别有一番风情。

“只是打一个比方。”何方远起身到卫生间，打开水龙头，哗哗地放水，“你想洗，我还得考虑考虑呢，别以为我是随便的人。哎呀，你别打我，我是问你，这个方法可行不？”

“损是损了点，不过也确实可行。”蓝妹从小受到的教育传统而刻板，从来不敢做出格的事情，但天性中有叛逆一面的她，跟何方远在一起久了，也难免会被何方远时而绅士时而无赖的手段所影响，想到水浇大马哥，她迫不及待想知道下一步会是什么样的情景，“不过就是有一点，水淹了地板，宾馆会向我们索赔的，少说也得赔上万儿八千的……”

“赔钱是你的事情，办坏事是我的工作。”何方远哈哈一笑，见水快放满了，看了看时间，应该差不多了，“胜败在此一举，但愿大马哥今晚在房间里，否则，我就白浪费感情了。”

不多时，水从卫生间流了出来，蓝妹跳着脚，用床单当水渠，将水流引到了墙角，墙角是最容易渗水的地方。

二人忙活了差不多两个小时，弄得房间内狼藉一片，到处是水，晚上别说睡觉了，连落脚的地方都没有。

/ 第三十八章 /

角色扮演类的交手

蓝妹一边兴致勃勃地和何方远布置战场，一边又想起了什么，问道："你真的不在意顾南和梅荏苒在一起？"

"在意又能怎样，不在意又能怎样？"何方远闷声闷气地回答，"如果是别的原因，我大可以横刀夺爱，出现在他们面前，一拳打得顾南满脸开花，然后拉上梅荏苒就走。但刘薇薇横亘在梅荏苒和我之间，是无论如何也跨不过的高山。"

"如果……"蓝妹伸了伸舌头，一脸歉意和自责，"不是我咒人家，我只是打个比方，如果刘薇薇现在不在了，你和梅荏苒还有没有可能破镜重圆？"

何方远缓缓地摇了摇头："破镜重圆了，曾经的裂缝还在，是永远弥合不了的伤痕。"

"你怎么这么绝情？"蓝妹突然就生气了，"梅荏苒肯定还爱着你，你就不能体谅一下她的痛苦和无奈？"

"我怎么不体谅了？"何方远不想提梅荏苒，偏偏蓝妹又非要提，他就不高兴了，"就算刘薇薇不在了，我和她在一起了，又能怎样？刘薇微不在人世了，但她对梅荏苒根深蒂固的影响还在，而梅荏苒又是一个孝顺的女孩，她会不时想起她和我在一起违背了妈妈的遗愿，你说，让她永远生活在自责和左右为难中，能快乐吗？"

"对不起，方远，我不该再提梅荏苒。"蓝妹见何方远生气了，知道她触动了何方远的痛处，也才知道她远不如何方远更了解梅荏苒，也确实，梅荏苒性格中的孝顺和优柔寡断，是她无力抗争刘薇薇的关键原因。

不过……如果有一天她也面临着和梅荏苒类似的选择，她会怎么做？是和梅荏苒一样妥协，还是奋起抗争，不顾一切也要和何方远在一起？

怎么又想到要和何方远在一起，难道说她真的喜欢上他了，非他不嫁了？蓝妹脸上莫名一阵发烧，急忙低下头，不敢再看何方远，唯恐被他发现她的心事。

何方远的心思却不在儿女情长上，根本就没有注意到蓝妹的异常，他看了看时间，又察看了一下墙角的水势，说道："差不多了，我下楼一趟。"

此时已经晚上九点多了，正常情况下，大马哥应该回房间了。何方远下楼而去，蓝妹留在房间等候，十分钟后何方远回来了，摇了摇头："没人。"

"没关系，再等等，反正睡了一下午，有的是精力。"

又等了一个多小时，何方远再次下楼，结果还是失望而归，他不免有几分沮丧："别折腾了一气，最后大马哥不回来住，岂不是赔了夫人又折兵？"

"你连夫人都没有，怎么赔？"蓝妹笑了，安慰何方远，"大马哥肯定会回来，放心吧，别灰心，啊，多点耐心。"

说是别灰心有耐心，不过事情赶到谁的头上，谁都会坐立不安，何方远平常是很淡定、很镇静的一个人，今天却坐也不是站也不是，在房间中来回走动，踩得脚下的积水哗哗直响，还不时看看时间。

"你能不能坐下休息一会儿？"蓝妹看不过去了，拿出电话，"我帮你问问中间人，看他知道大马哥的行踪不。"

"不用了，我等下去就是了。"何方远忽然又镇静了，一屁股坐在床上，还舒适地向后一躺说道，"半个小时后叫我，我睡一小会儿。"

"你睡得着吗？"蓝妹还想再说什么，却见何方远闭上了眼睛，真的入睡了一样。

半个小时后，不等蓝妹叫醒，何方远从床上一跃而起，伸手一拉蓝妹："走，下楼。"

到了楼下，何方远和蓝妹并立在门口，静候了片刻，蓝妹小声说道："要不，我来敲门？"

"不用了，还是我来，该面对的，必须面对。"何方远深吸一口气，平缓了一下紧张的心情，然后轻轻地敲响了房门。

没人应声。

何方远不死心，加大了力度，再次敲响了房门，过了半分钟之后，里面终于传来一个既熟悉又陌生的声音："谁呀？"

说熟悉，是因为何方远不止一次在电视、视频网站上看过他的演讲、听过他的声音；说陌生，毕竟是第一次近距离听到真人说话的声音，和电视、视频网站上的大有不同。

“楼上客人。楼上漏水了，不知道有没有渗到楼下？我来查看一下。”何方远按捺住心中的激动，努力让声音不至于因强烈的情绪波动而失真，说到底，三巨头其人，他一直只闻其名未见其面，今天就要亲眼见到三人之一，说不激动那是骗人。

“哦？”房间中的人似乎犹豫了一下，然后才说，“还真是渗水了，怎么回事儿？”话音刚落，门一响，开了。

门一开，眼前站立的正是何方远无数次在电视、网站上见过的大马哥，他穿一身休闲装，标志性的外星人尊容真实地显现在面前时，何方远心中闪过的第一个念头是——大马哥真人比照片更有气场，也比电视上更耐看一些。

微一愣神，何方远连忙道歉：“不好意思，先生，我们洗澡的时候，一不小心放水放多了，水溢出了浴缸，流到了外面，结果就渗到了楼下，实在对不起。”

大马哥的目光从蓝妹身上迅速地一扫而过，露出了心领神会的笑容：“没关系，年轻人嘛，可以理解，呵呵，我让酒店换一个房间就行了……”说话间，他就要关门。

如果门一关，何方远和大马哥就会各自回到各自的世界之中，从此互不相干，而何方远精心设计的一出水淹大马哥之计也将以失败告终。就在门即将关上的一刻，何方远突然伸出右手，又向前一步：“你是大马哥？怪不得这么面熟，幸会，幸会。”

大马哥再不想理人，也不好直接将何方远拒之门外，只好呵呵一笑，伸手和何方远握手：“确实是幸会，楼上楼下，还发了大水。”

“大马哥，你一直是我的人生偶像，来，介绍一下，我的新婚妻子蓝妹。”何方远得寸进尺，知道现在不是客气的时候，有时候适当地厚颜无耻也许会为他打开一扇人生的机会大门，“刚才我们洗澡的时候，一直在商量是买兴众文学的股票好，还是买文化中华的股票好，争论了半天也没有结果，然后才发现，发大水了，呵呵。正好蓝妹也是大马哥的粉丝，想请大马哥给一个具体意见？”

马匀本来想结束谈话，迈步向房间里面走，又站住了：“兴众文学和文化中华？文化中华上市了，兴众文学还没有上市……”

好险，何方远暗中擦了一把冷汗，险些错过了和大马哥继续深入交谈的机会，要不是他机智多变，提到了大马哥感兴趣的话题，今天的大水算是白发了。

蓝妹脸微微一红，对何方远再一次出卖她微有愠怒，却又无可奈何，总不能当面揭露他不是？好吧，姑且让他意淫好了，还他的新婚妻子，还一起洗澡，真能想，男人是不是成天想一些乱七八糟的事情？真无聊。

不过她又不得不承认何方远的机智，换了她，她都不知道该怎么和大马哥对话下去。

“兴众文学不是要上市了？空行出资1.1亿美元购买了兴众文学百分之二十的股份，蓝妹的意见是，以空行的实力，肯定可以推动兴众文学上市。”何方远继续抛砖引玉，目的就是让大马哥始终对他的话题感兴趣，不至于马上结束谈话，“所以她想现在就入手兴众文学的期权，等兴众文学一上市，就可以大赚一笔了，我却持不同的看法，我认为，兴众文学不可能上市了，因为兴众文学要被卖掉了。”

“哦？”何方远的话触动了大马哥的痒点，他的脚步迈不动了，“你怎么会认为兴众文学要被卖掉了呢？从哪里得出的结论？”

“我认为兴众文学不但要被卖掉了，而且还会卖一个高价，但眼下有实力全盘收购兴众文学的巨头不多了，企鹅有了开天，千方有了驰骋，而进入互联网版权产业领域最晚的芝麻开门是兴众文学为数不多的选择之一……”何方远“哎呀”一声，好像才想起来大马哥是谁一样，“不好意思，我忘了大马哥是芝麻开门集团的董事局主席。”

“不碍事，不碍事，你就当我是你楼下的客人就行。”大马哥呵呵一笑，明显被何方远的话带动了情绪。

何方远察言观色，知道此时再不更进一步，机会就稍纵即逝，一旦错失良机，想要再制造一次事件创造一次和大马哥对话的机会，就是不可能的任务了，他当机立断说道：“为了表示我们的歉意，我们夫妻二人想以祝贺新婚的名义请大马哥喝咖啡，同时也想听听大马哥对我们购买股票的建议。而且房间调换也需要时间，您说呢……”

以新婚为由头，以道歉为借口，以股票建议为铺垫，以兴众文学的卖掉为诱饵，何方远四管齐下，不信大马哥不跟他走。

沉默了小片刻，大马哥又回头看了一眼天花板上渗下的水渍，迟疑一下，终于还是点了点头：“喝茶好了，我不喜欢喝咖啡，楼下就有一个茶馆。”

何方远心中禁不住一声欢呼，终于成了！一次从下江来北京临时起意的意外之旅、一个如神来之笔的水漫金山的妙计、一场假戏真做的碰面，最终让他成功地和大马哥坐在了一起喝茶，试问，国内有多少人可以请动大马哥抽出半个小时来喝茶？

而且还是陌生人。

下楼的时候，蓝妹用力拧了何方远一下："让你意淫。我警告你，不许在心中想象我和你一起洗澡的情景……"

何方远眉开眼笑，小声说道："想什么呢你？别做美梦了，我怎么会和你一起洗澡？要洗，我也要和我的梦中情人一起洗。"

"你的梦中情人是谁？"

"不告诉你。"何方远悄悄捏了一下蓝妹的手指，"现在是谈正事时间，别捣乱，听到没有？"

"嗯，听见了。"蓝妹假装乖巧地点了点头，心里却想，等着何方远，有你还回来的时候。

楼下果然有一家茶馆名叫品茗斋，三人找了一个僻静的包间，落座之后，何方远请大马哥点茶，大马哥也没推辞，点了雀舌茶。

随后，茶上来了，何方远亲自为大马哥倒茶。

大马哥先举起一杯茶："祝贺你们二人新婚之喜！"

"谢谢大马哥。"何方远谦逊而不失热情，"忘了自我介绍一下，我叫何方远，我的妻子叫蓝妹。"

也不知道大马哥是没有听说过何方远的名字，还是没有往心里去，只是淡淡地笑了笑："你认为兴众文学会卖一个高价？为什么？"

大马哥做事情和外界传闻的不太一样，似乎并不是喜欢迂回的性格，而是开门见山，何方远见大马哥没有铺垫就直接切入了正题，正好他也懒得绕弯，当即说道："兴众文学在经历了创始团队集体辞职事件和第三次冲击纳斯达克失利的双重打击之下，基本上上市的希望破灭了，但从空行注资1.1亿美元收购了兴众文学百分之二十的股份之举分析，兴众文学估值还在五六亿美元。而且现在兴众文学完成了闭环，签死了版权方，新合同也是永久版权，明显是想当作筹码，以提高售价准备打包出售的征兆。再以乔董的性格推断，他一直视兴众文学为兴众帝国的最优资产，不卖一个高价，对不起他十年的精心培育。"

大马哥喝了一口茶，不置可否地说道："你怎么又说有实力收购兴众文学的，只有芝麻开门一家了？"

"我若说错了，大马哥可不要怪我乱说。"何方远先谦虚了一把，为的是留条后路，也是为了让他的形象在大马哥心目中显得更低调更真实，"企鹅就不说了，有了开天，而且投入巨大，短期内肯定不会接手兴众文学，而且企鹅和兴众文学有过不愉快的谈判经历。千方刚刚收购了驰骋中文网，而且千方在互联网版权产业上的步伐，一向保守而小心翼翼，所以千方不会再斥巨资收购兴众文学。三巨头中，只有芝麻开门在互联网版权产业的布局上，落后了一大步，所以，最有希望也最有实力收购兴众文学的，只有芝麻开门了。”

大马哥微微点头，兴趣大增：“继续说。”

“实际上，芝麻开门现在最需要的不是兴众文学，不是互联网版权产业，而是大文化产业，而兴众文学暂时还承担不了大文化产业的重任。”何方远喝了一口茶，笑了笑，“我一家之言，管中窥豹，难免失实，大马哥不要笑我才好。”

大马哥脸色平静：“你说说看，芝麻开门为什么需要大文化产业？”

“三巨头中，芝麻开门在文化产业的布局最晚，到目前为主，还没有规模，企鹅自不用说，自己的视频网站已经成了气候，千方也收购了爱奇艺，芝麻开门有什么？视频网站是互联网版权产业的延伸，是向影视、传媒等大文化产业发展的起始，所以企鹅和千方才有意投资互联网版权产业。如果芝麻开门步企鹅和千方的后尘，只能是奋起直追，跟在别人身后，但以大马哥的雄才伟略，向来不甘人后，肯定会另辟蹊径，直接从大文化产业的最终端市场入手……”

“什么是大文化产业的最终端市场？”大马哥对何方远的兴趣越来越浓了，他笑得很含蓄，问题也问得很有意思，当然，他不可能不知道什么是大文化产业的最终端市场，故意有此一问，也有考一考何方远之意。

“影视剧制作、游戏开发、报纸杂志等众多产业的综合体，就是大文化产业的最终端市场。当然，只是我个人的观点，不一定正确。”何方远见话题逐渐深入，心中惊喜，还不错，他和大马哥的初次见面，虽然是以一出水漫金山的闹剧开始，但未尝不会以皆大欢喜的喜剧收场，全看他在过程中如何扮演好一个步步诱敌深入的角色了。

蓝妹在一旁静静地聆听何方远和大马哥的对话，她一言不发，一双大眼睛不时地在何方远和大马哥之间来回穿梭，不过更多的时候，她的目光还是停留在何方远的身上。

之前蓝妹见过何方远在蓝成器面前侃侃而谈，毫不怯场，她以为何方远先入为主，没当蓝成器是什么厉害人物，只当是她的爸爸，所以才底气十足。不承想，何方远在大马哥面前，虽然刚开始时有三分拘束，但随着话题的展开，他慢慢恢复了镇静自若的神态，而且从他口若悬河的对答来看，在大马哥面前他已经初步拥有了自信。

这个何方远，确实有点真本事，蓝妹暗暗赞许，也难怪爸爸对他赏识有加，先不说他以旁门左道的手段制造了和大马哥见面的机会，只说他和大马哥见面后思路清晰地表达了他的见解的口才，以及他从容不迫的应答，无一不显示出他正面进攻的潜力无比巨大。一个人，既有小小的阴谋，又有光明正大的足智多谋，并且二者完美地综合在一起，是最难得的好男人。

/ 第三十九章 /

令人震惊的转折

蓝妹一时想得入了迷，忽然就生发了一种错觉，她陪伴在何方远身边，一路跟随他的脚步，哪里像是他的资方和老板，分明像是他乖巧听话的小妻子……这么一想，莫名脸一红，险些失态。

蓝妹的心思缠绵，何方远当然不得而知，他现在全部心神都集中在和大马哥的对话上，毕竟这次对话事关重大，稍有不慎，就可能全盘皆输，必须慎之又慎。

何方远的话一说完，大马哥不说话了，沉默地端起茶杯举到嘴前，没有喝，随手又放下了，似乎在思索什么。过了一会儿，他重新举起茶杯，小口地喝了一口，然后才意味深长地说道："何方远，你对互联网业内的事情，了解得很深入呀，你从事的是什么职业？"

"我也是IT行业从业者，所以才关注互联网业内的事情。"何方远的话也是实话，当然，是不太详细的实话。

"文化中华……"大马哥若有所思地笑了笑，"听你的言外之意，芝麻开门如果收购兴众文学，还不如收购文化中华，是不是这个意思？"

大马哥果然是大马哥，敏锐地嗅到了何方远每一句话的弦外之音，何方远知道现在不是含蓄的时候，点头说道："从一个局外人的角度看待问题，文化中华比兴众文学更符合芝麻开门的长远发展。"

事实上，何方远一开始并没有想到芝麻开门收购方向的选择中，会有文化中华，还是李丛林提醒了他。当然，李丛林是只根据自己的推断还是另有渠道得知芝麻开门真的有意收购文化中华，他就不得而知了，不管是哪一种情形，在李丛林的提醒下，何方远也专门研究了文化中华涉足的行业以及芝麻开门的短板，惊喜地发现，文化中华完全符合芝麻开门对大文化产业的需求。

“哦，说说你对芝麻开门布局的看法。”大马哥并不急于追问何方远为什么认为文化中华更符合芝麻开门的长远发展，而是问到了他对芝麻开门现状的看法，等于是抛出了一道望文生义的问答题。

“我可说不好……”何方远必须谦虚，毕竟他现在面对的是芝麻开门的创始人，整个芝麻开门未来的布局，全在对面而坐的人的脑中，他只是一个局外人和旁观者，即使凭借外界的分析和自己的见解可以说出一二，也只是望文生义的牵强附会。

“没关系，随便说说嘛，当局者迷，旁观者清。”大马哥微笑着鼓励何方远。

好吧，何方远表面上谦虚，其实心里也清楚，管他说对说错，他必须要当着大马哥的面把他想说的话全部说出来，哪怕其中只有一句打动或说触动了大马哥，也不枉他精心设计了这一出水漫金山之计。

“芝麻开门以电子商务为主，大布局上来说，肯定还会围绕着电子商务展开，下一步的侧重点会是无线端。随着智能手机的兴起，无线端的重要性会越来越突显，从最近的打车软件大战可以看出，芝麻开门在无线端的发力，十分迫切，而且有时不我待的紧迫感。”何方远斜身看了蓝妹一眼，见蓝妹端庄正坐，淑女而优雅，表现出了大家闺秀的风范，他暗暗一笑，继续说道，“除了电子商务之外，芝麻开门还需要在文化、教育和医疗上面多加关注、多加投入，教育和医疗先不说了，只说文化，随着国力的提升，文化产业在国民经济的比重中，必将占据更重要的位置。

“但很明显，在文化产业的布局上，芝麻开门已经落后了企鹅和千方太多，所以如果芝麻开门想奋起直追，却从最源头的互联网版权产业开始，就太慢了，而IT行业又是一个日新月异、瞬息万变的行业，三巨头实力相差不大，在落后一步的前提下，芝麻开门想要追上企鹅和千方，怕是很难。而且企鹅和千方布局互联网版权产业，比芝麻开门早了不止一两年，所以，如果芝麻开门想要进军大文化产业，应该直接从一家成熟的文化传播集团入手。”

何方远并没有过多地谈及他对芝麻开门目前布局的看法，而是将目光落在了未来。他不是喜欢对别人内部事务指手画脚的人，而且他也清楚，芝麻开门目前的大格局不会有变，只会以电子商务为核心，向外拓展，再则他今天之所以千方百计也要和大马哥面谈，其出发点还是为了阻击大马哥对兴众文学的收购欲望。

“说来说去，我明白了一点……”大马哥意味深长地笑了，笑得很随意、很轻松，“你不希望看到芝麻开门收购兴众文学，而希望芝麻开门收购文化中华，何方远，你今天和我的见面，恐怕不是意外漏水这么简单吧？这水漏得莫名其妙，而且还很怪异，是不是一次故意试水？”

何方远不好意思地笑了，不过他还是没有完全说实话：“漏水事件，确实是意外事件，但想见大马哥的心切，也是真心。”

大马哥会心地笑了：“我想知道，你到底为什么不希望看到芝麻开门收购兴众文学？你到底是谁？你的真正意图是什么？”

“我不是谁，我只是何方远，一个IT业界名不见经传的小人物。我也没有什么意图，更不是不希望看到芝麻开门收购兴众文学，只是出于对大马哥的崇拜，却听到外界传闻说大马哥想要收购兴众文学，让我对大马哥的决定产生了浓厚的兴趣，因为据我了解的大马哥，不应该做出步人后尘的决定。大马哥的思路向来是天马行空，他应该是另辟蹊径的高手才对。”何方远的话，半真半假——半真的是，他可不是IT业内的小人物，而是一个风云人物，虽然不是傲立在风起云涌的潮头，却也是互联网版权产业内鼎鼎大名的立化第一人；半假的是，他确实是不希望看到芝麻开门收购兴众文学，至于后面半是恭维半是崇拜的奉承话，不过是烟幕弹罢了。

大马哥不以为然地挥了挥手：“假话和奉承话就不要说了，何方远，告诉我你的真实身份，还有你的真正意图，我才会和你聊下去，否则，恕不奉陪了。”

见大马哥态度坚决，何方远犹豫片刻，正要开口说出他的真实身份——人生在世，有时候需要一往无前的勇气，有时候也需要孤注一掷的坚决——不料还没等他开口，蓝妹说话了。

“大马哥，实不相瞒，我是立化的副总……”蓝妹既然已经决定要从立化辞职，她就不怕自绝于乔国界，而何方远还要在立化任职，也许半年，也许一年，他现在做的事情相当于挖乔国界的墙脚，风险极大，如果被乔国界知道了，后果一定相当严重。虽说大马哥未必会转告乔国界，不过本着防患于未然的出发点，她还是替何方远接了下来。

“哦？”大马哥愣了愣，上下打量蓝妹一眼，“身为立化的副总，不希望兴众文学被芝麻开门收购，是什么心态？难道说，芝麻开门作为资方，还不如兴众有实力、有前景？”

“那倒不是。”蓝妹替何方远接下了大马哥的质问，她轻轻一拢秀发，落落大方地答道，“立化和兴众文学的矛盾由来已久，相信大马哥也知道创始团队集体辞职的事情，兴众文学一半以上的利润由立化贡献，在某种程度上甚至可以说兴众文学虽然庞大，但只有立化一家强大而已。之前乔董向企鹅开价8亿美元——打包卖兴众文学是8亿，只卖立化也是8亿，由此可见立化在兴众文学的地位。实际上除了立化之外，兴众文学旗下的诸多网站，大部分是包袱。大马哥全盘收购兴众文学，就等于收购了一堆包袱，还不如单独收购立化一家。”

大马哥依然不说话，只是不动声色地微微点了点头。

“实际上，我打算联合风投，对立化提出管理者收购。”蓝妹开诚布公地说出了真相，“如果芝麻开门收购了兴众文学，我的管理者收购计划就没有可能了，所以，从个人私心的出发点，我不希望芝麻开门收购兴众文学。而从大局考虑，芝麻开门收购兴众文学，短期内也达不到您想要的效果，甚至从长远看，也未必是一步好棋。本着你好我好大家好的原则，我建议马董慎重考虑对兴众文学的收购。”

“我喜欢直率的人。”大马哥冲蓝妹点头一笑，“你的话合情合理，我相信五分。不过，何方远，你还欠我一个解释，你为什么认为收购文化中华会对芝麻开门有利？我很惊讶你的推断，不怕你知道，我对文化中华的兴趣比对兴众文学大多了，而且还不怕告诉你，我来北京，一个重要的目的就是和文化中华方面接触……”

何方远心中大喜，大马哥的话等于是间接承认了他对兴众文学的兴趣并不是很浓，远非乔国界似乎紧随其后就可以达成意向的迫切。

如果说他冲锋陷阵、千方百计总算和大马哥在一起坐而论道，并且成功地点燃了大马哥的兴趣，等于是点火者，那么蓝妹及时向前大幅推动一步，等于点炮者——他和她，一个点火一个放炮，配合得虽不算是天衣无缝，也算是十分默契了。

不得不说，不管是和孔祥云，还是和梅荏苒，虽然和二者交往的时间都比蓝妹长，但实话实说，他和二人的默契都比不过和蓝妹心有灵犀一点通，难道说，蓝妹真是他的真命天女？第一次，何方远心中的天平向蓝妹倾斜了几分。

“因为……”何方远见话题越来越深入，心中暗喜，一块石头总算落了地，看来，大马哥对文化中华的兴趣不是一时兴起，而是早有想法，再一想，似乎又明白了什么，大马哥故意和乔国界密切互动，怕是做给文化中华看的，要的就是让文化中华有危机感，从而让步，商业上的战略，向来都是虚实结合，“因为我是互联网版权产业的资深从业者，知道这行虽然是朝阳产业，但要延伸到下游的影视、视频和游戏产业，需要时间和媒介，而这两者芝麻开门都不具备。文化中华就不同了，从生产制作到销售一条龙，是一个完整的生态系统，而兴众文学，虽然早早闭环了，却不是一个完整的生态系统。”

大马哥终于微微点头了：“这句话说到了点子上，兴众文学不是一个完整的生态系统，芝麻开门现在也没有时间买来兴众文学再造一个生态系统。不过，何方远，为了你费尽心机接近我的努力，我给你一个建议，要不要听？”

何方远一下屏住了呼吸：“请大马哥指教。”

“什么指教，别那么官话，就是一个小小的建议。”大马哥哈哈一笑，站了起来，显然是要结束谈话的意思，“说实话，本来我还在犹豫到底是收购兴众文学还是文化中华，你和蓝妹的出现，让我有了最终决定，所以，虽然你淹了我的房间，不过我还是要谢谢你。我对你的建议是，如果你想对立化提出管理者收购，有资金缺口的话，可以联系我。还有，何方远，你在立化升迁三级跳，我一直好奇你到底是一个什么样的人，今天一见，我算是明白了，原来你是这样一个人，哈哈。”

说完，大马哥留下一张名片，扬长而去。

何方远惊呆了，呆立当场，一动不动，迈不开脚步去送一送大马哥，眼睁睁地看着大马哥瘦弱的身影消失在酒店大堂中，脑中一片空白。

事情……是出人意料地顺利！结果……却是令人震惊的转折！

大马哥的话，等于是明白无误地告诉何方远，本来他还在犹豫是收购兴众文学还是文化中华，却因为何方远和蓝妹——兴众文学旗下立化中文网的两个高层——也公然反对芝麻开门对兴众文学的收购，促使大马哥终于下定决心打消了对兴众文学的收购意图。而让何方远震惊的还不是这个，而是大马哥反手一招，提出如果他的管理者收购计划到时资金不足的话，大马哥还可以插上一手，就如神来之笔，顿时让何方远对大马哥更加高看。

果然是天马行空的思路，果然是江湖上人称“外星人”的大马哥。即使不再打算收购兴众文学，也不放过任何一个可以介入的机会，如果真不幸被大马哥言中了，到时管理者收购立化时，资金不足，那么大马哥出资的话，等于是芝麻开门的一只脚也挤进互联网版权产业了。

当然，更让何方远汗颜的是，原来大马哥早就知道他是何许人也，一直隐而不发，就想看他是不是坦诚相待，幸好，他从一开始就没有想要完全隐瞒自己的真实身份，要不今天不但丢人丢大了，还会在大马哥的心目中留下不可磨灭的坏印象。

“哎，行了，别出神入化了，可以走了。”蓝妹没有何方远的震撼感受，她只是高兴事情的顺利，总算不枉此行，她见何方远呆了半天还没有清醒的意思，就推了他一把，“重大问题解决了，该解决小麻烦了。”

“什么小麻烦？”何方远如梦方醒，揉了揉眼睛，“天亮了？”

“你没事儿吧？”蓝妹被何方远的迷糊逗乐了，“想不到英明的何方远何总，也有犯傻的时候。对了，入住酒店登记的是你的身份证，所以发了大水，酒店方面找人索赔的话，也会找你。至于我嘛，我要回自家酒店睡觉了，拜拜，何方远。”

“你敢扔下我一个人！”何方远怒了，一扬大马哥的名片，咬牙切齿地说道，“我现在有了新的资方，信不信我甩了你，和大马哥合作？”

蓝妹刚迈开脚步，又一下站住了：“万一到时你无法说服乔国界答应4亿美元的价格的话，比如说他要5亿美元，那么是不是真的可以从大马哥手中拆借1亿美元？”

“当然可以了。”何方远呵呵一笑，“只要你付出足够的代价，你要向大马哥拆借2亿美元，他都会借，问题是，你准备拿多少股份还他？”

“也是。不过为了收购成功，到时适当让步也不是不可以。”蓝妹又摇了摇头，“算了，先不想了，还是很遥远的事情，现在想也没用。走吧，既然发大水也有我的一份功劳，我不能只管发坏不管售后。”

男人要有担当，女人也要有责任心，两好加在一起，才是和谐社会。

二人回到房间，服务员正在打扫。二人又赔礼又道歉，最后赔偿了损失才算完事。收拾好东西从酒店出来时，已经是深夜时分了。

深夜的北京街头，人流渐少，夜风习习，微凉中已经带来了秋天的气息。二人打了一辆车，直奔花季连锁酒店而去。

/ 第四十章 /

放下也是智慧

到了最近的花季连锁酒店，住进了蓝妹预留的套间，何方远依然兴奋，毫无睡意，毕竟睡了一个下午了。他拉过蓝妹，摆出了促膝长谈的姿态，想和蓝妹好好聊一聊远景规划。

还没有开聊，电话打了进来。一看时间都晚上十点了，除非关系密切的熟人，一般谁也不会这么晚还打扰他，不料一看来电，竟是李丛林。

李丛林是迫切想知道事情的结果，何方远摇头一笑，接听了电话："李董。"

"怎么样，见到马匀没有？"李丛林的声音有几分迫切。

"见到了。"

"聊得怎么样？"

"一切顺利。"何方远本来想细说一下他和大马哥的见面过程，脑中却突然灵光一闪，突如其来闪过一个念头，当即就说出了口，"不出意外，大马哥会放弃对兴众文学的收购，转而去投资文化中华。在失去芝麻开门这个最有希望收购兴众文学的大客户之际，正是乔董最失落之时，如果李董现在提出对兴众文学的管理者收购，成功的机会会比预想中要更大一些。"

"好，我会考虑。"李丛林的声音中微有兴奋，"回头再详细说说你和马匀的见面经过。"

何方远刚放下电话，蓝妹的问题就来了："我始终想不明白，你让李丛林插进来对兴众文学提出管理者收购，是什么意思？万一李丛林成功了，我们的计划不就失败了？"

"李丛林成功的希望很小，他先对乔国界提出管理者收购，可以首当其冲承担乔国界的怒火，等我们再提出收购时，乔国界的怒火发过了，就不会再发了，而会恢复理智，认真地对待我们提出的收购想法。”何方远嘿嘿一笑，一副志在必得的得意，“其实我也不是害李丛林，李董久经江湖，会被我这个后生小辈害了？而且也说不准他的管理者收购计划还真能成功，就算他成功了，对我们来说也是好事。你想呀，再从李丛林手中对立化提出管理者收购，总比从乔国界手中容易多了。”

“如果李丛林管理者收购成功了，你真有这么大的把握说服李丛林同意你再管理者收购立化？”蓝妹对何方远的过度自信微有不满，“谦受益，满招损，最可悲的是首战告捷先庆功，孤芳而自赏，得意而忘形……”

“哈哈，知我者，蓝妹也。”何方远哈哈大笑，伸手一拍蓝妹的肩膀，“知道苏秦吗？不知道的话，回去好好学习一下历史。凭借三寸不烂之舌，苏秦游说六国，挂六国相印，一怒而天下惧，安居而天下息，是何等辉煌的人生，知道他凭什么吗？凭的就是口才和才华。”

“切，真服了你了，自比苏秦，太高抬自己了吧？”蓝妹哈哈一笑，“还有，纠正你一个错误，苏秦不是挂六国相印，只有三国而已。”

“三国相印也很了不起，你连一国也没有！”何方远耍赖，故意翻了翻白眼儿。

“懒得理你，真无赖。”蓝妹不理何方远了，打了一个哈欠，“我要睡觉了……”

蓝妹一边说，一边走到窗前，无意中朝下一望，忽然惊叫一声：“呀，好像是梅荏苒……”

“嗯？”何方远来到窗前一看，果然，从7楼往下望去，楼下的灯光中，一个女孩抱肩而立，孤独而无依，不是梅荏苒又能是谁？

“一个人在深夜的街头，肯定是有什么事情，我去看看。”何方远穿上外衣冲出门外，“蓝妹，你先睡吧，不用等我。”

“何方远……”蓝妹冲何方远的背影喊了一句，想说什么，却没有说出口，何方远还是忘不了梅荏苒，她心中酸酸的，十分难受。

又一想，如果何方远见到梅荏苒一人在深夜的街头徘徊而无动于衷，她是不是又会怪他不近人情？这么一想，心里又好受了几分，默默地想，何方远，不管多晚，我都等你回来，哪怕你一夜不归，我等你一夜。

又到窗前一看，见梅荏苒还是一人站在路灯下，身影被灯光拉得很长，犹如寂寞开无主的夜来香，蓝妹心中蓦然闪过一丝同情，梅荏苒太不幸了，生在一个离异的家庭，又被妈妈逼得非得嫁给自己不爱的人，她一个弱女子，该怎样承担人生中如此多的不幸？

随后，一个人影接近了梅荏苒，梅荏苒先是一惊，愣了片刻，突然就扑进了来人的怀中……蓝妹的眼泪终于不争气地流了下来，也不知是为梅荏苒而流，还是为自己而流，她心中默念何方远的名字，何方远，你爱的到底是谁?

是呀，何方远到底爱的是谁？何方远现在肯定回答不了这个问题，他一路急奔下楼，来到近前，在见到梅荏苒一个人顾影自怜的一刻，他心中最柔软的地方一阵莫名的疼痛，梅荏苒落到现在的地步，虽说他不是罪魁祸首，但他也有一定的过错，不管怎么辩解他都难辞其咎。

“荏苒……你怎么了？”夜色中的梅荏苒，在昏黄的路灯下，脸色惨白，双眼红肿，脸上泪痕未干，何方远站在梅荏苒身前一米开外，不敢再向前一步，“谁欺负你了？”

“方远？”梅荏苒不敢相信自己的眼睛，等她确信眼前的人正是她最想依靠最想取暖的何方远时，再也不能矜持，一头扑进了何方远的怀中，“你怎么才来，你再不出现，我怕再也见不到你了。”

说实话，虽说何方远和梅荏苒曾经有过恋爱关系，但由于二人太熟，最亲密的接触仅限于拉拉手，连拥抱都没有过一次，现在何方远被梅荏苒温香软玉扑满怀，一时手足无措，双手不知道该放在何处。

过了片刻，稍微稳定心神，何方远的双手落在了梅荏苒的后背上，他轻声安慰她：“到底出了什么事情？告诉我，我不会让你受委屈。”

“没什么，没出什么事情。”或许梅荏苒又意识到了什么，想到了她和何方远的关系，又从何方远的怀抱中挣脱出来，“就是想一个人出来透透气，散散心，房间中太闷了。”

“顾南欺负你了？”何方远忍了忍，还是没忍住，问了出来。

“你怎么知道我和顾南在一起？对了，你怎么也在北京？是和蓝妹在一起吗？”梅荏苒才想起现在是在北京的街头，不是在下江，在偌大的北京能和何方远不期而遇，该是怎样的缘分，可惜她和他之间，终究是有缘无分。

“我是和蓝妹在一起，来北京办事。”何方远抬头望向了楼上的房间，直觉告诉他，蓝妹应该站在窗前向下张望，可惜的是，蓝妹可以看清他，他却无法在无数雷同的窗户中，找到蓝妹的身影，“蓝妹知道顾南住在花季连锁酒店，也知道你和他在一起。”

“陪我走走，好不好？”梅荏苒也顺着何方远的目光向上张望了一眼，“她在上面，对不对？我不会占用你太多时间，只想和你说说话。”

深夜的北京街头，人流稀少，夜风微有清凉之意，何方远陪梅茬苒在街头漫无目的地散步，走了几分钟后，梅茬苒才开口说道："妈妈想让我和顾南在国庆节结婚，我不同意，想等到明年再说。最后无奈之下，只好先和顾南订了婚。顾南却说我不孝顺，连一个将死之人的情绪都不知道照顾，本来他带我来北京，说是来散心。我不想来，妈妈非逼着我来，结果来了之后，又因为结婚的事情吵了一架，顾南居然还想强迫我……我打了他一个耳光，然后跑了出来。"

何方远紧紧攥住拳头，指甲扎进肉里，心中是说不出来地难受，他不想梅茬苒受到半点委屈，只是现在的梅茬苒，已经是顾南的未婚妻了，他和她之间，隔开的不仅仅是千山万水的距离，还有伦理和道德。

"要不要我教训顾南一顿？"何方远双眼冒火。

梅茬苒摇了摇头，或许是夜风微冷的缘故，她抱着双肩："算了，有时想想，他一个花花公子，对我也算迁就了。但我就是想不明白，我根本就不是他喜欢的妖艳类型，他为什么非要娶我？"

何方远大概能猜到顾南的心思："男人再花心，也希望有一个安稳的家庭，在他累了倦了的时候，可以有一个依靠的港湾。有些女人，只适合逢场作戏，玩玩而已，而有些女人则可以娶到家中，相夫教子。你在顾南眼中，就是他的港湾。"

"这么说，我要是一个坏女人反而好了？"梅茬苒无奈地摇头一笑，"顾南的妈妈，哦，也就是蓝妹的姨妈，对顾南一直不好，在顾南童年时她曾经还有过离家出走的经历，是一个很现实、很势利的女人。后来顾北发达了，她又回来了。从小受到母亲伤害的顾南，对他妈妈的态度十分冷淡，却不知道为什么，他和我妈一见如故，对我妈比亲妈还亲。或许是在我妈身上找到了遗失的母爱吧……"

原来顾南还有一个不幸的童年，怪不得他的性格在狂妄而不可一世中，还有些许的良知，人性往往复杂而多变，何方远微微点头，说道："茬苒，你打算以后怎么办？"

"还能怎么办？服从妈妈的命令，嫁给顾南，然后相夫教子，平平淡淡一生，忘掉该忘掉的人，不再想不应该想的事情……"

"有没有可能让梅伯伯出面说服你妈，让她打消让你嫁给顾南的念头？"上次和梅长河一见，何方远感觉梅长河是一个明大理、识大体的人，男人，总比女人考虑得长远，也更有大局观，身为父亲，相信梅长河也不愿意让女儿嫁给一个自己不爱的男人。

"没可能。"梅茬苒摇了摇头，一脸绝望，"如果爸爸没有结婚的话，或许他的话，妈妈还会听。但他结婚之后，妈妈连见都不见他了。或许在妈妈的潜意识里，我是她用来和爸爸置气的道具。其实妈妈一直恨爸爸，现在爸爸结婚了，人生又翻开了新的一页，而她身患绝症，落差太大了，她心理失衡也正常。”

何方远无言以对，心中除了同情刘薇薇的遭遇之外，更可怜她的不幸——婚姻的不幸和人生的不幸。女人太强势了其实不好，身为女人，就应该宽容，心地越宽，身心才越健康。虽然他不愿意评价刘薇薇和梅长河失败的婚姻，但凡事都有两面性，失败的原因中到底是梅长河的过错多一些，还是刘薇薇是主因，外人无法知道真相。

有科学研究表明，如果家中有一个强势的女人，相应地，男人就会处于弱势，而通常情况下女人强势的家庭，要么生活不富足，要么婚姻不幸福。如果强势女人生了一个女儿，那么女儿也有百分之九十的可能继承母亲的强势，从而将不幸继续下去。

也不知走了多久，梅花苒站住了，看了看时间：“不早了，回去吧，省得蓝妹惦记。”

二人默然朝回走，十几分钟的路程，一时无言以对，只有偶尔驶过的汽车和沙沙的风声提醒二人或许过了今晚，再无相见的可能。眼见快到酒店，梅花苒忽然站住了，她一把抱住了何方远的脖子，喃喃说道：“方远，让我们吻别吧。”

虽然梅花苒近在眼前，对何方远而言，却有美人如花隔云端的遥远，他迎上了梅花苒的娇艳红唇，感受到梅花苒嘴唇的温热和扑面而来的熟悉的清香，脑中却是一片清明，没有爱没有恨没有旖旎，只有天涯共此时的明净。

一首久违的《吻别》在何方远脑海中挥之不去，激荡在心间——

前尘往事成云烟
消散在彼此眼前
就连说过了再见
也温暖不了你的视线……
我和你吻别在无人的街
让风痴笑我不能拒绝
我和你吻别在狂乱的夜
我的心等着迎接伤悲……

谁也不知道明天是晴是阴，谁也不知道人生是悲，是欢，是离合，珍惜当下，也许，一瞬间就是永恒。

何方远和梅荏苒不知道的是，在他们激情燃烧的一刻，蓝妹正和顾南深夜畅谈。

顾南的房间中，蓝妹坐在沙发上，朝对面低头抽烟的顾南挥了挥手："不要抽了，呛死人了。你倒是说话呀，到底和梅荏苒怎么了？"

"不要你管。"顾南扔了烟，双眼红得吓人，如一头野兽，"我和她的事情，你也好，何方远也好，以后都别问。"

蓝妹一下恼了，拿起茶杯泼向了顾南，将顾南从头浇到脚："你以为我愿意管你的破事，是你和梅荏苒纠缠不清，影响到了我和何方远的感情。顾南，你能不能拿出男人气概，别再没完没了地制造麻烦，行不行？"

"你以为我愿意？"顾南腾地站了起来，也不擦一头的茶水，有一片茶叶还沾在头发上，"是梅荏苒不识好歹，真当自己是金枝玉叶，屁，她就是一个婊子。"

"再给你降降温，让你清醒清醒。"蓝妹又拿起茶杯，正好泼在顾南的脸上，"一个男人最窝囊、最无能的表现就是打骂女人，何方远就从来不骂女人。"

顾南被呛得咳嗽了几声，一抹脸上的茶水，恢复了几分冷静，一屁股又坐到了床上："蓝妹，我跟你说实话，要说我有多爱梅荏苒，那是扯淡。知道我为什么非要娶梅荏苒吗？一是梅荏苒确实是好女孩，娶回家后，放心安心；二是我和她妈妈很合缘，和她在一起，能找到母爱的感觉。可是你不知道，不管我怎么迁就梅荏苒，不管我怎么对她妈妈好，她总当我是路人，从来没有一个笑脸。我是俗人，不是只付出不求回报的圣人，我不爱她，但也不愿意天天面对着一张冷冰冰的讨债脸，我不欠她什么！"

面对顾南近乎咆哮的发泄，蓝妹一时沉默了，是呀，她也不是圣人，她对何方远的付出，也期望得到回报，可是何方远始终对她不冷不热，虽然有一些真真假假的玩笑，却一直是若即若离的感觉，她想要安全感，想要何方远亲口对她说他爱她，想要何方远许一个承诺、给一个未来。

"不管怎样，我希望你好好待梅荏苒，女人的爱情不同于男人的，女人的爱情等于是一生的承诺，是交付了一生的赌注，要有耐心等她回心转意的一天。女人毕竟是女人，总会被男人的柔情暖热。"蓝妹的气消了，她的气，也不知是气顾南还是气何方远，或者是气自己，不过知道了顾南心中的痛苦之后，她忽然释然了，比起顾南和梅荏苒的纠结，她和何方远的感情历程，算是顺利多了，虽然有孔祥云的横空出世，但她自信可以打败孔祥云，让何方远只爱她一人。

/ 第四十一章 /

局势为之一变

何方远回到房间的时候，刚好过了零点，新的一天到来了，蓝妹还没有睡，正端端正正地坐在沙发上等他，一双明亮的大眼睛炯炯有神，在房间暧昧的灯光下，闪烁着迷人的光泽，着实吓了他一跳。

“怎么还不睡？是怕我回来后对你偷袭，还是对我和梅荏苒出去不放心？”何方远已经从和梅荏苒的旧情中脱离出来，恢复了轻松的姿态，当断不断必受其乱，他和梅荏苒的吻别，意味着二人从此明日隔山岳，世事两茫茫了。

“都不是，是我有话要对你说。”蓝妹用手一指旁边的沙发，一本正经地说道，“请坐。”

“怎么这么严肃？”何方远吓了一跳，老老实实地坐到了沙发上，幸亏昨天睡了一下午，否则现在早就困得睁不开眼了，“蓝董有什么指示？”

“我没什么指示，就是想问你一句话……”蓝妹一脸认真，一双漂亮的眼睛闪动几下，“何方远，你到底爱不爱我？”

在北京的零点，在午夜的酒店，在辞旧迎新的一刻，蓝妹和何方远坐在一起，第一次向何方远郑重地问出了事关一生承诺的重大问题。

每一个成功的男人背后，总有一个默默奉献的女人。男人的成功，离不开稳定而幸福的家庭，何方远当然也渴望一个安定的家，但面对蓝妹突如其来的一问和当面逼宫，他还是一时语塞。

古人云，成家立业，成家在先立业在后，恐怕也是经验之谈。男人不成家，心性不安定，玩心太盛，就难以成就大业。何方远沉吟了半晌，才讪讪地说道：“怎么突然问起了这个？”

“什么叫突然？”蓝妹不快地说道，“先不说你当面告诉陈果我和你有了办公室恋情，我的名声都被你毁了，光是上次在北京和你共度了一夜，你还告诉了爸妈，这一次，你又当着大马哥的面说我是你的新婚妻子，何方远，男人做事情要敢作敢当，传了出去，我和你没什么也有什么了，你是不是该对我负责？”

“这……这不都是工作需要嘛。”何方远挠头了，想应付了事，“太晚了，先睡吧，明天再讨论重大而深刻的问题。”

“你连爱我都不敢承认，就要和我住在一个房间，何方远，你是不是想始乱终弃？”蓝妹不肯放过，在事关自己幸福的重大问题上，她怎能放手？

根本就没有乱过，何来始乱终弃一说？何方远头大了，不过又一想，也是，现在不只立化上下都知道了他和蓝妹的办公室恋情，就连大马哥也认定他和蓝妹是恋人关系了，蓝妹为了他，确实付出了一个女孩全部的清白，他还能说些什么呢？

好吧，何方远将心一横，男人就得拿出男人样儿，做过的事情就得认账，他一下站了起来：“爱，很爱很爱你。如果我对立化的管理者收购计划成功了，到时你爸妈也不反对的话，我会向你求婚。”

“你自己说的爱我并且想娶我，我可没有逼你，话一出口，不许反悔！”蓝妹开心了，嫣然一笑，“从现在起，我就是你的正牌女友了，以后你不许再和别的女孩有超过友谊程度的来往，比如梅荏苒，比如孔祥云，听到没有？”

男人都向往家庭，却不知道，家庭其实也是一个枷锁，何方远有气无力地答道：“遵命，蓝妹……我现在可以睡觉了吗？”

“算你过关了，睡吧。”蓝妹心花怒放，点了点头，忽然又发现不对，何方远倒头便睡，她上前拉住何方远，“不要睡，这是我的床，你的床在里面的房间。”

可惜的是，何方远已经呼呼大睡，听不到她的话了。

次日一早，何方远被手机吵醒了，睁眼一看，他和衣躺在床上，身上盖了一层薄薄的被子，里间的房门开着，可以看到蓝妹侧身躺在里面的床上，睡得正香。

何方远以为是孔祥云来电，说好今天要和李颜红见面的，不料一看手机，却是范记安。再看时间，原来已经早上九点钟了，他还以为天才亮，昨晚还是睡得太晚了。

“喂……”何方远懒洋洋地接听了电话。

“何哥，方便说话不？蓝副总没在身边？”范记安神秘兮兮地贱笑，“昨晚又共度春宵了？”

“方远，谁的电话？”蓝妹早不醒晚不醒，偏偏在何方远接电话时醒了，她揉着惺忪的眼睛从里间出来，“几点了？啊，都九点多了，赶紧下楼吃早饭。”

“哎哟喂，都一起吃早饭了，何哥，恭喜成功推倒白富美。”蓝妹的话，范记安听得清清楚楚，他的贱笑就更下流了，“可惜了众里寻你千百度的祥云姐，当她身披彩霞、脚踏七彩祥云找到了你，却只能眼睁睁地看着你倒在白富美的怀中，人生呀，真是遗憾遍地寂寞如雪。”

“滚蛋！”何方远怒骂，“有正事儿没有？没有我挂电话了。”

“别呀何哥，别生气呀，气大伤身，有正事，当然有正事。”范记安嬉皮笑脸的声音从电话中传来，依然是让人无语地下贱，“没正事我哪里敢打扰何哥的春梦，是不是？今天一早乔董就来公司了，然后点名叫了樊铮上去，你猜怎么着？过不多久，陈果又上去了。然后陈果和樊铮一起下来，陈果怒气冲冲地对樊铮说，以后做事情要多动脑子，要知道分寸，别乱来……”

东窗事发了？何方远想起昨天见到乔国界从酒店出去，原来当天就飞回了下江，岂不是说，他和大马哥的谈判，从杭州到北京，果然只是一出闹剧，或者说，乔国界被大马哥当成了向文化中华压价的筹码，好好地利用了一下？

也没办法，谁让大马哥现在是金主呢？乔国界出售兴众文学心切，从杭州追到北京，看来他想要甩掉兴众文学这个包袱的迫切心理，比何方远想象中还要严重。

陈果对樊铮发火，应该是樊铮修改的宣传方案得到了乔国界的赞赏，所以引发了陈果的嫉妒和不满。

果然和何方远猜测的一样，范记安继续说道：“我刚从樊铮办公室出来，樊铮对陈果也是一肚子意见。原来他的宣传方案得到了乔国界的称赞，陈果却认为宣传方案之中的几处改动，事先没有征得他的同意，是樊铮故意为之，有越过他向乔国界邀功之嫌。而樊铮觉得陈果太鼠肚鸡肠了，方案明明是在陈果的授意下修改的，只不过其中改动了一两处小细节，无关大局，陈果却还对他大有意见，实在是让人无法接受。而且十人解约的名单报上去，乔国界当面否决了，让陈果很没面子。”

陈果何止是鼠肚鸡肠，他根本就是鼠目寸光，何方远心中暗暗一笑，他的效果达到了，分化了樊铮和陈果的同盟，立化的大权，将会重新回归到他的手中。当然，他要的不是重掌立化大权的威风，而是掌权之后，有利于他管理者收购计划的顺利推动。

至于十人解约事件，想都不用想，在陈果和樊铮的一手操作下，肯定不会称乔国界之心，何方远也懒得多想，如果让他着手运作十人解约事件的话，效果肯定比现在强上十倍不止。但既然乔国界和陈果都不信任他，他又何必非要冲上前去，做出有利于立化却有损于开天的事情？他又不傻！随便吧，反正乔国界也好陈果也好，也没指望立化再继续发展壮大下去。

“接着说……”何方远及时鼓励范记安，范记安虽然偶尔犯贱，但打探消息的本事一流，而且对形势的风吹草动比徐子棋更有感知能力，“能套出樊铮的话，进步不小。”

“那是，也不看看我是谁？我是大名鼎鼎的范记安。”范记安得了何方远夸奖，更加得意了，嘿嘿一笑，说出了他之前先和樊铮交了一手的先见之明，正是因为上次的出手，才让樊铮对他多了信任少了提防，“何哥，现在立化的形势很微妙，多米诺骨牌就差一个契机推翻第一张牌了，你赶紧回来上班吧，就等你出手了。”

“办公室恋情的风声呢？”既然乔国界出现在了兴众大厦，他和蓝妹办公室恋情的传闻，应该传入乔国界之耳了。

“还在传，陈果发了邮件，特意指出不许再乱传所谓的办公室恋情一事，虽然他没有点名你和蓝妹，但明显是针对此事，不过收效似乎不大，越不让传，八卦的火焰就越旺盛。我估计最晚今天，就会传到乔董耳中，到时，嘿嘿，也不知道会是怎样的情形……”范记安的声音突然中断了，过了一会儿，他才又说话，声音极小，而且微有几分慌张，“乔董刚才来了，一脸盛怒，上来就问何方远在哪里，听说你休假了，他扔下一句话转身走了……”

“什么话？”何方远心中大跳，乔国界主动到立化的办公区来找他，肯定有大事，否则乔国界一个电话就可以让何方远第一时间出现在他的办公室中，却不惜亲自下楼来请，背后必定有突发的重大情况，莫非是……何方远瞬间想到了李丛林对兴众文学的管理者收购计划。

“让何方远明天就上班，一上班就来见我。”范记安故意学乔国界的腔调，虽然学得不是很像，却也算惟妙惟肖，还真有三分相似，“怎么样何哥，学得像吧？不说了，不说了，李董来了，好像面色不善，我赶紧假装工作了。”

李丛林和乔国界一样，轻易不会下楼，更不会在立化的办公区出现，今天一反常态，先是乔国界，后是李丛林，先后罕见地在立化办公区露面，大有山雨欲来风满楼之势。

何方远敏锐地意识到，他的休假肯定要提前结束了。

刚挂断范记安的电话，手机又响了，一看是李丛林来电，何方远心想好家伙，够快，李董也坐不住了，开始频频动作了。

“李董……”何方远不敢怠慢，忙接听了电话。

“方远，什么时候回来？”李丛林的声音很平和，“我刚刚和乔董摊牌了，乔董的反应出人意料……等你回来再说，回来后，记得第一时间来见我。”

“好。”何方远虽然很想知道乔国界对李丛林的管理者收购是什么意见，但李丛林不说，他也不好在电话里问，忽然脑中灵光一闪，乔国界急着找他，到底是因为他和蓝妹的办公室恋情一事，还是和李丛林的管理者收购有关？

不想了，想也想不通，何方远见蓝妹等他半天了，忙收起电话，收拾了一下东西，洗漱完毕，就和蓝妹下楼吃饭。蓝妹注重养生，早饭必吃，而且一定要吃好，午饭少吃，晚饭基本不吃。

还好，虽然有点晚，但自助早餐还有，何方远和蓝妹吃过早饭，还没有等来孔祥云的电话，他不免有些焦急，如果今天和李颜红见面无望的话，他想即刻返回下江，现在较量的支点随着乔国界的返回，又重回下江，回到了兴众帝国之中。

还好，孔祥云没让何方远久等，电话总算及时打了进来。

“方远，才联系上李颜红，你现在过来，他有半个小时的空闲。”说完正事，孔祥云又轻笑一声，“昨晚睡得好不好？”

何方远听出来了孔祥云的弦外之音，嘿嘿一笑：“睡得很香，一觉到天亮。”

“一个人睡，还是两个人一起睡？”孔祥云的语气中，多了丝丝缕缕的醋意。

“当然是两个人……”何方远哈哈一笑，“分开睡了。”

赶到千方总部的时候，已经是上午十点多了，孔祥云等候在楼下，迎上了何方远，陪何方远和蓝妹上楼。到了李颜红办公室门前，先通报了一声，然后孔祥云陪蓝妹到自己的办公室等候，让何方远一人去见李颜红。

何方远深吸一口气，稳定了一下心神，有过昨晚和大马哥见面的经历，再和李颜红见面，他心里多了几分底气，最主要的是他知道，李颜红的为人和大马哥大不相同，大马哥有时不按常理出牌，天马行空，而李颜红保守稳健，不会有出人意料之举。

敲门。

片刻之后，房间内有一个浓重北方口音的普通话响起：“进来。”

何方远推门而入。

李颜红的办公室并不奢华，映入何方远眼帘的是一间装修普通、中规中矩风格的办公室，就和国内大多数中小企业的领导人办公室没多大区别——如果坐在办公桌后面的人物不是国内举足轻重的三巨头之一的李颜红。

办公室不代表什么，再奢华再高端大气上档次，也未必和主人的身份相符。国内有太多只会做表面文章的公司，办公地点奢华、汽车豪华，实际上公司却没有多大实力，只是打肿脸充胖子，为了让生意伙伴摸不清虚实。

何方远想起了一则传闻，有一次李颜红和一个明星同乘一个航班抵京，一下飞机，明星就被无数粉丝包围，李颜红被粉丝们挤到一边，甚至行李还被踢了几脚，样子有三分狼狈。由于他走慢了几分，被明星的一个粉丝推了一把，还骂了他一句："穷鬼，离远点儿，你也配和女神一个航班！瞧你一身打扮，是IT民工吧？"

李颜红笑了笑没有说话，以他的身家，买下国内几大航空公司都不在话下。真正有实力的人，从来不不屑于向别人解释什么。

无巧不巧，现场正好有一个采访明星的记者，他本身不是财经记者，却对财经人物很感兴趣，一眼认出了李颜红，当即扔下正在进行中的明星采访，飞奔到李颜红面前，将话筒递到他的嘴边，说了一句让明星和一众粉丝全部目瞪口呆的一句话……

"请问李颜红先生，《福布斯》公布了2013年中国富豪榜，根据榜单，你以净资产677亿人民币位列第3，马化龙以净资产622亿人民币排名第5，马匀以净资产433亿人民币位列第8，不过有人预言，马化龙的净资产将会在明年超过你，成为新的互联网首富，对于此事，你有什么看法？"

677亿人民币的净资产？刚刚还在为记者扔下她去采访一个路人甲而愤愤不平的女明星，张大了嘴巴，不敢相信她所听到的，别说7亿了，她的身家满打满算连7千万都勉强，而眼前这个没有前呼后拥、如普通人一般的男人，却有身家677亿，这是怎样庞大的天文数字！

在众人的瞠目结舌中，李颜红并没有回答记者的提问，只是微一摆手，礼貌地说了一声"谢谢"转身走了。

三巨头之中，以李颜红最为低调务实。

/ 第四十二章 /

盛宴

“何方远是吧？”李颜红抬头看了何方远一眼，起身和何方远握手，“我时间不多，你长话短说，最好直奔主题。”

何方远微有紧张，李颜红和大马哥的风格全然不同，如果说大马哥只凭长相就可以让人放松，那么李颜红方正的国字脸有着浓郁的北方特色，而且他不苟言笑的表情，也给人严肃和拘谨之感。

“李董，我听说当年在加州期间，你曾经当过一段时间的加州农夫？”何方远想起了关于李颜红的一件趣事，想先当成正餐之前的开胃菜，活跃一下气氛。

“你还有20分钟时间。”李颜红不动声色，既不阻止何方远说下去，也不附和，只是提醒何方远时间不多的事实。

何方远心一横，不管了，赌也要赌一把，虽然李颜红和大马哥天马行空的性格截然相反，也从来不会不按常理出牌，但偶尔小小地出格一次，也无伤大雅：“当时是1997年，你在加州种菜养花，你的夫人劝你说，你是信息领域的技术专家，不应该摆弄花草，过田园生活，可是你不听。后来你夫人一狠心拔掉了你所有的蔬菜，对你说，我不希望我的丈夫是一个加州农夫。然后你才大受刺激，回国创业，也才有了今天的千方……”

李颜红依然对何方远的话不置可否，只是看了看时间：“还有15分钟。”

“李董，从1997年到现在，快20年了，你有多久没再体会被人拔菜之后背水一战的勇往直前了？”何方远讲完了李颜红的逸事，终于落到了正题上，是想提醒李颜红一个事实，在千方的发展史上，千方每一步都走得非常稳健，稳健是好事，但过于稳健导致不敢迈开大步奔跑，也会坐失良机。

李颜红终于微微动容，上下打量了何方远几眼：“当初在创始团队集体辞职时，你决定留在立化，不也是为了求稳？”

“不是，我是另有打算。”何方远也不等李颜红让他坐下，自顾自坐到了沙发上，“今天来，就是想和李董说说我留在立化的真正目的。”

李颜红微微动了动身子，表现出了一丝兴趣：“哦？”

关于李颜红的为人和管理风格，何方远也略有耳闻。由于是海归，有过留学经历，李颜红是西式的管理风格，有时单纯，有时又显得过于冷漠、不近人情。他把每个人当成下属，没有江湖气息。之前副总裁于匀要离职，李颜红多次挽留，希望于匀主动提出条件。有人建议李颜红应该主动向于匀开出条件以示诚意，但李颜红却十分生硬地回复说，如果他拒绝了，我多没面子？

千方的员工都知道李颜红是一个特别不爱直接表达意见的人，什么事儿你自己做主。你做对了他不会表扬你，你做错了他却会给你记上一笔，但当时也不会指出来，等攒一段时间之后才会爆发。所以许多人觉得给他当手下心理压力太大，做事情只能对不能错。

何方远并不是李颜红的手下，也不想当李颜红的手下，李颜红和乔国界的性格中有太多相似之处，如果说乔国界在兴众如同深宫中的帝王，那么李颜红在千方就是高高在上的第一人。

“我留在立化，其实是为了等待一个合适的机会对立化完成管理者收购的计划。”何方远直言不讳，抛出了此行他和李颜红见面最想表达的主题。

“千方已经收购了驰骋……”李颜红淡淡地回应了一句，言外之意是何方远对立化的管理者收购计划，和千方无关，“千方对立化或是兴众文学，已经失去了兴趣。”

“芝麻开门刚刚和兴众方面接触，就芝麻开门收购兴众文学事宜进行了洽谈，最终谈判没有成功。”何方远再进一步推动，试图让李颜红跟着他的思路走。

李颜红微微一笑：“这个也不是秘密，我昨天就知道了。”

“昨天，我和大马哥见了一面。”何方远抛出了重磅炸弹，“大马哥虽然已经打消了收购兴众文学的念头，但对于和我合作完成对立化的管理者收购计划，很感兴趣。”

“马匀想和你合作？怎么合作？”李颜红不再是一脸淡定从容的表情，而是大为好奇，“不是说芝麻开门要收购文化中华吗？有了文化中华，马匀怎么还会对立化感兴趣？”

李颜红的消息也果然灵通，不过一想也是，三巨头之中任何一家的风吹草动，另外两家肯定密切关注，而且也如孔祥云所说，三家之中，估计都互有对方的内线。重大机密接触不到，一般的商业机密，肯定可以提前得知。

"文化中华的短板在于没有最源头的版权资源，不管是影视还是视频网站，都需要引进版权。而立化可以源源不断地提供各种类型的版权作品，不用完全收购立化，只需要从外围提供必要的资金，由我出面完成对立化的管理者收购，从此，大马哥就可以坐享其成，从立化随手撷取想要的任何一部版权作品，想拍电影拍电影，想改编游戏改编游戏，想做成微电影就做成微电影，以后不再在版权资源的源头之上受制于人……"经过刚才的预热，何方远已经完全恢复了从容不迫的姿态，侃侃而谈，一步步将自己的想法系统地展现在李颜红面前。

"既然你决定和芝麻开门合作了，千方对你来说，还有什么价值？"李颜红摆了摆手，"本来我还想挖你来千方担任驰骋中文网的总经理，现在看来，你的志向更远大。"

"千方收购了驰骋中文网，未必就不可以再入股立化。"何方远的思路现在越来越清晰了，他不能将赌注全部寄托在一人身上，蓝成器不行，大马哥也不行，他对立化的管理者收购大计，完全可以变成一场由他主导并且有蓝成器、大马哥甚至是李颜红纷纷加入的盛宴。

孤注一掷和蓝成器合作，成功了，收获颇丰；失败了，一败涂地，风险太大。如果和蓝成器合作的同时，再借助了大马哥或是李颜红的力量，他周旋在几方力量之间，就成了最关键的支点人物了，等于是说，他初步掌握了可以和其中任何一方讨价还价的主动权。

"我刚才说过了，千方对立化没有兴趣了。"李颜红坚持他的看法，再次摆了摆手，"不管你是不是成功对立化完成管理者收购，千方的态度不变。"

"立化在兴众文学旗下，或许千方不感兴趣，但如果立化归到芝麻开门旗下，立化借助芝麻开门的雄厚实力，会对驰骋中文网形成正面的阻击之势，千方对立化感不感兴趣，都得承认一个事实，论影响力，驰骋远不如立化；论实力，千方也不比芝麻开门强上多少。那么在可以预见的未来，芝麻开门旗下的立化和企鹅旗下的开天，将会对千方旗下的驰骋形成左右夹击之势。到时驰骋若在两大巨头的夹击下一败涂地，李董，你也面上无光呀。"何方远直截了当地抛出了难题，也不顾及李颜红的颜面了。

李颜红不说话了，一只手轻轻敲击桌子，目光望向窗外。窗外阳光正好，北京的初秋是最美的季节，又是难得的一碧如洗的晴天，在盛大的阳光之下，城市呈现出最美好的盛景。

"千方对互联网版权产业的兴趣，并不是很大，之所以收购驰骋，不过是顺应潮流罢了。”过了许久，李颜红终于开口了，一开口，还是打太极，没有正面回应何方远的挑战，“千方要的不是和企鹅、芝麻开门在互联网版权产业上的较量，随便企鹅和芝麻开门怎么布局，千方只会按照自己的路子走下去。”

见李颜红还不为所动，何方远心中微有烦躁之意，莫非说，李颜红对互联网版权产业的兴趣真的不大？也确实，比起千方近19亿美元收购91无线，是中国互联网有史以来最大的收购案，千方收购驰骋中文网所花费的1.9亿人民币，不过是微不足道的一笔，甚至连一朵浪花都算不上。换句话说，哪怕收购之后驰骋中文网依然一路亏损，甚至最终死掉，李颜红也不会在意1.9亿人民币的损失。

不对……何方远蓦然又想到了一件事情，孔祥云说过，千方成立了互联网版权产业大项目部，由此可见，李颜红对互联网版权产业不是兴趣不大，而是大有兴趣，李颜红之所以故意摆出一副云淡风轻的姿态，其实是想让他先露出底牌。

何方远心中大定，微微一笑，如果说刚才他有意透露他和大马哥的面谈，是为了让李颜红倍感压力，那么接下来他要虚实结合，故布迷阵了：“李董，千方先后收购爱奇艺和PPS，可以看出千方有意在视频领域有所作为的决心。不过业内人士都清楚，视频内容的来源，是版权作品，版权作品的来源，是互联网版权产业。未来是视频时代，网络视频有朝一日会取代电视成为最大的传播源，相信千方不会落于人后，上次在下江，小马哥对我说，企鹅收购开天，就是要从源头上为下游的影视、视频和游戏打好基础，小马哥还说，如果我能说服乔国界同意立化的管理者收购，企鹅愿意出资……”

李颜红终于动容了，不敢相信地问道：“企鹅已经有了开天，怎么还对立化感兴趣？”

“一个开天，满足不了企鹅在影视、视频和游戏上面的全方位布局，立化有十年的版权作品积累，是一个取之不尽的宝藏，之前创始团队就想联手企鹅对立化提出管理者收购，结果功亏一篑，正是因此，小马哥对立化一直兴趣不减。现在又有一个管理者收购的机会摆在他的面前，他怎会不动心？”何方远见话题逐渐深入，李颜红兴趣渐增，他心中暗喜，总算成功地迈出了第一步，三巨头中，人人都知道李颜红最难打交道、最难说服，“目前有意和我合作对立化完成管理者收购的资方，除了大马哥之外，还有小马哥。”

李颜红哈哈一笑：“你的意思是想让千方也加入其中？何方远，你现在的手法和当初创始团队的手法如出一辙，没什么新意。”

是，何方远承认他的手法不过是复制创始团队之前用过的商业策略，不过话又说回来，管理者收购也并非创始团队的独创，千百年来，商业上的策略和手段大同小异，但有人成功有人失败，既有因人而异的因素，又有天时地利的原因。当初创始团队提出管理者收购时，乔国界心气正高，而且当时兴众文学还有上市的希望，乔国界自然不可能答应，除非创始团队开出一个极高的价格。

但现在不同了，时过境迁，形势弄人，乔国界士气大降，甚至一系列的事件表明，他有可能有意退出互联网产业，而且现在立化在创始团队的包抄和围堵下，元气大伤，已经不复当初的风光，所以，现在再提出对立化的管理者收购，比起当初创始团队在立化如日中天时的收购，得了天时地利之便。

“商业上的事情，要的不是新意，是成功。”何方远当面反驳了李颜红，他不是李颜红的员工，不必看李颜红的眼色，他必须明确表达出他的想法，“如果千方选择和我合作，那么当初企鹅和创始团队联手没有完成的收购，在千方和我的联手下，也许会实现，这样一来，也会对企鹅造成不小的正面压力。”

其实何方远还有不便明说的言外之意，当初千方也和创始团队接触过，不过没有达成共识，最终创始团队花落企鹅，此事，多少也相当于千方棋输了企鹅一局。如果现在千方和他联手完成了企鹅和创始团队联手没有完成的管理者收购，等于是不但在商业布局上再下一城，为千方在未来的大文化产业格局再添一枚重量级筹码，还相当于在和企鹅的较量中，又扳回一局。

当然，何方远并没有和企鹅接触，企鹅也没有支持他对立化的管理者收购的意向，他之所以虚晃一枪，也是正常的商业手法。

李颜红脸色平静，似乎还没有被何方远说动：“和创始团队相比，你又有什么优势？怎么保证你提出管理者收购，乔国界就会同意？”

不怕有疑问，就怕没问题，有疑问就证明李颜红动心了，何方远心中就更有信心了，说道：“和创始团队相比，我的劣势是没有登高一呼就响应者云集的威望，但好在是我提出管理者收购，是直接带走立化和立化的原班人马，不是集体辞职。我的优势是现在形势大好，乔国界有出售兴众文学和立化的意愿，再有，在立化我不但有追随者，在兴众文学董事会内部，也有同行者。和当初创始团队只接地气不接上气相比，我可以自上而下并且有理有据地促使乔国界让步。”

“既然你先后接触过芝麻开门和企鹅，现在又来千方，说吧，你是想学苏秦合纵连横游说六国，还是想各方比价，谁出价最高条件最好，你就和谁合作？”李颜红微微点头，对刚才何方远的分析表示赞成，不过，他还有疑问，“这些年来千方的收购也不少，不过有一个共同点是，基本上没有主动上门的收购，都是千方有了意向主动和对方接触。不怕告诉你，基本上主动上门推销的收购，在我面前，没有成功的先例。”

和大马哥的随意相比，李颜红确实西化多了，说话也是直接而不留余地，不过何方远并不在意李颜红是随意还是严谨，人和人的风格虽然不同，但所追求的成功和想要的成就感，大抵相同，作为三巨头之一，在布局已经明显落后于企鹅和芝麻开门的现实面前，李颜红如果没有奋起直追之心，他也就不是三巨头之一了：“我不是上门推销，我只是提供一个机会给千方。企鹅拥有了开天，芝麻开门有望收购文化中华，相比之下，千方在大文化产业上的布局最薄弱，所以我认为如果我和千方合作，前景会更广阔。而千方在搜索引擎上独一无二的优势，可以更好地推动互联网版权产业拓宽市场，只要千方封锁了盗版的入口，互联网版权产业更会大有可为，同时，也会为千方带来更多的流量、更广阔的空间……”

何方远一番话说完之后，李颜红没再说话，而是沉默地站了起来，他来到窗前，打开窗户，放进了新鲜空气和大好阳光。

/ 第四十三章 /

无疾而终的谈判

“何方远……”过了半天，李颜红才转身面对何方远，没头没脑地说了一句，“千方收购，一向是必须控股。”

何方远心中大喜，也站了起来：“以我估计，对立化提出管理者收购，乔国界的心理价位是四到五亿美元之间。如果四亿美元可以拿下，千方持股百分之五十一。如果最终五亿美元拿下，千方持股百分之六十。”

“四到五亿美元？立化现在顶多值三亿美元。”李颜红拦腰一刀，近乎砍掉一半价格。

何方远诚恳地说道：“我也会尽力说服乔国界降低价格，不过四亿美元是一个大关。”

“四亿美元，百分之八十。”李颜红出价了，“你个人持股百分之二十，不少了。而且我的条件是，必须全盘接收立化的整个管理团队，并且管理者收购成功后，你担任千方文学的CEO，负责整合立化和驰骋的合并事宜。”

条件比蓝成器的还苛刻，何方远以前一直坚持控股，现在不再走自主创业的道路，转向管理者收购，他也就不再坚持控股了，毕竟空手套白狼还能控股的案件，在互联网业界几乎不可能实现，资方也不是傻瓜，不会只投资不控股，否则岂不是成了为他人做嫁衣裳？

何方远现在想得很清楚，与其冒着巨大的风险去自主创业，还不如虎口夺食，从乔国界手中抢过立化，继续在立化的舞台上实现自己的梦想。蓝成器的想法是对的，宁肯前期投入巨大收购一家成熟的立化，也好过前期投入虽小但后期风险极大地创办一家全新的网站。即使蓝成器再有实力，再能找到不差钱的资方，也没有如千方或芝麻开门一样拥有独立的渠道和完善的生态系统。

所以，何方远现在想借三巨头其中之一的手，来完成他一飞冲天的财富神话，而且从为了立化的未来着想，相信立化在他的手中比在任何人手中都更有美好前景。

至于如果和千方或是芝麻开门最终达成协议之后，由其中之一出资助他完成管理者收购，将置蓝成器于何地的问题，何方远也不是没有考虑，尽管他也知道，他最终的安排或许会让蓝成器不太满意，但也没有办法，为了大局考虑，还是和三巨头之一合作，更符合商道，更符合立化的长远利益，也更能为他提供广阔的发展空间。

“百分之三十。”何方远坐地起价，并且强调了自己的重要性，关键时候，不能谦虚，谦虚会自贬身价，“现在可以从乔国界手中完成对立化管理者收购的，只有我一人。在归到千方的旗下之后，能带领立化的全体管理团队，继续在立化现在的基础上进一步发展壮大的，也只有我一人。同样，可以整合立化和驰骋合并事宜的，也只有我一人。所以，李董，我个人持股百分之三十，是一个比较合理的价位。”

李颜红坐回了座位，没接何方远的话，抬手看了看时间：“时间到了，我还要开个会，就先这样……”

谈话进行了一半，被强行结束，感觉不太好受，何方远毕竟对李颜红了解不深，不知道李颜红到底是什么意思，好在他足够隐忍，既然李颜红直接结束谈判，他也没有必要非赖着不走，起身说道：“好，谢谢李董抽出宝贵时间和我见面。再见！”

走到门口的时候，还不见李颜红开口再说什么，何方远心中微叹一声，没想到和李颜红的会面，会是一个无疾而终的结果，实在让人郁闷。

到了楼下，敲开了孔祥云办公室的门，见孔祥云和蓝妹聊得正欢，俨然一对无话不谈的闺密，何方远无语了，上前拿过水杯，也不管是谁的，一口喝干，一抹嘴巴坐到了沙发上：“出师不利。”

“没关系，你又不是没有退路，别灰心。”蓝妹从何方远手中夺回杯子，白了何方远一眼，“也不注意个人卫生，乱用别人的杯子，真没礼貌。”

孔祥云的专用办公室不大，布置得简洁而大方，看不出任何女性的特征，也不见办公桌摆放毛绒玩具等，可见在工作中，她是一个很敬业、不太注重个人风格的人。

原来拿的是蓝妹的杯子，何方远笑了：“也是，我不但在事业上有退路，在感情上也是两重选择，人生呀，不走独木桥真是美好。哎呀……”

话未说完，脑袋上同时挨了蓝妹的一掌和孔祥云的脑瓜崩。

眼见到了中午时分，何方远提出一起去吃午饭，然后下午回下江，蓝妹和孔祥云都没意见，三人一起下楼，刚到楼下，孔祥云的电话响了。

接听了电话之后，孔祥云一脸为难："不好意思，陪不了你们了，临时开会。方远、蓝妹，你们多保重，估计下午也送不了你们了，会一开，就不知道什么时候才结束。"

何方远点头表示理解："没关系，来日方长。"

"是不是和千方合作，不要太放在心上，实在不行，我和蓝妹都可以找来风投，另外，不是还有大马哥吗？再不行，说不定企鹅还有意向，所以，路没有走死。"孔祥云劝慰何方远。

何方远哈哈一笑："其实我见李颜红的本意是为了拉大旗做虎皮，至于是不是可以达成共识，并不重要，重要的是，我可以在乔国界、大马哥面前大言不惭地说，我和李颜红谈判过了，而且还达成了初步意向……"

"啊！"蓝妹和孔祥云同时大惊，"你的意思是，你要拿李颜红当成和乔国界、大马哥讨价还价的筹码？"

"用兵之道，兵不厌诈；商业之道，真真假假。"何方远自得地一笑，"商场上的事情，本来就是互相借势，说不定李颜红还可以借我的势一用呢。"

"别嘚瑟了，李颜红能借你的什么势？你有势吗？"蓝妹对何方远的自恋无语了，伸手一推何方远，"走了，回下江，继续完成未竟的事业去。"

告别了孔祥云，何方远和蓝妹来到庆丰包子铺吃包子，庆丰的包子，色香味俱佳，不但何方远吃得津津有味，蓝妹也赞不绝口。

"庆丰包子还真不错，怪不得这么出名。"蓝妹边吃边连连点头，"可惜飞机上不让带，否则我打包带回去，让爸爸尝尝，他肯定夸我有孝心。"

何方远被逗笑了："大老远带几个包子回去，亏你想得出来。蓝伯伯也太可怜了，有一个千里送包子、礼轻情义重的女儿，也该欣慰了。"

"哼，有包子吃就不错了，别太贪心了。"蓝妹借题发挥，敲打何方远，"我现在才知道，感情上脚踏两只船的人，在事业上，也不会一心一意。明明有了包子，还想要饺子。"

何方远明白蓝妹的暗示，是怪他在得到了蓝成器的承诺之后，还要和大马哥、李颜红商谈合作事宜，等于是并没有一心将赌注下在蓝成器身上，虽然蓝妹将蓝成器比喻成包子有些不妥，不过倒也形象，确实他是吃着包子想着饺子。

不管做什么，一生悬命的态度，何方远始终坚持不变。现在形势愈加复杂化了，即使他不主动出击和三巨头接触，三巨头也许也有蚕食兴众文学或是立化之心。随着乔国界抛售兴众文学的意图越来越明显，各方势力都会闻风而动，试图瓜分兴众帝国旗下最优质的资产。与其等到时群雄四起，还不如他现在主动出击，先和群雄谈好条件，以便掌握主动权。

“一颗红心是不假，两手准备才周全。”何方远淡淡一笑，又拿起一个包子，“包子虽好吃，但也不能因为一个包子，而放弃所有的饺子，对不对？万一包子突然不见了，不是还有饺子可以度日吗？蓝妹，蓝伯伯虽有资金，却没有渠道。而且如果没有做好迎接三巨头突然介入的思想准备，也许会被突发情况打一个措手不及……”

蓝妹听明白了，惊问：“你的意思是说，李丛林对兴众文学的管理者收购背后，也许有三巨头的影子？”

“谁知道呢？”何方远意味深长地笑了，“李丛林和三巨头之中的哪一家关系密切，就不得而知了，但以他的资历和身份，肯定和其中任何一家都有沟通渠道。如果他和我一样四处出击，寻找三巨头之中任何一家合作，并达成了共识，岂不是完全封死了我们的路？”

“说得也是，这么一想，好像你还先下手为强了。”蓝妹被何方远说动了，不过还有不明白的地方，“可是，就算你先入为主和三巨头接触了，也阻挡不了李丛林随后和三巨头接触呀？”

“是阻挡不了。不过，三巨头之中，不管是企鹅还是芝麻开门，或是千方，都只对立化感兴趣，对整个兴众文学兴趣不大，所以……”何方远嘿嘿一笑，信心满满，“在我之后，不怕李丛林和三巨头接触，就怕他不接触，他越接触，越能突显我的价值。毕竟，单独一个立化，不但比兴众文学的价格低，而且没有兴众文学旗下的众多包袱，可以轻装上阵，等于是以最小的代价直接拿到了最有价值的资产。”

“哇，你太奸诈了，李丛林被你利用了，他知道吗？”蓝妹微微噘了小嘴，“再深入一想，我和我爸都被你利用了，他们都知道吗？”

“说是利用，就太夸大了，不过是正常的商业策略而已。”何方远才不会善良地承认他在利用李丛林和蓝成器，而且说到底，他也确实没有利用二人的心思，况且以他的实力，若说他可以利用一个兴众的总裁和一个久经商战的跨国集团公司的副总裁，也太高抬他的智商和手段了，“如果反向思维的话，李丛林和蓝伯伯，又何尝不是在利用我？我不过是在按照自己的思路寻找更广阔的出路罢了，蓝妹，你也别怪我在和蓝伯伯合作的同时，还有别的想法，在商言商，我的做法是再正常不过的自保。相信你也不希望我是一个依附在蓝伯伯或是李丛林身上的寄生虫吧？”

“我说不过你，你总是振振有词，总是理由充足，就和当初你选择梅荏苒一样，那么义无反顾，但后来等你离开她的时候，又那么一往无前。”蓝妹深深地看了何方远一眼，目光很清澈，眼神很复杂，“我觉得你太复杂了，复杂得让我看不透你。现在你周旋在我和孔祥云之间，左右逢源，最终谁对你利益最大，你就会选择谁，是不是？”

怎么说着说着又扯到感情问题上了，何方远举双手投降：“蓝妹，我投降，我投降。我不是周旋在你和孔祥云之间，是在犹豫——我和你之间，隔了太遥远的距离，总觉得现在还不配和你在一起；而孔祥云找了我好几年，她付出了太多的等待和心血，如果我不给她一丝希望，直接冷冷地拒她于千里之外，显得太冷酷太绝情了。你说，蓝妹，换了是你，你会怎么办？”

“我……”蓝妹一时无言以对，想了想，无奈地摇了摇头，“祥云姐是个好女孩，乐观向上，开朗活泼，我也很喜欢她。好了，不说这些让人头疼的事情，说说下一步怎么办吧。”

“下一步，什么下一步？”何方远吃完最后一个包子，嘴巴都鼓了起来，如同嘴里塞了两个乒乓球，他含混不清地说道，“回下江，见李丛林、见乔国界、见三剑客，如果有可能，在三剑客的引荐下，见见小马哥也是好事。”

“贪心不足蛇吞象。”蓝妹也不知道是该打击何方远的四处撒网，还是该赞赏他的乐观向上，最后只是摇了摇头，“反正不管你最后和谁合作，我都要加入，我跟定你了。”

“好吧，我要定你了。”最近何方远和蓝妹联手出击，每一次都配合默契，尤其是在面对大马哥时，打了一个漂亮的冲锋，让他对蓝妹越来越有依赖性。

蓝妹嫣然一笑：“男人就得说话算话，不能食言。”

“男人一诺千金，女人也得言出必行。”何方远拉上蓝妹，离开庆丰包子铺，直奔机场而去。

到了机场，眼见就要登机了，还是没等来孔祥云的电话，何方远有心给孔祥云打电话告别，想了一想还是算了，或许她正在开会，不方便接听。

一个多小时后，飞机降落到下江的虹桥机场，和初见凉意的北京相比，下江依然是潮热的天气，一下飞机，一股携带湿气的热浪扑面而来，顿时让何方远出了一身闷汗。

等到了车上，开了空调，感觉才好了些。何方远一边开车驶出停车场，一边开机，手忙脚乱下，差点儿偏离了主道，蓝妹就伸手拿过他的手机，帮他开机。

“真笨，怎么现在才开机，刚才干什么去了？”蓝妹见何方远用的是诺基亚手机，而且还是WP系统，不由笑道，“你的审美真独特，怎么会用诺基亚的手机，还是什么微软开发的手机系统？”

“这你就不懂了吧？”何方远很有自己的见解，“WP系统和电脑上的WINDOWS系统完全兼容，我如果有一个WORD文档需要处理一下的话，直接传到手机上就可以了，手机自带OFFICE，你的苹果手机行吗？再有，诺基亚手机结实耐用，WP系统又可以随时随地办公，从实用主义和随身办公的角度出发，我选择诺基亚。”

“我明白了，用诺基亚手机并且热衷于WP系统的人，都是实用主义者。”蓝妹并没有将手机还给何方远，而是拿在手中滑动几下，忽然有一条短信进来，由于WP直接在屏幕上方显示短信，她就随口读了出来，“方远，一别经年，以为今生再难相见，不料人生有缘，却又意外重逢，此心长长久久，永不改变。”

“真有文采，方远，原来你的初恋情人还是个才女。”蓝妹念完之后，将手机还给了何方远，“此心长长久久，永不改变……人家表白了，看你怎么办！”

何方远假装没听到蓝妹的诘难，拿过手机直接打通了孔祥云的电话，铃响三声之后，孔祥云接听了：“祥云，短信收到了……会开完了？”

蓝妹在一旁翻了个白眼儿，何方远转移话题的水平真是拙劣，这不是故意气人吗?

孔祥云却不生气，其实她对何方远的了解比蓝妹深，轻笑一声：“开完了，有一个好消息，想不想听？”

“当然想了。”何方远隐隐感觉他和李颜红的会谈，不会是无疾而终的结果，否则李颜红也不会花费将近半个小时的时间和他深入交换意见，他其实从在北京吃包子时起，就一直在等孔祥云的电话，期待她的电话会带来期望中的好消息。

/ 第四十四章 /

正面回应

“刚刚召开了一个会议，宣布了一项任命，任命我为千方北京分公司的副总，负责互联网版权产业大项目部，同时，我还受命负责和你对接，就千方和你合作完成对立化的管理者收购事宜，进行下一步可行性研究。”孔祥云开心的笑声从千里之外的北京传来，似乎还携带了北京的凉爽，“怎么样，方远，对你来说，我是不是你生命中很重要的一个人？”

“呼……”何方远长舒了一口浊气，终于，他的辛苦和努力没有白费，得到了千方的正面回应，或者说，他总算说动了李颜红，现在李颜红已经将和他的合作上升到了战略层面，亲自指派一名副总和他对接，由此可见，李颜红对将立化归到千方旗下，十分重视，大有不达目的誓不罢休之势。

莫非是他的一番话激起了李颜红的争强好胜之心？也是，李颜红今年才45岁，正值当年，骨子里的血性还在，面对企鹅的多点布局和芝麻开门的长远布局，他甘居人后才怪！

好事，天大的好事，何方远哈哈一笑：“没错，你确实是我生命中至关重要的一人，从你重新出现在我生命中的一刻起，就为我带来了许多好事，打开了一扇又一扇幸运之门。”

蓝妹扑哧一声乐了：“才知道，原来你拍马屁的水平也是一流，佩服，佩服至极。”

何方远不理蓝妹的嘲讽，只是朝她翻了个白眼儿，又对孔祥云说道：“好，等你什么时候有了结果，和我联系，我随时恭候你的大驾。”

“结果还用再研究吗？”孔祥云笑道，“你和李董不是已经初步达成了共识？我所做的事情，只不过是具体落实李董的意图罢了。应该说，我随时等候你的消息才对。”

“好，等我消息。”若是别人，何方远还会客气几句，但对方是孔祥云，他就不必多说了。

刚挂断孔祥云电话，蓝妹正要开口评论几句什么，何方远的手机又响了，就让她的话又无可奈何地咽了回去。

是范记安来电。

“何哥，又出事情了。”范记安的声音透露出三分兴奋七分幸灾乐祸，“我现在严重怀疑陈果是创始团队的卧底，丫的，总出昏招，笨得像猪。”

“先别骂人，说事情。”何方远太了解范记安了，范记安虽然平常喜欢阴阳怪气的，但也要他嘲讽的对象做出足够让他惊叹的蠢事时，他才会有动力抨击。

“不骂人不行，实在是太猪了。”范记安讥笑一声，语气轻蔑而嘲弄，“不对，用猪形容是对猪的不公，实际上，猪除了吃喝拉撒睡觉之后，没别的心思，也不干蠢事……”

“啰唆。”何方远笑骂了一句，“行了，不听你瞎扯了，我马上到公司了，半个小时后，到我的办公室。”

“又出什么事情了？”蓝妹听出了异常。

“不知道，没细问，范记安太犯贱，回去再说。”何方远愈加感觉到了兴众文学，不，整个兴众帝国大厦将倾的脚步越来越近，一系列的事件表明，乔国界无心恋战的怕是不止兴众文学，而是整个互联网业务。

也不知何故，何方远眼前总是浮现出乔国界落寞而悲怆地上车离去时的背影，仿佛是一代互联网帝王和曾经的国内首富落幕时的绝唱。

不多时，到了兴众大厦，何方远也没避讳，和蓝妹一起上了电梯，到了十层，电梯门打开的一瞬间，无数人的目光都纷纷落在了他和蓝妹身上，目光中有好奇、有羡慕、有嫉妒，也有幸灾乐祸的嘲讽。

“何总！蓝总！”

“何总！蓝总！”

“何总！蓝总！”

“何总！蓝总！”

四个人几乎异口同声地冲何方远和蓝妹问好。如果说范记安和徐子棋的主动问好，还不足以让众人惊讶的话——毕竟人人都知道范记安和徐子棋是何方远的忠实追随者，但樊铮和付锐也第一时间出现在何方远面前并且向他示意，就让众人目瞪口呆了！

什么时候陈果的忠实追随者樊铮和付锐，也向何方远靠拢了？难道说，立化又要变天了不成？

其实许多人不知道的是，何止立化要变天，怕是兴众文学乃至兴众帝国，都要变天了。

何方远冲几人微一点头，也不多说，径直走进了办公室，几人紧随其后。随后，何方远办公室的大门一关，将众人的疑惑、不解和猜疑全部关在了门外。

“何总，陈总新出了一个一万元的买断政策，让各组组长去和版权方谈判，结果惹得天怒人怨，不少版权方一怒之下甚至打来电话破口大骂，还有一些版权方不但一口回绝，而且还威胁说，下部作品一定签约开天，再也不和立化合作了。”开口向何方远汇报最新情况的不是范记安，而是樊铮，樊铮一脸的愤愤不平，仿佛立场的转变只是瞬间的事情，他显然不再当自己和陈果是同一阵营的队友了。

范记安张了张嘴，一脸的不服气和不甘，本来是他抢功表现的事情，怎么让樊铮后来居上抢了先？什么时候樊铮变得这么积极主动了？

“到底是怎么一回事儿？”何方远现在还只知其一不知其二。

“事情是这样的……”付锐向前一步，又抢在了范记安前面发言了，“陈总突发奇想，提出出价5000到一万元，将一些版权方的完本作品网络信息传播权，一次性买断。实际上，许多版权方的完本作品，每月的收入都在5000元以上……”

何方远总算明白了，想笑，却没笑出来，毕竟他现在还身为兴众文学的高管，笑兴众文学的CEO脑子短路了实在是不应该，但又实在觉得既可悲又好笑，只好强忍笑意说道：“吃相太难看了……”

“是呀，何止是吃相难看，简直就是奇蠢无比！彻底暴露自己穷得快要当裤子的馊主意。”范记安终于抢上话了，他憋了半天了，再不让他说话，他怕是要抓狂了，“一般收购价溢价5到20倍是比较合理的价格，别人的版权作品销售月收入在5000元以上，想以一万元的价格一次性买断，是当别人是傻子还是太高估了自己的智商？我去，我一直以为我有时无耻偶尔犯贱，现在才知道，别人平常不无耻不犯贱，但只无耻犯贱一次，就相当于我一辈子无耻犯贱总和的一百倍！”

范记安话糙理不糙，就好像要拿出一万元收购一家月利润5000元的店铺，谁肯卖？出价十万元还算多少有几分诚意，对方或许还会考虑一下。值此人心动荡、版权方人心思动之际，还出此下策，何方远真不想说陈果脑子短路、智商有限、财迷心窍等难听的话，但他实在忍不住想骂上一句——不作死不会死！

诚然，他也能理解陈果的出发点，由于前期高价买断版权方，溢价太高，导致兴众文学几年的利润全部投入其中，而且高价买断的版权方，因为失去了竞争的动力，导致作品质量下降，从而引发读者流失、网站流量下降、前景黯淡等一系列连锁反应，在这样的情形下，如何开源节流，想尽一切办法提高收入，就成了当务之急。

其实早在兴众文学引进空行1.1亿美元的注资之时，就已经初显财务危机，只是当时乔国界嘴硬，声称引进空行投资不是因为兴众文学缺钱，而是基于战略层面的考虑。只可惜，有钱可以假装没钱，没钱却假装不了有钱，现在捉襟见肘了，想法开源节流，也可以理解，但想从版权方身上赚钱，想出了一万元买断月收入5000元版权作品的下策，不但将立化和兴众文学的财务危机暴露无遗，也让版权方再一次深深地鄙视立化的短见和无耻，并且对立化失去归属感。

立化一次又一次大出昏招，一次又一次将本来已经心思浮动的版权方推向开天或是驰骋，如果何方远是大马哥或是李颜红，现在正是大力出手围堵或是包抄立化的大好时机，只要力度够大，出手够狠，耗费乔国界十年之功的立化在短短一年之内被赶尽杀绝，也不是没有可能。

怪不得连樊铮也按捺不住了，换了任何一个正常之人，都清楚买断政策是天怒人怨的昏招，是自毁长城的拙劣手段，尽管只是一个试探之举，版权方不同意也不能强买强卖，但会再一次让版权方对立化失去信心、失去希望。

何方远心中还明白的一点是，经过他暗中的推动，樊铮和陈果渐行渐远，已经向他靠拢了。当然，樊铮弃陈果而向他投奔的背后，也有樊铮看清了兴众文学大厦将倾的原因在内。谁也不想将一艘即将沉没的船当成归宿，即使是一艘巨船。

坐回到座位上，何方远没有说话，沉默地接过徐子棋递来的茶水，轻轻喝了一口，理了理思路，在众人期待的目光中，缓缓开口：“买断政策既然出自陈总，按照陈总的指示具体落实就是了。”

见何方远消极应对，樊铮十分不解：“何总，照这样下去，不用开天和驰骋对立化围攻，立化自己就从内部垮掉了。”

“又能怎样？是我能做得了主，还是你？”何方远正要再说些什么，手机叮咚一响，一则短信进来了，他低头一看，顿时吃了一惊，是海山。

短信的内容很简单，只有一句话：“收邮件。”

有什么异常动向不成？何方远心中一跳，海山主动短信提示，肯定有事情发生，他摆了摆手，在众人惊愕的目光中，打开了电脑查看邮件。

邮箱中，有一封匿名信，匿名信中是一个链接，打开一看，是一个自媒体发布的一则消息，题目是——乔国界想养生无心实业兴众要分拆卖掉啦……

何方远眼前一亮，海山的消息来得真是时候，他接着向下看，只看了几眼，就激动地一拍桌子，差点儿哈哈大笑。

众人都吓了一跳，范记安惊问：“何哥，是泡上小明星了，还是彩票中奖了？”

“泡上小明星算什么本事，这年头，小明星还值钱吗？”何方远惊喜之下，也开起了玩笑，“应该说是中奖了，而且中的还是大奖。”

“什么大奖，我来看看。”范记安赶紧挤了过来，想看个清楚，不料蓝妹先他一步挤在了何方远身边，津津有味地看了起来。

今天范记安屡次被人抢先，已经没脾气了，只是翻了翻白眼儿，小声嘟囔了一句：“算了，再抢也抢不过何哥的枕边人。”

蓝妹没听清范记安的话，否则非得要他好看不可。

自媒体指一个普通市民或机构组织能够在任何时间、任何地点，以任何方式访问网络，通过现代数字科技与全球知识体系相联，提供并分享他们的真实看法、自身新闻的一种途径和即时传播方式，通常情况下，自媒体发布的消息多数未经官方证实，不但真实性有待考证，而且消息来源大多是空穴来风或是道听途说。但从另一个角度来说，正是因为自媒体的灵活和随意，有时才能提前透露许多在正式渠道无法透露的消息。

何方远用几分钟时间扫完了文章内容，应该说，文章内容包含的信息量不是很大，但对他来说，有用的信息却非常之多。纵览全文，核心内容是一句话——乔国界同学已经决定退出累死人的互联网实业，专心面朝大海，喂马劈柴，投投资，炒炒股，带带孩子，养养身子。所以，兴众的小盆友们，贵公司的所有业务，包括游戏啊、文学啊神马的说不定都会卖掉哦，闪7只是一个开始，到时候，你们也会被打包卖掉，善良和天真的你们知道吗？

最后一句话讽刺的意味明显，是敲打现在兴众旗下的全体员工——着重敲打兴众文学及立化——在兴众大厦将倾、大船将沉之时，你们的美梦还没有醒来吗？

当然，其中不包括何方远，何方远一直清醒地认识到兴众文学前路不长，在外行指挥内行的情形下，在乔国界心气大降的前提下，兴众文学还有未来才怪。

文中所说的“闪7只是一个开始”具体指的是什么？何方远心中不解，他才离开兴众几天，虽是休假，也时刻在关注互联网业界的风吹草动，作为兴众旗下的视频网站闪7出了什么变故，他怎么毫不知情？

还好，文章在下面另外附加了一则关于闪7的消息，总算解答了何方远心中的疑惑。原来就在他四处出击和大马哥、李颜红对话的同时，闪7出现了出售股权的蹊跷消息。

11日晚间，闪7向SEC递交了一份文件，披露该公司最大股东兴众已将持有的41%的闪7股份出售给一个名叫郑明轩的个人，而郑明轩购买闪7股份的资金则由兴众提供贷款。

此外，本次交易中没有财股顾问，而双方约定的收购价格也是以收购完成前7天闪7传媒ADS股份市场价进行计算……

何方远的目光久久落在这则消息之上，心中反复解读消息背后的意义。郑明轩是何许人也，无人关心，很明显，谁都可以看出，郑明轩只是一个无关紧要的小角色，或者说，只是一个道具而已，幕后的推手，依然是兴众，依然是乔国界。

2009年兴众全资收购闪7，当时闪7网尚处于视频行业三甲。2010年通过成功的资本运作，闪7成为国内第一家在海外上市的视频网站。但是2011年之后，烧掉3亿多美元，创始人代慈朋离职出走，其团队被内部清洗殆尽，不久，闪7便从曾经的行业第三下滑至行业前十！

不得不说，闪7的滑坡很大程度上是由于乔国界浮躁投机的心态而自毁长城，也因为他的帝王性格喜欢大权独揽而容不下创始人的行事风格。立化创始团队的集体辞职，再次验证了乔国界的性格缺陷。

时至今日，闪7从业内的前三下跌成为兴众的包袱，兴众在兴众文学传言要被打包出售之时，却突然抛售了闪7的股份，此举，不得不让人对乔国界的真正用意产生怀疑，确实，抛售闪7股份的时机十分敏感，再对比之前乔国界投资旧城百货之举，让人对乔国界有意退出互联网实业的猜测多了几分相信。

/ 第四十五章 /

小人物也有逆天的手段

关于闪7股份被抛售一事，有两种版本的解读：

其一，郑明轩只是中间人，乔国界的做法是左手倒右手，而不明确收购价格是为了规避SEC的监管风险，毕竟郑明轩购买闪7股份的资金依然是由兴众提供。兴众此举的目的有两个：一是借收购的消息拉高闪7的股价，这样可以在出售闪7时获得较高的溢价；二是中概股目前有大量来自中国的游资，兴众方面希望通过这一消息来吸引游资的关注，从而大幅拉升股价。

其二，乔国界对视频业务已经失去兴趣，在2012年至2013年间，兴众曾与多个视频网站洽谈过出售闪7，但由于价格及其他条件无人接盘。此次兴众将手中大部分闪7股份出售给郑明轩是在多次出售谈判破裂后不得已的举措，未来或许会由郑明轩通过资本运作的方式为闪7寻找一个合适的买方。

两种版本，哪 种更接近真相，恐怕除了乔国界之外，无人可以确定。但有一点，两种版本的共同之处在于，兴众正在通过种种方式为闪7寻找买家。换言之，乔国界不想要闪7了，想一卖了之。

乔国界一直想打造一个泛娱乐帝国，从源头的立化开始，拓展到包含实体出版和版权输出的兴众文学，再延伸到下游的影视、视频产业，但现在，一向被他寄予厚望的视频网站闪7已经被抛售——尽管接手人的资金还是由兴众提供，但实际上，闪7已经易主了——再到他亲自和大马哥接触商谈兴众文学全盘出手事宜，一切的一切都表明，乔国界不是对大文化产业心灰意冷了，而是想退出整个互联网实业！

也就是说，兴众帝国旗下的兴众文学、兴众游戏以及视频等全部业务，正在被乔国界有条不紊地拆分出售，何方远深吸了一口气，兴众帝国果然是大厦将倾，相信不出多久，兴众将会成为历史。

文章的最后做出了一个总结——出售旗下闪7仅仅是兴众亏本大甩卖的开始，未来兴众会逐步出售游戏、视频、文学在内的诸多业务，而乔国界本人也已决定淡出实业，并将更多精力转向投资领域。

爆料显示，兴众旗下经营的实体业务遭遇四面楚歌，每况愈下，不过与此同时，长期在新加坡和美国休养的乔国界却通过对硅谷一系列互联网公司的投资获得了巨额收益，这令乔国界开始将个人兴趣由实业转向了投资，与做实业需要付出的劳累相比，转型投资更适合目前乔国界的身体状况。

……好一则雪中送炭的爆料，闪7的抛售以及乔国界的兴趣渐淡由实业转向投资，让他如获至宝，如果真如爆料所说，乔国界有意拆分卖掉兴众旗下的众多业务，那么他对立化的管理者收购计划，成功的可能性会大大提升，同时，讨价还价的余地也更大了。

“怎么了，何总？”

“出什么事情了，何总？”

蓝妹、范记安和徐子棋三人都挤在何方远身边，睁大眼睛看爆料，樊铮和付锐不好意思凑上前去，毕竟他们和何方远还没有熟悉到这种程度，不过二人都按捺不住心中的好奇，问出了口。

何方远心中蓦然豪气万丈，环顾四周，除他之外，樊铮是立化的常务副总，蓝妹是副总，范记安、徐子棋和付锐是总监、副总监，基本上相当于立化的整个管理层全部在此，他站了起来：“樊铮、付锐，如果接下来立化或是兴众文学会发生一系列的动荡，到时你们选择站在哪一方？”

如此直接而强烈的问话已经不是暗示了，而是直截了当地摆在樊铮和付锐面前的二选一的选择题，樊铮一时犹豫，付锐却不假思索地说道：“我会紧跟何总的脚步。”

蓝妹一时也热血沸腾，她知道机会真的来了，联想到何方远之前已经做好了充足的准备，胜利遥遥在望，她大喜之下，也嘻嘻一笑说道：“我也会紧紧追随何总的脚步。”

“还有我。”

“还有我。”

范记安和徐子棋也及时表态了。

“也包括我。”樊铮被众人带动了情绪，情急之下，也从善如流了，“我宣布，从现在开始，我正式加入何家军的阵营。”

“何家军？这个名字好，哈哈，樊铮，你恐怕还不知道，你刚才的决定，不但创造了历史，也开创了未来。”范记安哈哈大笑，“从这一刻起，我们就是一个团队，一个属于何家军的生力军。”

何方远心情激荡，他让开了位置：“我去见李董，你们留下，继续商议。”

樊铮和付锐上前来到电脑面前，等二人看到爆料后，都不约而同地倒吸了一口凉气，尤其是樊铮，他这才知道刚才的决定是多么地英明和正确，如果晚一步，说不定就会被排斥在何家军之外了。而且想都不用想，何方远等待乔国界拆分抛售兴众的一刻，已经等待太久了，肯定做好了十足的准备，准备接手立化甚至是整个兴众文学。

好险，如果他还执迷不悟紧跟陈果的脚步的话，等兴众文学大厦倾倒、立化大船沉没之时，他别说从容上岸了，怕是连一根救命稻草都抓不住。

这么一想，不由又想到了陈果，可怜的陈果，现在还看不清形势，还想在立化架空何方远，却不知道何方远的目光早就超出了立化，放眼到了兴众文学，不，整个兴众的高度。

如果让樊铮知道何方远的眼光不仅仅是超越了兴众，甚至已经抵达了和大马哥、李颜红坐而论道的高度，他肯定会震惊得目瞪口呆，并且会更加庆幸他选择的正确。跟对人太重要了，俗话说，跟着苍蝇找厕所，跟着蜜蜂找花朵，跟着富翁挣百万，跟着乞丐会要饭。

何方远在众人或质疑或不解或猜测的目光中，昂首挺胸上了电梯，直接按了十八楼的数字，第一时间他不是去见乔国界——以前，他多么渴望可以和乔国界面对面坐在一起，但现在形势突变，乔国界不再列入他的首要目标了——而是最想先和李丛林交换一下看法。

敲开李丛林办公室大门的一刻，何方远心中还在猜想，李丛林向乔国界提出管理者收购，乔国界到底是什么态度呢？是还在故意拿捏，还是一口应下？

推门而进的时候，李丛林正在伏案工作，他一抬头，见是何方远，先是一愣，随即会心地一笑，站了起来，大步向前，伸手和何方远握手：“方远，你可算回来了。”

一个集团的总裁对旗下分公司的子公司的总经理笑脸相迎，并且无比热情，实在有悖常理，但有时抓住了机会提前站好了位置，小人物也会有逆天的手段！

“让李董久等了，主要是在北京又和李颜红见了一面。”何方远语不惊人死不休，第一句话就再次抛出一枚重磅炸弹，旨在先声夺人，让李丛林意识到他的重要性。

“哦？”李丛林果然眉毛一扬，目露惊讶之色，“不错嘛，和李颜红也对话了，收获一定不小吧？”

“还好，比预期中要好一些。”何方远不再过多透露他和李颜红会面的事情，随后话题一转，单刀直入，“上次李董打来电话，说是和乔董摊牌了？”

李丛林微微点了点头，用手一指沙发：“坐，坐下说话。”他亲自倒了两杯茶，放在茶几上，和何方远并排坐在沙发上，微一沉吟，“乔董听说我有意对兴众文学完成管理者收购，他既没有一口答应，也没有一口回绝，而是含糊其词地说了一句，再等等看……”

难道说李丛林对乔国界的真正意图也不是十分清晰，乔国界都想拆分卖掉整个兴众了，还没有对李丛林交底？不应该。要么是乔国界不信任李丛林，要么是乔国界有意隐瞒，想等实在找不到下家接手时，再甩给李丛林，卖一个高价。不管是哪一种出发点，何方远都为乔国界感到悲哀，整个兴众的能人和明白人都被乔国界利用加提防，只有好人才是他的心腹，可惜的是，好人往往都是庸才，比如陈果者也。

“你知道乔董‘再等等看’的意思吗？”李丛林向何方远抛出了问题，一脸期待地等何方远的回答。

何方远可不会天真地认为李丛林对乔国界意图拆分卖掉整个兴众的想法一无所知，李丛林的问题既是问题，又是考验，他必须慎之又慎地回答。

沉默了小片刻，何方远才谨慎地答道：“估计乔董是想等最合适的出手机会，也好要一个高价。”

“说对了。”李丛林一只手轻轻敲击沙发的扶手，另一只手一摸头发，“估计你也猜到了，乔董已经默许要出售兴众文学了，目前包括我在内的部分高管，除了本职工作之外，还要兼职为兴众文学寻找买家。不怕告诉你，其实之前已经开过多次内部会议，论证了兴众文学出售的可能性。呵呵，之前我一直没有向你透露，不是有意隐瞒，是涉及了商业机密。”

原来李丛林早就知道乔国界有意要卖掉兴众文学了，还一直瞒着他，看来，商业上的事情，还真是兵不厌诈，这么一想，何方远对李丛林也心安理得了——他原本还为对李丛林有所隐瞒而微微愧疚，其实倒不是他非要找一个平衡，也是他心怀善良，不想辜负李丛林对他的厚望。

再一想也是，如果不是李丛林早就知道乔国界有意出售兴众文学，以他目前的高薪和高位，估计轻易也不会向乔国界摊牌，想通此节，何方远暗暗汗颜，相比李丛林的老到，他还是嫩了点儿，原来还是被李丛林暗中摆了一道。虽然李丛林并无害他之心，却还是有利用他之嫌。

“可以理解，以我的级别，确实不应该知道最高级别的商业机密。”何方远诚恳地说道，他和李丛林虽然不是一路人，但殊途同归，二人都想在兴众大厦将倾时，借兴众的砖瓦建成自己的大厦。也许他和李丛林还可以联手，接管整个兴众文学也未可知。

计划赶不上变化，谁也不知道会有什么资本力量介入进来，不到最后一刻，谁也不敢说自己就是胜利者。

“既然乔董早就想卖兴众文学了，一直到现在也没有卖出，证明没有买家接手，为什么李董提出管理者收购，他还不答应下来？”何方远抛出了自己的疑问，当然，是疑问，也是试探，想知道李丛林对局势的分析。

“因为乔董对我出的价格不满意。”李丛林也有意思，不一下说出全部原因，非要一点一点吐出来，“当时我开价5亿美元。”

好吧，何方远心想，李丛林看上去再面善，对他再礼遇有加，也是在商言商的职业经理人，对他事事有所隐瞒，他应该早有预料才对。原来李丛林和乔国界已经深谈到了讨价还价的地步了，他还以为李丛林只是向乔国界提了一提，然后乔国界虚接一招，从此再也没有了下文。原来，乔国界是对李丛林的价格不满意。

何方远决定继续深入下去，也就不再顾忌什么，直接问道：“李董，5亿美元的价格对目前的兴众文学来说，也算是一个合理的价位，在空行注资1.1亿美元购买兴众文学百分之二十的股份时，兴众文学的估值也才5.5亿美元，现在形势比当时更严峻，5亿美元，良心价，乔董还不答应，难道还想卖到6亿美元？据我所知，芝麻开门对兴众文学失去兴趣，已经决定收购文化中华了，据传，芝麻开门还有意投资中学传媒……”

中学传媒是中学数字电视传媒集团有限公司旗下专业从事数字电视网络与新传媒发展的企业，主营业务为杭州市八区五县的有线电视网络业务和全国的新媒体业务。目前中学传媒拥有3G手机电视、互联网电视的全国集成运营牌照或许可授权，是全国最大的互动电视、3G手机电视和互联网电视等综合数字化内容的运营商和综合服务提供商之一，位居全国新媒体和三网融合产业发展的第一阵营。

关于芝麻开门有意收购中学传媒的消息，也是何方远根据近年来芝麻开门频繁收购的动作，以及和大马哥会面时的交谈得出的结论。芝麻开门在大文化产业上面的布局，以影视和视频等终端市场为主，对源头的互联网版权产业，兴趣不是很大。何方远之所以着重提出芝麻开门的未来布局，是想提醒李丛林，现阶段唯一有兴趣并且有实力收购兴众文学的芝麻开门，现在对兴众文学基本上失去了兴趣。

当然，何方远隐瞒了另一种可能，芝麻开门对兴众文学失去了兴趣，对立化却大有兴趣。不过，这话就不能对李丛林说了，李丛林志在兴众文学，而他志在立化。

“哦？这么说，芝麻开门收购了文化中华，再有意投资中学传媒的话，兴众文学基本上就被完全排除在外了？”李丛林面露喜色，他很明白何方远话里话外表露的意思，“消息确定吗？”

“确定。”何方远十分笃定地点头，“我亲耳听大马哥所说，而且也亲眼见到乔董在北京和大马哥不欢而散。所以，现在正是李董继续推进管理者收购的最佳时机，不过我还有一个疑问，李董的资金从哪里来？”

知道李丛林的资金来源，对何方远下一步的推动，至关重要。万一李丛林的资金是由三巨头之一提供，事情就复杂了。

“资金问题好说，现在热钱很多，风投也好找。”李丛林含糊一说，并未明确透露资金来源。

何方远见李丛林诚意不足，当然，他也可以理解李丛林有意无意地隐瞒，他对李丛林也隐瞒了不少，也就不再勉强，准备撤退了：“刚回来就来见李董了，还没有见乔董。乔董的意思是，等我一回来就向他报到。”

李丛林看出了何方远的退让，猜到了何方远的心思，呵呵一笑：“其实也不是不想告诉你资金来源，主要是还没有完全谈妥，就如你想对立化管理者收购一样，资金问题确定了吗？”

何方远虽然也能隐隐猜到李丛林恐怕多少知道一点儿他对立化有管理者收购的想法，却没想到，李丛林当面提了出来，而且还是十分肯定的口气，这不禁让他吃了一惊。

“不要惊讶，你的意图不只我看了出来，就连乔董也心里有数。”李丛林含蓄地笑了笑，“其实，我支持你对立化的管理者收购，我倒有一个建议，不如我们联手？”

原来还留有后手，何方远一笑：“怎么个联手法？”他直接跳过了李丛林关于他对立化管理者收购的疑问，相当于默认了李丛林的说法。

“你帮助顾南和梅长河，就是帮助我。”李丛林的笑容更意味深长了。

/ 第四十六章 /

两军交锋，勇者胜

何方远差点儿惊得站起来，什么？！顾南和梅长河联手的背后，竟然还有李丛林的手笔？！太惊人了，太出人意料了。再深入一想，也是，顾南和梅长河明知兴众文学上市无望，却依然收购兴众文学的期权，所图长远，必定另有伏笔，不承想，伏笔落在了李丛林身上。

想通此节，何方远反倒更为乔国界悲哀了，曾经叱咤风云的一代首富，昔日一言九鼎的兴众帝王，如今却落了一个众叛亲离、被手下争相出卖的下场，到底是乔国界本身的问题，还是手下都太不遵守职业道德了？

恐怕还是前者的因素多一些。

"顾南和梅长河收购兴众文学的期权，又有何用？兴众文学上市无望了。"何方远问出了心中的不解，他一直想不通顾南和梅长河下的是怎样的一步长远之棋。

"谁说兴众文学上市无望了？"李丛林自信地笑了，"在乔国界手中，或许是真的没有上市的可能了，但如果我和梅长河、顾南完成了对兴众文学的管理者收购，我有足够多的办法让兴众文学上市成功。"

"借壳上市？"何方远心中念头一闪，忽然想明白了什么，"李董提出管理者收购的资金，是不是由梅长河和顾南提供？"

李丛林哈哈一笑，既没承认也没否认，其实相当于默认了："借壳上市也好，或者国企特批也好，反正如果兴众文学到了我的手中，乔国界实现不了的梦想，我有办法实现。"

据何方远所知，上市有三种途径：一是在中国本土上市，门槛较高，难度较大；二是在香港上市，是中国企业海外上市最先考虑的地方；三是在美国上市，同样难度很大，而且审批复杂。上市的手法也有三种方式，即IPO、借壳上市和国企特批。从兴众文学的现状分析，借壳上市是最可行的选择。

当然，何方远并不关心兴众文学如何上市的问题，他最关心的是，李丛林拿到兴众文学之后，会是上市套现获利的短期投资行为，还是有意继续将兴众文学发展壮大的长远战略？至于李丛林为什么会比乔国界更有手腕更有把握上市，他也懒得去猜测了，每个人都有自己的渠道和人脉，虽然李丛林现在是乔国界聘请的职业经理人，但谁又敢说李丛林在上市的运作上就不比乔国界神通广大呢？何况现在的乔国界已经远不如从前了，不管是影响力还是实力，已经落魄到了仅仅偏安于下江一隅了。

“我想要的是立化，李董想要的是整个兴众文学，立化隶属于兴众文学，怎么合作？”何方远问出了最关键的问题，如果李丛林对兴众文学的管理者收购成功，那么会连立化一起拿去，难道他还要再从李丛林手中对立化完成管理者收购？

果然不出何方远所料，李丛林微微一笑：“现阶段，我和乔国界继续谈判兴众文学的管理者收购事宜，你帮顾南完成兴众文学的期权收购，等我和乔国界谈妥之后，我们再进一步协商你对立化的管理者收购，总之，你放心，我拿到兴众文学，只为了上市套现，不是所图长远的战略投资，而且，我还会重新包装兴众文学，从影视、视频等角度来打造一个全新的兴众文学，争取在一年内上市成功。所以在我的设想中，立化在兴众文学的分量并不重，到时你完全可以拿走立化，用立化去设计你的未来。”

听上去很不错，何方远心动了，他也差不多理解了李丛林的思路。李丛林出面向乔国界提出管理者收购，梅长河和顾南私下提供资金支持，二人在其中也包含私心，所以大肆收购兴众文学的期权，等李丛林成功后，肯定会承认期权真实有效，那么等李丛林成功运作兴众文学上市后，梅长河和顾南就会从中大赚一笔。当然，作为具体的运作者，李丛林的好处也不会少。

好一个三方合作，不，如果再加上他的话，等于是四方合作了，何方远心中掂量了一下李丛林的话有几分真实性，又设想了一下前景，如果李丛林真的将兴众文学重新定位，从影视和视频的角度为华尔街讲故事以求上市成功的话，那么立化在李丛林的兴众文学之中确实可有可无，卖掉也并无不可。

不过……亲兄弟还要明算账，何况在商言商，何方远点头表示认可李丛林的话：“李董的建议也并无不可，不过我还有两点疑问：一是有些事情口头说了不算，需要落到书面上才让人放心；二是如果李董成功地完成了对兴众文学的管理者收购，愿意将立化转手卖我，价格是多少呢？”

价格问题是关键问题，何方远必须问个清楚才能决定是不是和李丛林合作。

“价格上下浮动的范围比较大，是四亿还是三亿美元，或者是四五亿美元，全看乔国界对兴众文学的最终要价了。”李丛林呵呵一笑，又为何方远倒了一杯茶，“方远，还有一个艰巨的任务需要你和我一起完成，就是说服乔国界以较低的价格转让兴众文学，他的要价越低，你拿下立化的价格也就越低。怎么样，有没有信心和乔国界面对面论战？”

现在李丛林口口声声直呼乔国界其名，不再尊称为乔董，可见他和乔国界的决裂只是时间问题了。

何方远无奈地一笑，为什么不管是蓝成器还是李丛林，都想将他推到最前线，和乔国界正面交锋，是太高估了他的能力，还是蓝成器和李丛林都不愿意惹乔国界冲天一怒，想让他充当炮灰？不管是哪一种，他必须承认的是，他还真的避免不了和乔国界正面交锋的命运。

好吧，就把他和乔国界的正面交锋当成人生的一次历练吧，人生，总有不想面对却又不得不面对的难关，战胜难关，战胜自己，人生就会迈上一个新的高度。

“倒是可以勉力一试。”何方远从容地一笑，“不管是为了李董的大业，还是为了自己的将来，有时候，必须要正面面对挑战。”

如果在乔国界心中，兴众文学的底价是五亿美元，那么以何方远估计，他最多三点五亿美元就可以从李丛林手中拿下立化。说到底，他和乔国界正面交锋，表面上是帮助李丛林，其实暗中还是在为自己谋划。人气决定财气，会做人才会赚钱，他和李丛林相比，不管是影响力还是实力，都有差距，而最长远的投资是感情投资，现在，正是他和李丛林建立初步信任并且联络感情的大好时机。

“好，要的就是你这句话。”李丛林高兴了，用力一拍何方远的肩膀，“现在你可以和乔国界谈一谈了，他今天正好在办公室。”

乔国界的办公室和李丛林的，相距不远，不过几十米的距离——几十米远，何方远走了足足有五分钟。一路上他将立化以及兴众文学近来发生的一系列事件理顺了一下，心中的脉络越来越清晰，对再次和乔国界面对面，既充满了期待，又充满了斗志和士气。

何方远轻轻敲门，连敲三声，里面传来乔国界微显疲惫的声音：“进来。”

推门而入，首先映入眼帘的不是乔国界，而是站在乔国界下首的陈果。陈果脸色微有惶恐，头上隐有汗珠，似乎刚刚被乔国界斥责了一番。

“何方远，你不是休假了，怎么又来公司了？”陈果见是何方远，微微一惊，

“乔董现在很忙，如果你没什么大事的话，就不要打扰乔董了。”

乔国界不耐烦地地挥了挥手：“是我让他尽快来见我，陈果，没你什么事情了，你先出去。”

陈果一脸尴尬，没想到会被乔国界直接轰走，微微涨红了脸：“乔董，樊铮的事情，确实是我疏忽了，我没想到他会从中作梗……”

何方远心中一阵悲哀，都什么时候了，陈果还在内斗，兴众这些年来业绩停滞不前，市值连年缩水，多半和用人不当有关。一个商业帝国的缔造，十分不易，但若要毁掉，却容易多了。作为乔国界眼中的好人，陈果肯定不会察觉不到兴众目前大厦将倾的现状，却还将主要精力用在内耗之上，以他这样的水平还能高居高位，兴众不倒才怪。

乔国界忽然重重地一拍桌子：“屁大点儿事情也值得说来说去？出去！”

陈果大窘，怨恨地看了何方远一眼，转身悻悻地走了。

“乔董，我有错，不该违背公司规定和蓝妹有了办公室恋情。”陈果一走，何方远不等乔国界说些什么，他以退为进，先开口承认了错误。

“什么办公室恋情，屁大点儿的事情也值得说？何方远，你拿办公室恋情说事，也就是骗骗陈果还行，在我面前，没有用处……”乔国界不接何方远的话，直接将何方远的所谓错误放到了一边，“你和蓝妹别说恋爱了，就是结婚生孩子，跟我要和你谈的事情也没有半点关系。你大可不必大做文章来引起我的注意，有什么事情，直接找我来当面说清就行了。”

好吧，何方远心中暗笑，反正当时他随口一说，也没指望一个小小的办公室恋情可以收到出其不意的效果，当然，也不是全无成效，至少事情传到了乔国界耳中，让乔国界知道了他有意借题发挥。

“何方远，当初创始团队辞职的时候，你选择留下来，我就知道你有长远的打算，不过还是没有想到，你的野心这么大。”比起前一段时间，乔国界微显憔悴，不再如以前一样龙行虎步的轩昂，而且眼神之中光彩不再，多了落寞之意，“说吧，你到底想从我身上得到什么？”

虎老余威在，尽管乔国界实际上并不老，甚至他比李颜红还要年轻几岁，但由于兴众日薄西山，他不再如以前意气风发，显得苍老了许多，不过即使兴众再是大厦将倾，他也是不折不扣的亿万富翁，身上曾经的光环和辉煌的过去，以及现在的实力，足以让何方远仰望。

何方远对乔国界始终怀有敬意，他微微弯腰说道："乔董误会了，我不是要从兴众文学得到什么，而是想让兴众文学传承下去，不至于落到外行手中，白白浪费了乔董十余年的心血。"

"就不要再说漂亮话了，你不是一直想对我提出对立化的管理者收购？说吧，说说你的条件。"乔国界大马金刀地坐在沙发椅上，居高临下地审视何方远，"你背后有蓝妹和蓝成器提供资金支持，说不定还有海山等人为你出谋划策，等你来完成他们没有完成的梦想，好，我听听你的真实想法。"

乔国界似乎是摆出开诚布公的谈判姿态，但何方远知道，乔国界在表面的心平气和之下，其实暗藏刀光剑影，剑光所指之处，是想分化他和李丛林。从卖方的角度出发，乔国界自然更想将兴众文学一分为二拆分卖掉，将立化卖给他，将没有了立化的兴众文学卖给李丛林，这样，可以卖一个让他满意的高价，而不愿意将兴众文学全盘卖给李丛林，再让李丛林拆分之后，从中渔利。

而且何方远也有理由相信，李丛林对兴众文学管理者收购的背后，到底隐藏了什么意图，乔国界肯定可以猜到一二，甚至乔国界还可能知道他和李丛林最近来往过密。所以，乔国界既想拆分卖掉兴众旗下的每一块业务，又想利益最大化，符合商人本质。

既然现在差不多都猜到了对方的底牌，何方远也就没有必要再假装了，他微微直了直身子："确实，我一开始想联合蓝妹跳出立化自主创业，但眼见立化在决策上面昏招不断，在形势上日渐衰败，作为曾经的行业第一，长此以往，立化很快就被会开天和驰骋崛起的大潮淹没，在这样的情形下，我改变了主意，决定对立化提出管理者收购，不希望立化再这样沉沦下去……"

"你的意思是说，我和陈果，都是外行了？立化和兴众文学，离了海山等人，就玩不转了？"乔国界微显怒容。

"倒不是这个意思，只是形势逼人。"或许是心中底气十足的原因，现在何方远面对乔国界时，再也没有了以前的畏惧心理，相反，他心中十分淡定，主要也是因为他已经摸透了乔国界的心思，现在的乔国界，心中已经决定要拆分卖掉整个兴众，却还在虚张声势，故作姿态，他又何必被他的思路摆布得团团转，"现在不比以前了，创始团队离职后，互联网版权产业界的气象顿时为之一变，千方也加入了战场，收购了驰骋，而且听说千方即将正式成立千方文学，兴众不管是和企鹅还是千方，都没有一战之力了。兴众……过气了。"

身为兴众的员工乃至是管理层，何方远当着兴众帝国的帝王说兴众过气了，确实胆子过于大了一些，换了以前，放眼整个兴众，别说在乔国界面前谈论兴众不如别家公司，众人连兴众一句不是都不敢说。多少年来，兴众内部从无一人敢当面指摘兴众的一丝不足。

乔国界脸色一变，怒容乍现："兴众现在如日中天，怎么就过气了？何方远，你有几斤几两，敢在我的面前指点江山？"

如日中天？何方远都要哑然失笑了，还好，在昔日的帝王面前，他还保持了足够的尊重："1999年，乔董创办盛大。2000年，获得300万美元投资。2001年，先后代理运营了多款网络游戏，并大获成功。2003年再获4000万美元投资，并在纳斯达克上市。一经上市，时年31岁的乔董在创业仅四年内一举成为身家88亿元的超级巨富，打造了中国个人创业史上的神话，成为当时的国内首富！"

说起乔国界以及兴众的历史，何方远如数家珍，当然，他不是想让乔国界重温过去的辉煌，而是在提醒乔国界一个残酷的现实："十年后的兴众，不仅已经消失在中国一线互联网公司之外，偶尔出现一下也是因为高管离职，或者与前高管司法纠纷等负面新闻。而最近一段时间新闻频繁，是因为创始团队集体辞职事件以及三巨头纷纷试水互联网版权产业。兴众游戏于2009年9月在纳斯达克上市，上市首日开盘价达12.5美元，最近两年股票价格长期徘徊在6美元左右。上市4年半，兴众游戏股价已滑落近50%……"

乔国界不动声色，既没有制止何方远说下去，也不再怒容满面，反倒气定神闲地喝起茶来。

何方远见乔国界有兴趣听，他自然就更有动力说了，况且之前梅长河向他讲述过乔国界的逸事之后，他又精心研究了一遍乔界国的发家史和兴众的浮沉史："兴众的主营业务是游戏，但十年来，只靠一款游戏支撑，从去年开始，游戏业务已经呈负增长的趋势，更不用提市场上表现一直低迷的股票了。在经历了连续几个季度的业绩低迷后，兴众游戏单季营收首度跌出国内游戏行业前三。根据目前的数据，国内游戏行业前三名分别是企鹅、网易、畅游。曾经靠着网络游戏起家的兴众接二连三被超过，由领跑者蜕变成为追赶者了。"

/第四十七章/

赌赢一次，赌输十年

乔国界听了何方远历数兴众的败绩，反倒笑了：“我一直在想，在我有生之年谁会成为第一个当面向我责难的兴众内部人士？外界指责或是谩骂我的声音太多了，我听都听烦了，就想听听兴众内部对我的总结和评价，没想到，第一个敢当面向我叫板的不是跟了我十几年的高管，也不是老成持重的老人，却是一个才加入兴众几年的年轻人。还真是应了一句老话，初生牛犊不怕虎。何方远，继续说下去，这些年来，我真想让一个人给我上上课，好让我看清我的成功和失败，都落在了哪里。”

不管乔国界的话几分真几分假，何方远都当成真话听，而且他也知道，或许这是他最后一次和乔国界面对面地交锋了，机不可失时不再来，不管他能否说服或是打动乔国界，他都必须奋力一试。

不试，永远不知道自己离成功有多近。

“兴众成于游戏也败于游戏，一款游戏是十年来兴众游戏收入的主要贡献者，这是难以想象的现实。十年间，一个企业一直在啃老本，不日薄西山才怪。”何方远的话，不是范记安式的刻薄，而是直截了当地陈述事实，不带个人感情色彩，“广种薄收、浅尝辄止，过去的十年，兴众投资了140多个项目，却没有一个能够成长为替代游戏的主营业务。过去十年，兴众围绕以娱乐为主的方向，做了大量互联网和泛娱乐领域的投资，比如兴众文学和立化，但最终并未形成任何一个有效增长模式。失败的原因何在？恐怕还是因为乔董浮躁的投机心态而自毁长城。”

这一句话分量极重，相当于当面指责乔国界在投资方向上的失误了，可以说在整个兴众帝国，十年间，没有一人敢当面叫板乔国界的权威，何方远做到了。

乔国界眼中怒色只是一闪而过，随即又恢复了淡然，依然不动声色。

何方远继续说道：“2007年，兴众网游传媒板块上线，定位为兴众的广告传媒业务，2009年由从新浪高薪挖来的齐全担任网游传媒CEO。但是2010年底齐全从兴众离职后，兴众网游传媒板块消失。前后三年，耗资不菲，最终却落了一个无疾而终的下场，是浮躁和耐心不足的投资失误。

“2009年，兴众全资收购闪7，当时闪7尚处于视频行业前三甲。2010年通过成功的资本运作，闪7成为国内第一家在海外上市的视频网站。2011年之后，闪7创始人代慈朋离职出走，原闪7创始团队被内部清洗之后，闪7从曾经的行业第三下滑至行业前十。这……属于内斗导致内耗而引发的人祸。

“同样在2009年，兴众准备打造游戏主题公园概念，6月收购旅游公司浙江绿客，并在浙江黄岩石窟开始了第一个主题公园的建设。但在投入1000多万元后，乔董忽然对主题公园失去了兴趣，叫停了这个项目，此时距离乔董兴致勃勃要打造国内第一家主题公园的豪言壮语仅时隔一年。这……依然是浮躁的心态所致的失败。

“时间再推移到2013年，由于理念不合等问题，立化中文网创始团队集体辞职，创始团队不但带走了三分之二的员工和版权方，而且还和企鹅联手创办了开天中文网。立化因此元气大伤，并且连累兴众文学再次上市失败。而在创始团队出走之后的今天，才半年多的时间，立化流量下降到了鼎盛时期的三分之一，兴众文学的估值也一再缩水。此事标志着乔董娱乐帝国梦想的终极破灭。

“从网游传媒因CEO的离职而失败时开始，到闪7的创始团队被清洗、业绩一落千丈，再到立化创始团队集体辞职、立化迅速滑落——虽然现在还稳居行业内第一，但市场份额被瓜分以及被拉下第一的宝座，不过是时间问题……每次创始团队离职之后，都会带来业务的迅速萎缩，企业估值的大幅下降。乔董，难道说，以上几起事件只是巧合？难道和乔董个人性格的缺陷没有直接关系？”

乔国界大为动容，险些拍案而起，但他最终还是忍住了，换了别人当面指责他有性格缺陷，他肯定火冒三丈，但对方是何方远，是一个初出茅庐的年轻人，如果他按捺不住火气、勃然大怒的话，会显得他连容纳一个后生晚辈的度量都没有。

“还有没有？”乔国界淡淡地笑了一笑，仿佛对何方远的指责只当是风拂山岗，明月投江，我自岿然不动，“有的话，就一次说个清楚，以后，我也许也没有机会听你激扬文字了。”

确实，何方远今天也抱了有来无回之心，也正如蓝成器所说，人生就是一个大赌场，你进来了，即使非常不想赌，有时也会身不由己非得赌上一把不可。好吧，赌就赌，哪怕说完之后他被乔国界以办公室恋情屁大点儿的事情开除，他也在所不惜。

反正，就算他被开除出了兴众，他也有路可退。

“有，如果乔董还想听，我还想说。”何方远见乔国界微微点头，心想不管乔国界是真心还是假意，反正他要继续说下去，“反复无常的战略，昨天还在信誓旦旦谈论未来十年的布局，不到半年却因为没有看到上市希望或大幅盈利的可能性，态度就发生了180度转弯，从大幅投入变成大幅削减。而且随着态度的变化，对人、对团队的看法也前恭后倨。昨天高价引入的人才，明天就可能因为战略的调整，一刀斩下，裁员走人。在这种临时起意、想重用就重用、感觉不行就立即放弃的心态下，导致团队不稳，内部急功近利，所谓的创新和长远布局根本无从谈起……兴众沦落到现在的地步，冰冻三尺，非一日之寒，乔董，原因何在？”

乔国界才不会回答何方远的问题，只是淡淡地问道：“还有什么要说的没有？”

何方远深吸一口气，乔国界久经江湖，当然不会因他的一番话而改变固有的惯性思维，人最难战胜的其实是自己，十年兴众，十年乔国界，其实从来都没有改变什么。如果非要说一句大实话的话，当年乔国界的起家，是下注了一款网游，赌对了。但在之后的十年间，除了在游戏业务上的创收之外，其他全部的投资项目，要么半途而废，要么因人废事，要么三分钟热情，总之一句话，无一收获。

赌对了一次，赌输了十年，和小哈利相比，乔国界太缺乏自控力了。

实际上乔国界最有眼光的投资是收购了立化，可惜的是，在眼见立化可以成为兴众最优质的资产时，功败垂成，最终还是重演了创始团队出走并最终导致立化一落千丈的历史。如果说乔国界早早意识到了自己的不足——每个人都有不足，承认自己的不足也不是什么丢人的事情——在前几次失败中吸取教训，那么兴众也许不会有今天即将分崩离析的下场。

不过话又说回来，如果兴众帝国不是大厦将倾，他和李丛林也不会有借势起飞的机遇。人生的大赌场中，有人输，就有人赢，输赢之间，总会维持一个平衡。

“十年时间，在成就了企鹅、千方和芝麻开门三巨头之外，还成就了巨人网络、360、小米、京东等新崛起的互联网巨头，但是，这十年，也是投资了140个项目、曾经中国最著名互联网公司兴众彻底失去江湖地位的十年！”何方远掷地有声，毫不畏惧地迎上了乔国界的目光，“作为兴众帝国唯一的帝王，说一不二的独裁者，乔董，兴众帝国大厦将倾，全是你一人之过！”

乔国界终于隐忍不住，怒气冲天，“啪”的一声拍案而起：“何方远，你放肆！在我面前，哪有你指点江山的资格，你夸夸其谈的一番话，不过是道听途说的胡说八道！”

何方远淡然一笑，不为乔国界的雷霆一怒所动：“想当年，小马哥和大马哥在乔董面前，也是后生晚辈，也没有指点江山的资格……但是现在呢？”

一句话呛得乔国界无言以对，当年他确实对小马哥和大马哥不以为然，现在时过境迁，想起他和马匀谈判时，马匀掌控一切的姿态，不由心中备感失落和愤怒。

但失落和愤怒又有何用？在残酷的现实面前，不管多高傲的人，总有低头的时刻。当年的兴众堪与BAT三巨头并列，其时的乔国界气冲星河万里如虎，放眼国内无敌手。但现在的兴众呢？即使偏安于下江一地，也抵挡不住大江东去浪淘尽的谢幕。平常时候不再成为焦点，唯一吸引公众目光的就是不断出售资产的新闻，或是传出三巨头之一收购兴众文学的消息。

乔国界不得不承认，一个昔日构想的互联网娱乐帝国已经土崩瓦解，从兴众出售闪7股份的那刻起，兴众已经彻底失去了鏖战互联网业界的底气，退出互联网行业大局已定。

“何方远……”乔国界无力地坐回了座位，冲何方远挥了挥手，“说吧，你还有什么想说的，一口气说完，就当成是你和我之间最后一次长谈的总结。”

或许马大勉在离开兴众之前，也和乔国界有过一次同样的深入长谈，何方远不好猜测二人的谈话内容，但可以想象的是，肯定不会是心平气和的对话。相信当时即将被扫地出门的马大勉，对乔国界不复再有以前的恭敬和唯唯诺诺。

“乔董，得放手时且放手，才是英雄所为。战胜别人容易，战胜自己很难。”何方远一咬牙，人生总有知其不可为而为之的时刻，他不是以事后诸葛的姿态站在道德的制高点来点评乔国界的生平，而是以旁观者的角度来为乔国界的所作所为做一个总结，对也好，错也罢，他要明白无误地表达出来，如果能让乔国界有所触动有所思索，也算不枉他一番苦心了，“将兴众拆分卖掉，最符合兴众的利益，也最符合乔董目前的身体状态和心态。”

乔国界淡然地看了何方远一眼：“拆分卖掉？难道说在你眼里，兴众大厦将倾？已经到了只有抛售才能生存的地步？哼，以你的眼光，能看多远？”

“我的眼光不高，只需要看清兴众的局势就可以了。”何方远故意谦虚，其实他现在的目光已经超越了兴众的高度，和三巨头都有了初步接触，远不再是乔国界眼中的小人物了，“兴众风光不再，虽说不是非要抛售才能生存，但乔董对兴众已经意兴阑珊，不想再玩下去了。”

乔国界猛然大有深意地看了何方远一眼，笑了：“我怎么想的，你怎么知道？”

见乔国界还有兴趣和他兜圈子，何方远就知道乔国界不想让自己摸清他的心思，也是，身为高高在上的帝王，被手下一个渺小的中层管理者猜对了想法，是一件很没面子的事情，他微微一笑：“从乔董投资旧城百货，再到和芝麻开门接触有意卖掉兴众文学，再到抛售闪7股份，等等，一系列的事件表明，乔董已经对互联网实业萌生了退意，再者，近年来乔董身体状态不如以前，当然，最主要的是，乔董在国外的投资大赚了许多，相比之下，互联网实业累人累心，远不如投资股票或私募基金公司来钱快。”

不得不说，何方远的话几乎句句命中乔国界的内心，让乔国界大吃一惊的同时，不由再次对何方远刮目相看，没想到，短短半年多时间，何方远居然从一个无名小卒成长为了业内的高手！成长速度之快、水平之高，在他的视线范围之内，也是极其罕见的。

如果……乔国界暗叹一声，没有如果了，他确实决定退出互联网实业了，如果他还有意继续纵横互联网实业，何方远还真是一员可堪大用的干将，可和马大勉相媲美，不，比马大勉更有魄力、更有潜力。马大勉精英气息过浓，不接地气，而何方远既接地气，又有可以培养的精英气息，假以时日，他必定是互联网业界一匹可以飞跃高山峻岭的骏马。

何方远当然不知道乔国界再一次对他起了惜才之心，不过就算他知道了，也不过付之一笑。江山易改，本性难移，乔国界的惜才之心来得快，也去得快，曾经有多少明星经理人都被乔国界动过惜才之心，最后要么被他无情地抛弃，要么不欢而散，和他好合好散者，十无其一。

“不过是道听途说的消息罢了……”乔国界摆了摆手，依然不肯承认他即将收手的事实，似乎在何方远面前承认他的决定就和当面认输一样，其实他不知道的是，不知不觉间，他还是被何方远影响了心绪，何方远终于从兴众的一个名不见经传的小人物，一步步成长为他眼中的明白人和能人！

如果乔国界这么轻易地在何方远面前认输，他就不是乔国界了，何方远有足够的耐心等乔国界露出底牌的一刻，既然乔国界都说了这次会谈恐怕是二人之间的最后一次对话，那么他必须抓住这唯一的机会，知无不言、言无不尽：“乔董，我还有多少时间？”

乔国界抬头看了看手表：“再给你十分钟。”

好，十分钟足够了，何方远想要表达的基本上已经表达清楚了，最后十分钟，是该总结性发言并突出重点了，何方远淡淡一笑，此时在乔国界面前，他不但没有丝毫畏惧，相反，气定神闲，仿佛他面对的不是曾经令无数人心惊胆战的兴众的帝王，而只是一个可以平等对话的普通人：“有三点足以说明乔董对未来的规划策略已经大变，兴众，已经成了乔董的鸡肋了。第一点，客观上兴众已经没有在互联网业界再搏击一把的可能了，原因在于现在的互联网，已经不是之前泾渭分明的互联网了。以前，千方还只做搜索，企鹅还只做QQ，芝麻开门还只做电子商务。现在的互联网业界，已经是BAT三大巨头操纵的江湖和掌控的天下，是你中有我、我中有你的生态圈之争！”

生态圈的说法，让乔国界故作沉稳的眼皮微微一抬，目光中流露出一丝将军白头美人迟暮的沧桑。

/ 第四十八章 /

想，有时需要勇气点亮

“千方、企鹅和芝麻开门已经基于或是搜索引擎或是流量帝国或是以点带面，一步步渗透到视频、金融、本地生活、社交、电商等在内的几乎所有的互联网领域，而从企鹅接收创始团队创办开天中文网，千方收购驰骋中文网以及芝麻开门准备对文化中华的收购，说明在娱乐和文化领域，三大巨头也已经布局。三巨头全面进军大文化产业，对于兴众来说，在三巨头的围堵和包抄下，已经没有了翻盘的可能。”

何方远的话，真实、犀利，而且不留余地，要的就是让乔国界感受到痛。多少年了，乔国界作为兴众的帝王，一直高高在上，在兴众帝国之内，为所欲为，在无数次的失败之后，从来没有过反思。到今天，在兴众帝国即将土崩瓦解之际，如果乔国界还没有反思兴众帝国的末路实际上全由他一手造成，那么他的未来之路，也不会走得长久。

冲动型的性格兼急功近利的思想，类似于赌徒的投资方式，在人生的大赌场中，偶尔大赢一次奠定了兴众十年的根基，但大赢之后，却是一次又一次的赌输。虽然都是小输，但谁又敢保证赌徒的人生没有一次一败涂地的大输？

“第二点，冲动型性格的乔董在遭遇了一系列失利和坎坷后，已经意兴阑珊，对所谓的互联网娱乐文化帝国兴致不再。兴众，一直是乔董一个人的兴众。作为帝王，对兴众的未来失去了兴趣，那么兴众除了被抛售的命运，没有别的出路了。作为一个典型的冲动型企业家，乔董做事缺乏耐心，讲究速成，这也是兴众喜欢运用投资并购的手段快速实现目的的最主要原因。甚至在对待人才的态度上，乔董也喜欢高价挖人，而非内部培养。但前兴众游戏董事长、前兴众游戏总裁、前边锋总裁、前闪7总裁以及前兴众文学CEO等知名职业经理人纷纷离开的结局，也说明这种速成的策略有很多问题。”

何方远的第二点说完之后，乔国界眼中隐现怒气。也是，从来没有一人敢当面指责他的不是，何况何方远还是他的手下。一个小小的立化的总经理，就敢指着他的鼻子陈述他的种种失误，太嚣张太狂妄太不知天高地厚了！

但不知何故，尽管怒火中烧，乔国界却无法发作，是何方远句句如刀命中了他的痛处，还是他真的将军白头、廉颇老矣，再无一战之力了？连曾经的意气风发也没有了？蓦然，他心中喟叹一声，算了，让何方远一个和他既不十分熟悉又不非常陌生的后生晚辈在他面前指点江山，让他不至于过分尴尬，也可以故作大度地付之一笑以显示他的风度。

何方远的声音继续响起，洪亮而清晰："第三点，也是最后一点，其实兴众或者说乔董的未来之路已经很清晰了，就是成为一个投资公司，而非互联网实业公司。兴众这些年的路线，结合乔董的性格，那就是做一个速成的投资公司，而非自己去辛辛苦苦地布局。兴众之前私有化的目的就是变成投资公司，有理由相信，私有化后的兴众会是一个投资控股公司，是拥有战略资产、核心资产的私募基金。其实乔董应该早已发现，风光无限的互联网其实比起房地产、金融等行业来钱都慢。但任何行业想要做好，速成的思想都是要不得的，而乔董偏偏又是速成的心态，所以，一直想跳出互联网实业却一直苦于没有机会，现在机会全面到来了，乔董，再不放手，更待何时？"

最后一句话如洪钟大吕，直接在乔国界的心头敲响，而且声音回荡，挥之不去，他一时惊呆，半天都不说一句话。

是呀，此时再不放手，更待何时？难道要等兴众更加衰败式微之后再抛售，那岂不是坐失良机？现在拆分抛售，价格正好，再等下去，怕是卖不到一个好价钱了。

可问题是，现在对兴众文学感兴趣的买家有，对兴众旗下其他业务感兴趣的买家不多，没有买家，一切都是空谈。乔国界心中五味杂陈，也不知为他的策略被一个后生晚辈看得清清楚楚而大感无奈，还是为兴众拆分卖掉，却远不如他设想中受欢迎而感到凄凉。

不过……乔国界余威仍在，不能任由何方远在他面前得意忘形，他冷笑一声："何方远，你说完了？我就问你一句话，你想对立化提出管理者收购，你有什么资格和资本？"

"资格嘛……"何方远笑了，笑得很含蓄很阳光，但含蓄和阳光之中，却隐含刀光剑影，"我是远不如创始团队有足够的影响力可以登高一呼，让立化的员工全部跟我出去，但我却可以带走立化现有的管理层。经历过一次集体辞职事件之后的立化，如果再经历一次管理层全部辞职事件，相信不但立化会更加声名狼藉，兴众文学的估值也会再次大受影响，虽然不至于和上次一样，直接导致估值减少2亿美元，但现在局势今非昔比，让兴众文学的估值再减少1亿美元，应该没有问题。”

何方远的话，说得含蓄而平和，实际上却暗含威胁之意，而且还是赤裸裸的威胁。

乔国界终于隐忍不住，勃然大怒：“何方远，你太嚣张了。你以为你是谁？你能带走立化的管理层？笑话！立化的管理层，有谁会和你一起走？别太把自己当回事儿了。”

“我真的没有‘太把自己当回事儿’。”面对乔国界的雷霆怒火，何方远不但保持镇静，脸上还挂了一丝若有若无的笑意，“可以确定跟我走的人中，蓝妹就不说了，她只是副总，分量不够，那么常务副总樊铮，应该算是立化管理层中除我之外最有分量的一人了吧？如果樊铮和蓝妹之外，再加上范记安、徐子棋和付锐三个总监级别的人物，对了，再算上我这个总经理，乔董，消息传出去后，会不会再次让兴众成为傲立潮头的新闻主角？可惜的是，和以往兴众成为新闻主角一样的是，这一次肯定还是负面新闻，而且还是让兴众文学在企鹅文学和即将成立的千方文学的包围之下的又一次重大惨败。”

“樊铮会跟你走？”乔国界也许不知道付锐是谁，但樊铮是谁，他心里有数，“你太盲目乐观了吧？”

“乔董不信？”何方远拿出手机，当即拨通了樊铮的电话，而且还开了免提，“樊铮，我是何方远。如果我准备辞职跳出立化，去开创新天地，你是和我一起辞职，还是继续留在立化？”

此时樊铮已经回到了自己的办公室，刚才在何方远办公室的一幕以及自媒体的爆料，让他清醒地认识到，兴众大势已去，下一步唯有认准方向、站对队伍，才有可能赌赢未来，正想得入神时，何方远的电话忽然打了进来，已经有了最终决定的他几乎不假思索地答道：“我会跟随何总的脚步，去开创新天地。”

何方远会心地笑了，随手挂断了电话：“乔董，蓝妹、范记安等人，就不用再证实了吧？”

“何方远，你威胁我？”乔国界怒极，“还从来没有人敢威胁我！”

“这不是威胁，这是根据自身条件进行友情协商。”何方远寸步不让，“当时创始团队和乔董谈判多次，最终谈判破裂，导致了创始团队出走而企鹅接手，然后兴众文学大幅缩水的结局，原因何在？就在于创始团队太尊重乔董了，没有事先将严重后果摆在乔董面前。我是先将丑话说到前头，是想提醒乔董，同样的错误不要再犯第二次。”

何方远确实不是在威胁乔国界，他自认以他的实力和资本，还远不到可以威胁乔国界的地步，而且平心而论，他一直很尊重乔国界。毕竟乔国界创立了庞大的兴众帝国，是互联网业界的传奇人物，不管以后乔国界是否还从事互联网实业，但在互联网业界，会一直有他的传说。何方远只是不想让上次的集体辞职事件重演，因为矛盾冲突激烈的后果往往是杀敌一千自伤八百。但话又说回来，有时先设想一下后果的严重性，会更好地让谈判双方理智平和地对话。

乔国界怒不可遏：“不要以为你们想走就可以走，我完全可以将你们困死在立化！”

“乔董，兴众大厦都要倾倒了，兴众文学都要卖掉了，你怎么困死我们？”如果说以前何方远担心他会被乔国界困死在立化，现在却完全不再担心此事，乔国界由之前的雄心万丈变成了现在的黯然收场，也是何方远始料不及的一百八十度的转变，诚然，如果乔国界还是如以前一般想将兴众文学做大做强，那么他确实可以将何方远等人困死在立化，但现在……何方远心中默然一笑，乔国界此言，不过是虚张声势罢了。

“你们有竞业禁止条例在身！”乔国界搬出了制约创始团队三剑客一年之久的法宝。

“不要紧，现在辞职到创办新站，正好需要一年的筹备期。”何方远微微一笑，“正好有创始团队的前车之鉴作为借鉴，相信我会更好地处理好后续事宜。如果乔董还不相信立化管理层会集体辞职的话，那么我现在就可以让立化管理层全部请假，明天立化就会乱成一团，后天，消息就会在各大网站公布。”

如果说上次创始团队辞职，是打了乔国界一个措手不及，那么何方远就是反其道而行之，先让乔国界做好充分的心理准备，做好承受立化群龙无首的严重后果。何方远的起点比创始团队高，主要是他有经验可以借鉴，创始团队的集体辞职事件引发的连锁反应和严重的后遗症，直到现在还在继续发酵。乔国界深受其害，相信他不愿意看到历史重演。

而且可以预见的是，如果何方远所说的事情真的发生，立化虽然只是兴众文学旗下的网站，但对兴众文学估值的重大冲击，是显而易见的，甚至在有意的推波助澜之下，会影响到整个兴众拆分抛售的大局。

乔国界承受不起因为再一次的立化辞职事件而让兴众文学以及整个兴众贬值的恶果，所以何方远完全有理由相信，乔国界是聪明人，不会因为赌气而和利益过不去。

"你的资本又是什么？"果然，沉默了片刻之后，乔国界怒容渐消，不再和何方远争论资格问题，等于说，他默认了刚才何方远的挑战，承认了何方远已经拥有了挑战他权威的资格，但光有资格还不够，在资本市场，没有资本一切都是空谈。

"资本嘛……我有三个渠道的资本。"何方远心中大喜，在他的步步紧逼下，乔国界竟然退让了，这可是难得的巨大胜利，放眼整个兴众，有谁曾在乔国界的独裁之下当面发出过质疑的声音？不错，非常不错，他和乔国界的谈判之路，又前进了一大步，"第一，我已经有了达成了意向的风投。"

"风投的资金，不可靠，说没有了就没有了。"乔国界轻描淡写地摆了摆手。

"是，所以我又准备了第二个渠道……"何方远有意制造抑扬顿挫的气氛，要的是掌握主动，能在乔国界面前掌握主动权，是了不起的成功，"千方！"

"千方？"乔国界果然被何方远调动了情绪，其实与其说他被何方远掌握了主动，还不如说他被千方的名头吓住了，这也正是何方远的高明之处，拉大旗做虎皮，借千方压兴众。

当然，何方远也并非完全是虚张声势，他确实有过和李颜红正面交锋的经历。也正是有了曾经和大马哥以及李颜红对话的底气，在面对乔国界时，他才做到了镇静自若、不慌不忙。有时一个人不一定非要拥有和对手平起平坐的资格，在适当的时候，他只需要借助一个舞台，和对手站在同一高度即可。

"以李颜红的性格，会和你合作？会提供资金给你？"乔国界自认比何方远了解李颜红多了，不以为然地笑了，"李颜红一向要求百分之百控股，你和他合作，没有活路，最终会被他一口吃掉。而且我不相信在收购了驰骋中文网之后，千方还会对立化感兴趣。驰骋中文网的收购，千方只出了1.9亿人民币，而收购立化，最少也要四五亿美元。"

乔国界无意中透露了他对立化抛售价格的底线——四五亿美元，四亿和五亿，相差一亿美元，可是不小的差距，何方远摇头笑了，更加信心十足："我刚在北京和李颜红见了一面，谈到了我对立化的管理者收购计划，他很感兴趣，提出他可以提供资金助我完成收购，当然，他要求控股，强调一下，不是百分之百控股，如果他百分之百控股，我岂不是被玩死了？呵呵，会谈很成功，达成了初步意向，不，甚至可以说，基本上谈妥了。"

何方远故意欲说还休，透露了一小部分内容，隐瞒了大部分细节，要的就是虚实结合，让乔国界疑惑，果然，乔国界眼中闪过一丝不解和不安，尽管他努力克制了情绪，但话中还是隐隐表现出一丝担心："既然千方有意收购立化，为什么非要通过你来完成管理者收购，直接和我谈判不就可以了？”

何方远自得地笑了，至此，乔国界已经完全被他掌握了节奏，他自信地说道：“有两点原因，第一，李颜红不愿意和乔董直接面对面，不管是出于什么原因，反正他更愿意通过中间人来完成收购。第二，千方通过我完成管理者收购，可以更大程度上保证立化管理层连同立化的舞台一起被千方全盘接收，同时，李颜红还希望我整合千方和驰骋，为千方文学打好基础。李颜红不想只收购一个立化的空架子，然后再重新组建管理班子，太耗费时间和精力了，他等不起。”

乔国界愣住了，何方远的话不但符合现状，也和他对李颜红性格的了解相契合，难道说，何方远的话，是实话？又一想，不能让何方远掌握了主动，否则让何方远认为他除了答应管理者收购之外无路可走的话，他岂不是完全失去了主动权？

“有千方的承诺，也没用，兴众文学马上就要打包卖给芝麻开门了。”乔国界自以为他的话是撒手锏，可一剑将何方远斩杀，让何方远的自信和狂妄瞬间被扫荡一尽，“我和马匀从杭州谈到北京，也基本上达成了意向，何方远，你想替海山等人完成他们没有完成的梦想，是实现不了了。”

/ 第四十九章 /

耐心也是成功必备的素质之一

何方远强忍笑意，尽管他也知道商业上的策略本来就是虚虚实实，但乔国界拿大马哥当幌子，就太可笑了，正中他的下怀，他努力克制了胜利在望的情绪，一脸平静地说道：“据我所知，芝麻开门即将收购文化中华，对兴众文学的收购意向，已经取消。”

乔国界脸色一变：“又是哪里的小道消息？”

何方远脸色不变：“不是小道消息，是大马哥亲口证实……哦，对了乔董，我的第三条渠道的资本提供方，正是大马哥。”

乔国界脸色大变，难以置信地上下打量何方远几眼：“你说什么？”

“乔董在北京和大马哥谈判破裂之后不久，我和大马哥在香格里拉酒店的咖啡厅进行了一次长谈，长谈中，大马哥透露出对兴众文学失去兴趣以及他有意收购文化中华，还有他想借助我对立化的管理者收购，以资方的身份和我联合，并且达到最终控股立化的目的，他的想法和李颜红的想法，如出一辙。”

乔国界不敢相信自己的耳朵，木然站起，又无力地坐下：“何方远，你，你真的非要不达目的誓不罢休？”

“有能力并且有兴趣收购兴众文学的，不外乎三巨头，现在千方和芝麻开门已经明确要和我合作，而且只和我合作，并且只想对立化完成管理者收购，对兴众文学没有兴趣。因为不管是李颜红还是大马哥心里都清楚，现在互联网版权产业业界的资深从业者中，只有我有能力带领立化继续发展壮大。”何方远迸发出前所未有的自信，容光焕发，神采飞扬，“当然，实话实说，我还没有接触过小马哥，但相信拥有了开天的企鹅，也不会再对兴众文学有兴趣。哦，对了，之前企鹅对兴众文学就没有兴趣，只想收购立化，可惜乔董要价太高，没有谈妥。不过也不排除现在小马哥还对立化有兴趣，还有意收购立化，想将立化和开天整合在一起。但话又说回来，好马不吃回头草，相信以前拒绝过小马哥一次的乔董，不会迫切到了非要将立化卖给企鹅的地步，传了出去，会毁了乔董的一世英名。”

当初摆出一副高姿态，非8亿美元不卖，现在时过境迁，被企鹅挖了墙脚并且毁了十年的布局之后，如果乔国界再以4亿美元的价格将立化卖给企鹅，等于是别人求上门来说好话，置之不理，在被别人狠狠打了一个耳光之后，又低声下气地求对方再次赏脸，这样的事情，心高气傲的乔国界肯定做不出来。

乔国界半晌没有说话，目光沉静地望向窗外，窗外天气阴沉，阴云密布，眼见就要下雨了。

乔国界沉默，何方远也不开口，二人就一个坐着一个站立，在沉默中进行无声的对抗。

突然，一道耀眼的闪电划亮天际，随后，一阵沉闷的雷声由远及近，逐渐逼近乔国界的办公室，“轰隆”一声巨响，就如在窗外爆炸了一个威力巨大的重磅炸弹一样，震得窗户都颤抖了。

乔国界仿佛才惊醒过来，忽然起身，用手一指房门：“何方远，你可以走了。”

谈话结束了？何方远愣了一愣，不知道乔国界是请他离开，还是将他从兴众文学扫地出门了？想了一想，他也没有多问什么，转身就走。走的时候，还不忘轻轻地带上了房门。

出门后，何方远并没有直接下楼，而是又去了李丛林的办公室，在和李丛林简单说了一说他和乔国界的会谈经过之后——当然，他有所取舍，并没有和盘托出——李丛林让他继续休假，静观其变，他才回到了自己的办公室。

在和范记安、徐子棋、付锐商谈之后，何方远又和樊铮见了一面，随后和蓝妹一起离开了立化。在何方远和乔国界会谈期间，蓝妹已经正式向陈果提交了辞呈。

陈果只是象征性地挽留了蓝妹几句，见蓝妹去意已决，也就没再勉强，当即批准了蓝妹的辞职。虽然蓝妹身为立化副总，她的离职还需要兴众文学董事会批准，但也不过是走一下程序而已，也就是说，现在的蓝妹，以办公室恋情为由，在完成了她加入立化的历史使命之后，正式而光明正大地离开了立化。

到了楼下，何方远想去取车，蓝妹叫住了他：“算了，坐我的车吧，你现在前途未卜，也不知道还算不算立化的老总，还是不要开立化的车了。”

何方远一想也是，就上了蓝妹的车，摇头一笑：“现在我可真是无路可退了，蓝妹妹，万一我无家可归，你可要行行好，记得收留我，别让我流落街头，成为一个无依无靠的IT民工，而且现在是秋天，现在死，怎么也没法等到你把我埋在春天里了。”

蓝妹笑骂：“别闹了，你大战乔国界的事情，说不定很快就会成为业内新闻而轰动一时，到时你身价倍增，挖你去当高管的公司多去了。别的不说，千方说不定还会为你预留一个千方文学总裁的位置，而且千方还有一个千娇百媚的孔祥云等你脚踏七彩祥云去娶她。你现在是事业上有退路、感情上有备胎，何方远，你再不知足，老天也会惩罚你的。”

蓝妹话刚说完，一个炸雷在头顶炸响，吓了何方远一跳：“真邪门了，难道老天真的在警告我？商业上的策略，多个选择多条退路，是再正常不过的人之常情。在感情上，我现在已经逐步向你倾斜了，你还想怎么样？”

“不想怎么样，只想你死心塌地只跟我一个人好。”蓝妹俏皮地一笑，皱了皱鼻子，加快了速度，汽车驶过雨水，唰唰作响，“接下来怎么办？你是上班还是继续休假？”

“继续休假，静观其变。”何方远心中已经有了决定，前期的所有工作已经做完，他现在除了耐心等候之外，别无他法，有时候，耐心也是成功必备的素质之一，“晚上我和海山见个面，谈谈期权转让的事情，另外，打探一下小马哥对立化是不是还有兴趣。”

“好，支持你。”蓝妹抿着嘴笑，心情明显不错，“只是我担心的是，以小马哥随心所欲的投资风格，说不定他现在真想插上一手收购立化，再和开天整合，这样的话，岂不是让你，不，让我们一脚踩空了？”

“就算小马哥还想买立化，相信乔国界也不会卖。毕竟，到了乔国界这个境界的人，都要面子。”何方远相信他的推断，“上一次企鹅收购立化不成才导致了创始团队集体辞职，事情闹得太大了，业内在盯着企鹅和兴众的恩怨。况且以乔国界的性格，现在视企鹅为仇敌，怎会拱手将立化卖与敌人？”

“在商言商，面子哪里有生意重要？”蓝妹理解不了何方远的推论。

“男人的世界，女人不懂。”何方远无所谓地笑了笑，并没有过多解释。

“切，虚伪的男人。”蓝妹很是不满地白了何方远一眼。

中午和蓝妹一起吃了饭，便各自回家。下午，何方远约了海山，海山晚上正好有时间，就定好了见面的时间和地点。晚上7点，何方远如约而至，和海山在又一楼见面。

又一楼是一家兼具茶馆和饭店的综合性休闲场所，由于正是晚饭时间，何方远和海山先到二楼用餐。

海山比起前一段时间，稍微清瘦，不过精神状态还好。一见面，他便热情地和何方远握手寒暄，入座之后，他就直奔主题："方远，如果你能完成管理者收购的壮举，我们都会举双手支持你。期权问题不用担心，反正对我们来说不过是废纸一张，全部给你。另外，你还需要什么帮助，尽管说。立化落到你的手中，比落到别人手中强多了。我和江武、高路都支持你和乔国界的抗争。"

"其他的……暂时也不需要了。"何方远不是不相信海山，而是不想欠太多人情，人情债最难还，他微一迟疑，"就是有一个问题，想问个清楚。"

"不用客气，尽管说。"海山不改热情似火的性格。

"小马哥现在还有没有兴趣收购立化？"何方远最担心的就是小马哥突然出手，虽说他之前十分肯定地对蓝妹说就算小马哥想收购立化，乔国界也不会卖，但生意上的事情，瞬息万变，而且还有许多曲径通幽的手段，万一小马哥有意假他人之手暗中收购立化呢？

"现在开天和企鹅文学的整合，还没有完成，估计最少也要一年时间才会完全整合完毕。半年后，江武会接手企鹅文学，接手后，不管是整合还是调整思路，都需要一段时间。"海山多少猜到了何方远的担心，"站在我们的立场上，不希望小马哥收购立化，毕竟收购了立化，不管是整合还是让立化融入开天，都需要时间，也需要耗费大量的精力，而且说不定在融入的过程中，还会出现什么意外或是偏差。说实话，方远，小马哥的志向很远大，想做大企鹅文学，想提升企鹅文学的品味，对于创始团队来说，接手企鹅文学，虽然挑了重担，但压力也不小。所以，现在创始团队的主要方向是整合企鹅文学，对立化，已经没有太多兴趣了。当然，不排除小马哥对立化还有兴趣。不过就目前的形势来看，暂时没有听到小马哥有意再接手立化的传闻。"

何方远点了点头，海山的话，让他吃了一颗大大的定心丸。诚然，以海山的级别，想见小马哥一面，也不是易事，小马哥的真实想法，他也不可能知道。不过有一点可以肯定，如果小马哥真想收购立化，他必然会征求三剑客的意见。既然海山没有相关消息，证明小马哥就算有意向，也还没有落实到行动上。

"怎么样？和乔国界谈到什么程度了？资金问题落实没有？"以前海山和何方远谈话，多少还顾忌几分，现在何方远去向已明，他也就不再当何方远是立化的人。

"也不知道谈妥没有，反正该说的都说完了，谋事在人，成事在天，现在只有耐心等待最后的结果了。"何方远简单一说他和乔国界最后一次面谈的过程，"资金不是问题，现在的问题是，不知道乔国界到底是怎么想的，也不知道他是想打包将兴众文学卖给李丛林，还是将兴众文学也一分为二，一份给李丛林，一份给我。”

海山激动地一拍桌子：“行呀，方远，不管你是不是成功完成对立化的管理者收购，只凭你和乔国界的一番舌战，你就足以成为兴众历史上的闪光人物了。唉，当初你留在立化，说实话，我对你多少还有一点儿意见，现在才知道，你替我们完成了一项壮举，替我们当面打击了乔国界的傲慢，好，太好了。解气，真解气。真想亲眼见见当时乔国界垂头丧气的样儿，他也有今天，哈哈哈哈……”

何方远理解海山的激动，海山被乔国界害得最惨，风水轮流转，现在乔国界落魄了，海山扬眉吐气也是人之常情。

笑完之后，海山才又想到了问题的关键点：“对了，资金是风投还是别的渠道？不方便的话，不说也没关系。”

何方远笑笑：“有风投，也有其他渠道，现在还没有完全确定好，不到最后一刻，任何事情都有变数，海老大肯定可以体会其中的起伏。”之前创始团队在谈判时，曾经接触千方、芝麻开门，甚至是新浪和网易，最终花落企鹅，也是经过了一系列波澜起伏的运作。

“了解，了解，来，吃饭，再顺便聊聊你的感情问题。”海山哈哈一笑，转移到了轻松的话题上面。

何方远却苦了脸：“能不能不聊感情问题？”

“不行，非聊不可，你又不是不知道我最爱八卦了，哈哈。”海山不肯放过何方远。

三天后，何方远休假结束，重回立化上班。一切如故，仿佛什么都没有发生一样，立化除了走了一个蓝妹之外，既不见乔国界勒令何方远辞职，也不见陈果再刁难何方远，立化重新回到了平静的状态，当然，在表面的平静下，有一股不为人所知的暗流在涌动。

首先，樊铮加紧了向何方远的靠拢，而和陈果的关系迅速疏远。除了樊铮之外，付锐和陈果也渐行渐远。此时，放眼整个立化，陈果仅存的亲信只史尚飞一人而已。

其次，何方远虽然恢复了工作，但和以前大不一样的是，何方远心思似乎不在工作之上，每天上班除了看报喝茶之外，并无正事，许多事情积压在一起，堆积如山也不处理，摆出一副人浮于事讨人嫌的做派。

其实暗地里，以何方远为首的一帮人，包括一个常务副总和数名总监——蓝妹离职之后空缺出来的副总位置，暂时无人接替，想必不管是乔国界还是陈果，都无心此事了——都在加紧私下的活动，联络立化的各个员工，基本上可以说，此时的何方远虽然对立化的掌控力度还达不到和当初创始团队一样一呼百应的高度，但毫不夸张地说，现在的立化，差不多是何方远的天下了。

当然，何方远之所以对立化顺利完成了掌控上的布局，还是得益于樊铮的投诚和付锐的协助，如果不是二人的加入，一旦二人从侧面牵制他的话，他想在短短时间内在立化完成布局，无异于天方夜谭。

不过话又说回来，何方远完成布局的时机把握得也十分巧妙，此时正是乔国界意兴阑珊无力再战，而李丛林正筹划对兴众文学的管理者收购之际，再加上陈果终于意识到了兴众大厦将倾自身难保、自顾不暇之时，也顾不上理会何方远在立化的布局，正是因此，何方远的从容布局才得以出人意料地顺利。

不过看似是何方远得了便宜，其实不然，有今天的收获，全因之前有何方远一步步推进并且扎实地打好了各项基础，否则，何方远也不会有今日之功。

一周后，深秋的下江有了些许的凉意，街头匆忙的人群，男人们换上了薄薄的秋装，就连最爱露美腿的美女们，也不得不穿上了长裙。虽说下江的秋天不如北京的秋天有落叶飘零的凄凉，但秋风吹过，依然有萦绕心头的秋愁挥之不去。

然而一则新闻，为下江的秋天，平添了几分多彩的颜色——芝麻开门以62.44亿港元战略投资在港上市公司文化中华传播集团，文化中华传播集团发布公告显示，芝麻开门将获得文化中华60%的股份。

自去年开始，芝麻开门数字娱乐产业开始浮出水面，并且先后宣布推出手机游戏平台，收购虾米音乐等，并计划进军视频等文化产业。芝麻开门集团董事局主席马匀曾表示，文化、教育和医疗是其关注的三个重点……

/ 第五十章 /

瞬息万变

如果说芝麻开门最终收购文化中华消息的公布，不算出人意料的话，那么在新闻的后面，也不知是记者的有意吹风，还是故意放风，还多了一则耐人寻味的消息：分析指出，除了收购文化中化，芝麻开门还有意投资中学传媒——之前也早有传闻说马匀一直想入股中学传媒，但只闻其声不见行动，这一次的风声，却有具体的数据支持——马匀和史于柱联合设立的云溪投资拟以22.80元/股的价格，认购中学传媒非公开发行的股份28667.1万股，占本次发行完成后中学传媒股份总数的20%，总额达65.35亿元。据悉，双方将共同参与到原创内容、视频通信、游戏、音乐、教育、云计算、大数据等领域的布局和并购中，共同拓展文化传媒产业链上下游。

消息一经公布，顿时在业内引发了轩然大波。大马哥刚刚豪掷了60多亿收购了文化中华，又有意再花60多亿——尽管并非他一人投资——收购中学传媒的股份，如此频频在文化传媒产业上布局，大马哥意欲何为？

大马哥意欲何为，早就不在何方远考虑的范围之内了，毕竟他离大马哥的境界太远了，跟不上大马哥的战略眼光，但有一点他心里清楚，大马哥在文化传媒产业上，频频出手，在投入了100多亿之后，不管是兴趣还是实力，兴众文学都将不会再纳入他的视线。也就是说，在大马哥战略投资的布局中，兴众文学出局了。

兴众文学出局了对乔国界而言，不是好事，对何方远来说，却是利好消息。

相信对李丛林来说，也是值得鼓掌相庆的好消息。

转眼到了冬天，下江进入了潮湿阴冷的季节，是何方远最不喜欢的一段时光。周末的一天，何方远正坐在办公室发呆，现在的局势将开未开，他收到的消息是，在得知芝麻开门确实对兴众文学彻底没有了意向之后，乔国界忽然又改变了主意，不想再拆分卖掉兴众，而是想将整个兴众包括兴众游戏和兴众文学，一起打包卖掉，据悉，已经有买家表示出了浓厚的兴趣，并且和乔国界有了初步接触。

消息应该不假，因为消息是李丛林透露给何方远的。李丛林的口气颇有几分无奈："商场上的事情，还真是瞬息万变，眼见离成功只有一步之遥了，谁知道又节外生枝。如果兴众真的可以找到一个打包收购的买家，那么不管是我还是你，之前的努力都白费了。"

何方远何尝不知道这样的结果，但他也清楚一个事实，想从乔国界手中虎口夺食，也得让乔国界心甘情愿才行，或者说，必须所有条件都具备了，才有成功的可能。兴众是乔国界的兴众，他想卖给谁就卖给谁，谁也改变不了他的意愿。也就是说，只有在乔国界无人可卖的时候，他和李丛林的计划才有可能成功。

忽然，手机响了，打破了何方远的思绪。何方远一看来电号码，愣住了，国外来电。会是谁呢？不记得他有国外的朋友，难道说是孔祥云又出国了？不应该呀，孔祥云昨天还和他通过电话，她还在北京。

何方远迟疑片刻，接听了电话，电话中传来了一个三分俏皮七分懒洋洋的声音："方远，是我，时光荏苒，岁月如梭，人生如歌，你猜，我现在在哪里？"

梅荏苒恢复了以前烂漫洒脱的性子，出什么事情了？何方远心中一跳："你在哪个国家？"

"我在欧洲，正漫步在欧洲古老的小镇上。"梅荏苒的声音轻灵而遥远，"一个月前，妈妈不幸去世了，正赶在我和顾南结婚前夕。妈妈走后，我和顾南解除了婚约，一个人飞到了欧洲，要在一个谁也不认识我的地方，开始新生。祝福我吧，方远，一年后，等我再重新出现在你的面前的时候，将会是一个全新的梅荏苒。如果到时你还是单身一人，那么我不会再让你从我身边跑掉！"

电话断了，跨越了时间和空间的距离，梅荏苒的声音依然回响在何方远的耳边和心头，刘薇薇已逝，梅荏苒就此解脱，可是，她不过是逃脱了顾南的枷锁，却又人为地在自己心间锁了一道心锁，一年后，她和他再次重逢，他还能和以前一样爱她吗？他可以置蓝妹的感情和孔祥云多年的等候于不顾，一心一意和梅荏苒再续前缘？

何方远不能回答自己。

刚放下梅荏苒电话，蓝妹的电话又打了进来："方远，还要等多久？要不干脆跳出立化，重新创业算了？资金随时可以到位。不要再等管理者收购了，也许等来等去，最终还是一场空。"

何方远却不改初衷："不到最后一刻，我不会放弃，蓝妹，请再多给我一些时间。”

“还要等多久呀？再等下去，我就老了。”蓝妹的声音中夹杂着几分撒娇的意味。

“呵呵，你正青春飞扬，貌美如花，离老还远得很。”何方远岂能不知道蓝妹的暗示，他宽慰蓝妹，“估计顶多再有半年，就会有一个确切的结果。乔国界的耐心，很有限。”

“好吧。”蓝妹懒洋洋地叹了一口气，“梅荏苒和顾南解除了婚约，也不知道你是等最后的结果，还是等她？不过我可要警告你何方远，我对你可是百分之百地投入，如果你敢负我，我不会饶过你。”

何方远无奈地摇了摇头，挂断了蓝妹的电话，揉了揉太阳穴，正要清醒一下，电话又响了。

“方远，到底是跳出立化，还是一直等下去，想不想听听我的建议？”孔祥云爽朗的声音传来，犹如北京秋日明净的蓝天，让人心旷神怡，“我的建议是，跳出立化，带走立化的整个班子，重新搭建舞台……资金问题你不用担心，由我和蓝妹共同提供。”

“不是走的和创始团队一样的路子了？”何方远不是没有想过再玩一次集体辞职的套路，但和创始团队有企鹅的大后台相比，即使他有孔祥云和蓝妹两重的风投资金，重新搭建舞台的话，一时也很难打开局面，最主要的是，他现在对立化感情很深，不想看到十年的立化被转手卖到一个外行手中，然后迅速没落下去。

“也不完全是，有了我和蓝妹的资金优势，你再和千方或是芝麻开门谈合作，不就底气十足了？到时，只借助千方或芝麻开门的渠道，不用他们出资，你不但可以掌控更多的主动权，而且说不定周旋在资方和千方或芝麻开门之间，最终达到利益最大化甚至是控股的目的。”孔祥云呵呵一笑，“怎么样，我的建议是不是可行？”

可行是可行，但不管是资方还是渠道方，都是精明的商人，想在二者之间成为支点容易，想让两方都让步让他控股，很难，当然，也必须得承认，孔祥云的建议确实有建设性。

“值得考虑。”何方远认真地想了想，“等我回话。”

“不要考虑的时间太长了，虽然我很有耐心，但时光荏苒，女人的青春等不起。”孔祥云蜻蜓点水一般点了一点，随即挂断了电话。

何方远无语了，转了一圈，似乎又回到了起点，他现在依然深陷两难，不，三难的境界之中。现在距离三剑客的正式回归，不到三个月时间了，相信乔国界也加快了出售兴众的步伐。问题是，三巨头都无意接手兴众，还有谁既有实力又有兴趣收购整个兴众呢?

正想不通之时，桌子上的办公电话突兀地响了，何方远一看来电，心中大跳，急忙接听了电话："李董。"

"方远，来我办公室一趟，有急事。"

何方远放下电话，直奔李丛林的办公室而去。到了楼上，见李丛林办公室的门虚掩，他微一敲门就推门进去，房间内不是李丛林一人，而是好几个人，定睛一看，顾南在也就算了，不想梅长河居然也在。

之前何方远和顾南已经完成了交易，之后，他和顾南以及梅长河有相当一段时间没有再见过面。

"有一个突发情况，方远，有必要让你知道一下。"李丛林示意顾南关门，继续说道，"乔董和有意全盘购买兴众的买家谈判破裂，他心灰意冷，决定拆分兴众了。"

"真的？"何方远喜出望外。

"当然真的，这么大的事情，还能乱说？"顾南很是不满地回敬了何方远一个仇视的眼神，梅荏苒离他而去，让他备感失落，似乎在何方远面前输了一局一样，"之所以找你来，就是要和你商量一下，怎么分担收购兴众文学的资金。既然你想管理者收购立化，那么现在就拿出应有的诚意。"

开始分赃了？不，开始讨论利益分配了，何方远按捺住心中的激动，顾不上理会顾南充满敌意的眼神，微一沉思："李董，乔董对兴众文学的开价是多少？"

"5亿美元。"李丛林目光坚定，充满了信心，"等到现在，乔董的底气也没那么足了。"

"好，我对立化管理者收购的开价是……"何方远微一沉吟，没让众人久等，说出一个让李丛林几人不敢相信的价格，"3亿美元。"

"什么？3亿美元？何方远，你没疯吧？"顾南冷笑连连，"一点儿诚意也没有，还是不要谈了。"

李丛林没说话，目光闪烁不定，显然也是对何方远的出价极不满意。

不满意也没办法，何方远不想当冤大头，不可能他出4亿美元，李丛林等人出1亿美元，那他也太傻帽儿了，毕竟，他要的只是一个立化，而不是整个兴众文学。

等了一会儿，见李丛林不接话，何方远笑了："不谈了？好，不谈就不谈。"

"谈，当然要谈，怎么可能一言不合就不谈了？"梅长河忙出面打圆场。

不等何方远再接话，忽然，他的手机响了。他一看是孔祥云来电，向李丛林几人歉意一笑，起身到一边接听了电话。

孔祥云的声音透露出几分焦急和兴奋："方远，你马上来北京一趟，有突发的重大情况。"

"什么情况？"

"李颜红改变了主意，有意接手整个兴众文学，现在正寻找中间人和乔国界接触，我第一时间想到了你。如果你充当了李颜红和乔国界的中间人，你的大事可成。"

"真的？"何方远大吃一惊，随后喜出望外，"好，我马上去。"

"对了，特意强调一下，最好你自己过来，别带蓝妹。"孔祥云嘻嘻一笑，笑声中，微有埋怨和提醒，"不是故意让你避开蓝妹，而是这件事情，从在商言商的出发点考虑，没有必要让她和蓝成器知道。"

"……"何方远微一沉思，答应了下来，"我心里有数了。"

"何方远，你还谈不谈呢？"顾南见何方远的电话打个不停，心中来气，"太没诚意了，也太没礼貌了，让这么多人等你打一个无关紧要的电话。"

"不谈了。"何方远收起电话，对目瞪口呆的几人微微一笑，"我有事要走了，谈判……先暂时搁置了。对了，提醒李董一下，立化可能会再次上演一次管理层集体辞职事件，请李董先做好心理准备。"

一瞬间，何方远做出了一个一直犹豫不决的决定，他要挑起立化管理层集体辞职事件并且利用此事，彰显他不可代替的重要性。

话一说完，何方远义无反顾、大步流星地迈出了李丛林的办公室，只留给李丛林几人一个意味深长的背影。

"何方远到底要做什么？立化管理层集体辞职？他要逼宫？"顾南恼羞成怒，"他太张狂了，李董，我们不和他合作了。"

在最初的震惊过后，李丛林反倒沉静了下来，微一思忖："怕是出事了，如果我没有猜错的话，事情又出现了不可预料的转折。何方远……要掌握主动了！"

李丛林猜对了，何方远不但要掌握主动了，而且还是要掌握全局的主动，在坐上飞往北京的飞机的一刻，何方远心中已经勾画了一个无比清晰的蓝图，下一步，他将会脱困而出，借立化管理层集体辞职事件，以充当李颜红和乔国界之间中间人为契机，上演一出惊天的逆转大戏。

全新的时代和崭新的未来，即将来临。

图书在版编目（CIP）数据

交手. 2, 谋局高手 / 何常在著. — 北京：北京联合出版公司，2018.9

ISBN 978-7-5596-2244-0

Ⅰ. ①交… Ⅱ. ①何… Ⅲ. ①长篇小说—中国—当代 Ⅳ. ①I247.5

中国版本图书馆CIP数据核字（2018）第128477号

交手. 2, 谋局高手

作　　者：何常在
选题策划：北京磨铁图书有限公司
责任编辑：徐　鹏
装帧设计：仙境设计

北京联合出版公司出版
（北京市西城区德外大街83号楼9层　100088）
三河市文通印刷有限公司印刷　新华书店经销
字数360千字　700毫米×980毫米　1/16　印张19.5
2018年10月第1版　2018年10月第1次印刷

ISBN 978-7-5596-2244-0
定价：48.00元